KB236793

長時調研究

黃忠基

國學資料院

序 文

　요즈음 나는 元曉大師가 거리를 떠돌면서 불렀다는 "누가 자루 빠진 도끼를 나에게 주겠는가? 나는 하늘을 받칠 기둥이라도 쪼갤 수 있다"(誰許沒柯斧　我斫支天柱)라고 했다는 말이 자꾸 머리에서 떠나지 않는다. 이제 겨우 60을 넘겼는데, 그간 오로지 직장이라고는 학교밖에 모르고 35년을 넘게 살아 왔는데, 그만 두어야 하는 입장이 되었다. 아직도 얼마간을 더 부지런히 하던 일을 계속할 수 있는 힘이 남아 있다고 생각하고 있는데 말이다.

　이제 한달 뒤에는 실업자가 되어 집안에서 하는 일없이 그날 그날을 지내야 한다는 어떤 강박감 때문에 그렇게 마음이 편하지 않다. 하지만 오히려 이제까지 하고자 했으나 마음놓고 하지 못했던 일은 무엇이며, 또 해야 할 일이 무엇인지를 생각할 수 있는 기회를 가진다는 것도 어떤 의미에서는 오히려 다행인지도 모르겠다.

　시조를 공부하면서 단편적으로는 長時調의 發生에 대한 問題, 長時調 再發興의 原因과 時期에 대한 問題, 金壽長論, 閭巷時調 問題 등을 다루면서 언젠가는 한 번 장시조에 대한 全般的인 문제를 다루어 보고 싶었는데 이번 기회에 직장을 그만 두는 기념으로 만들게 되어 감회가 새롭다.

　장시조는 名稱에서부터 發生時期 問題, 形式 問題, 作者와 享有層에

대한 問題 등은 아직까지도 학자들 사이에 異論이 분분한 것이다. 그만큼 시조에 관한 논문 가운데 장시조에 관련된 논문이 가장 많은 수를 헤아릴 정도로 장시조에 대한 관심이 높은 편이다. 그러나 장시조에 대해 전반적으로 다룬 저술을 극히 저조해서 이제까지 2권밖에 없다. 나도 장시조에 대해 전반적으로 다룬 저술을 써보겠다는 생각에서 名稱 문제부터 형식과 구성방식, 주제, 작가와 향유층, 문체, 재발흥의 원인과 시기, 全盛期, 장시조에의 轉換, 평시조의 장시조화, 현대시조에로의 發展 등을 다루어 보았으나 써놓고 보니 처음의 생각보다는 마음에 차지 않는다. 아마 의욕만 앞선 것 같다. 하지만 장시조를 이제까지는 긍정적인 측면보다는 부정적인 측면에서 다루어 왔기 때문에 과거에는 韻文도 아니고 散文도 아닌 畸形的인 형식의 문학이든지, 작자를 일반 서민층의 專有物로 본다든지 하는 견해 등은 잘못된 것임 강조하고 이를 발생시기도 종래의 주장과는 달리 적어도 고려시대까지 올려 잡아야 하며, 작자와 향유층도 꼭 서민층이어야 할 이유가 없음을 주장하였다. 잘못된 견해라도 있으면 많은 叱正을 바란다.

지금까지 내가 생각해도 이상하리 만치 앞만 바라보고 열심히 살아 왔다고 自慰해 본다. 세상 돌아가는 물정하나 제대로 모르면서 집안 일이 어떻게 돌아가고 있는지조차도 모르면서 이렇게 안심하고 책이라고 쓸 수 있도록 수고한 아내에게 이 책이라도 주어 그간의 노고에 대해 치하하고 싶다.

이번에도 이 책이 세상에 빛이라도 볼 수 있도록 항상 나에 대한 격려를 아끼지 않은 國學資料院의 鄭贊溶 사장님과 韓鳳淑 실장에게 고마움을 표한다.

2000년   7월   1일

저자 삼가 씀

目 次

一. 序 論

　시조 문학 가운데 가장 활발하게 논의된 것은 아마도 長時調가 아닌가 한다. 이제까지 장시조에 대해 연구한 것을 보면 관련된 논문도 200편 가까이 되고 석사 학위 논문이 26편이며 박사학위 논문도 4편이나 된다. ㄱ만큼 장시조에 대한 연구가 매우 활발한 편이나 이를 종합적으로 다룬 저술은 아주 저조해서 이제까지 장시조만을 다룬 것은 曺圭益의 『蔓橫淸類』와 金濟鉉의 『사설시조문학론』의 2권뿐이다.

　장시조는 종래의 견해처럼 이를 시조의 한 갈래로 볼 것이냐 아니면 독립된 장르로 다룰 것이냐에 따라 그 명칭부터가 달라져야 할 것이다. 종래에는 시조의 한 갈래로 看做하여 平時調形에서 파생된 것으로 보는 견해가 지배적이었느나, 장단형의 시조가 동시에 존재했을 가능성이 농후하기 때문에 평시조에서 장형의 장시조가 생겼을 것이라는 견해는 옳은 것은 아니라 하겠다. 다만 景幾體歌가 高麗歌謠의 영향을 받은 3音步의 分章體 詩歌인 점이 사실인 것처럼 장시조도 평시조의 영향을 받아 3章이며 종장 초구가 3字인 것은 평시조의 영향을 받은 것이 분명하다고 하겠다.

　장시조는 高晶玉의 『古長時調選註』가 나온 이후 관심의 대상이 되어 엇시조나 사설시조라고 부르는 것이 좋은 것인지 아니면 中型이나

長型時調라 부르는 것이 타당한 것인지를 다루는 명칭에서부터 高麗
時代부터 형식이 발생한 것인지 아니면 壬辰倭亂이나 丙子胡亂 以前
에 혹은 以後에 형식이 발생한 것인가 하는 發生 問題, 평시조와 어
떻게 달라진 것을 엇시조 또는 사설시조로 보아야 하는가 하는 形式
問題 등은 아직도 학자들간에 논란의 대상이 되고 있어 의견의 일치
를 보지 못하고 있는 실정이다. 장시조의 작자도 마치 일반 서민층의
전유물인 것처럼 이해하고 있다.

 여기에서는 이제까지 평시조 또는 단형시조에 상대가 되는 엇시조
나 사설시조로 불리던 것을 장시조라 부르기로 하고 형식과 구성방식
을 비롯해서 논란의 대상이 되고 있는 장시조의 발생을 아직도 壬辰
倭亂과 丙子胡亂 以後에 와서야 발생했다고 하는 주장이 그대로 믿어
지고 있는 발생 문제에 대해서는 적어도 고려 시대에 발생한 것이라
는 주장을 하고자 한다. 장시조에서 적합한 주제는 어떤 것이 있나를
다룬 主題 問題, 과연 장시조는 사대부들과는 거리가 먼 서민 대중들
의 노래이며 그들만이 즐기었을까 하는 作者와 享有層에 관한 문제,
그리고 文體에 대해 언급하고자 한다. 장시조의 발생을 고려 시대라
고 보고 壬辰倭亂이나 丙子胡亂 以後에 장시조 작자가 많이 등장하고
時調唱의 발달로 작품의 量도 크게 늘어난 것에 대하여 이를 장시조
의 再發興으로 보고 재발흥의 原因과 時期가 언제인가를 밝혀보고 이
와 더불어 장시조 全盛期가 언제인가에 관한 문제를 다루었다. 다른
장르의 문학이 장시조로 轉換하는 問題, 그리고 평시조가 장시조로
바뀌는 문제와 現代詩에로의 發展 問題 등을 다루어 보고자 한다.

二. 本論

1. 名稱

時調가 우리 國樂의 한 장르이고 시조란 용어도 국악에서 나온 명칭이고 보면 시조를 논하는 자리에서 당연히 음악과의 連關性에 대해서 언급하는 것이 당연한 순서라 하겠다. 그러나 여기서는 음악이 아닌 문학의 입장에서 시조의 명칭을 다루고자 하기 때문에 음악에 대해서는 언급하지 않으려 한다. 長時調를 시조의 한 갈래로 보느냐 아니면 독립된 장르로 보느냐에 따라 명칭이 달라져야 한다고 생각된다. 平時調나 旕時調 또는 辭說時調처럼 시조의 한 갈래로 다룬다면 명칭은 자연 시조의 범위를 벗어나지 못하게 되고 신라의 鄕歌나 고려의 歌謠처럼 하나의 독립된 문학 장르로 다룬다면 당연히 명칭은 시조와는 거리가 있어야 할 것이다.

이제까지 長時調를 시조에서 파생된 것으로 이해한 것이 支配的인 傾向이기 때문이 명칭도 辭說時調를 비롯해서 長時調 또는 장형(長形:長型)시조로 불리워 왔고, 시조와는 형식적인 특성을 가진 문학이란 입장에서 蔓橫淸이니 또는 蔓橫淸類라고 불려지고 있는 실정이다.

이제 이렇게 불려지고 있는 명칭 하나 하나에 대해 고찰해 보고자
한다.

1) 長時調

平時調 또는 短時調에 상대되는 개념으로 우리가 흔히 말하는 3章
6句 45字 內外의 일반적인 개념의 시조를 평시조를 이렇게 부를 때
이에 상대가 되는 이른바 旕時調라 부르는 中時調 또는 中形(型)時調
나 辭說時調라 부르는 長時調形 또는 長(型)時調를 구분하지 않고 평
시조에 상대되는 개념으로 사용하고 있다. 평시조보다는 다소간에 차
이가 있지만 그보다는 길이가 길어졌다는 뜻에서 나온 명칭이다.

2) 長形(型)時調

시조를 일종의 고정된 詩形(型)의 노래라는 의미에서 장시조를 그
나름대로의 고정된 시형(詩形:詩型)이 있다는 전제에서 長形時調 또는
長型時調라고 부르고 있으나, 形(shape)과 型(type)을 의식적으로 구
분하지 않고 사용하고 있는 실정이 아닌가 한다. 일반적으로 '形'은
물건의 모양이나 차림새를 나타내는 말로 현재의 모습을 나타내는 말
이고, '型'은 거푸집을 나타내는 말로 틀의 뜻을 가지며 사물의 본보
기나 모범을 가리킨다. 따라서 '長形'이라 하면 현재 가집 등에 수록
된 상태대로 평시조와 달리 길어진 시조를 말하며 '長型'이란 마치 평
시조를 '短型時調'로 본다면 엇시조를 '中型時調'로 사설시조를 '長型
時調'로 부르는 경우처럼 어떤 고정된 詩型이 있어 그것에 맞는 시조
란 뜻으로 사용된 것이라 하겠다.

3) 辭説時調

장시조를 문학적인 의미로 사용한 것이다. 가람 李秉岐에 의해 처음 쓰인 것으로 장시조를 가리키는 용어로 적절하지 못함을 張師勛이 지적한 바가 있다. 時調 歌唱의 종류 가운데 '사설지름'이니 '사설시조'니 하는 것이 있어 여기에서 명칭을 借用한 것으로 생각되나 '辭説'은 일반적으로 '노래 등의 적어 놓은 글'이나 '잔소리로 늘어 놓는 말'에서의 '말'(語辭 言語 言辭)의 뜻으로 쓰여 '말이 많다'. 처럼 하잘 것 없는 말을 많이 늘어 놓는 것을 가리키는 것으로 詩形이 어느 정도의 긴 것은 적합하다고 하겠으나 평시조의 기본형이라고 하는 것보다 약간의 차이가 나는 것에는 달리 엇시조라고 부르고 있기는 하나, 우리가 흔히 말하는 獨白이든 對話든 간에 말이 많은 것이 아닌 평시조보다 약간 길어진 시조에 대해서는 적합한 명징으로 보기는 어려운 것이 아닌가 한다.

4) 만횡청류(蔓横清類)·만횡청(蔓横清)

珍本『靑丘永言』에서 편자인 金天澤이 처음 사용한 것으로 그는 가집을 곡조에 따라 初中大葉에서 시작하여 二中大葉 三中大葉과 北殿 二北殿 다음에 初數大葉 다음에 유명씨 작품과 무명씨 작품을 二數大葉(실제는 곡목의 명칭이 누락되었음)에 그리고 三數大葉과 樂時調를 계속하여 수록했다. 다음으로 「將進酒辭」와 「孟嘗君歌」를 수록했으며, 그 뒤에 '蔓横清類'라하여 長時調 116首를 수록하였다.

蔓横清類란 명칭이 여기서부터 비롯된 것으로 初中大葉에서 樂時調에 이르기까지는 분명 歌曲唱의 곡목에 따라 해당하는 歌詞를 수록한 것이라 하겠으나 「將進酒辭」나 「孟嘗君歌」는 분명 歌曲의 唱과는 거리가 먼 것이기에 따로 수록했으며 蔓橫淸類도 그것이 불려지는 어떤 곡조가 있었는지는 몰라도 歌曲唱과는 거리가 있었던 것이 아닌가 한다. 왜냐하면 만약에 이것이 初中大葉이나 餘他의 歌曲唱으로 불리워졌다면 수록 순서를 가집의 맨 뒤로 가져올 이유가 없었을 것이다.

'蔓橫淸類'란 '蔓橫'과 '淸'이란 말이 합쳐진 것이고 거기에 그런 종류의 노래란 의미에서 '類'자가 합쳐진 것이 아닌가 생각된다. '蔓橫'이란 곡명이 金天澤이 가집을 만들 당시에도 있었는지는 확인할 수 없으나 이보다 나중에 이루어진 『海東歌謠』에는 '蔓橫'이란 곡목이 있는 것으로 미루어 후대에 생긴 曲名이 아닌가 한다. 그렇다면 金天澤이 사용한 蔓橫은 歌曲唱보다는 노래 자체를 가리키는 것이 아니었나 한다. 金天澤은 蔓橫淸類에 해당하는 장시조를 수록하면서

> 만횡청류는 시어가 음탕하고 말의 뜻이 너무 품위가 떨어져서 법으로 삼기에는 부족하나 그 유래가 이미 오래 되었기에 일시에 버리기는 불가하다고 생각되어 아래에 적어둔다.[1]

고 하였는데 여기서 蔓橫淸類란 음악과 관련이 있는 명칭이라기보다는 시가의 형태와 관련이 있는 것이 아닌가 한다. 蔓橫의 '만'(蔓)은 덩굴이나 덩굴풀을 의미하는 것으로 덩굴은 땅을 따라 뻗어나가거나 사방으로 흩어지거나 다른 것에 감기는 성질이 있어 평시조보다는 길게 뻗어나가 길어지거나 흐트러지는 경향이 있어 자연 길어지는 것이며, '횡'(橫)도 가로 놓이거나 가로 지르는 성질이 있으며 남의 구속을 받지 않고 제멋대로의 뜻이 있어 어느 정도의 규칙성을 띠고 있는 평시조에 비해 형식적인 구속을 벗어난 형태를 가리키는 것이 아니가

---

1) 「蔓橫淸類序」; "蔓橫淸類 辭語淫哇 意旨寒陋 不足爲法 然其流來也已久 不可一時廢棄故 特顧于下方"

한다. '청'(淸)은 맑은 소리나 맑은 소리의 노래란 뜻도 있겠지만 '남청'이니 '여청'이니 하는 것처럼 접미사로 쓰인 것인데, "목청이 좋다." "목청이 곱다."에서 처럼 '목청'의 청과 같은 것으로 생각되니 홍청거리는 멋이 있고 듣기에 좋은 소리란 뜻이 아닌가 한다.

　　　오날이 무슴 날고 老夫의 懸弧辰이로다
　　　술 잇고 벗 인는디 달이 더옵 아름다외
　　　아희야 거문고 淸쳐라 醉코 놀녀 ᄒᆞ노라.(朱義植: 樂高 230)

　　　千秋前 尊貴키야 孟嘗君만 홀가마는 千秋後 冤痛홈이 孟嘗君이 더옥 셟다
　　　食客이 젹돗돈가 名聲이 괴요튼가 개盜賊 둙의 우름 人力으로 사라나셔 말이야 주거지여 무덤 우희 가쇠나니 樵童牧豎들이 그 우흐로 것니며셔 슬픈 노래 혼 曲調를 부르리라 혜여실가 雍門調 一曲琴에 孟嘗君의 한숨이 오로는 듯 느리는 듯
　　　아해야 거문고 쳥쳐라 사라신제 놀니라. (靑珍 464) 〔孟嘗君歌〕

의 종장에서 말한 '거문고 청쳐라'는 거문고의 第 5현(絃)인 과하청 (棵下淸)을 치라는 말이지만 興이 넘쳐날 때 하는 말로 이런 종장을 가진 시조가 상당히 있는 것으로 미루어 홍겨움을 나타내는 것이라 하겠다. 다시 말해 蔓橫이란 음악적인 접근이 아닌 경우라도 詩歌의 형태가 평시조보다 길고 평시조보다 홍겨운 노래라는 뜻이 아닌가 한다.

　이제까지 문학에서 시조를 평시조를 비롯하여 엇시조와 사설시조의 3가지의 형식이 있다는 가람의 주장을 명칭과 함께 그대로 되풀이 하고 있는 실정이며, 陶南이나 李泰極처럼 명칭을 短型時調, 中型時調, 長型時調로 부르기도 하였으나, 가람의 주장이 아직도 그대로 통용되고 있는 실정이다. 시조가 漢詩처럼 정해진 틀이 있는 것이 아니고 字數에 있어 어느 정도의 伸縮性을 가지고 있기 때문에 정해진 型이

있는 것처럼 短型時調니 中型時調니 혹은 長型時調라고 쓰는 것보다
는 차라리 短時調나 中時調나 長時調로 부르는 것이 더 타당한 것이
아닌가 한다. 엇시조에 대한 개념이 분명하지 못한 것으로 생각되어
평시조가 아닌 것을 전부 장시조로 다루고 명칭도 사설시조가 아닌
長時調로 부르고자 한다. 다만 短時調인 경우에 連時調의 상대가 되
는 單時調와 혼동할 우려가 있으므로 지금처럼 평시조로 부르는 것이
무난한 것이 아닌가 한다. 이는 장시조가 시조의 영향을 받은 것을
전제로 하는 것이고 이제라도 시조와는 별개의 장르로 취급해야 하는
결정적인 사유라도 있다면 다른 이름으로 불러야 할 것이다.

參考文獻

李秉岐: 『國文學槪論』

李泰極: 『時調槪論』

張師勛: 『時調音樂論』

2. 形式과 構成方式

1) 形式

長時調가 平時調에서 파생되어 나온 것이냐 아니면 시조와 관계없이 독자적으로 발생한 것이냐 하는 주장들이 있다. 시조가 3章인 것과 장시조가 3章인 것은 마치 景幾體歌가 3音步인 것은 高麗歌謠의 영향을 받은 것과 마찬가지로 장시조가 평시조의 영향을 받은 것임은 분명하다고 하겠다. 그러나, 평시조에서 장시조가 발생했다는 견해에 대해서 과거에는 충분히 首肯이 가는 것으로 받아드렸으나 근래에 와서는 독자적으로 발생한 형태의 문학이란 주장들이 擡頭되고 있다. 그렇다 하더라도 장시조는 평시조의 영향을 받은 것은 사실이므로 장시조의 형식을 언급하기 以前에 평시조의 형식부터 고찰해 보는 것이 순서가 아닌가 한다.

시조를 흔히 정형시라고 부른다. 정형시라고 부를 때 漢詩의 絶句처럼 5言이나 7言의 4句로 글자의 수가 정해지고 絶句라는 틀이 固定되어 있는 定型詩를 가리키는 경우보다는 字數가 고정되어 있는 것이 아닌 어느 정도의 융통성을 가진 시라는 의미에서 定形詩의 뜻으로 쓰고 있다. 그러나 실제의 평시조 작품을 보면 딱 떨어지게 고정되어 있는 형태가 거의 없고 어느 정도의 융통성을 가지고 발견하게 된다. 이런 의미에서 차라리 整形詩라고 부르는 것이 오히려 타당한 것이 아닌가 한다.

시조가 전래의 음악과 밀접한 관련을 가지고 있고, 시조란 명칭도 여기에서 유래된 것이므로 우선 國樂에서 시조의 형식이 어떤 것인지를 아는 것이 아는 것도 의미가 있는 일이라 하겠다.

국악에서 현행 시조는 서울 중심의 京制와 경상도 중심의 嶺制, 전라도 지방 중심의 完制와, 충청남도 중심의 內浦制가 있다. 京制에는 平時調를 비롯해서 중허리時調, 지름時調, 女唱지름時調, 辭說지름時調, 首雜歌, 좀는時調, 휘모리雜歌, 노랫가락이 있는데2)이 가운데 辭說지름時調는 엇(旕)時調에 좀는時調와 휘모리雜歌는 엮음(編,辭說)時調에 해당한다. 이처럼 國文學에서 사용하고 있는 시조의 용어가 음악에서 사용되고 있는 것을 借用한 것이다. 京制에서 旕時調에 해당하는 辭說지름時調와 辭說時調에 해당하는 휘모리의 唱法은 辭說지름時調가 "初章唱法은 平지름과 같고 다만 中章을 變調로 하되 字數의 長短에 따라 原型을 벗어나서 長短小節의 延長法을 사용하는 時調曲"이라 하였고, 휘모리雜歌는 "終章의 첫 3音節과 끝여미는 곳에서만 時調唱法에 따르고 모두 웃음거리요 곁말투성이의 才談調로 變調變貌된 時調曲인데 滑稽와 諧謔 等을 主題로 한 長時調가 이것으로 불리운다."고 하였다.3) 여기에서 보는 것처럼 辭說지름時調나 휘모리雜歌에 해당하는 唱詞가 다 長形과 관계가 있음을 알겠다.

국문학에서 시조를 平時調, 旕時調, 辭說時調로 분류하여 이러한 용어를 처음 사용한 사람은 가람 李秉岐로 이후의 학자들은 이를 그대로 援用하고 있는 실정이며, 陶南 趙潤濟는 이를 短型時調, 中型時調, 長型時調라고 불렀다. 李泰極은 이를 短時調(時調·平時調·短形時調), 中時調(旕時調·中型時調), 長時調(辭說時調·長型時調)로 부르고 있는데, 短時調에서 이를 달리 短形時調라고 하였는데 이는 中時調와 長時調를 中型時調나 長型時調라고 한 것으로 미루어 短型時調의 잘못이라 생각된다. 국문학에서 사용하고 있는 평시조나 엇시조, 사설시조라는 용어는 국악에서 사용하고 있는 용어와 혼동을 가져올 餘地가 많은 관계로 바꾸어 쓰는 것이 좋을 것이라 생각된다.

---

2) 張師勛;『時調音樂論』 P.40
3) 李泰極;『時調槪論』 P.77

장시조의 형식을 언급하기 이전에 평시조의 형식에 대해 언급한 것을 보면 가람은 그의 『國文學槪論』에서

> 평시조는 初章 初句, 終句, 中章 終句가 6자 내지 9자요, 中章 初句 終章 二句가 5자 내지 8자요, 終章 初句는 3자, 三句는 4자 내지 5자, 終句는 3자 혹은 2자나 4자다. 그리고 8자가 혹 9자, 혹 9자가 혹 10자 되는 것도 있으나, 이는 例外이고 다만 初章 初句의 6자엔 2 2 2調나 2 4調요, 2 3調는 없다. [4]

고 하였고, 鷺山 李殷相은 "時調 短型 芻議"라는 논문에서 시조를 3장 6구로 나누고 初章 제 1구는 2~5자, 제 2구는 3~6자, 제 3구는 2~5자, 제 4구는 4~6자가 中章 제 1구는 1~5자, 제 2구는 3~6자, 제 3구는 2~5자, 제 4구는 4~6자가 終章 제 1구는 3자 제 2구는 5~9자 제 3구는 4~5자, 제 4구는 3~4자라 하였다.[5] 陶南 趙潤濟는 "時調 字數考"란 논문에서 初章 제 1구는 2~4자, 제 2구는 4~6자, 제 3구는 2~5자, 제 4구는 4~6자가 中章 제 1구는 1~4자, 제 2 구는 3~6자, 제 3구는 2~5자, 제 4 구는 4~6자가 終章 제 1 구는 3자, 제 2 구는 5~9자 제 3 구는 4~5자, 제 4 구는 3~4자라고 하면서 초장은 3, 4, 3.4, 4 중장은 3, 4, 4.3, 4 종장은 3, 5, 4, 3이 기본형이라고 하였다.[6]

이를 종합해 보면 한 首의 總字數가 가람은 最小 38字에서 最大 55字로 노산은 36~66字로, 도남은 39~63자로 최소에서는 36~39字로 큰 차이가 없으나 최대에 있어서는 55~66字로 11字의 차이가 난다. 이는 일반적으로 평시조의 字數가 各章 15字 내외로 總字數 45字 내외라고는 하지만 실제 작품에서 몇 字가 더 많아야 평시조가 아닌 엇

---

4) 李秉岐; 『國文學槪論』 P. 116
5) 李殷相; "時調 短型 芻議" 〈東亞日報〉 1928, 4, 18~25
6) 趙潤濟; "時調字數考" 『新興』 第 4號 1930, 11, 6

시조가 되는지는 명확한 기준이 되기 어렵다고 하겠다.

　珍本『靑丘永言』에 수록되어 있는 蔓橫淸類 가운데 제일 字數가 적은

> 　　두고 가는의 안과 보내고 잇는의 안과
> 　　두고 가는 이는 雪擁藍關에 馬不前뿐이여니
> 　　보내고 잇는의 안혼 芳草年年에 恨不窮 이로다. (珍靑 468)

는 初章 15字, 中章 19字, 終章 20字로 모두 54字로 위에서 언급한 세 사람의 總字數보다는 오히려 부족하나 가람의 이론대로라면 엇시조에 해당하나 沈載完의 『校本歷代時調全書』에 수록되어 있는 작품 3,335首를 평시조 2,759首, 엇시조 326首, 사설시조 250首로 분류한 徐元燮의 『時調文學研究』에서는 평시조로 다루었다.

　시조의 문학적 분류를 지금처럼 평시조와 엇시조 사설시조로 나눈 사람은 가람으로 명칭만이 아니라 형식을 규정한 것도 처음이다. 그러나 뒤에 시조의 형식에 대해 언급한 것들을 보면 상당한 차이가 있으니, 우선 엇시조에 대한 언급을 보면 가람은

> 　　엇시조(旀時調)는 대개 평시조(平時調)와 같되, 다만 초장(初章) 중장(中章)의 초·종귀(初終句)와 종장(終章)의 二귀(句), 이 다섯 귀절(句節) 가운데 어느 한 귀절(句節)만이 평시조(平時調) 그것보다 숫자(數字)이상으로 되어 있다. 7)

고 하였고, 金思燁은

> 　　平時調의 初, 中章 中 어느 한 章이 字數에 있어 無制限한 時調다. 終章에는 큰 變化가 없다.8)

---

7) 李秉岐;『國文學槪論』 P. 116

고 했고, 李泰極은

　　이것은 短時調의 基本律에서 그 어느 한 句의 字數가 벗어난 時調를 말한다. 어느 한 句람은 普通은 初章(第1行) 第1句(前句·初句·內句) 또는 第2句(後句·外句)가 되는 일이 많고 그 字數는 10字 以上으로 늘어 나간 것을 말한다. 普通時調는 9字까지이고 10字까지는 間或 許容된다. 萬一 이것이 終章(第3行)일 경우에는 첫分節 3字는 不變이고 第2分節인 6字가 9字 이상으로 벗어나게 된다.[9]

고 했다. 徐元燮은 앞에서 언급한 沈載完의 『校本歷代時調全書』에서 엇시조라 하여 326首를 抽出하여 字數의 통계를 내어

　　旕時調는 總字數 面에서 볼 때 41字에서 98字까지의 字數로 된 時調라 할 수 있다. (中略) 時調 三章 중에서 初·終章은 대체로 平時調의 字數를 維持하고, 中章은 그 字數가 40字까시 길어진 時調이다. [10]

고 하였다.

　以上에서 보면 가람은

　　　白雲이 이러나니 나뭇긋치 흔덕인다
　　　밀물에 東湖 가고 혈물에 西湖 가자
　　　아희야 넌 그물 걷어 서리고 닷츨 놉히 다라스라. (樂學 830)

를 예로 들어 終章에서 평시조보다 몇 자가 더 늘어 났으나 평시조를 규정하면서 終章 第2句에 5字에서 8字라고 하였는데 위의 작품은 가집에 따라 "넌 그물 걷어 서리고 닷츨"이 "넌 그믈 걷어 서리담아 닷

---

8) 金思燁;『李朝時代의 歌謠研究』P. 254
9) 李泰極;『時調概論』P. 71
10) 徐元燮;『時調文學研究』P. 26

글 들고 돗글" 로 넘나듦이 있어 평시조로도 또는 엇시조로도 분류되는 모순이 있다고 하겠다.

金思燁은 초·중장 가운데 어느 한 章이 무제한으로 길어질 수가 있으며, 다만 종장에는 변화가 없다고 했지만, 徐元燮은 초장과 종장은 평시조와 같으나 중장이 상당히 긴 시조 4首를 들어[11] 이를 엇시조로 본다는 것은 무리라고 하였다.

李泰極은 대체로 초장에서 어느 한 句의 字數가 평시조형보다 10字 이상으로 벗어난 경우를 들어 가람과 거의 같은 주장을 하고 있으나 시조의 3章 가운데 가장 많은 破形이 중장에서 일어나고 있음에도 굳이 초장에 파형이 일어나고 있다고 하는 주장에는 同意하기가 어렵다고 하겠다.

徐元燮은 초장과 종장은 대체로 평시조와 같고 중장이 그 字數가 40字까지 길어진 것이라 했으나, 실제로는 초장에서 21字가 된 것도 24首나 되며, 종장에서 21字나 23字가 된 것이 각각 23首와 31首가 있어 중장만 20字가 넘는 것이 없다고 해서 중장만을 거론하는 것은 무리라 하겠으며, 엇시조로 분류한 작품의 總字數가 98字까지 되는 것을 엇시조로 다루고 있는 것은 아무래도 모순이 아닌가 한다.

계속해서 辭說時調에 대한 定義에 대한 주장을 보면 가람은

> 사설시조(辭說時調)는 초장(初章)·중장(中章)·종장(終章)에 두 구절(句節)이상(以上) 또는 종장(終章) 초귀(初句)라도 평시조(平時調) 그것보다 몇 자(字) 이상(以上)으로 되었다. 그러나 초장(初章)·종장(終章)이 너무 길어서는 아니된다.[12]

고 하였고, 金思燁은

---

11) 徐元燮; 前揭書 P. 20 沈載完의 『校本歷代時調全書』의 歌番54, 1898, 1968, 2413은 각각 중장의 字數가 215자, 352자, 210자, 292자라고 하였다.
12) 李秉岐;『國文學槪論』P. 117

    初, 中章 모두 制限 없이 길고, 終章도 어느 程度 길어진 것이다.[13]

라고 하였다. 李泰極은

    이것은 短時調의 規則에서 어느 두 句 以上이 各各 그 字數가 10字以上으로 벗어난 時調를 말한다. 이 破格句는 大槪가 中章(第2行)의 1·2句다. 勿論 終章도 初章도 벗어나고 3章이 各各 벗어나는 수도 있다. 이 長時調는 唱으로서도 蔓橫淸類나 弄樂調로 부르는 것으로 歌詞나 雜歌에 가까와지는 傾向이 있다. [14]

라고 하였으며, 徐元燮은

    總字數 面에서 볼 때 辭說時調는 70字에서 803字까지의 字數로된 時調라 할 수 있다. (省略) 辭說時調는 時調 三章 中에서 初·終章은 대체로 短時調의 숭장의 字數와 一致하고, 中章은 그 字數가 制限없이 길어진 時調이다. [15]

고 하였다.

    그러나 실제 시조작품을 보면 가람의 주장대로 초, 중, 종장 가운데 2句가 늘었다 해도 평시조로 보거나 아니면 엇시조로 보는 것이 더 타당한 것이 있으며, 시조라는 형태의 문학의 특징이라 할 수 있는 종장 초구의 3자가 몇 자 늘어나는 것도 사설시조라 하였는데 이는 대부분 漢詩를 時調化 하는 과정에서 詩句를 종장으로 援用하는 과정에서 3字로는 도저히 뗼 수가 없는 경우가 허다한 것으로 미루어 이것이 3字 이상으로 늘어났다고 해서 사설시조로 보는 것은 옳지 않다

---

13) 金思燁; 前揭書 P. 254
14) 李泰極; 前揭書 P. 73
15) 徐元燮; 前揭書 P. 32

고 하겠다. 또 초장과 종장은 너무 길어서는 안된다고 하는 주장도 無理라고 여겨지니 徐元燮의 통계처럼 작품에서 초장이 174字가 되고 종장에서 165字가 되는 작품의 무엇이라 부를 것인지 의문이다.

金思燁의 주장은 初·中章은 제한이 없고 終章도 어느 정도 길어진 것이라 했는데, 실제로는 초장에 비해 종장이 길어진 것이 적기는 하지만 종장이 길어진 것도 상당히 많은 것으로 미루어 길어진 것이 마치 초장과 중장에만 치우친 것처럼 말하는 것은 모순이라 하겠다.

李泰極의 주장이 현재로서는 사설시조에 대한 규정으로는 가장 타당한 것이 아닌가 한다. 다만 평시조보다 어느 두 句가 늘어난 것이라고 했는데, 두 句가 아닌 한 句도 평시조보다 늘어난 경우에 대한 설명이 부족하다고 하겠다.

徐元燮은 初·終章이 대체로 菴時調의 中章의 字數와 一致하고, 中章의 字數가 制限 없이 길어진 것이라 했는데, 그렇다면 사설시조는 初·中·終章이 다 평시조보다 길다는 뜻이 된다. 실제로는 그런 작품이 없는 것은 아니나 3章이 평시조보다 긴 것은 그렇게 많지 않은가 한다.

徐元燮이 沈載完의 『校本歷代時調全書』에서 사설시조로 분류한 250首를 各 章別로 자수의 통계를 보면

章別 \ 字數	12	13	14	15	16	17	18	19	20	21	22	23	24	25	26	27
初　章	2	5	19	22	42	31	13	12	10	7	6	3	8	4	9	2
中　章					1						1					
終　章	1	2	12	21	20	30	21	14	7	9	11	10	6	6	3	4

28	29	30	31	32	33	34	35	36	37	38	39	40	41	42	43	44	45
6	4	2		4	5	1	3	1	3	3	2	3		1		2	1
				1		1		2	1			1	5	8	11	5	5
6	4	9	6	3	3		2		1	2	2	1	2	1	2	3	

46	47	48	49	50	51	52	53	54	55	56	57	58	59	60	61	62	63
1	3			1			1			1		1					
5	2	3	3	3	5	3	1	8	5	3	7	5	4	4	7	5	3
1	2	2		2	3	2		1					1	2		2	2

64	65	66	67	68	69	70	71	72	73	74	75	76	77	78	79	80	81
							1		1								
5	1	2	1	1	2	5	2	2	5	1	3	5	3	1	2	3	1
																	1

82	83	84	85	86	87	88	89	91	92	93	95	96	97	99	101	102	103
																	1
3	1	1	4	2	6	2	1	2	2	3	1	2	2	1	1	3	1
														1			

104	106	107	113	115	116	117	120	122	124	125	126	128
						1				1		
1	1	1	1	1	2	3	2	1	2		1	1
									1			

129	131	133	136	137	139	141	142	143	145	147	148	150
1	1	1	1	1	1	1	1	1	1	1	1	1
								1				1

153	157	165	168	174	187	194	201	210	215	225	255	280
				1								
1	1		1		1	1	1	1	1	1	1	1
		1										

290	292	352	366	413	498	720	計
							250
1	1	1	1	1	1	1	250
							250

와 같다. 초장과 종장이 徐元燮이 말한 것처럼 20字 정도라고 할 때

초장은 156回, 종장은 128回가 이에 해당하니 대체로 초장은 절반이 넘고 종장은 절반이 조금 넘는 數字이다. 따라서 초장과 종장도 엇시조보다 字數가 많은 경우가 상당한 것임을 알겠다. 또 엇시조를 초장과 종장은 평시조의 字數와 같고 다만 중장이 40字까지 길어진 것이라 하면서 엇시조의 총자수가 41字에서 98字까지라 하였으나, 사설시조의 총자수를 70字에서 803字까지라고 하였으니, 엇시조가 사설시조보다 字數가 더 많은 것을 어떻게 설명할 수 있을지 의문이라 하겠다.

  달리 字數律보다는 音步律을 가지고 형식을 구분하는 것이 더 합리적이라 생각된다. 字數는 어떤 기준에서 몇 자가 넘나드는 것이 이상하지만 音步律의 경우는 字數律에 비해 융통성이 있기 때문이다. 趙東一은

> 4음보격으로 고정되어 있는 평시조는 여유 있고 안정된 마음을 표현하는 형식이다. 그러므로 여유가 없고 안정되어 있지 않은 마음을 표현할 때에는 평시조의 고정된 율격을 파괴하지 않을 수 없다. 4음보격으로 고정되어 있는 평시조는 또한 점잖은 거동을 나타내기에 적합한 형식이다. 그러므로 점잖지 않고 잡스러우며, 점잖은 데 대해서 반발해서 골계스럽고자 하는 마음을 나타내기 위해서도 평시조의 고정된 율격을 파괴하지 않을 수 없다. 엇시조와 사설시조는 이러한 면에서 공통점을 가지며, 평시조의 고정된 율격을 파괴하는 정도에 따라서 구별된다. 엇시조는 2음보가 세 번 중첩되어 6음보가 나타난 곳이 한 군데만 있는 시조라고 규정될 수 있고, 2음보가 세 번 중첩되어 6음보가 나탄난 곳이 두 군데 이상 있거나. 2음보가 네 번 중첩되어 8음보가 한 군데 이상 있는 시조는 사설시조라고 규정할 수 있다. 16)

고 하였다. 시조의 형식을 논하는 대부분의 학자들이 字數가 얼마 늘

---

16) 趙東一;『한국시가의 전통과 율격』P. 110

었다고 하여 엇시조나 사설시조로 구분하는 것보다는 音步가 한 번
또는 두 번 더 중첩되었다고 하는 것이 훨씬 더 융통성이 있는 주장
이라 하겠다.

우리는 오늘날 평시조보다 몇 자가 더 늘었다고 하거나 음보가 추
가되었다고 해서 엇시조나 사설시조로 구분하나 실제로 珍本『靑丘永
言』에서 蔡裕後의 作으로 되어 있는

　　　드나 쓰나 니 濁酒 죠코 대테메온 질병드리 더옥 죠희
　　　어론쟈 박구기롤 둥지둥둥 쯰여 두고
　　　아희야 저리짐췰만졍 업다 말고 내여라. (珍靑 164)

는 珍本『靑丘永言』을 비롯하여『海東歌謠』, 서울大本『樂府』, 洪在烋
本『靑丘永言』에서는 二數大葉에 넣어서 평시조로 다루고 있다. 그러
나 餘他의 가집에서는 樂戱調나 蔓橫 또는 栗糖數葉으로 다루고 있어
평시조와 구분하고 있다.

　　　물 아래 셰가랑 모래 아무리 뉇다 발자최 나며
　　　님이 날을 아무리 괴다 내 아더냐 님의 안홀
　　　狂風이 지부친 沙工ㄱ치 기픠를 몰라 ㅎ노라. (珍靑 458)

　　　두고 가는의 안과 보내고 잇는의 안과
　　　두고 가는 이는 雪擁藍關에 馬不前쑨이여니
　　　보내고 잇는의 안혼 芳草年年에 恨不窮 이로다. (珍靑 468)

에서 앞의 것은 總字數가 53字가 되고 초장이 18字가 되며 종장도 18
字가 되어 평시조보다는 字餘歌라 하겠으나 가집에서는 낙시조에 수
록되어 있고, 뒤의 것은 비록 중장과 종장이 평시조보다 몇 자가 더
길어졌으나, 總字數가 52字밖에 안되지만 蔓橫淸類에 수록되어 있다.
그러므로 특별히 어느 章이 상당히 길어진 것이 아니라면 曲目이 특

별히 고정되어 있는 것이 아니라 노래의 내용이나 唱으로 부르는 방법에 따라 곡목이 정해지는 것이 아닌가 한다.

이처럼 시조의 형식을 지금처럼 평시조, 엇시조, 사설시조로 구분하고 그 구분의 기준을 3章 가운데 어느 1章이 또는 2章이나 3章 모두가 평시조보다 몇자가 늘어난 것을 가지고 구분하는 것보다는 평시조와 이의 破形이라 할 수 있는 것으로 나누고, 파형의 시조를 長時調로 부르는 것이 타당한 것이 아닌가 한다.

2) 構成方式

여기서 구성방식이라 함은 現傳하는 장시조의 구성이 어떤 형태로 되어 있느냐 하는 것과 어떤 방식으로 작품을 구성하고 있는지를 살펴 보고자 하는 것이다. 다음의 시조는

> 어져 내 일이야 그릴 줄을 모로드냐
> 이시라 흐더면 가랴마는
> 제 구틱야 보내고 그리는 情은 나도 몰라 흐노라. (珍靑 6)

> 어져 내 일이야 그릴 줄을 모로드냐
> 이시라 흐더면 가랴마는 제 구틱야
> 보내고 그리는 情은 나도 몰라 흐노라.

처럼 중장의 한 句를 종장으로 취급해도 의미를 손상하거나 문장呼應關係에도 어긋나지 않는다. 그렇지만 시조를 3章 6句의 형식이라 전제하고 표기한다면 '제 구틱야'를 중장으로 취급해야 옳은 것이 된다. 松江의 작으로 『松江歌辭』에 되어 있으나 珍本『靑丘永言』에서는 無名氏 作으로 되어 있는

　　深意山 세네 바회 휘도라 감도라 들제
　　五六月 낫게즉만 살어름 지핀 우희 즌서리 섯거치고 자최눈 뿌렷거늘
보왓는가
　　님아님아 온 놈이 온 말을 ᄒᆞ여도 님이 짐쟉 ᄒᆞ쇼셔. (珍靑 468)

도 '님아님아'를 중장으로 또는 종장으로 취급하여도 노래의 뜻에는
변동이 없지만 중장으로 취급하지 않으면 종장이 字餘歌가 된다. 장
시조는 대체로 중장이 긴 것이 특징이라 하겠으나, 실제로는 어느 한
장이 긴 것, 또는 2장이 긴 것과, 3장이 다 긴 것이 있어 그것도 초·
중·종장 가운데 특정한 장만이 긴 것은 아니다. 이제 그 길어진 형
태를 보면 다음과 같다.

　가. 어느 한 장이 길어진 경우

　　　國家太平ᄒᆞ고 萱堂에 날이 긴제 미리 흰 判書아기 萬壽盃를 드리는고
　　　每日이 오늘 ᄀᆞᆺᄐᆞ면 셩이 무슴 가싀리
　　　이마도 一髮 秋毫도 聖恩인가 ᄒᆞ노라. (玉溪先生 續集 3)

　　　갓스믈 선머슴 젹의 ᄒᆞ던 일이 우읍고야
　　　大牧官 女妓 小牧官 酒湯이 開城府 桶直이 노니는 갓나희 덩더러쿵
　　　계대년들이 날 몰래 ᄒᆞ리 뉘 이시리
　　　그러나 少年行樂은 減ᄒᆞᆫ 일이 업세라. (靑가 572)

　　　君自故鄕來하니 알리로다 故鄕事를
　　　오든 날 綺窓前에 한매화가 피엿드냐 안피엿드냐
　　　南枝發 北枝末며 北枝發 南枝末와 南枝 北枝 發未發은 去年 今日 일
반인데 그대 아니와 글로 근심. (時調 75)

는 각각 초장과 중장, 종장이 길어진 예이다.

나. 2장이 길어진 경우

　　놉흘ᄉ 泰山이며 깁흘ᄉ 滄海로다 泰山과 滄海라 ᄒᆞᆫ들 聖德과 比할손
가
　　발고 발근 日月이요 어질고 어진 雨露로다 日月과 雨露라 ᄒᆞᆫ들 聖德
과 갓흘손가
　　어긔야 우리 聖母 聖德이냐 形容키 어려왜라. (三竹異本 90)

　　대장부 삼십전에 부귀공명 못할진대
　　차라리 다 버리고 명산대천의 무림수죽 골나 초당 삼간 정쇄히 짓고
성상의 자고동 삼척의 잘너 오현금 줄을 언저 절대가인 겻해 두고 금준
의 술을 부어 취토록 마신 후에 남풍시 화답하며 강구연월 누엇스니
　　그 뉘가 일으기를 자포자긔라 하야 시비는 잇스려니와 인간고락 의논
컨대 사무한신은 이 쑨인가.(時調集)

　　술먹기 비록 죠흘지라도 한두 盞박기 더 먹지 말며
　　色ᄒᆞ기 조흘지라도 敗亡에란 말을지니
　　平生에 이 두 일 삼가ᄒᆞ면 百年千金軀를 病드로미 이시랴. (詩歌
608)

는 각각 3장 가운데 어느 2장이 긴 것인데, 초장과 종장이 길고 중장
이 짧은 경우는 극히 드믈다.

다. 3장이 다 길어진 경우

　　즁놈이 졈은 사당년을 엇어 싀父母의 孝道를 긔 무어슬 ᄒᆞ야 갈쬬
　　松杞쩍 갈松편과 더덕 片脯 芋椒佐飯 뫼흐로 치달아 싀엄취라 삽주
고살이 글언 뫼남을과 들밧트로 날이달아 곰달릐라 물쑥 게유목 쏫다지
라 쏨박위 잔다귀라 고돌색이 둘오 키야 바랑쑥게 너허가지
　　무어슬 틋고 갈고 암쇼 등에 언치노코 싀샷갓 모시長衫 곳갈에 念珠

밧쳐 어울타고 가리라. (李鼎輔: 海周 300)

　　人生을 헤알이니 榮辱이 半이로다 東門에 掛冠ᄒ고 田里로 도라와셔
　　聖賢經傳 열쳐노코 니러기를 다한 後에 압ᄂᆞᆯ예 살진 고기도 낙고 뒷
뫼에 움진 藥도 키다가 登高望遠ᄒ며 任意逍遙ᄒᆞᆯ지 淸風은 徐來ᄒ고 明
月이 時至로다
　　이 즁에 슐 손조 부어먹고 琴歌自適ᄒ니 이갓치 安逸한 조혼 마시 世
上에 ᄯᅩ 이셔 비겨보랴 이리 노니다가 昇化歸雲ᄒᆞ여 帝鄕에 올나가면 餘
恨이 업슬노다.(興比 411)

는 3장이 다 길어진 형태이다. 장시조의 특징이라면 대체로 중장이
긴 것이 특징이며 가장 짧은 것은 1구절이 늘어난 것이요, 긴 것을
짧은 가사보다 길다. 짧은 것과 긴 작품을 들면 다음과 같다.

　　어와 져므러 간다 宴息이 밋당토다
　　ᄀᆞ는 눈 ᄲᅳ린 길 블근 곳 홋터딘더 흥지며 서러가서
　　雪月이 西峰의 넘도록 松窓을 비겨 잇쟈. (尹善道: 孤山遺稿 66)

　　紅塵을 이믜 下直ᄒ고 桃源을 차자 누엇스니 六十年 世外 風浪 꿈이
런 듯 可笑롭다
　　이 몸이 閑暇하야 山水의 遨遊헐제 一小舟의 不施篙艫ᄒ고 風帆浪楫
으로 任其所之 하올져긔 水涯에 觀魚하며 沙際에 鷗盟ᄒ야 飛者走者와
浮者躍者로 形容이 익어스니 疑懼ᄒᆞᆯ 잇슬것가 杏壇에 비를 미고 釣臺
에 긔여올나 고든 낙시 듸리우고 石頭에 조으다가 漁夫의 낙근고기 柳枝
에 뭬여들고 興치며 도라올제 園翁野叟와 樵童牧豎를 溪邊에 邂逅ᄒ야
問桑麻說秔稻할제 杏花村 바라보니 小橋邊 쓴 술집의 靑帘酒 날니거늘
緩步로 들어가셔 꼿츠로 籌노으며 酩酊이 醉한 後의 東皋의 긔여 올나
슈파람 ᄒᆞᆫ마디를 마음더로 길게 불고 다시금 뫼여 ᄂᆞ려 臨淸流而賦詩ᄒ
고 撫孤松而盤桓타가 黃精을 ᄭᅡ야들고 집으로 도라들제 芳逕의 나는 꼿
츤 衣巾을 침노ᄒ고 碧樹의 우는 ᄉᆡ는 流水聲을 和答든다 문압폐 다다라
는 막더를 의지ᄒ야 四面을 살펴보니 夕陽은 在山ᄒ고 人影이 散亂이라

紫綠이 萬狀인데 變幻이 頃刻이라 松影이 參差여늘 禽聲은 上下로다 山腰의 兩兩笛聲 쇠등의 아희로다 俄已오 日落西山ᄒ고 月印前溪ᄒ니 羅大經의 山中이며 王麻詰의 輞川인들 여긔와 지날것가 쓸가온더 드러셔니 섬쫄 밋테 어린 蘭草 玉露의 눌녀 잇고 울가의 셩긘 곳츤 淸風의 나붓긴다 房안의 드러가니 期約둔 月黃昏이 淸風과 함긔 와셔 불거니 비취거니 胸襟이 洒落ᄒ다 瓦盆의 듯는 술을 匏樽으로 바다니야 任과 흠긔 마죠안져 드러 셔로 勸할져게 黃精菜 鱸魚膾는 山水의 가쵸미라 嗚嗚咽咽 洞簫聲을 닉 能히 브러스니 淸風七月 赤壁勝遊ㅣ 여긔와 彷佛ᄒ다 거문고 잇그러셔 膝上의 빗기 놋코 鳳凰曲 ᄒ바탕을 任시켜 불니면서 興더로 집허스니 司馬相 鳳求凰이 여긔와 밋츨것가 竹窓을 밀고 보니 달이 거의 나지여늘 밤은 ᄒ마 五更이라 솔그림ᄌ 어린 곳의 鶴의 꿈이 깁허거늘 더 슈풀 우거진데 이슬바람 션을ᄒ다 玉手를 익쓸고서 枕上의 나아가니 琴瑟友之 깁흔 情이 뫼갓고 물갓타야 連理에 翡翠여늘 綠水의 駕鴦이라 巫山의 雲雨夢이 여긔와 엇덧턴고

　뭇노라 벗님네야 安周翁의 悅心樂志 이만ᄒ면 넉넉ᄒ야 이 後란 離別을 아조 離別하고 길이 슘어 任과 함긔 즐기다가 元命이 다 ᄒ거든 同年同月同日同時에 白日昇天 ᄒ오리라. (安玫英:金玉 177)

　장시조의 構成方式의 특성 가운데 하나가 對話로 이루어진 것이 많다는 것이다. 대화의 상대자가 없이 은연중에 누구인지를 讀者가 짐작하게 하는 경우가 있는가 하면, 상대방을 의식하지 않고 일방적으로 독백하는 방식을 취한 것도 있다. 대화가 商人과 顧客사이에 또는 중〔僧〕과 一般人과, 姑婦間에 不貞한 일에 대한 해결책을 묻고 걱정하는 등의 갓가지 대화로 章이 구분되기도 하고 대화를 계속하여 전체의 작품을 구성하는 경우도 있다.

　다음은 특별히 대화의 상대자가 있는 것이 아니라 不特定人을 상대로 獨白에 가깝다고 하겠다.

　　妾을 죳타ᄒ되 妾의 說弊 들어보서
　　눈에 본 종 계집은 紀綱이 紊亂ᄒ고 노리개 女妓妾은 凡百이 如意ᄒ

되 中門안 外方官妓 긔 아니 어려우며 良家女 卜妾ᄒ면 그 中이 낫건마
는 안마루 발막짝과 방안에 장옷귀가 士夫家 貌樣이 졀노 글너가네
　아무리 늙고 病드려도 規模 딕히기는 正室인가 ᄒ노라. (申獻朝:蓬萊
樂府 18)

　發話者의 자신은 신분을 밝히고 있지 않지만 발화자의 주체가 누구
이며 發話의 意圖가 무엇인지를 알려 상대방으로 하여금 대답하도록
하는 경우로

　져건너 月仰 바회 우희 밤즁마치 부엉이 울면
　녯사람 니론 말이 눔의 싀앗되야 즛믭고 양믜와 百般巧邪하는 져믄
妾년이 急煞마자 죽는다 ᄒ데
　妾이 對答하되 안해님 겨오셔 망녕된 말 마오 나는 듯ᄌ오니 家翁을
薄待ᄒ고 妾새옴 甚히 ᄒ시는 늘근 안히님이 몬져 죽는다데. (珍靑
564)

처럼 발화자인 本妻가 자신은 나타나지 않고 '녯사람'이란 第三者를
내세워 얄밉고 보기 싫은 妾에게 묻자 약싹바른 첩이 오히려 본처를
보기 좋게 반격하는 모습을 보여준다. 재미있는 것은 不貞한 姑婦가
갑작스런 돌발사태에 대처하는 모습을 그린 것으로,

　어이려뇨 어이려뇨 싀어마님아 어이려뇨
　쇼대남진의 밥을 담다가 놋쥬걱 쟐를 부르쳐시니 이를 어이려뇨 싀어
마님아
　져 악기 하 걱정마스라 우리도 져머신제 만히 것거 보앗노라. (珍靑
476)

는 儒敎 道德을 기반으로 하는 사회에서 間夫를 불러 밥을 주려다 주
걱이 부러지는 사태가 벌어져 이를 시어머니에게 相議하니 시어머니
는 오히려 걱정하는 며느리보다 한 수 위라고 일컬을 정도의 문란한

사회 모습을 보여주는 작품이라 하겠다.

　商人과 顧客과의 대화를 時調化한 것이 많은데, 둘 사이에 몇 번의 대화를 시조화한 것이 있는가 하면 한차례의 대화만으로 된 것도 있다.

　　　딕들에 동난지이 사오 져 쟝스야 내 황후 긔 무서시라 웨는다 사쟈
　　　外骨內肉 兩目이 上天 前行後行 小아리 八足 大아리 二足 淸醬 ᄋ스
　　슥ᄒᄂᆞᆫ 동난지이 사오
　　　쟝스야 하 거북이 외지 말고 게젓이라 ᄒᆞ렴은. (珍靑 532)

　　　閣氏네 더위들 사시오 일은 더위 느즌 더위 여러 ᄒᆡ포 묵은 더위
　　　五六月 伏더위에 情에 님 만나이셔 둘 불근 평상 우희 츤츤 감겨 누
　　엇다가 무음 일 ᄒᆞ엿던디 五臟이 煩熱ᄒᆞ여 구슬ᄯᆞᆷ 흘리면셔 헐덕이는 그
　　더위와 冬至돌 긴긴밤의 고온님 품에 들어 다스ᄒᆞᆫ 아룸목과 둑거운 니불
　　속에 두 몸이 ᄒᆞᆫ 몸되야 그리져리 ᄒᆞ니 手足이 답답ᄒᆞ고 목굼기 타올젹
　　의 웃목에 촌 슉늉을 벌덕벌덕 켜는 더위 閣氏네 사려거든 所見대로 사
　　시옵소
　　　쟝스야 네 더위 여럿 듕에 님 만난 두 더위는 뉘 아니 됴화ᄒᆞ리 놈의
　　게 프디 말고 브더 니게 프르시소. (申獻朝: 蓬萊樂府 20)

대화로 시작하여 대화로 끝맺는 형식을 취한 것이 있으니

　　　각시님 물너 눕소 내품의 안기리
　　　이 아히놈 괘심ᄒᆞ니 네 날을 안을소냐 각시님 그 말 마소 됴고만 닷
　　져고리 크나큰 고양감긔 쎙쎙 도라가며 제 혼자 안거든 내 자니 못 안을
　　가 이 아히놈 괘심ᄒᆞ니 네 나를 휘울소냐 각시님 그 말 마소 됴고만 도
　　사공이 크나큰 대듕션을 제 혼자 다 휘우거든 내 자네 못 휘울가 이 아
　　히놈 괘심ᄒᆞ니 네 나를 붓흘소냐 각시님 그말 마소 됴고만 벼룩 불이 니
　　러곳 나게 되면 청계라 관악산을 제 혼자 다 붓거든 내 자네 못 붓흘가
　　이 아히놈 괘심ᄒᆞ니 네 날을 그늘을소냐 각시님 그말 마소 됴고만 빅지
　　댱이 관동 팔면을 제 혼자 다 그늘오거든 내 자니 못 그늘을가

진실노 네말 ऱ틀시면 빅년동쥬 하리라. (古今 391)

처럼 장시조에 대화 형식이 도입된 것은 아마도 유교적인 사회의 폐쇄적인 생활에서 개방된 사회로의 변모의 과정을 보여 주는 것이 아닌가 한다.

參考文獻

李殷相: "時調 短型 芻議" 〈東亞日報〉

李秉岐: 前揭書

趙潤濟 "『韓國詩歌의 硏究』

金思燁: 『李朝時代의 歌謠硏究』

李泰極: 前揭書

張師勛: 前揭書

徐元燮: 『時調文學硏究』

趙東一 『한국시가의 진통과 율격』

3. 發生

長時調가 언제 發生했느냐 하는 문제에 대해서 이제까지의 견해를
보면 대체로 高麗末의 發生說과 壬辰倭亂과 丙子胡亂 以前의 說과 以
後의 說로 大別된다고 하겠다. 그 주장을 보면 다음과 같다.

1) 高麗時代 發生說

가. 孫晉泰

그는 각 가집에 무명씨의 작품으로 되어 있고 『樂學拾零』에만 李鼎
輔의 작으로 되어 있는 "八萬大藏 부처님께 비ᄂ이다 나와 님을 다시
나게 ᄒ오소셔."와 周氏本 『海東歌謠』에서만 金壽長의 작으로 되어
있는 "夏四月 첫 여드릿날에 觀燈ᄒ려 臨高臺ᄒ니."의 2首를 들어

> 이들 作品은 佛敎色彩가 濃厚한 것과 그 詩調 中에는 消極的 隱遁的
> 도 아니요, 또한 興奮的도 아닌 感情을 가진 平和스럽고 流暢한 感情을
> 가진——뿐 아니라 그 感情 중에는 一種의 獨特한 卑俗的이 아닌 諧謔을
> 가진 作風의 一大潮流가 있다. 나는 이것을 가리켜 高麗나 以前의 作風
> 이며 그들의 生活의 表現이라고 한다. 17)

라고 하여 이 작품들이 고려시대에 지어진 것으로 推定하였으나, 이
글이 발표될 당시에는 李鼎輔나 金壽長의 작품으로 표기된 가집들이
발굴되기 以前이라 다만 내용이 불교적이고, 유창한 감정과 비속적이
아닌 해학을 가졌다고 해서 고려시대에 발생했다고 하는 것은 추측에
지나지 않는다고 하겠다. 조선시대에는 抑佛崇儒 정책으로 불교가 公

---

17) 孫晉泰; "詩調와 詩調에 表現된 朝鮮사람" 『新民』1926

式的으로 용인되지 못하고 유교를 신봉하기는 하였으나 민간에서는
오랜 전통을 가진 불교를 계속해서 믿고 있던 사실을 감안한다면 비
록 내용이 불교적이고 평화스럽고 流暢한 감정을 지닌 작품이라 해서
이것이 고려시대 이루어진 작품이란 견해에는 수긍하기가 곤란하다고
하겠다.

나. 姜吉云

　孫晉泰는 작품의 내용을 가지고 고려시대에 지어진 것이라고 주장
한 것이라면, 姜吉云은 詩歌의 형태면에서 고려 중엽에 사설시조가
발생했다고 주장하면서

　　國文學史에서 平時調와 辭說時調의 發生年代를 各各 高麗末(14世紀
頃)과 李朝中葉(17世紀頃)으로 잡는 것이 一般的이나 筆者의 생각으로
는 文學型式의 發生史的 考察과 歌詞에 나타난 古代語詞의 殘影으로 미
루어서 平時調는 高麗初葉 以前으로 辭說時調는 高麗中葉 以前으로 그
發生時代를 치켜 올려야 할 것이 아닐까 한다.

　　要컨대 辭說時調는 平時調보다 長形이어서 口碑文學時期에는 그것이
文字에 定着될 수 없었기 때문에 널리 愛誦될 수 없어서 作家도 局限된
사람뿐이었을 것이다. 따라서 그 形式이 빨리 洗練되지 못해서 無名氏의
作品 속에서 辭說時調가 平時調보다 좀 더 古形이 維持되었다는 것뿐이
며 本質的으로 이들 두 文學型式은 同一型式에서의 發達形임이 分明하
다.
　　따라서 問題는 辭說時調와 平時調의 어느 것이 先行 文學型式이냐 하
는 것인데, 이들이 모두 抒情詩이고 다 같이 詩行이 6音步形式을 지니고
있으므로 短形인 平時調가 長形인 辭說時調보다 오래된 原初的인 文學型
式이라고 推定된다. 모든 條件이 같다면 短形에서 長形으로 發達하여 가
기 마련이기 때문이다. 生活環境의 多樣化는 思索과 感情을 豊富하게 만
드므로 그것의 反映인 詩도 그러한 思想感情을 담기 위하여 詩形式을 長
形化하지 않을 수 없기 때문이다.

平時調의 起源을 三國時代의 四句體 鄕歌나 井邑詞에서 찾아야 할 것이며, 적어도 高麗 睿宗의 悼二將歌에서 찾아야 할 것이요 그 最古의 現存作品은 八句體의 鄕歌인 處容歌일 것이나 적어도 平時調의 發生期보다 너무 떨어지지 않은 時代에 辭說時調가 존재한 것으로 推理된다. 18)

고하여 문학형식의 發生史的 입장에서 본다면 평시조형은 고려 초엽에 사설시조형의 시가는 고려 중엽에 발생하였다고 하였다. 시조의 형식이 고려 중엽에 이루어졌으리라는 종래의 주장보다 더 앞서 고려 초엽에 이루어졌다고 주장하고, 사설시조는 아무래도 평시조형에서 발전하여 사람들의 생활환경에 다양화하면서 사상감정을 풍부하게 만들어 자연스럽게 시형식을 장형화 할 수밖에 없으므로 평시조보다 그리 뒤지지 않는 고려 중엽에 와서 시형이 이루어진 것이라 주장하였다.

다. 黃浿江

그는 "大隱 邊安烈과 不屈歌"논문과 그의 후속에 해당하는 "大隱의 「不屈歌」補攷"―國文原歌를 中心으로―를 통하여 麗末의 大隱 邊安烈(1334~1390)이 圃隱 鄭夢周(1337~1392)와 함께 李芳遠(1367~1432)이 초청한 곳에서 이방원이 포은의 마음을 떠보기 위해 지은 「何如歌」에 대해 「丹心歌」로 화답했고, 대은도 「不屈歌」를 지은 사실이 있음을 밝혔고, 계속해서 珍本『靑丘永言』에 수록되어 있는

가슴에 궁글 둥시러케 뚤고 윈숫기를 눈길게 너슷너슷 꼬와
그 궁게 그 숫 너코 두 놈이 두 긋 마조 자바 이리로 흘근 저리로 훌
적훌근 훌적 훌져긔는 나남즉 눕대되 그는 아모또로나 견듸려니와

___

18) 姜吉云; "平時調・辭說時調・歌辭의 發生"『白史全光鏞博士華甲紀念論叢』
    P.1~20

　　　아마도 님외오 살라면 그는 그리 못ᄒ리라. (珍靑 549)

가「不屈歌」의 原歌라고하여 邊安烈이 사설시조 형태의「不屈歌」를 지은 사실과, 漢譯되었다고 한 노래의 原歌에 해당하는 시조를 찾아 낸 바가 있다. [19]

　邊安烈은 李成桂와 같이 고려말의 武臣으로 많은 공훈을 세우기도 하였으나 李成桂가 禑王 14년(1388) 5월에 威化島에서 回軍하고 돌아 와 7월에 田制改革에 대한 문제 때문에 李成桂와 의견을 달리했고, 이듬해 11월 13일에는 前大護軍 金佇와 前副令 鄭得厚가 黃驪에 가서 前王(禑)을 私謁하고서 李成桂를 제거하려다 발각된 '金佇의 獄事'에 관련되어 恭讓王 2년(1390) 정월 7일에 削職·流配되어 同月 16일에 漢陽에서 漢陽府尹 金伯興에게 피살되었으니, 아마도「不屈歌」는 1388년 7월부터 이듬해 11월 사이에 지은 것이 아닌가 한다. 李芳遠 의「何如歌」에 답하여 圃隱은「丹心歌」를 짓고, 大隱은「不屈歌」를 지었으나 圃隱은 朝鮮朝에 들어와 명예가 회복되어 萬古의 忠臣으로 推仰을 받았지만 대은은 姦臣으로 몰리어 본인과 그의「不屈歌」는 세 상에 알려지지 않았다고 하겠다. 노래의 내용으로 보아「丹心歌」와 더불어 충신의 不事二君의 의지를 나타낸 것임에도 불구하고 女人의 生態를 노래한 것으로 不感症을 나타낸 작품이라고 말하기도 하였 고,[20] 또는 別離의 슬픔을 두고 지은 작품으로 정신적 고통을 육체적 인 고통에 비유한 것으로 다루고 있는 실정이다.[21]

---

19) 黃浿江; "大隱 邊安烈과 不屈歌"『論文集』(檀國大) 第 2 輯
　　　 〃 ; "大隱의 不屈歌 補攷"『국어국문학』第 49.50 合倂號
20) 李能雨;『古詩歌論攷』P. 328
21) 鄭炳昱; "사설시조의 상상력"『한글새소식』第 97 號 1980

2) 壬·丙亂 以前 發生説

새로운 자료의 출현으로 從前에 壬·丙兩亂 이후에 발생했다고 주장 하던 분들이 壬·丙亂 이전으로 수정하는 경우가 있으며, 오히려 壬·丙亂 이전의 발생설이 더 우세한 편이라 하겠다.

임·병란 이전의 발생설을 주장한 분들은 趙潤濟를 비롯하여, 李泰極·李能雨·金俊榮·金東旭·崔東元과 '우리어문학회'가 있다.[22]

이들의 공통적 주장은 松江 鄭澈의 「將進酒辭」와 다른 시조 작품 1首(深意山 세네바회……)가 장시조인 점을 들어서 적어도 松江을 最初의 장시조 작가로 보고 있으며, 특히 李泰極은 權好文(1532~1587)의 연시조 「閑居十八曲」가운데

行藏有道ᄒ니 ᄇ리면 구톄 구ᄒ랴
山之南 水之北 병 들고 늘근 날을 뉘라셔 懷寶迷邦ᄒ니 오라 말라 ᄒ
ᄂᆞ뇨 聖賢의 가신 길히 萬古애 ᄒ가지라 隱커나 見커나 道ㅣ 얻디 다ᄅ
리
一道ㅣ오 다ᄅ디 아니커니 아모던들 엇더리.

를 들고서 이를 知名作家의 長時調 작품으로는 最古의 것이라 주장하고 이를 근거로

歌辭는 長時調의 擴大요, 長時調는 歌辭의 縮小라 말함을 證明하여

---

22) 趙潤濟;『韓國文學史』P. 371
　　具滋均 外;『國文學槪論』P. 224
　　李能雨;『國文學槪論』P. 75~76
　　金俊榮;『國文學槪論』P. 161
　　金東旭;『國文學史』P. 151,『韓國歌謠의 硏究(續)P. 279
　　崔東元;『古時調論』P. 61

주는 實證인 것이다. 그러므로 初期에는 二大 代表的인 詩歌型式인 時調 (短時調)와 歌詞와로 區分되어 創作되어 오던 것이, 어느 사이인지 그 接線이 凝結되어서 그 中間存在인 長時調形態를 産出하였던 것이다. 이 것이 적어도 明宗代까지는 기어 오를 수 있다고 본다. 이러한 出發을 한 長時調가 먼저 말한 二大戰亂으로 平民文學의 進出과 그 형식上 特徵이 符合되는 바가 커서, 그 發展에 더욱 拍車를 加한 것만은 事實이다.[23]

라 하였으나 權好文의 「閑居十八曲」은 第 16曲과 17曲이 합쳐진 것으 로 실제로는 18曲이 아닌 19曲이며 이에 대해서는 가람이 밝힌 바가 있다.[24]

金東旭은 처음에는 壬‧丙兩亂 이후의 발생설을 주장하다가,[25] 杜 谷 高應陟(1531~1606)의 작품을 들어

다만 여기에 한가지 사실을 내세울 수 있다면 사설시조는 이미 壬亂 以前에 그 胎動을 끝마치고 生成됐으나 그 爛熟期는 肅宗 英祖 時代에 내려간다는 사실이다.[26]

라고 하여, 종전의 평민들에 의해서 肅宗代에 발생했다는 주장에서 수정하여 壬亂 이전으로 잡고 있다.

여기서 金東旭은 杜谷이 松江보다 출생이 5년이 빠르기 대문에 그 를 現傳 最古의 長時調 작가로 보고 있으나, 그후에 玉溪 盧禛(151

---

23) 李泰極; 前揭書 P. 310
24) 가람은 "松江歌詞研究"에서 『松江歌辭』(星州本)에서 短歌 "南山뫼 어드뫼만 高學士 草堂 지어 곳두고 돌두고 바회두고 물둔느이 술조차 둔는양ᄒ아야 나를 오라 ᄒ거니 녯스랑 이제 스랑 어제 嬌態 오늘 嬌態로다 생각ᄒ니 꾸미오 陳跡이라 첫ᄆᆞ음 가싣디옷 아니면 도라셜 법 인느니"처럼 제 56首 와 57首가 板刻者의 실수로 잘못된 것처럼 「閑居十八曲」도 잘못된 것임을 밝혔다.
25) 金東旭; "辭說時調 發生考" 『국어국문학』 第 1 號 1952
26) 金東旭; 『韓國歌謠의 研究』(續) P. 279

8~1578)의 母親인 權氏가 지었다는 시조가 『玉溪先生續集』卷 3에 전하고, 杜谷보다 출생이 몇 년 앞서는 開巖 金宇宏(1524~1590)과 그의 아들 柱峰 得可(1547~1592)의 작품이 『追慕錄』에 수록되어 松江의 작품보다 앞서는 것이 새롭게 발굴되어 松江 以前에 長時調 작품이 창작되었을 가능성을 더해주고 있다. 그러나, 『玉溪先生續集』이 高宗 10년(1873)이 간행된 것이고 『追慕錄』의 編纂年代가 언제인지 알 수 없으나 『松江歌辭』보다는 앞서지 않을 것으로 본다면 아무래도 松江의 「將進酒辭」와 "深意山 세네 바회……"를 작가 표기가 된 가장 最古의 장시조로 보아야 할 것이다. 다만 「將進酒辭」를 歌辭로 볼 것이냐 아니면 長時調로 볼 것이냐 하는 문제와 "深意山 세네 바회……"가 松江의 작품이냐 하는 문제가 擡頭되지만 壬·丙兩亂 이전에 장시조가 발생했을 가능성은 충분하다고 하겠다.

3) 壬·丙兩亂 以後 發生說

壬·丙兩亂 이후의 발생설을 주장하는 이는 高晶玉을 비롯하여[27] 張德順과 金錫夏 등이 있다.

張德順은 文藝思潮面에서 朝鮮朝 後期에 발생할 수밖에 없었다고 하면서

다음은 이런 特異한 詩形이 어떻게 하여 생겨났는가 하는 것인데 이는 우선 時代的 思潮面에서 李朝後半期에 들어와서부터 왕성하게 된 散文精神의 영향이 그 原因의 하나가 될 수 있고, 이 散文化가 正常的인 發展을 하여 그 內容에 부합되는 適格의 形式을 얻었던들 그것은 좋은 隨筆文學으로 定着될 수도 있었겠으나(사실 辭說時調에는 隨筆的인 素材도 많이 있다), 그것이 旣成의 兩班文學인 時調와 野合하였기 때문에 時

---

27) 高晶玉; 『國語國文學要講』P. 395

調 아닌 破格時調를 낳게 되었다. 따라서 그 形式이 畸形跛行的으로 되
지 않을 없었던 것이다. 散文이란 것은 近代文學의 代表이며, 그것이 또
庶民大衆을 基盤으로 하는 文學인 것이다. 그런데 이 庶民들의 散文化의
意慾이 貴族의 生活感情을 노래한 가장 짧은 抒情詩形에 담으려니 거기
에는 無理가 없을 수 없는 일이다. 28)

고 하면서 조선조 후기에 와서 우리 문학의 近代化로 韻文에서 散文
으로 轉換하는 과정에 왕성하게 된 散文精神을 서민대중들이 거기에
걸맞는 형식을 만들어 내지 못하고 양반의 문학인 시조와 野合했기
때문에 사설시조라는 畸形跛行的인 詩形이 발생했다고 했다.
　金錫夏는 장시조가 서민층에 국한된 문학이라고 하면서

　　　李朝時代에 있어 辭說時調만큼 전혀 庶民層에 局限된 詩歌樣式도 아
마 없을 것이다. 以上과 같은 庶民의 詩歌로서 辭說時調는 그들이 支配
層에 대한 批判과 反抗意識이 具體的으로 擡頭하기 시작한 肅·英祖 어
름의 社會的 狀況 속에서 發生했다는 推定이 可能한 것이다. 辭說時調는
純全히 庶民의 皮下感情과 批判·反抗 意識이 그들 나름대로의 表現技巧
를 통하여 그런대로 발랄하게 나타난 李朝後期에 展開된 被支配層의 詩
歌이다. 29)

고하여 장시조가 전적으로 서민의 문학이며 따라서 서민이 문학의 주
체로 등장하기 시작한 肅宗以後 英祖時代에 와서야 발생했다고 주장
하고 있다.
　이처럼 壬·丙兩亂 이후에 장시조가 발생했다고 하는 주장들은 문
예사조면에서 우리 문학이 근대화하여 가는 과정에서 운문 주체의 문
학에서 산문으로 발전해 가는 과도기에 畸形的으로 생긴 문학이며,
이 시대의 문학의 주체가 양반에서 서민대중으로 바뀌는 과정에 생성

---

28) 張德順; 『國文學通論』P. 175
29) 金錫夏; 『韓國文學史』P. 210

된 것이라 보는 견해들이다.

이처럼 장시조의 발생이 언제인가 하는 문제는 아직도 명확한 답을 얻을 수가 없으며, 다만 고려시대부터 장시조가 발생했을 가능성은 충분히 있다고 생각된다.

장시조의 발생에 대해서 제일 먼저 언급한 사람은 金天澤이다. 그는 珍本『靑丘永言』에 수록되어 있는 '蔓橫淸類序'에 해당하는 글 가운데서 蔓橫淸類가 "그러나 그 유래가 이미 오래 되었다"(然其流來已久)고 했는데 이글은 英祖 4년(1728)에 쓴 것으로 만약에 장시조가 宣祖時代를 前後해서 발생한 것이라면 불과 150年 남짓한 역사를 가진 장시조를 가지고 그렇게 말하지는 않았을 것이다.

우리는 흔히 시가의 발달과정에서 短形의 詩歌가 있은 얼마 후에 人智의 발달과 복잡해진 사회에서 거기에 걸맞는 사상감정을 표현하기에는 적합하지 않기 때문에 자연스럽게 장형의 시가로 발전하는 것이 당연한 趨勢인 것처럼 말하고 단형인 평시조에서 장형인 엇시조나 사설시조로 발전한 것은 필연적인 결과인 것처럼 말하고 있다. 또 문학의 근대화 과정에서 운문과 산문이 교체되는 시기에 이루어진 기형적인 형식의 문학이라든지, 문학의 주체가 양반에서 서민대중에게로 바뀌는 동안에 고상한 양반들의 문학인 평시조에서 일반 서민대중들의 세련되지 않은 형식의 사설시조로 발전된 것이란 주장을 하고 있다. 혹자는 성리학의 도입으로 인하여 사대부들이 창안한 것이 평시조이고 실학사상의 대두와 함께 새롭게 태어난 것이 서민대중들의 장시조라는 견해를 주장하기도 한다.

문제는 장시조가 평시조에서 발전해 온 것이냐 아니면 평시조와 관계없이 독자적으로 自生한 형태의 문학이냐 하는 점이다. 시조라는 명칭을 붙이든 아니 붙이든 한 首의 작품이 3章으로 구분할 수 있고, 終章 初句가 3자인 점으로 미루어 장시조는 평시조의 영향을 받은 것임은 否認할 수 없을 것이다. 그러나, 단형의 시가와 장형의 시가가 공존해 있었던 것이 아닌가 한다. 다만 장시조가 평시조의 영향을 받은 것이 틀림이 없는 것이니 발생시기는 장시조가 다소간 뒤지는 것은 사실이나 그렇게 많은 차이가 나는 것은 아닐까 한다.

이처럼 長·短形의 詩歌가 공존해 있을 가능성에 대해서 張師勛은

> 國文學界에서는 간혹 定型美를 갖춘 短型時調를 貴族文學이라 하고, 그와 반대로 長型時調를 平民文學이라고 규정짓는가 하면 이 貴族文學인 短型時調가 무너지면서 平民文學인 長型時調가 대신한 것 같이 설명하기도 하나, 그러한 假說은 성립될 수 없지 않을까 한다.
>
> 첫째로, 短型時調가 무너지면서 長型時調가 대신한 것이 아니고, 短型과 長型이 併存해 왔다고 함이 合理的이고, 둘째로 長型時調 가운데에는 作者를 알 수 없는 것, 즉 無名氏의 作品을 모두 명성 없는 庶民層의 作品이라 단정하기 어렵고, 셋째로 그 作品의 내용에 있어서 서민적이고, 해학적이고 외설한 것이 많다고 하지마는 그것이 곧 作者層을 결정할 수 없다고 생각한다. 30)

라고 주장하면서, 음악에 있어서도 긴 것과 짧은 것이 공존해 있으며, 歌曲을 즐기는 사람들도 二數大葉이나 三數大葉과 같이 謹嚴한 노래와 弄·樂·編을 같이 불렀다. 음악에 대한 素養이 비교적 적은 평민들도 시조를 부르다 粗雜하고 諧謔美가 넘치는 휘모리 雜歌를 불렀으니

> 이와 같이 음악이나 가사 내용면 할 것 없이 점잖과 해학 양면을 共有하고 있는 것이다.
>
> 이러한 해학과 추잡한 외설로 엮어진 시조를 읊었다고 해서 자기 이름을 밝혀 세상에 내 놓을 사람이 예나 지금이나 있을 수 있는가 하는 점을 한 번 생각혜 볼 필요가 있다.
>
> 따라서, 대부분의 無名氏의 作品의 내용이 서민적이라 할 수는 있지

---

30) 張師勛;『時調音樂論』P. 197

　　마는 그 作者가 서민층이라고 말할 수는 없을 것이다. 31)

처럼 音樂이나 歌詞에도 점잖은 내용의 것과 해학과 추잡한 猥藝로
된 것이 공존해 있는 것이니, 시조의 내용이 외설하다고 해서, 양반의
점잔과는 거리가 있다고 해서 이를 서민층의 작품이라 단정적으로 말
하는 것은 지나친 速斷이라 하겠다.
　詩歌의 長·短形이 공존했을 가능성이 있음에도 불구하고 이제까지
장시조의 형식이 평시조처럼 3章이며 종장 초구의 3字가 고정되어 있
다는 사실만을 강조하여, 그 淵源이 평시조라는 안이한 사고만을 되
풀이 해온 것이 아닌가 한다. 李能雨는

　　만일 시조가 귀족적인 form으로서 귀족적인 계층들의 흐름속에 존재
하며 성장하여 온 것이라면 이것(만횡청)은 그에 대척하는 민족의 底流
—백성들의 세계 속에서 발생하고 성장하여 온 것들 적어도 그 後裔가
오늘날 남아진 것들일 것이라고 생각하는 바이다. 다라서 그 淵源도 자
연 오랜 것으로 필자는 생각하는 바이다.
　　그것은 高麗 때에 마치 귀족 계층에 景幾體의 노래가 있음에 아래로
高麗歌謠가 있었던 것과 같이 시조가 있는 한편에 있는 저편에 이 노래
만횡청이 있었던 이러한 관계적인 것일 것이라고 필자는 꼭 생각하고 있
는 바이다. 32)

처럼 귀족의 계층이 시조를 가졌다면 이와 상대되는 계층은 장시조를
가진 것은 고려시대에 귀족층이 景幾體歌를, 평민층이 高麗歌謠를 가
진 것과 동일한 것이라고 하면서 장시조의 연원도 오래된 것이 틀림
이 없다고 했다.
　우리는 장·단형의 詩가 공존해 있을 가능성을 『樂學軌範』에 전하

---

31) 張師勛; 前揭書 P. 198
32) 李能雨;『古詩歌論攷』P. 292

는 「處容歌」와 『時用鄉樂譜』에 수록되어 있는 「雜處容」에서 볼 수 있
다고 하겠다. 두 작품을 보면 다음과 같다.

(前腔) 新羅聖代 昭聖代
　　　 天下泰平 羅候德
　　　 處容아바
　　　 以是人生애 相不語ᄒ시란ᄃᆡ
　　　 以是人生애 相不語ᄒ시란ᄃᆡ
(附葉) 三災八難이 一時消滅ᄒ샷다
(中葉) 어와 아븨 즈이여 處容아븨 즈이여
(附葉) 滿頭揷花 계오샤 기울어신 머리예
(小葉) 아으 壽命表願ᄒ샤 넙거신 니마혜
(後腔) 山象이슷 깅어신 눈섭에
　　　 愛人相見ᄒ샤 오올어신 누네
(附葉) 豊入盈庭ᄒ샤 우굴어신 귀예
(中葉) 紅桃花ᄀ디 ᄇᆰ거신 모야래
(附葉) 五香 마타샤 웅긔어신 고해
(小葉) 아으 千金 머그샤 어위어신 이베
(大葉) 白玉琉璃ᄀ티 히어신 닛바래
　　　 人讚福盛ᄒ샤 미나거신 투개
　　　 七寶 계우샤 숙거신 엇게예
　　　 古鏡 계우샤 늘의어신 ᄉ맷길헤
(附葉) 셜믜 모도와 有德ᄒ신 가ᄉ매
(中葉) 福智俱足ᄒ샤 브르거신 ᄇᆡ예
　　　 紅鞓 계우샤 굽거신 허리예
(附葉) 同樂太平ᄒ샤 길어신 허튀예
(小葉) 아으 界面 도ᄅ샤 넙거신 바래
(前腔) 누고 지어셰니오 누고 지어셰니오
　　　 바ᄂᆞᆯ도 실도 어ᄡᅵ 바ᄂᆞᆯ도 실도 어ᄡᅵ
(附葉) 處容아비를 누고 지어셰니오
(中葉) 마아만 마아만ᄒ니여

(附葉) 十二諸國이 모다 지어셰온
(小葉) 아으 處容아비를 마아만 마아만ᄒ니여
(後腔) 머자 외자야 綠李야
        ᄲᆯ리나 내신고흘 미야라
(附葉) 아니옷 미시면 나리어다 머즌말
(中葉) 東京 ᄇᆞᆯᄀᆞᆫ ᄃᆞ래 새도록 노니다가
        드러 내자리를 보니 가ᄅᆞ리 네히로셰라
(小葉) 아흐 둘흔 내해어니와 둘흔 뉘해어니오
(大葉) 이런저긔 處容아비옷 보시면
        熱病神이야 膾ㅅ가시로다
        千金을 주리여 處容아바
        七寶를 주리여 處容아바
(附葉) 千金 七寶도 말오
        熱病神를 날자바 주쇼셔
(中葉) 山이여 ᄆᆡ히여 千里外예
        處容아비를 어여려거져
(小葉) 아으 熱病大神의 發願이샷다.(處容歌; 樂學軌範)

中門안해 셔겨신 雙處容아바
外門바끠 둥덩 다리로로마
太宗大王이 殿座를 ᄒ시란디
太宗大王이 殿座를 ᄒ시란디
아으 寶錢七寶지여 살언간만
다링다로라 내링디러리
아으 디링디려리 다로리.(雜處容; 時用鄕樂譜)

六堂本『靑丘永言』에 鄭知常(?~1135)의 작으로 되어 있는

雨歇長堤草色多ᄒ니 送君南浦動悲歌를
大同江水何時盡고 別淚年年添綠波라
勝地에 斷腸愛人이 몃몃친줄 몬너라. (六靑 252)

는 그의 「送人」이란 漢詩에 後代의 어느 好事家에 의해서 종장이 첨
가되어 시조의 형태로 만들어졌다. 또 고려말 江陵의 기생 紅粧의 작
품이라 전하는

> 寒松亭 둘 붉은 밤의 鏡浦臺 물결잔제
> 有信혼 白鷗는 오락가락 ㅎ엿만은
> 엇덧타 우리의 王孫은 가고 안이 오는이. (一海 134)

는 고려 俗樂의 하나인 「寒松亭」의 漢譯을 다시 우리말로 번역하고
종장을 덧붙여 시조로 만들고 朴信(1362~1444)과 관련이 있는 紅粧
의 작품이라 한 것이다.[33)
  또, 고려말의 禹卓(1263~1342)의 작이라 전해 오는

> 흔손에 가싀를 쥐고 흔손에 매를 들고
> 늙는 길은 가싀로 막고 온은 白髮은 매로 칠엿돈이
> 白髮이 눈츼 몬져 알고 즐엄길로 오젼야. (一海 578)

도 중장이 다른 평시조 보다는 몇 字 더 많은 字餘歌다. 이처럼 오늘
날 각 가집에 전하는 작품들이 얼마나 原形을 지니고 있느냐 하는 것
이 문제가 되겠지만, 珍本 『靑丘永言』에 수록되어 있는 '蔓橫淸類'를
보면 유사한 句節이나 章이 많은 것으로 미루어 이들 작품의 起源이
나 由來가 오래되어 〔流來已久〕金天澤이 말한 것처럼 오래되어, 혹
고려시대부터 있어온 것이 아닌가 여겨진다.
  그런 것을 우선 松江의 작품으로 전하고 있는

> 深意山 세네 바회 휘도라 감도라 들제

---

33) 『增補文獻備考』 卷 106 「樂考」17에 "寒松亭 世傳此曲書於瑟底漂之江南 江
  南人 未解其調 高麗光宗朝 國人張晉山 奉使江南 江南人問之 晉作詩 解之
  曰 月白寒松亭 波安鏡浦秋 哀鳴來又去 有信一沙鷗

五六月 낫계즉만 살어름 지픤 우희 즌서리 섯거 치고 자최눈 쑤렷거늘 보앗는가 님아님아
온 놈이 온 말을 ᄒᆞ여도 님이 짐쟉 ᄒᆞ쇼셔. (珍靑 484)

는 종장이 고려 忠烈王 때에 불려졌지만 노래의 原文은 전하지 않고 다만 "有蛇含龍尾 聞過太山岑 萬人各一語 斟酌在兩心"으로 漢譯되어 전하는 「蛇龍」을 그대로 時調化한

죠소만 실비암이 龍의 혈이 ᄀᆞᆯ으 믈고
泰山峻嶺으로 가단 말이 잇셔이다
열놈이 百말을 ᄒᆞ여도 님이 斟酌 ᄒᆞ쇼셔. (一海 450)

과 종장이 같은 형태인 것이 6首가 전한다. 이것은 평시조이나

개야미 불개야미 즌등 부러진 불개야미
압발에 疔腫나고 뒷발에 종귀난 불개야미 廣陵심재 너머드러 가람의 허리를 ᄀᆞ르무러 추혀들고 北海를 거너닷 말이 이셔이다 님아님아
온 놈이 온 말을 ᄒᆞ여도 님이 짐쟉ᄒᆞ셔셔. (珍靑 551)

은 같은 내용을 長時調로 만든 것이다.

이처럼 珍本『靑丘永言』에 수록되어 있는 '蔓橫淸類' 116首 가운데 句節이 같거나 章이 같은 것이 많은 것은 적어도 그러한 노래들은 그 由來가 상당히 오래된 것이라 생각된다.

이제 珍本『靑丘永言』에 수록되어 있는 '蔓橫淸類' 가운데서 서로 같거나 유사한 것들을 보면 다음과 같다.

初章이 類似한 것

商人과 顧客 사이에 對話를 주고 받는 형식으로 隱喩的인 수법을

사용한 것으로

> 딕들에 동난지이 사오 져 쟝스야 네 황후 긔 무서시라 웨는다 사쟈
> 外骨內肉 兩目이 上天 前行後行 小아리 八足 大아리 二足 靑醬 으스
> 슥ᄒᆞᄂᆞᆫ 동난지이 사오
> 쟝스야 하 거북이 웨지 말고 게젓이라 ᄒᆞ렴은. (珍靑 532)

처럼 땔나무나 동난지이, 숟가락, 연지분, 돗자리 등 다양한 상품들을 파는 商人과 顧客—주로 여인들과 대화 형식을 취하고 있으나 은유적인 표현이거나

> 宅들에 ᄌᆞ랏 등믹 사소 저 장ᄉᆞ야
> 네 등믹 됴흔야 스자 ᄒᆞᆫ 匹 쏜 등믹에 半匹 바드라는가 파네 니 좃자소 아니 파닉
> 眞實노 그허ᄒᆞ여 폴 거시면 첫말에 아니 폴라시랴.(樂學 1045)

처럼 쌍스런 욕설이 그대로 표현된 경우도 있다. 여기서 좀더 발전한 형태로 고객을 여인에게 한정하여 商行爲를 하는 내용으로 가집(六堂本『靑丘永言』)에서는 작자 미상으로 되어 있으나, 正祖 때의 竹醉堂 申獻朝(1762~1807)의 『蓬萊樂府』에

> 閣氏네 더위들 사시오 일은 더위 느즌 더위 여러 히포 묵은 더위
> 五六月 伏더위에 情에 님 만나이셔 둘 불근 平牀 우희 츤츤 감겨 누엇다가 무음 일 ᄒᆞ엿던디 五臟이 煩熱ᄒᆞ여 구슬씀 들리면셔 헐덕이는 그 더위와 冬至둘 긴긴밤의 고은님 품의 들어 ᄃᆞᆺ스ᄒᆞᆫ 아룸목과 둑거온 니불 속에 두 몸이 ᄒᆞᆫ 몸되야 그리져리 ᄒᆞ니 手足이 답답ᄒᆞ고 목궁기 타올적의 웃목에 춘 슉늉을 벌덕벌덕 켜는 더위 閣氏네 사려거든 所見대로 사시옵소
> 쟝ᄉᆞ야 네 더위 여럿듕에 님 만난 두 더위는 뉘 아니 됴화ᄒᆞ리 놈의

게 꼬디 말고 브디 내게 꼬르시소. (蓬萊樂府 20)

수록되어 있어 왜 가집에는 작자 미상으로 되어 있는지는 의문이나 歌客이나 庶民層의 작가가 아닌 士大夫가 이보다 얼마 앞서는 李鼎輔와 함께 작가로 등장하는 것은 장시조의 享有層이 서민들의 專有物이었다고 하는 종래의 주장들은 마땅히 수정되어야 할 것이다. 이런 형태를 가진 장시조가 6首나 전한다. 34)

終章 全部가 類似한 것

시조의 3章 가운데 종장은 다른 장에 비해 유사한 것이 많은 것이 특징이라 하겠다. 이는 시조가 3章의 비교적 짧은 형식의 노래이기 때문에 대부분 記錄에 의해 保全되기보다는 口述에 의해 전파되고 記憶에 의해 再現되기 때문에 기억을 되살려 남에게 전승하는 과정에서 초장과 중장은 그런대로 전달할 수 있었으나 종장은 잘 기억하지 못하는 경우가 많아 얼결에 기억하고 있는 다른 시조의 종장을 마치 그 작품의 것인 양 착각하는 데에서 이런 현상이 일어난 것이 아닌가 한다.

종장이 전부 유사한 것을 보면

    ① 온 놈이 온 말을 ᄒᆞ여도 님이 짐쟉ᄒᆞ쇼셔. 35)
    ② 우리도 밧비 가는 길히니 傳ᄒᆞᆯ동말동 ᄒᆞ여라. 36)
    ③ 우리ᄂᆞᆫ 새님 거러두고 질못드려 ᄒᆞ노라. 37)

---

34) 『歷代時調全書』의 歌番: 49. 843. 844. 845. 846. 847. 848
35) 『歷代時調全書』의 歌番: 134. 834. 1798. 2113. 2606
36) 『歷代時調全書』의 歌番: 1494. 1873. 1908. 2593. 2893
37) 『歷代時調全書』의 歌番: 107. 207. 394. 513. 545. 964. 1109. 1254. 1911.
    2541. 3100. 3160. 3282

④ 모쳐라 밤일식만정 눔 우일번 ᄒ괘라. 38)
⑤ 네 父母 너 삼겨날 젹의 날만 괴라 삼기도다. 39)

등이 있고,

終章의 一部가 類似한 것

시조의 3章 가운데 종장에 일부가 유사한 것이 남아 있는 것은 양반이 아니라 하더라도 거드름이나 客氣를 부려보려는 것과, 지난 일들을 그리워하는 것들이 있으니,

① 아희야 盞 가득 부어라……40)
② …… 少年行樂을 몯내 니져 ᄒ더라. 41)

처럼 "아희야 盞 가득 부어라……"는 종장 첫머리에 "…… 少年行樂을 몯내 니저 ᄒ더라"는 종장 끝에 오는 것이 '아희야'하는 感歎詞的인 것이고, 'ᄒ더라'가 終結詞가 아니라 하더라도 그 나름대로의 특색을 가지는 것이 아닌가 한다.

이제, 그 공통되는 부분을 보면 3章 가운데 유난히 종장에 유사한 것이 많음을 앞에서도 언급했지만, 같은 내용이라도 초·중장에 해당되는 부분은 없어지고 종장에만 남아 있고, 어떤 것은 마치 慣用句처럼 쓰였음을 알게 된다. 특이한 것은 이러한 시조의 대부분은 평시조가 아닌 장시조란 사실이다. 그러므로 단형인 평시조의 형식이 무너

---

38) 『歷代時調全書』의 歌番: 73. 152. 923. 1233. 3159
39) 『歷代時調全書』의 歌番: 676. 2212. 3102
40) 『歷代時調全書』의 歌番: 9. 1175. 1193. 1228. 1485.
   1557. 1727. 1740. 1758. 1903. 2133. 2211. 2582. 2718. 2724. 3170. 3189.
   3299
41) 『歷代時調全書』의 歌番: 91. 1415. 1506. 1854. 2392. 2557. 2600. 2904

지면서 장시조로 발전해 갔다고 하는 종래의 주장들은 마땅히 再考해
애 될 것으로 믿는다. 이런 장시조들이 서로 유사한 점이 많다고 하
는 것은 그것들의 유래가 이미 오래이며, 많은 사람들에 의해서 불리
워지고 내용이 더 보태져서 혹은 길어지거나 變改시키고, 혹은 줄여
짧아지는 경우가 있다.

이처럼 장시조의 발생을 형식이 평시조와 같이 3章으로 나뉘어 지
고 종장 初句가 3字인 점을 들어 장시조가 평시조에서 발전되어 장시
조가 발생한 것이라고 보는 견해에 대해서는 수긍하기가 어렵다고 하
겠다. 다만 앞에서도 언급한 것과 마찬가지로 景幾體歌가 3音步에 聯
章 형태인 것 등은 高麗俗謠의 영향을 받은 것과 마찬가지로 장시조
도 평시조의 영향을 받는 것은 틀림없는 사실이나, 그 淵源이 같다고
하는 견해는 잘못이라 생각된다.

가집이나 문집 등에서 가장 믿을만한 작가인 松江을 기준으로 하여
壬·丙兩亂 以前이나, 문학의 주체가 사대부에서 서민층으로 바뀌고
운문에서 산문으로 문학의 근대화 과정을 이유로 또는 실학의 발달로
肅宗朝 以後에 장시조가 발생했다고 하는 것보다 이미 훨씬 이전에
평시조와 거의 비슷한 시기에 발생했다고 보는 것이 타당한 것이 아
닌가 한다. 그 시기를 우리는 적어도 麗末까지 올려 잡을 수 있은 것
이며, 다만 朝鮮朝 後期인 肅宗朝에 와서 朴後(厚)雄에 의해서 '騷聳'
이란 새로운 곡조가 생긴 것처럼 과거와는 다른 새로운 唱法에 의해
노래가 불려지고 직업적인 歌客들이 등장하면서 이들에 의해 많은 시
조들이 창작되고 장시조도 마찬가지라 하겠으며 이 시기는 바로 장시
조의 全盛期가 到來한 것이라 하겠다.

參考文獻

姜吉云; "平時調・辭說時調・歌辭의 發生"

金東旭; "辭說時調 發生考"

孫晉泰; "詩調와 詩調에 表現된 朝鮮사람"

李秉岐; "松江歌詞 研究"

鄭炳昱; "사설시조의 상상력"

黃忠基; "長時調 發生 考究"『語文研究』第 36・37合併號

黃浿江; "大隱 邊安烈과 不屈歌"

────── "大隱의 不屈歌 補攷"

金東旭; 『韓國歌謠의 研究』(續)

金錫夏; 『韓國文學史』

李能雨; 『古詩歌論攷』

李泰極; 前揭書

張德順; 『國文學通論』

張師勛; 前揭書

趙潤濟; 『韓國文學史』

崔東元; 前揭書

4. 主題

　　시조의 발생이 고려 중엽이라면 그 명맥이 천년을 가까이 이어온 것이 된다고 하겠다. 시대가 바뀌고 사람들의 사상감정이 바뀌어 많은 형태의 문학들이 生滅을 거듭해 왔지만 시조가 아직도 그 命脈을 유지하고 있다고 하는 것은 아직도 우리네의 사상감정을 담아내는데 크게 부족함이 없다는 사실을 증명해 주는 것이라 하겠다. 가령 조선 초기에 등장했던 樂章文學은 朝鮮 建國이나 李成桂에 대한 찬양을 주제로 하였기 때문에 많은 작품이 생산될 기반과 여건이 형성되어 악장문학이란 특정한 형식의 문학이 존재할 수 있었으나 시대가 흐름에 찬양의 대상이 없어졌기 때문에 악장문학은 조선조 초기에 소멸할 수밖에 없었다.

　　그러나 시조는 士大夫들의 손에 의해 모습을 드러낸 이래 조선 전기에는 임금과 妓女에까지 작자층이 확대되고 후기에는 歌客의 등장과 더불어 일반 庶民層으로 확대되어 가히 國民文學이라 불릴만큼 작자층이나 독자층이 확대되었다. 여기에 歌集의 편찬사업이 활발해져 많은 양의 시조작품을 대하게 되고 唱의 발달로 거기에 맞는 臺詞가 필요함에 따라 창작도 활발하게 이루어졌다고 하겠다.

　　이처럼 많은 量의 시조의 주제에 대해 언급한 것이 적은 것은 아니나 가집을 편찬한 사람들은 편찬기준으로 곡조나 작가별로 또는 주제별로 삼기는 하였으나 개중에는 주제를 내세우기 보다는 소재로 구분한 듯한 느낌을 주기도 한다.

　　시조의 주제를 제일 먼저 분류한 것은 珍本『靑丘永言』이니 이 가집은 곡조와 작가와 주제까지를 포함해서 분류한 특이한 편집을 하였으니, 먼저 곡조별로 初中大葉에서부터 二中大葉, 三中大葉, 北殿, 二

北殿, 初數大葉까지는 곡목마다 작품을 1首씩 수록했고, 二數大葉이란 곡목을 失手인지 故意인지 몰라도 빠뜨리고 있으나 유명씨의 작품은 여기에 포함시켰다. 二數大葉 가운데 무명씨 작품 104首만을 주제별로 엮었고, 이후에 三數大葉과 樂時調, 「將進酒辭」, 「孟嘗君歌」다음에 蔓橫淸類를 수록했다. 작가는 麗末의 牧隱과 圃隱, 東浦를 비록해 本朝란 항목아래 光齋까지를 대체로 시대순으로 하였고, 이후에 '列聖御製'라 하여 太宗과 孝宗, 肅宗을, '閭巷六人'이라하여 張鉉(炫의 잘못임)을 비록해 朱義植 金三賢, 漁隱, 金裕器와 南坡인 자신을, '閨秀三人'이라하여 黃眞과, 小栢舟, 梅花를 '年代欠考'라 하여 林晉과 李仲集, 西湖主人으로 有名氏가 끝난다. 같은 二數大葉이라도 유명씨 작품과 무명씨 작품을 구분하였으니, 유명씨 작품이 끝난 다음에

> 우리나라 고려부터 국조에 이르기까지 명공석사와 여항과 규수의 작품으로 후세에 영언이 낭반한 것은 다 기록히였으니 그간에 비록 절작이 못되어도 사람들에게 들리었으면 다 기록하였다. 비록 그 작자가 부족해도 취했고, 그 영언이 가히 볼만한 것이면 역시 취하여 이를 기록할 따름이다. 42)

라고 하여 작자의 인격보다도 작품의 가치를 더 중요시한 편자의 문학관의 일단을 볼 수가 있다.

무명씨의 작품은 二數大葉의 一部(104首)와 三數大葉과 樂時調, 蔓橫淸類가 있으나, 二數大葉과 三數大葉(55首)가 끝난 다음에

> 무릇 이 무명씨들은 세대가 까마득히 멀어 그 성명을 아지 못한다. 이제 그들을 밝힐 수가 없어 가집 뒤에 기록하여 여기에 해박한 인사의

---

42) 珍本 『靑丘永言』有名氏跋; "我東 自麗季 至國朝名公碩士及閭巷閨秀之作 爲永言以傳於後世者 皆錄而其間 雖不以絶作 鳴若聞人則 皆記之 雖其人不足取也 其永言可觀則 亦取有記之云爾"

　　방참과 곡증을 기다린다.[43]

라 하여 노래의 작자를 알 수 없으나 이에 관한 해박한 사람이 나와서 傍參과 曲証을 기다린다고 했다. 樂時調(10首)만 해당하는 발문이 없을 뿐 蔓橫淸類에도 해당하는 발문이 있다. 그리고 보면 珍本『靑丘永言』은 일관되게 유명씨 작품과 무명씨 작품 및 蔓橫淸類에 발문을 붙였다.

　　그러면서도 무명씨 작품 가운데 二數大葉만 주제별로 편집을 하였으니 분류한 내용과 作品數를 보면 다음과 같다.

1. 戀君　4首	2. 譴謫　3首	3. 報効　2首	4. 江湖　7首
5. 山林　3〃	6. 閑適　2〃	7. 野趣　5〃	8. 隱遯　2〃
9. 田家　4〃	10. 守分　3〃	11. 放浪　4〃	12. 悶世　2〃
13. 消愁　2〃	14. 遊樂　2〃	15. 嘲奔走 2〃	16. 修身　3〃
17. 周便　2〃	18. 惜春　2〃	19. 壅弊　2〃	20. 歎老　4〃
21. 老壯　2〃	22. 戒日　2〃	23. 戕害　3〃	24. 知止　2〃
25. 懷古　2〃	26. 閨情　5〃	27. 兼致　1〃	28. 大醉　1〃
29. 客至　1〃	30. 醉隱　1〃	31. 中道而廢 1〃	32. 壯懷　1〃
33. 勇退　1〃	34. 羨古　1〃	35. 自售　1〃	36. 醉月　1〃
37. 00　　1〃	38. 盈虧　1〃	39. 00　　1〃	40. 命蹇　1〃
41. 不爭　1〃	42. 遠致　1〃	43. 二妃　1〃	44. 懷王　1〃
45. 屈平　1〃	46. 項羽　1〃	47. 松　　1〃	48. 竹　　1〃
49. 杜宇　1〃	50. 太平　1〃	51. 戒心　1〃	52. 勞役　1〃
53. 忠孝　1〃	54. 待客　1〃		

　　위에서 보면 54項目으로 분류했으나 2項目이 누락된 것은 처음부터 누락된 것인지 아니면 轉寫 과정에서 일어난 일인지를 밝히기 어렵

---

43) 珍本『靑丘永言』無名氏跋; "凡此無名氏　世遠代邈　莫知其姓名者　今皆不可攷因錄于后　以待該洽之士　傍參而曲証"

다. 분류의 기준도 처음에는 주제별로 한 것으로 생각되나 나중에는 소재별로 나눈 것으로 보는 것이 타당하다고 하겠다.

　편자 미상의 가집인 『古今歌曲』은 主題別로 편집된 가집이기 때문에 珍本 『靑丘永言』보다는 더 妥當性이 있는 분류라고 하겠으니 분류한 내용과 작품수는 다음과 같다.

1.　人倫　10首	2.　勸戒　9首	3.　頌祝　7首	4.　貞操　6首
5.　戀君　12〃	6.　慨世　22〃	7.　寓風　11〃	8.　懷古　11〃
9.　歎老　12〃	10.　節序　9〃	11.　尋訪　6〃	12.　隱遁　10〃
13.　閑適　28〃	14.　嘲飮　10〃	15.　醉興　11〃	16.　感物　9〃
17.　艶情　9〃	18.　閨怨　8〃	19.　離別　8〃	20.　別恨　38〃
21.　蔓橫淸類　34〃			

　『古今歌曲』과 거의 비슷하게 분류한 가집으로 편자와 편찬연대가 미상인 『槿花樂府』가 있으니 분류 항목은

1.　倫常	2.　勸戒	3.　頌祝	4.　貞操	5.　戀君
6.　慨世	7.　寓諷	8.　懷古	9.　歎老	10.　膽略
11.　節序	12.　尋訪	13.　隱逸	14.　閑情	15.　宴飮
16.　醉興	17.　感物	18.　艶情	19.　離恨	20.　蔓橫淸

와 같다. 『古今歌曲』에 없는 膽略이 하나 더 있는 대신에 『古今歌曲』에서 閨怨, 離別과 別恨으로 나누었던 것을 離恨으로 통합한 것이 다르며 두 가집 모두가 珍本 『靑丘永言』처럼 장시조인 蔓橫淸類에 대해서는 분류를 하지 않은 점이다.

　편자와 편찬연대가 미상이다가 근래 白景炫(1792~1846)의 문집인 『悟齋集』에 ‘東歌選序’가 수록된 것이 발견되어 편자를 悟齋 白景炫으로 推定하고 編纂年代도 憲宗年代로 여겨지는 『東歌選』은 작품을 곡

조별로 작가는 시대와 관계없이 해당 곡조에 배치하면서 유명씨 작품 뒤에 무명씨 작품으로 계속되고 그 가운데 白景炫의 작품 9首와 金鼎禹의 작품 1首 등 10首를 삽입하고 '漫興'이라 하여 장시조와 '雜歌'라는 곡목에

> 恨唱ᄒ니 歌聲咽이오 愁翻ᄒ니 舞袖遲라
> 歌聲咽 舞袖遲ᄂ 님그리ᄂ 타시로다
> 西陵에 日欲暮ᄒ니 이긋ᄂ듯 ᄒ여라. (東歌 231)

를 수록하고 다음에 松江의 『將進酒辭』와

> 술이 醉ᄒ오거든 오다가 空山에 지니
> 뉘 날을 ᄭᅵ오리 天地卽 衾枕이라
> 東風이 細雨을 모라 좀든 날을 ᄭᅵ우더라. (東歌 233)

> 空山木落雨蕭蕭ᄒ니 相國風流此寂寥라
> 슬프다 ᄒᆫ 盞 술을 다시 勸키 어려웨라
> 어즈버 昔年歌曲이 卽今調ㄴ가 ᄒ노라. (東歌 234)

를 끝으로 모두 234首의 작품이 수록되어 있다. 그러면서도 작품 끝에

1. 遣意	2. 嘆	3. 忠	4. 懷古	5. 隱逸
6. 思	7. 問答	8. 帝	9. 慨	10. 述
11. 老	12. 壯	13. 咏	14. 意	15. 孝
16. 昇	17. 豪	18. 景	19. 興比	20. 隱
21. 古	22. 別	23. 詠	24. 酒	25. 春
26. 問	27. 橫	28. 樂時調	29. 蔓橫	

으로 분류하여 '樂時調'와 '蔓橫'은 主題가 아닌 곡조의 명칭이며 '帝'

도 主題가 아닌 太宗을 비롯하여 孝宗과 肅宗의 작품에 붙여진 것으로 임금의 작품이란 뜻에서 붙인 것이다. 하나의 특색이라면 장시조에 대한 분류로 '慨'나 '橫'으로 나누었다는 점이다.

이처럼 주제에 의한 분류를 한 것은『古今歌曲』과『槿花樂府』를 제외한 다른 것들은 主題와 素材를 구분하기 어려울 정도로 혼합하여 분류를 하고 있다.

근대에 들어와 六堂에 의해『歌曲選』이 1913年에 편찬되었으나 이는 곡조에 따른 편찬이기 때문에 시조를 唱의 臺本이 아닌 문학의 입장에서 鑑賞하고 考險을 주로하는 입장에서는 맞지 않기 때문에 가집 편찬에 종전과는 다른 체제가 필요하기 때문에『時調類聚』라는 새로운 가집을 엮는다고 했으나 引用書目에 珍本『靑丘永言』이나『古今歌曲』또는『槿花樂府』가 없는 것으로 미루어 六堂이 이 가집을 만들 당시에는 주제를 중심으로 만든 가집이 발굴되기 이전임을 알겠다. 그는『歌曲選』과 다른 체세의 가집을 만들어야 할 이유를

> 在來의 時調書는 대개 曲調로써 類을 난호고 그 中에 혹 作家로써 爲를 定함이 通例이엇스니 曩者의 歌曲選도 또한 이 通例를 짤핫섯습니다. 그러나 唱을 爲하든 前日에는 이것이 무론 便宜한 方法이엇겟지마는 鑑賞과 考險을 主로 하는 시방에는 돌이어 新體例를 베풀미 可할듯하야 이제 此書는 內容에 依한 分類로써 全 時調를 위선 時節 花木 以下 二十一部에 分配하기로 하고 慣例의 用曲을 ──이 附載하야 讀者의 새 便益을 쐬한다 하얏습니다.44)

라고 하고서는 六堂本『靑丘永言』을 비롯한 가집과「陶山十二曲」,『孤山遺稿』에서 수합한 長·短時調 1400首를

1. 時節類   2. 花木類   3. 禽蟲類   4. 老少類 5. 男女類

---

44) 崔南善;『時調類聚』序文

6. 離別類　　7. 相思類　　8. 遊覽類　　9. 懷古類　10. 豪氣類
11. 君臣類　　12. 頌祝類　　13. 孝道類　14. 修養類　15. 哀傷類
16. 寄托類　　17. 閑情類　　18. 醉樂類　19. 寺觀類　20. 人物類
21. 雜類

로 분류하여 장·단시조를 같은 部類에 포함시켜 분류한 첫 가집이
다.

　六堂과 달리 國文學을 專攻한 학자로는 一石 李熙昇이『歷代國文學
精華』卷上 에서 시조를 拔粹하여

1. 山村水郭　　2. 虫聲草色　　3. 雪泥鴻爪　　4. 行雲流水
5. 閑雲野鶴　　6. 愛慕思戀　　7. 泉石膏肓　　8. 古情新味
9. 丹心如石　　10. 吐雲生風　　11. 四君子　　12. 雪月花鳥

라고 하여 몇 首씩의 시조를 묶었으나 이는 주제에 의한 분류라고 하
는 것보다는 문학적인 견지에서 붙인 이름이라 하겠다.

　李泰極은 "國民思想과 時調文學"이란 논문에서 시조의 내용을 10個
항목으로 분류했다가 다시 다음과 같은 20項目으로 수정했는데 다음
과 같다.

1. 忠孝至上　2. 愛信扶翼　3. 邪正介潔　4. 憂國慨世　5. 逃避諦念
6. 無常蕩逸　7. 醉樂頹廢　8. 安貧樂道　9. 自然沈潛　10. 無爲自然
11. 凡俗愛農　12. 自由協同　13. 進取豪放　14. 勉學修德　15. 事大自侮
16. 內房怨訴　17. 別離哀傷　18. 人間有情　19. 愛情無限　20. 儒佛仙 [45]

　위에서 보면 '愛信扶翼'과 같은 생소한 語彙를 사용한 것이나 '凡俗
愛農'을 하나의 항목으로 다룬 것이라든지 '自由協同'처럼 어떤 의미
에서는 상반된 느낌을 주는 것을 하나의 항목으로 다룬 것은 잘못된

───────────────

45) 李泰極;『時調槪論』P. 145

것이라 생각된다. 또 ‘自然沈潛’과 ‘無爲自然’, ‘人間有情’과 ‘愛情無限’
은 분리할 것이 아니라 합쳐도 무방한 것이 아닌가 한다.

　秦東赫은 沈載完의 『校本歷代時調全書』에서 비교적 내용 분류가 분
명한 시조를 골라

1. 愛情類 443首	2. 醉樂類 223首	3. 閑情類 216首
4. 自然類 203〃	5. 道德類 185〃	6. 懷古類 160〃
7. 遊興類 151〃	8. 忠君類 124〃	9. 嘆老類 124〃
10. 漁父類 122〃	11. 脫俗類 117〃	12. 安貧類 90〃
13. 修養類 74〃	14. 勸農類 51〃	15. 神仙類 39〃
16. 頌祝類 33〃	17. 諷刺類 35〃	

로 분류했으나, 46) 위와 같은 기준으로 분류하기 곤란한 시조 분류에
대해서 설명이 없는 것은 분류를 보류한 시조를 위해서는 위의 17項
目 이외의 항목이 더 필요함을 自認한 것이라 하겠다.

　다음으로 沈載完의 『校本歷代時調全』에 수록된 시조 3,335首를 평
시조(2,759首), 엇시조(326首), 사설시조(250首)로 분류하고 그 주제를
각각 평시조(36項目), 엇시조(26項目), 사설시조(25項目)으로 나눈 徐
元燮의 분류가 반드시 타당성이 있는 것은 아니지만 그래도 어느 정
도의 객관성이 있다고 인정된다. 장시조에 해당하는 엇시조와 사설시
조의 주제를 논하기에 앞서 평시조의 주제를 보면 다음과 같다.

1. 離別哀傷(105)	2. 空閨怨慕(125)	3. 江湖閑情(175)	4. 田家閑居(227)
5. 致仕歸田(33)	6. 安貧樂道(30)	7. 守分知止(42)	8. 戀主忠君(84)
9. 感激君恩(31)	10. 丹心忠節(21)	11. 憂國慨世(102)	12. 學問修德(58)
13. 追慕讚頌(104)	14. 綱常五倫(99)	15. 事親孝道(26)	16. 教誨警戒(110)
17. 逍遙遊覽(29)	18. 飲酒醉樂(95)	19. 人生行樂(60)	20. 人生無常(22)
21. 白髮嗟歎(75)	22. 感物敍景(322)	23. 丈夫豪氣(36)	24. 聖世逸民(53)

---

46) 秦東赫;『古時調文學論』P. 27

25. 尋訪招待(33)　26. 戀慕相思(170)　27. 好色貪花(42)　28. 寄托諷諭(91)
29. 福壽頌祝(50)　30. 四季節侯(31)　31. 古事懷古(128)　32. 思鄕歸心(20)
33. 懷抱述義(130)[47]

　이처럼 다양한 주제를 표현함에 부족함이 없는 시조이지만 그래도
그 가운데 어떤 주제를 표현하는데 더 적합한 것인가를 생각해 볼 수
있으니, 여기에서 대체적으로 강호에서 한가롭게 자연을 벗하며 悠悠
自適하는 내용의 강호의 생활을 노래한 것이 많고, 戀主忠君이나 憂
國慨世 등의 士大夫들의 단골 주제인 유교적인 주제가 적은 것은 아
니나 戀慕相思나 空閨怨慕를 비롯하여 離別哀傷이나 好色貪花 등의
愛情을 노래한 것이 유교적인 주제보다 더 많은 사실은 조선조 후기
에 와서 일반 庶民大衆들의 사회활동이 두드러져 이제까지의 觀念的
이고 名分에 억매이던 道學者的인 생활태도에서 벗어나 인간 본연의
순수한 감정을 그대로 표현할 정도로 사회가 급격하게 변화해 가는
과정에서의 일어난 현상이 아닌가 한다.
　장시조만의 내용을 언급한 사람은 高晶玉으로 그의 저서『古長時調
選註』에서 장시조의 내용상 특징을

> 1. 具體性 乃至 形而下的인 性質을 가진 이야기와 比喩의 大膽한 導入
> 2. 强烈한 愛情의 表出
> 3. 肉慾의 忌憚없는 咏發
> 4. 語戲·才談·辱說의 導入
> 5. 赤裸裸한 自己暴露
> 6. 非詩的 死物의 無思慮한 詩化企圖 [48]

처럼 언급하였다.
　장시조를 독립된 장르로 주장한 李能雨는 장시조의 내용에 대해 언

---

47) 徐元燮;『時調文學硏究』P. 53
48) 高晶玉;『古長時調選註』P. 10

급한 바가 있는데, 자신이 수집한 약 400餘首의 장시조의 주제를

　　이러한 量을 형성하고 있는 이 만횡청의 全量에 대하여는 가히 상세한 面目을 들어 單刊하엿즉도 하거니와 이제 大凡히 이들의 生態를 보면 그 대략 다음과 같은 모양이 呈露되는 것이다.
　　1. 남녀 문제를 다룬 것들　　　　　　　　(1)
　　2. 中國 문화에 적셔져 있는 것들　　　　　(2)
　　3. 人生 虛無를 노래하고 있는 것들　　　　(3)
　　4. 人事問題에 모티부가 있는 것들　　　　(4)
　　5. 物象 및 生物을 테마로 한 것들　　　　(5)

로 나누고, 여기에서 남녀 문제를 다룬 것이 제일 많고, 중국 문화에 영향을 받은 것들은 약간있으나 다른 것이 비해 적은 편이며, 소재로 보아서 物象이나 生物을 노래한 것은 다른 장르의 문학에서는 찾아보기가 어려운 것들로 유모러스하게 노래하고 있으며, 人事 問題를 動機로 삼고 있는 작품들은 평시조와는 전연 異質的인 것들이고, 다만 人生 虛無를 노래한 것들은 평시조의 것들과 주제가 類似하다고 했다.49) 그러면서 남녀 문제를 다룬 것들을 다시

　　1. 癡情에 모티브된 노래들
　　2. 相思 戀慕의 노래들
　　3. 待人의 노래들
　　4. 不願別離의 노래들
　　5. 相悅의 노래들
　　6. 相愛 前後에 모티부들이 있는 노래들
　　7. 淫放한 것들

로 나누고 이것들을 다시 세분하였다.50)

---

49) 李能雨;『古詩歌論攷』P . 293
50) 李能雨; 前揭書에서 相思 戀慕의 노래들은 ① 소식만이라도 전하고자 하

다시 徐元燮이 분류한 엇시조와 사설시조의 주제에 대한 분류를 고
찰해 보면 평시조와 장시조에서 다루는 주제의 차이를 찾아볼 수가
있다고 하겠으니 그가 분류한 엇시조와 사설시조의 주제를 합하여 보
면 다음과 같다. (작품의 數字는 앞의 것은 엇시조, 뒤의 것은 사설시조를, ×
는 해당하는 작품이 없음을 나타냄)

1.　離別哀傷(12 8)	2.　空閨怨慕(11 14)	3.　江湖閑情(10 ×)
4.　田家閑居(10 16)	5.　戀主忠君(3 ×)	6.　感激君恩(7 1)
7.　憂國慨世(4 1)	8.　追慕讚頌(27 16)	9.　敎誨警戒(12 3)
10. 逍遙遊覽(5 12)	11. 飮酒醉樂(6 8)	12. 人生行樂(9 9)
13. 人生無常(6 5)	14. 白髮嗟歎(5 4)	15. 感物敍景(25 19)
16. 丈夫豪氣(6 4)	17. 聖世逸民(6 3)	18. 尋訪招待(15 3)
19. 戀慕相思(29 25)	20. 好色貪花(27 23)	21. 寄托諷諭(13 5)
22. 福壽頌祝(8 6)	23. 四季節候(5 ×)	24. 古事懷古(32 20)
25. 思鄕歸心(2 1)	26. 懷抱述義(31 40)	27. 致仕歸田(× 1)
28. 安貧樂道(× 3) 51)		

위에서 보면 江湖閑情을 비롯해 戀主忠君과 四季節候를 주제로 한
엇시조가 없는 대신에 사설시조에는 엇시조에 없는 致仕歸田과 安貧
樂道가 더 있다. 전체적으로 보아 戀慕相思나 好色貪花를 비롯한 空
閨怨慕나 離別哀傷을 포함한 愛情系의 작품이 가장 많고 다음으로 古
事懷古나 追慕讚頌등 儒敎的인 내용이 그 다음이며, 感物敍景은 抒情
的 감흥을 표현하는데 평시조와 다름이 없음을 말하여 주는 것이라

는 것 ② 어려운 想像들 ③ 병들었다는 것 ④ 含怨하는 것으로, 相愛 前後
에 모티브들이 있는 노래들은 ① 누구에게 말하고자 하는 것들 ② 유혹하
는 것들 ③ 自惚(Self-conceit) ④ 無理愛 ⑤ 誤解 ⑥ 失戀 ⑦ 片愛로, 泩
放한 것들은 ① 女人의 生態를 노래한 것들 ② 男性의 本性을 노래한 것
들 ③ 성행위 자체에 대한 노래들 ④ 不可抗力的인 힘으로서의 성문제를
노래한 것들 ⑤ 破戒僧에 대한 것들로 세분하였다. P. 297~336
51) 徐元燮; 前揭書 P. 191, 245

면, 懷抱述義가 두드러진 것은 우리네의 성격이 積極的이지 못하고
消極的임을 보여 주는 것이라 하겠다. 徐元燮은 엇시조와 사설시조의
주제에 대한 특색을

> 1. 率直한 愛情의 表出과 大膽한 情事場面의 描寫
> 2. 慕賢 讚頌思想의 發露
> 3. 自然의 理解와 玩賞
> 4. 事物을 接한 感情의 詠發
> 5. 寄托諷諭를 通한 敎誨警戒 [52]

처럼 언급하였는데 事物을 接한 감정의 詠發이나 寄托諷諭를 통한 敎
誨警戒는 엇시조에만 해당하는 것으로 했다. 평시조의 주제들과 비교
해 보면 守分知止를 비롯하여 丹心忠節, 學問修德, 綱常五倫, 事親孝
道는 없는 것으로 미루어 이런 주제의 장시조는 어울리지 않는 것이
라 하겠다. 여기서 특히 古事懷古의 작품이 낣은 것은 조선 후기에
들어와 중국으로부터 流入되어 많이 읽히기 시작한 『三國志演義』를
비롯한 소설을 소재로 한 것을 여기에 넣었기 때문이다.

　以上에서 본 것처럼 시조는 다양한 내용을 주제로 하여 작자의 사
상감정을 표현함에 부족이 없는 문학임을 알겠다. 특히 장시조에서는
평시조에서 보는 것처럼 양반 사대부들의 작품에 자주 쓰이는 유교적
인 주제가 적은 것은 아니나 조선조 후기부터 많이 등장하는 서민들
의 생활감정과 정서를 濾過 없이 그대로 나타내는 대담한 표현과 심
한 경우 辱說까지도 辭讓하지 않는 등의 남녀간의 관계나 상대방을
그리워하고 이별을 슬퍼하거나 閨房의 외로움을 나타내는 등의 愛情
과 관련된 작품이 많은 것이 특징이라 하겠다.

---

52) 徐元燮; 前揭書 P. 244 298

參考文獻

珍本『靑丘永言』
高晶玉:『古長時調選註』
徐元燮: 前揭書
李能雨: 前揭書
李泰極: 前揭書
秦東赫:『古時調文學論』
崔南善:『時調類聚』

5. 作家와 享有層

1) 作家

장시조는 珍本『靑丘永言』에서 볼 수 있는 것처럼 평시조와는 구분하여 대부분 가집의 끝에 붙여 놓았고, 작자는 미상인 경우가 많다. 周氏本『海東歌謠』에는 曲調別과 作家別로 편찬하여 二數大葉 가운데 장시조를 혼입하여 李鼎輔와 편자의 작품만 수록되어 있다.『樂學拾零』에는 騷聳과 蔓橫에 장시조가 수록되어 있는데, 李鼎輔를 비롯하여 權德重, 朴師尙, 朴明源의 작품이 수록되어 있으나 작가에 대한 信憑性이 문제가 된다고 하겠으며, 계속하여 樂戲調라 하여 장단시조를 混載하고 있으면서 이 가운데 장시조 작가로 李鼎輔와 金春澤, 金兌錫을 들고 있으나 金春澤을 작가로 표시한 것은 앞에서와 마찬가지로 신빙성이 없다고 하겠다.

이제까지 장시조의 작가는 알려진 몇몇을 제외하고는 대부분 작자를 알 수 없었기 때문에 그 작자에 대해서도 사대부들이 아닌 일반 서민대중들이 지은 것으로 단정하여 작자를 ① 신진 중인작가 ② 창곡가(唱曲家) ③ 부녀자 ④ 기녀 ⑤ 민요 창시자 ⑥ 몰락한 양반 등의 中人階層으로 추정한 高晶玉을 비롯하여,53) 장시조의 작가를 대체로 전문적인 歌唱者로 본 사람도 있다.54)

그러나 장시조의 작가가 많이 발굴되고 장시조의 발생시기에 대한 문제도 활발하게 논의되기 시작되면서 차츰 장시조의 작가가 알려진 것이 적고, 막연하게 朝鮮朝 후기에 壬辰倭亂과 丙子胡亂을 겪은 다

---

53) 高晶玉; 前揭書
54) 趙東一; "판소리의 장르 규정"『語文論集』(계명대) 第 1 輯 1969

음에 평민계층들의 擡頭로 문학의 주체가 사대부에서 일반서민들로 바뀌고 性理學의 쇠퇴와 맞물려 實學이 등장하면서 實事求是의 學風이 새로운 형식의 문학을 요구하게 되고, 한걸음 더 나아가 문학의 近代化 過程에서 韻文文學에서 散文文學으로 전환되어 가는 過渡期에 장시조가 발생했다는 그럴싸한 이론들을 장시조의 발생과 작자들 나아가서는 향유층까지도 설명하려고 하였다.

아직도 장시조가 평시조에서 발전적인 형태로 생겨난 시조의 일종이란 의견이 지배적인 입장에서 이를 부정할만한 결정적인 증거가 없는 사정 때문에 장시조를 평시조에서 독립된 장르로 다루기는 어렵다고 하겠다. 하지만 종전처럼 발생시기를 조선조 후기로 잡고 있는 견해는 시정되어야 하겠으며, 다만 현재의 알려진 장시조의 작가들만 가지고도 임진왜란 이전에 발생했음이 분명하며 더 나가서 고려시대에 발생했을 가능성이 충분히 있기 때문에 장시조의 발생시기를 적어도 고려말까지로 생각할 수 있다고 하겠다.

장시조 작가에 대해서 앞에서 언급한 高晶玉의 견해는 작자와 作中話者를 혼동한 것이 아닌가 한다. 왜냐하면 新進 中人作家와 唱曲家를 우리가 알고 있는 英·正祖 시대의 여항의 시조 작가를 가리킨다면 이는 당연하다고 하겠지만 婦女子나 妓女 民謠創始者 沒落한 兩班을 작가의 그룹에 포함시킨다면 적어도 그들이 지은 작품의 실체가 남아 있어야 할 것이며, 중인작가와 창곡가들은 떳떳하게 자기들의 이름을 밝히고 있는데 반하여, 부녀자나 기녀 또는 민요 창시자나 몰락한 양반이 자신의 이름을 사회에 공개한다고 해서 무슨 불명예나 사회적인 불이익을 받을 이유가 없으므로 굳이 자신의 작품을 익명으로 할 필요가 없기 때문이다.

장시조의 작중화자가 이제까지 평시조에서 볼 수 있었던 작중화자들과는 달리 다양한 인물들이기 때문에 이를 작가로 오해한 것이니 曺圭益은 珍本『靑丘永言』에 수록된 116수의 話者를

「만횡청류」의 화자들을 추출한 결과, 우선적으로 눈에 띄는 특징들은 다음과 같다.

첫째. 여성화자가 대부분이다.

둘째. 비정상적일 정도로 솔직한 감정을 토로하는 화자들이 대부분이다.

셋째. 애정을 노래한 화자들이 많고 내용은 性愛가 대부분이다.

넷째. 남성인 경우에는 풍류객이나 떠돌이가 대부분이다.

다섯째. 타락한 승려·武人·우국지사·문인(혹은 지식인)·상인 등 다양한 부류의 소수 화자들이 등장한다.

여섯째. 화자의 어조는 饒說로서 대상의 결손 부분을 강조하거나 지나치게 강조하는 경우가 대부분이다.[55]

로 들고 있다. 이를 보면 대부분의 장시조가 작자 미상인 것을 감안한다면 作中話者를 작가로 오해하기가 십상이라 하겠다.

가집을 편찬한 사람이 작가표시를 할 때에는 나름대로의 타당한 근거가 있어 한 일이겠으나, 다른 가집에 표기된 것과 相馳되거나 信憑性이 떨어지는 경우가 있으니 가령 李漢鎭本『靑丘永言』의 경우에는 새로운 작가도 등장하나 다른 가집에 비해 현저하게 작가에 대한 신빙성 떨어지며,『樂學拾零』이나 六堂本『靑丘永言』의 경우에는 추가로 편집하여 삽입한 것으로 여겨지는 부분에 신빙성이 떨어지는 작가가 등장한다.

이를 좀더 구체적으로 살펴보면 李漢鎭本『靑丘永言』에는 작가표시를 雅號나 實名으로 하였는데 南溟과 白湖, 北軒, 半癡와 宋龍世의 작가표시가 있으나 南溟 曺植(1501~1572)나 白湖 林悌(1549~1587)의 작가로 표기된 작품과는 관련이 없으며 北軒 金春澤(1670~1717)은 西浦 金萬重(1637~1692)의『九雲夢』을 漢譯하였다는 기록은 있으나 그가 지은 국문학 작품이 없는 것으로 미루어 신빙성이 없다. 또 半

---

55) 曺圭益;『蔓横清類』P . 148

癡로 표시된 작품이 장단가 합하여 모두 8首로 되어 있으나 이 가운데 4首는 다른 사람의 작품으로 전해오는 것으로 半癡란 누구의 雅號인지 알 수가 없고, 宋龍世란 작가가 새롭게 등장하나 누구인지 다 신빙성이 없는 인물들이다. 『樂學拾零』에는 李漢鎭本 『靑丘永言』과 마찬가지로 金春澤과 朴明源(1725~1790)이 새로 士大夫 작가로 되어 있고 朴師尙과 金光洙가 있으나, 金春澤과 朴明源의 작품은 鄭澈의 "심의산 세네바희……"와 李鼎輔의 몇 작품을 포함하여 '蔓橫'에 수록되어 있으나 여기에 다른 사대부의 작품이 없는 것으로 미루어 그들의 작품으로 인정하기에는 어려운 것이라 하겠다. 朴師尙의 경우 다른 가집에 영조시대 후반기의 朴文郁의 작품이 朴師尙으로 되었으며, 金光洙도 朴師尙의 경우처럼 다른 가집에서 金黙壽의 것으로 된 것으로 미루어 혹 朴文郁이나 金黙壽의 異名이 아닌가 한다. 六堂本『靑丘永言』에는 金華鎭과 趙慶濂이 작가로 기록되어 있으나, 英祖와 正祖朝에 판서를 지낸 金華鎭(1728~1803)과는 관련이 없는 인물이며, 趙慶濂도 누구인지 알지 못하는 인물이다. 河合本『歌曲源流』에는 男娼과 女唱에 각각 英祖大王으로 기록된 작품 1首씩 2首가 수록되어 있으니

> 놉풀샤 昊天이며 둣터울샤 坤元이라
> 昊天과 坤元인들 慈恩에셰 더ᄒ시며 놉고 놉푼 華崇과 河海라ᄒᆞᆫ들 慈恩과 갓 틀손가
> 아홉다 우리 太母聖恩은 헤아리기 어려웨라. (源河 471)

> 康衢에 맑은 노래며 南薰殿 和한 바롬 太平氣像 알니로다
> 大堯의 克明ᄒ신 峻德과 帝堯에 賢德이 아니시면 뉘라셔 玉燭春臺를 일우리요
> 어긔야 우리 太母聖德은 堯舜을 兼ᄒ오시니 東方堯舜이신가 ᄒ노라. (源河711)

와 같다. 그리고 작품 끝에 "東朝丁丑七十進饌時御製"라고 附記되어 있는데 이는 英祖 33年(1757)에 肅宗의 繼妃인 仁元王后(1687~1757)에게 進饌을 드릴 때 英祖가 지은 것이라 했지만 仁元王后는 이 해에 71歲이며 3월 26일에 昇遐하기 전에 진찬을 드린 일이 없고 2월부터 患候가 좋지 않아 英祖께서 걱정을 하였는데 마치 왕후에게 慶事가 있어 진찬의 禮를 드린 것처럼 되어 있는 것은 잘못이며, 더구나 왕후를 東方堯舜으로 칭찬한 것은 왕후를 마치 帝王에 비유한 것은 합당한 것이 아니라 하겠다. 이는 누군가에 의해 작자의 표기가 잘못 붙여진 것이 아닌가 한다. 그리고 이 가집에만 느닷없이 수록되어 있다는 것도 의심을 가지게 한다. 그밖에 『歌曲源流』系 가집인 『海東樂章』과 『花源樂譜』에는 竹所 金光煜(1580~1656)과 孫瑩洙가, 가람본 『靑丘永言』에는 李鼎輔의 작품을 松堂 朴英(1471~1540)으로 표기된 것이 있으나 마찬가지로 신빙성이 희박하다고 하겠다. 『槿花樂府』에는 端宗大王의 작품이 있으나 이는 端宗이 지었다는 漢詩에 吐를 달아 놓은 것이라 시조의 형태를 갖춘 것이 아니라 하겠다. 끝으로 朴氏本 『詩歌』에 肅宗朝에 豊德府使를 지낸 사람으로 기록된 李相殷이 있으나 이 가집에서만 작자가 記名되어 있어 신빙성을 의심하게 된다.

　지금까지 알려진 장시조 작가 가운데 작자에 대한 신빙성이 크게 문제가 되지 않는 작가들을 들면 다음과 같다.

姓　　名	字	號	生沒　年代	身分・官職	作品數	出　　　典
權氏(盧禛 母)			成宗～中宗		1	玉溪先生續集 3
金宇宏	敬夫	開巖	1524～1590	光州牧使		追慕錄
高應陟	叔明	杜谷	1531～1605	慶州府尹	6	杜谷集
鄭澈	季涵	松江	1536～1593	左議政	2	松江歌辭
金得可		柱峯	1547～1592		1	追慕錄
金得研	汝精	葛峯	1555～1637		1	葛峰先生遺墨
姜復中	載起	淸溪	1563～1639	參奉	4	淸溪歌詞
李彌			宣祖～仁祖		1	〃
金忠善	善之	慕夏堂	1571～1642	歸化 日人	5	慕夏堂實記
白受繪	汝彬	松潭	1574～1642	戶曹參議	2	松潭遺事
金啓	沃夫	龍潭	1575～1657		7	龍潭錄
尹善道	約而	孤山	1587～1671	文臣 參議	2	孤山遺稿
仁祖	和伯	松窓	1595～1649	朝鮮16代王	1	龍潭錄
蔡裕後	伯昌	湖洲	1599～1660	文臣大提學	1	靑丘永言
孝宗	靜淵	竹梧	1619～1659	朝鮮17代王	1	詩歌
李聃命	耳老	靜齋	1646～1701	慶尙監司	2	靜齋先生文集
安昌後	繼仲	閒說堂	1687～1771		3	閒說堂遺稿
金壽長	子平	老歌齋	1690～?	騎省書吏	41	海東歌謠　樂學拾零 靑邱歌謠
李鼎輔	士受	三洲	1693～1766	文臣大提學	21	海東歌謠 樂學拾零
金兌錫	德而		英祖朝	閭巷人	1	靑邱歌謠
金默壽	始慶		〃	〃	3	〃
朴文郁	汝大		〃	〃	12	〃
權德重			〃	〃	1	樂學拾零
吳擎華	子衡	瓊叟	〃	〃	2	靑丘永言
蔡濟	季澄	近品齋	1715～1795	僉知中樞府事	1	石門亭尋眞洞遊錄
梁周翊	君翰	無極	1722～1802		7	無極集
魏伯珪	子華	存齋	1727～1798	學者	1	三足堂歌帖
黃胤錫	永叟	頤齋	1729～1791	學者 縣監	5	頤齋亂稿
南極曄	壽汝	愛景	1736～1804		5	愛景言行錄
金履翼		牖窩	1743～1830		7	金剛永言錄
申獻朝	汝可	竹醉堂	1752～1807	原州牧使	12	蓬萊樂府
金祖淳	士源	楓皐	1765～1831	永安府院君	1	靑丘永言
申甲俊	又仲	晩覺齋	1771～1845		5	城西幽稿
金敏淳	愼汝	梅月松風	1776～1859	縣監	2	靑丘永言

李廷鎮			正祖~純祖		1	〃
金鋏			〃		1	〃
翼宗	德寅	敬軒	1809~1830	追尊 王	2	青丘永言 歌曲源流
金學淵			憲宗~高宗	閭巷人	1	歌曲源流
任義直	伯亨		〃	〃	1	〃
安玟英	聖武 荊寶	周翁　口 圃東人	1816~?	歌客	25	金玉叢部
金允錫	君仲	碧江	?~1883	琴客	1	歌曲源流
李世輔	左輔		1832~1895	王族	1	風雅
林重桓		三貫			17	時調演義
金庸潤	良中		未詳		1	歌曲

　위에서 볼 수 있는 것처럼 작가는 仁祖를 비롯하여 孝宗, 追尊인 翼宗과 李世輔 등 身分上 王과 王族에서부터 左議政을 지난 鄭澈을 비롯한 문신들과 비록 관직에 나가지 않았으나 사대부들이 상당히 많은 것으로 미루어 마치 장시조가 여항인들의 전유물이며 작가들 또한 여항인이 전부인 것처럼 주장했던 과거의 견해는 是正되어야 할 것이다. 金壽長을 비롯한 安玟英이나 朴文郁 등 많은 量의 장시조를 창작한 작가들이 여항인임에 틀림이 없으나 이는 몇 안되는 가집에 몇사람의 사대부 작가의 작품만이 수록되어 있기는 하지만 여항인 작가와 그들의 작품에 비하면 작가와 작품이 손으로 꼽을 정도로 적었기 때문이기도 하겠으나 가집을 찬집한 사람들도 여항인이었기에 가집의 특성상 여항인들의 작품이 많이 수록될 수밖에 없었다. 또, 歌唱의 발달로 그에 필요로 하는 대본이 切實히 필요했기 때문에 여항인들에 의해 새로운 노래가 창작되었을 것이니 사대부들의 작품보다 여항인 작가나 그들의 작품이 가집에 당연히 많이 수록되었고 이는 장시조는 여항인들의 전유물인 것처럼 이해되었기에 그러한 주장은 충분한 설득력이 있었다. 그러나, 이후 많은 가집이나 문집들이 발굴되면서 많은 사대부 작가들이 등장하게 되고 그들 가운데는 임진왜란 이전에

출생한 작가들도 상당히 있어 장시조의 발생시기도 임진왜란 이전으로 주장할 충분한 여건도 갖추어졌다고 하겠다.

　현재 가집이나 문집에 수록되어 있는 작품들이 작가들보다 상당히 후대에 와서 문자로 정착했기 때문에 과연 얼마나 원작과 가까우냐 하는 문제가 대두된다. 松江의 경우에는 그의 가집인 『松江歌辭』가 현전하는 最古의 가집인 珍本 『靑丘永言』보다도 앞서는 것이니 별 문제가 없다고 하더라도 세상에 알려지지 않았다가 후대에 와서 만들어진 문집에 수록되어 있는 대부분의 문집에 수록되어 있는 사대부들의 작품을 그대로 믿을 수가 있을까? 가령 端宗의 작품으로 되어 있는

> 蜀魄啼山月白ᄒ니　相思苦獨倚樓頭ㅣ로다
> 爾啼苦我心愁니　無爾聲　無我愁라
> 寄語人間離別客ᄒ노니　愼莫登春三月　子規啼明月樓를　ᄒ여라.　(槿樂
> 285)

는 端宗이 지은 것으로 전해지는 漢詩 「子規樓」인

> 月白夜蜀魄啾　含愁情倚樓頭
> 爾啼悲我聞苦　無爾聲無我愁
> 寄語世上苦勞人　愼莫登春三月子規樓

를 누군가에 의해 字句의 修正과 變改를 거쳐 吐를 달아 時調化한 것으로 비록 가집에 수록되어 있기는 하지만 장시조의 형식과는 거리가 먼 것이다. 그러나 端宗의 漢詩는 일찍부터 세상에 널리 알려진 것으로 작자에 대한 신빙성에는 문제가 없다고 하겠다.

　그렇다 하더라도 후대에 문집이나 여러 사람의 작품을 모아 엮은 가집이 아니라 개인 작품을 수록한 사대부들의 가집에 수록되어 있는 작품들은 비록 原文과 상당한 거리가 있으리라 짐작은 가지만 현

재로서는 작가와 작품에 대한 의문은 문제가 되지 않는다고 하는 입
장이다.

　임진왜란 이전에 사대부들에 의해 다시 창작되기 시작한 장시조는
이것이 바로 歌唱으로 이어지는 일은 없었다고 하더라도 사대부들에
의해 歌樂들의 맥을 이어간 사실들이 있으니, 宣祖朝에서 光海君朝에
관직에 있던 李升亨이 妓女에게 노래를 가르쳤다는 기록이 있다.『光
海君日記』卷　126　光海君　10년　4월　條에　보면　於于　柳夢寅(1559~
1623)이 올린 啓에서

　　　　마침 이달 초 사일에 신의 처사촌 정회가 술을 가지고 와서 신의 집
　　　이 있는 남산의 기슭에 올라 봄을 완상하였습니다. 신의 마을에는 은개
　　　라는 소녀가 있어 가사를 잘 불렀습니다. 불러다 노래를 시키니 그 아이
　　　가 먼저 모시의 공강백주 편을 부르고 또 녹명의 여러 편을 불렀습니다.
　　　이것은 다 그 노래의 대강의 뜻을 외운 것으로 그 자리에서 가르친 것은
　　　아니있습니다. (중략) 이것이 비록 취중에 지은 것이나 어찌 뜻을 두고
　　　지은 것이겠습니까? 백주는 은개가 늘상 부르던 노래이고 그의 집에는
　　　이 같은 시편과 고금가사가 한 권 있으니 이는 다 이승형의 것으로 오륙
　　　년전부터 노래를 가르쳐 온 것들입니다.56)

고　하였으며, 柳夢寅의 문집인『於于集』前集　卷　4의「題李僉知升亨梅
鶴帖詩序」에도 기생에게 노래를 가르친 사실이 있다.57)
　李升亨이 妓女에게 노래를 가르치면서 그가『詩篇』과『古今歌詞

---

56)『朝鮮王朝實錄』(光海君日記)　卷　126: "適瘵今月初四日　臣之妻四寸鄭晦　持
　　酒賞春于臣之家上南山麓　臣之洞內有少女銀介者　能唱歌詞　招之使唱　其兒首
　　唱毛詩恭姜栢舟篇　又唱鹿鳴諸篇　皆兼誦大旨　非其日席上創敎而唱之也　(中
　　略) 此作雖出於醉中　豈是有意而作　栢舟　則渠所常唱　渠家有此等詩篇及古今
　　歌詞一卷　皆主人李升亨　自五六年敎唱者
57)　柳夢寅;『於于集』(前集) 권　4「題李僉知升亨梅鶴帖」詩序』에 "梅鶴主人李君
　　余弱冠交也　家有少妓　實長安名花　能歌詩作　九皐之唳　亦女中梅鶴也　自南始
　　還京師　人未有知者

』라는 책을 소장하고 있었다고 하는 것은 비록 그의 국문으로 된 작품이 전하는 것은 없다고 하더라도 음악에 대한 一家見을 가지고 있으며 그가 光海君 9년 5월 이후에 관직을 그만두고 기녀들에게 노래 교습을 시켰는지 아니면 그 이전에도 어떤 형태로든 교습행위가 있었는지에 대해 자세히 알 수는 없으나 사대부가 기녀들에게 노래 교습을 시킬 수 있었다는 것은 노래가 결코 몰락한 양반이나 여항인들에 의해서만 명맥을 계속 유지한 것이 아니라는 사실이다.

그 후 漁隱 金聖器가 죽은 뒤에 그 제자들이 만든 것으로 알려진 『浪翁新譜』에 주도적인 역할을 한 사람은 隨樂窩 李木㿔(1691~1752)로 그는 王族으로 南原君으로 불리운 宣祖의 玄孫이다. 그가 『浪翁新譜』의 편찬에 주도적인 역할을 맡은 사실은 崔濯이 쓴 서문에 나타나 있다. 58) 비록 그가 누구에게 노래를 가르친 사실은 알 수 없으나 琴譜를 편찬하는 일에 주도적인 역할을 했다고 하는 것은 노래에 대한 조예가 깊은 것은 물론이려니와 그 명맥을 계승해 나가는 일에 지대한 공헌을 했음에 틀림이 없다고 하겠다.

朴氏本 『海東歌謠』에는 작품이 1首도 수록되지 않았다가 一石本이나 周氏本 『海東歌謠』에 와서야 장단시조 42首와 82首가 수록된 李鼎輔의 경우에도 그의 작품이 가집의 편찬 순서로 보면 평시조만 수록하고 있다가 李鼎輔와 편자인 金壽長의 작품만이 장단시조를 같이 수록하고 있어 혹 잘못된 것이 아닌가 하는 의문이 제기되기도 했는데, 근래에 『大東稗林』을 편찬한 孝田 沈魯崇(1762~1837)이 李世春과 더불어 歌妓로 활동했던 桂纖(蟾)의 傳記를 그의 문집인 『孝田散稿』에 수록되어 있는 「桂纖傳」보면 李鼎輔는 늙어 벼슬을 그만두고 소리와 伎藝로 스스로 즐겼는데 그는 노래에 조예가 깊어 많은 남녀의 善唱

---

58) 『浪翁新譜』序文; "樂師金聖基以琴鳴於世　自號浪翁又稱漁隱　宗卿南原君嘗
　　從學焉　浪翁死後　公子與同學諸人　傳記所授之曲　而名之曰浪翁新譜　公子於
　　琴道大有功矣　公子名木㿔　字子直　號隨樂窩　戊申菊秋　崔濯之題"

者들이 그의 門下에서 나왔다. 특히 桂纖을 아끼고 사랑하여 몇 년
사이에 그에게 재주를 전수하여 더욱 精進하게 되고 많은 사람들이
桂纖에게 몰려와 배우게 되었다 후에 李鼎輔가 죽자 親喪을 당한 것
처럼 哭을 했고, 후에도 무덤을 찾아가 술 한 잔 마시고는 노래 한
곡을 부르고 다시 통곡을 하다가 돌아왔다. 뒤에 李鼎輔의 자제들이
이 이야기를 듣고 묘를 지키는 종을 책망하자 桂纖이 다시는 무덤에
가지 않았다고 하였다.59)

　그러나, 李鼎輔의 史實과 대조해 보면 실제와는 어색한 부분이 없
지 않다. 『朝鮮王朝實錄』 「英祖實錄」 卷 102 英祖 30년 癸未 8월에 다
시 大提學이 되었는데 周氏本 『海東歌謠』의 서문의 年記가 같은 해
正月로 되어 있어 만약 李鼎輔가 벼슬을 그만두고 노래와 기예로 스
스로 즐기면서 남녀 善唱者 들에게 노래를 가르쳤다면 아마도 장시조
또한 이 시기에 창작했을 것으로 짐작된다. 그러나 벼슬을 그만두기
이전에 周氏本 『海東歌謠』가 편찬되었고 李鼎輔의 장단시조는 이 가
집에 82首나 수록이 되었다. 벼슬을 그만두고 作故하기까지 불과 2年
남짓한 시기에 그의 장시조가 창작되었을 것이고 평시조도 英祖 30년
에서 다음해 사이에 편찬된 것으로 여겨지는 朴氏本 『海東歌謠』에 1
首도 없는 것으로 미루어 적어도 英祖 31年 이후에야 비로소 장시조
를 지었다고 하겠다.

　임진왜란과 병자호란을 겪으면서 일반 서민들의 自覺과 사대부들의

---

59) 沈魯崇; 『孝田散稿』 「桂纖傳」 "桂纖　京師名娼也　本松禾縣婢　家世縣吏　爲人
優如　眼溜亮如照　七歲父死　十二歲母死　十六歲隸主家丘史　學唱頗自名　侯家
曲宴　俠少群飮　無纖恥之　元侍郎義孫　慕名而畜之　旣十年　一言不合　輒謝去
太史李公鼎輔　老休官　聲伎自娛　公妙解曲度　男女諸善唱者　多出門下　最愛纖
常置左右　奇其才　實無私好　按譜敎授　有科程數年　歌益進　當唱　心忘口　口忘
聲　聲裊裊在屋樑　於是　名振國中　州郡妓籍京司　來學唱　以纖歸　時稱桂郎調
學士大夫　多爲詩歌　道之　纖在李公家　元侍郎每候公　乞公勸纖歸　屢强　纖不
從　李公歿　纖哭之　如喪父……　旣葬　治肴漿　走省公墓尊　一杯　一歌　一哭　終
日而歸　公家子弟聞之　責守塚奴　纖大恨之　自是不復至……"

당쟁과 권위의 위축 등은 性理學 대신에 實學이 대두되고 새로 流入되기 시작하는 서구의 문물과 문학의 근대화 과정을 겪으면서 문학의 主潮도 韻文에서 散文으로 넘어가는 과도기를 맞게 된다. 이때 다시 장시조가 再發興을 試圖하여 어느 정도의 성공을 거둔 것으로 평가된다. 여기에는 가곡의 발달이 커다란 역할을 하였다고 하겠으니 中大葉에서 數大葉으로 전환하고 騷聳에 생기며, 갖가지 엮음이 생기면서 그런 곡에 맞는 노래가 필요한 까닭에 많은 노래가 창작되었다. 장시조의 주제가 크게 유교적인 것과 애정을 노래한 것으로 구별되는 것도 사대부들의 꾸준한 활동과 새롭게 등장하기 시작하는 가객을 비롯한 여항인들의 대단한 활략을 힘입어 장시조의 전성기를 맞게 된다.

2) 享有層

南坡는 『靑丘永言』을 편찬하면서 자신을 포함한 '閭巷六人'의 작품 가운데 朱義植과 金聖器, 金裕器의 작품에 발문을 쓴 것 이외에 제목은 없으나 「有名氏 作品跋」을 비롯해 「無名氏 作品跋」, 「蔓橫淸類序」과 「靑丘永言跋」이 있다. 60) 여기서 우선 南坡가 가집을 편찬한 이유를 보면 文章과 詩律은 千年이 지나도 오히려 남는 것이 있어도 永言

---

60) 「有名氏 作品跋」; "我東 自麗季 至 國朝名公碩士及閭巷閨秀之作 爲永言以傳於世者 皆錄而其間 雖不以絶作 嗚若聞人則 皆記之 雖其人不足取也 其永言可觀則 亦取有記之云爾
「無名氏 作品跋」; "凡此無名氏 世遠代邈 莫知其姓名者 今皆不可攷因錄于後 以待該洽之士 傍參而曲証"
「蔓橫淸類序」 "蔓橫淸類 辭語淫哇 意旨寒陋 不足爲法 然其流來已久 不可以一時廢棄故 特顧于下方"
「靑丘永言跋」; "夫文章詩律 刊行于世 傳之永久 易千載而猶有所未泯者 至若永言則 一時諷詠於口頭 自然沈晦 未免湮沒于後 豈不慨惜哉 自麗季 至國朝以來名公碩士及閭巷閨秀之作 一一蒐集 正訛繕寫 釐爲一卷 名之曰靑丘永言 使凡當世之好事者 口誦心惟 手披目覽 以圖廣傳焉 歲戊申夏五月旣望 南坡老圃書"

은 한 때 입으로 불리워지다가 자연스럽게 湮沒되는 것이 애석해서 고려시대부터 현재까지 전해오는 名公碩士나 閭巷閨秀의 노래를 蒐集整理하여 한 권의 歌譜로 만드니 當世의 好事者들은 입으로 외우고 마음속으로 새겨두고 손으로 펼치고 눈으로 살펴서 널리 傳하기를 바란다고 했다. 그러니까 노래를 배우려는 특정한 사람들을 위해 대본으로 만드는 것이 아니라고 했다. 『南薰太平歌』나 『女唱類聚』처럼 노래의 대본으로 만든 가집처럼 노래를 배우기 위한 사람을 대상으로 하는 것이 아니라 노래에 관심이 누구나 있는 사람을 위하여 만들었다. 만약에 南坡가 단순히 가창자들을 위한 대본으로 가집을 만들었다면 松江이나 象村의 작품 뒤에 작품과 관련 있는 跋文 이나, 龍湖 趙存性(1553~1627)이나 象村의 작품 다음에 漢譯 등은 수록하지 않았을 것이다. 따라서 수록하는 작가도 名公 碩士로부터 閭巷 閨秀에 이르기까지 더 나가서는 列聖御製까지를 포함하였다. 이는 '有名氏作品跋'에서 언급한 것처럼 비록 絶作이 아니지만 세상에 널리 알려진 것이나 작자의 人格이 혹 부족하다 하더라도 작품이 훌륭하면 기록한다고 하였다. 이는 작품성보다는 작품 자체를, 작가보다는 작품 자체를 중요시하겠다는 뜻이다. 이런 의미에서 장시조인 만횡청류에 대해서도 노랫말이 음탕하고 意味와 旨趣가 보잘 것이 없어 법으로 삼기에 부족해도 노래의 流來가 오래되었기 때문에 한꺼번에 버릴 수가 없다고 했다.

이처럼 南坡는 작품 자체를 중요하게 여겼다. 그러면서도 장시조에 대해서는 流來가 오래되어 한꺼번에 버리지 못한다고 하면서도 처음에는 자기가 편찬하는 가집의 서문으로 받았다가 실제로는 발문이 되어버린 磨嶽老樵의 '靑丘永言後跋'에 보면 南坡는 磨嶽老樵에게 자기가 편찬한 가집에 委巷 市井의 음탕한 이야기와 상스러운 말들이 간혹 섞여 있지만 노래가 진실로 하잘 것 없는 재주라 생각되지만 혹 君子들이 보기에는 잘못된 것으로 여길 것이 아닌지 걱정이라 묻고 그의 解答을 구한다. 이에 磨嶽老樵는 詩라고 해서 꼭 고상한 것만 있는 것이 아니다. 비록 속된 말로 노래를 지었다 해도 사람들을 감동시키고 비록 가락이 아름답지 못하고 세련되지 못하나 유쾌히 즐기고, 원망하거나 탄식하며, 미친 것처럼 날뛰며, 거칠지만 그 情狀과 태도나 모습이 다 眞機에서 나온 것이라는 確答을 얻고 安堵하는 입장이 된다. 여기서 南坡가 말한 委巷과 市井의 이야기란 바로 장시조를 가리키는 것으로 보아 틀림이 없을 것이다.

여기에 대한 명쾌한 해답을 내려준 磨嶽老樵가 누구인지를 모르다가 그가 宣祖의 第一子인 臨海君의 후손인 林原君 杓(1654~1724)의 3男인 李廷爕(1658~1744)의 號임이 밝혀졌다.『海東歌謠』에는 시조 2首가 수록되어 있고 더구나 周氏本『海東歌謠』의 뒤에 붙어 있는 '古今唱歌諸氏'에 들어 있어 혹 여항인이 아닌가 하는 의문을 가질 정도였으나, 그에게는『樗村集』이란 문집이 있고 평생 노래 듣기를 좋아한다고 했는데(余平生好聽歌), 그의 詩 가운데 "百事不能能短歌 歌終酌酒兀然酡"(秋懷三疊)을 보면 단순히 노래를 듣는 것만 아니라 作詩와 歌唱에도 능통한 것이라 하겠다.

南坡는 신분상으로나 歌唱 내지는 作詩에도 뛰어난 磨嶽老樵에게 매우 肯定的인 해답을 얻고 비록 장시조를 짓지는 않았어도 장시조를 수용하여 후세에 널리 전하여도 조금도 부끄러울 것이 없음을 확신하게 된다. 詩가 꼭『詩經』의 周南의 關雎篇이나 虞廷의 賡載詩만이 아니라『詩經』의 國風 가운데 鄭風이나 衛風과 같은 시가 있어도 孔子도 오히려 이들의 시를 버리지 않고 거두어 후세에 전했음을 은근히 강조하고 있다. 그런데도 우리나라에서는 형식적인 것에만 집착하여 詩의 情性이 숨어버리는 病痛이 있다고 꼬집고 있다.

조선시대 사대부들도 經書만을 읽은 것은 아니다. 作詩에 얽힌 내력이나 그와 관련된 逸話 등을 적은 詩話나 잘 알려지지 않은 이야기를 다룬 野談은 물론 가볍게 읽을 수 있는 徐居正의『太平閑話滑稽

傳』과 같은 滑稽傳 이나 심지어는 宋世林의 『禦眠楯』을 비롯한 成汝
學의 『續禦眠楯』과 姜希孟의 『村談解頤』와 같은 淫談悖說에 이르기까
지 다양한 종류의 서책들을 즐겨 읽었으며, 중국과의 교역이 활발해
지면서 많은 小說이 流入되어 그 폐단을 論하는 일이 사대부들 사이
에서 있었다.

漢文을 모르는 일반 서민들이 중국의 소설을 읽었을 까닭이 없고,
한자로 쓰인 서책에 관심을 가졌을 까닭이 없다. 사대부들은 겉으로
는 『水滸傳』의 작자는 三代를 두고 반드시 聾啞의 재앙을 받아 마땅
하다고 하지만 그들이 그런 소설을 읽지 않았다면 그런 酷評을 할 수
는 없었을 것이다. 그러니까 이를 탓하는 士大夫들은 말과 행동은 일
치하지 않는 위선적인 삶을 살았다고 하겠다.

우리가 이제까지 장시조를 읽고, 짓고 하는 모든 것을 서민들의 몫
으로 취급하고 있으나, 詩的인 대상을 즐기고 탄식하며 좋아하고 표
현이 거칠고 한 모든 것들이 인간 본연의 순수한 사상감정에서 우러
나온 것일진대 다만 그 표기가 국문으로 되어 있다고 해서 이를 향유
하는 계층이 사대부가 아닌 일반 서민이란 주장은 잘못된 것이라 하
겠다. 조선조 후기에 와서 金壽長을 비롯한 가객들의 장시조 창작이
두드러지기는 하였지만 결코 장시조가 그들의 專有物만은 아니었으니
얼마 안되는 사대부 작가들이지만 金敏淳이나 申獻朝 등의 사대부 작
가들도 장시조를 창작하였다.

다만 짧은 형식의 평시조를 짓기에 많은 어려움을 겪다가 형식의
파괴로 장시조로 발전하게 되자 문학에 대한 素養이 부족했던 사람들
이 日常에서 겪는 여러 가지 소재를 가지고 창작에 따른 노력이나 苦
心도 없이 卽興的으로 짓고 노래했기 때문에 자연 문학성이 결여된
것은 물론이고, 다른 사람이 지은 것을 따라 하거나 얼마의 加減을
더한 일종의 패로디(parody)化 하는 현상이 두드러지며, 더 나가서는
雜歌와 같은 형태로 발전하게 됨을 볼 수 있다.

　조선조 후기에 들어와 장시조의 창작이 활발하고 작자가 알려진 것이 가객을 비롯한 여항인들이 대부분이며 表記가 국문이라 해서 장시조의 享有層을 사대부가 제외되고 오직 서민대중들만으로 보는 견해는 마땅히 是正되어야 하겠다.

參考文獻

沈魯崇: 『孝田散稿』
柳夢寅: 『於于集』
趙東一: "판소리의 장르 규정"
高晶玉: 『古長時調選註』
徐元燮: 前揭書
李能雨: 前揭書
李泰極: 前揭書
曺圭益: 『蔓橫淸類』

6. 文體

　시조의 발생을 고려 중엽으로 본다면 그 역사를 10세기에 가깝다고 하겠다. 거기에 형식의 완성을 고려말로 본다고 하더라도 6세기가 지났다. 시조의 형식이 짧다는 특징 때문에 기록에 의한 전수보다는 어떤 가락에 얹어 불렀는지는 알 수 없지만 단순히 읊조리는 경우가 아닌 노래부르는 형식으로 전수되었을 가능성이 크다고 하겠다. 李世輔(1832～1895)처럼 458首의 작품을 지은 사람을 비롯하여 安玟英, 金壽長, 趙榥 등 100餘首가 훨씬 넘는 작가와 그보다는 다소 모자라지만 100首 가까이 작품을 남긴 鄭澈이나 李鼎輔 등 多量의 시조를 남긴 작가가 있으나 짧은 형식에 작자 나름대로의 문체적인 특색을 살릴 수 있는 요소를 추출하기는 어렵다고 하겠다.

　앞에서도 언급한 것처럼 기록에 의해 전수하기보다 口傳에 의해 전수되었기 때문에 아무리 짧은 형식의 詩歌라도 時日이 지나고 다른 사람에게 전파되는 과정에서 기억에만 의존했기 때문에 全文을 그대로 전수하는데 문제가 있었던 것이 아닌가 한다. 왜냐하면 가집마다 거의 똑같이 기재되어 있는 경우가 적고 작게는 낱말에서부터 크게는 章에 이르기까지 서로 상이한 경우를 얼마든지 볼 수 있으며, 소설이나 다른 형태의 산문에 비해 시조에는 풔뮬라(Formula) 현상이 두드러져 慣用句節이라 부를 수 있는 類似句節이 많은 것은 남에게서 들었던 것을 기억을 되살려 再生하는 과정에서 歌詞를 잊어버렸으나 비슷한 다른 노래가 생각나자 마치 처음에 자신이 기억했던 것과 같은 것으로 착각하고 잘못된 상태로 전수했기 때문이 아닌가 여겨진다.

　이처럼 시조에서는 개인적인 문체의 특색을 찾아볼 수는 없다해도 현전하는 고시조가 5,000首를 헤아릴 만큼 많은 작품이 있으니 그 나

름대로의 어떤 문체가 분명 있다고 하겠다. 문체가 무엇이냐 하는 문
제에 앞서 우리는 소설의 三要素의 하나로 文體를 들고 있으며, 일찍
부터 프랑스의 博物學者 뷰퐁(Buffon)이 말한 "글은 사람이다."란 命
題에 큰 비중을 두고 이말을 일찍부터 인용하고 있다. 여기서 글을
문체의 뜻으로 번역하여 사용하고 있다. 文體를 李仁模는

> 양식의 名辭에 대하여 여러 각도로 따져 봄으로써 文體의 개념을 더
> 듬어 왔다. 여기서 그것을 요약해서 필자는 문체의 정의를 다음과 같이
> 내리고자 한다.
> 『문체란 작가의 美的 理想에 적합하며 개성이 잘 반영된 一定한 構造
> 의 文章이다.』
> 愚按하건대, 이 정의는 "미적 이상에 적합하며"에 목적 개념·가치 개
> 념이 포함되고, "개성이 잘 반영된"에 개성적 양식·同一性·單奇性·獨
> 創性이 內屬되었을 뿐만 아니라, 文體 槪念의 肯綮인 "個性"이 밝히 表白
> 되었으며, "구조"에 요소의 통일체임이 알려 졌고, "문장"에 話說과 語詞
> 예술에 관계됨이 뚜렷이 나타난 것이므로, 위에서 考究한 바가 죄다 集
> 約되었고, 따라서 문체의 개념이 꽤 잘 言表되었으리라 믿는 바이다.61)

라고 정의하고 작가의 개성이 잘 반영된 일정한 구조의 문장이라 하
면서 문학이란 문체 위에서 이루어지는 것이기에 문체가 없는 문학이
란 존재할 수 없다고 하였다. 여기서 문체란 작가의 독특한 개성이라
보아도 좋을 것이다.

 문체를 분류하는 방법은 일정한 규칙이 있는 것은 아니나 분류의
예를 보면 朴甲洙는

> 문체의 분류방법에는 여러 가지가 있으나, 크게 유형적 문체와 개성
> 적인 문체의 둘로 나눌 수 있다. 또 쓰이는 언어에 따라 文語體와 口語
> 體로 나누기도 한다. 유형적이 문체는 어떤 특수한 표현형태로, 다른 많

---

61) 李仁模; 『理論과 實踐 文體論』P. 53

은 표현에 적용할 수 있는 것이다. 이것을 관점에 따라 다음과 같이 나눌 수 있다.

　① 기재형식에 따라: 한문체·서기체(誓記體)·이두체·향찰체·구결체·국문체 등

　② 어휘·어법에 따라: 문어체·구어체 또는 국문체·국한문혼용체·한문체 등 또는 동사적 문체·명사적 문체 등 또는 '이다'체·'습니다'체 등

　③ 수사에 따라: 산문체·운문체 등 또는 문장 호흡 장단에 따른 간결체와 만연체, 문장표현의 剛柔에 따른 강건체와 우유체, 문장수식의 다과에 따른 화려체와 건조체 등

　④ 기술방식에 따라: 묘사체·설명체·논증체·서사체 등

　⑤ 글의 장르에 따라: 가사체·악장체·역어체·내간체 또는 논설문체·수필문체·소설체 등.62)

으로 분류했다. 이것으로 시조의 문체를 분류하는 것은 무리라 생각된다. 딜리

① 言語 使用者의 性格的 發露로서의 文章, 個性을 나타내는 文體
② 修辭學上 文章의 類型: 簡潔體·蔓衍體·剛健體·優柔體·乾燥體·華麗體
③ 特殊한 用度: 書簡文體·新聞文體·法律文體·俗語文體·雅文體
④ 文藝樣式의 文體: 散文體·韻文體
⑤ 文法 및 語彙의 特徵에 따른 文體: 口語文體·文語文體·漢文直譯體·純國語文體·國漢混合文體.63)

와 같이 분류한 것도 있어 이들을 참고로 하여 보고자 한다.

　徐元燮은 그의 『時調文學硏究』에서 沈載完의 『校本歷代時調全書』에 수록되어 있는 시조 3,335首를 평시조와 엇시조, 사설시조로 분류하고

---

62) 朴甲洙;『한국민족문화대백과사전』卷 8 P. 454
63) 學園社;『世界百科大事典』卷 5P. 140 (1968)

문체를 다음과 같이 분류하였다.

平時調(2,795首)
① 純國語體 240首
② 國語體 205首
③ 國漢文混用體 2,222首
④ 漢文懸吐體 59首
⑤ 漢文飜譯體 33首

旕時調(326首)
① 純國語體 17首
② 國語體 19首
③ 國漢文混用體 244首
④ 漢文懸吐體 46首

辭說時調(250首)
① 純國語體 11首
② 國語體 11首
③ 國漢文混用體 214首
④ 漢文懸吐體 14首 64)

또 그 문체의 기준을

純國語體
時調에 使用된 御諱가 純粹한 우리말인데다가 表記 文字 또한 우리글
로 表現 描寫된 時調

國語體
3章 중에서 2章은 純粹한 우리말 御諱와 文字로 表現 描寫되었고, 나
머지 1章은 우리 先民들이 익히 使用하던 普遍化된 漢字語가 1回 使用

---

64) 徐元燮; 前揭書 P. 299, 316, 323

된 時調

國漢文混用體
純粹한 우리말 語彙와 漢字語 語彙를 混合해서 表現 描寫한 時調

漢文懸吐體
漢詩文에 吐를 달아서 된 時調

漢文飜譯體
漢詩文을 直譯·飜譯·意譯·飜案해서 된 時調

로 기준을 정하고 다소의 넘나드는 것은 대채로 그 範疇에 포함시켰다.

그러나 평시조를 포함하는 경우에는 純國語體와 國語體를 각각 분리하는 것이 합당한 것이라 할 수 있어도 장시조에서는 이를 합하여 國語體로 하고 새로 吏讀混用體를 추가하여 ① 國語體 ② 國漢文混用體 ③ 漢文懸吐體 ④ 吏讀混用體의 4가지의 문체로 분류하고자 한다. 이를 보면 다음과 같다.

1) 國語體 時調

순수 국어이면서 國字로 표기되었으며, 간혹 한자어가 있으나 생소한 한자어나 중국의 故事가 쓰이지 아니한 시조를 국어체 시조로 보고자 한다.

져 조혼 큰 길 우희 가온대로 바로 가면
훌니 百里롤 간들 것칠 것시 이실쏘냐
그려도 혼 편으로 가는 이 하 만흐니 훌 일 업셔 ㅎ노라.(金履翼;金剛永言錄)

　　니르랴 보쟈 니르랴 보쟈 내 아니 니르랴
　　네 남진ᄃ려 거즛 거스로 물깃는 체ᄒ고 통으란 ᄂ리와 우믈젼에 노
코 쏘아리 버서 통조지에 걸고 건넌집 쟈근 金書房을 눈기야 불너내여
두손목 마조 덥셕 쥐고 슈근슈근 말ᄒ다가 삼밧트로 드러가셔 무스 일
ᄒ던지 즌삼은 쓰러지고 굴근 삼대 밋만 나마 우즑우즑 ᄒ더라 ᄒ고 내
아니 니르랴 네 남진 ᄃ려
　　져 아희 입이 보드라와 거즛말 마라스라 우리는 마을 지서미라 실삼
죠금 키더니라. (珍靑 576)

　　싀어머님 며느라기 낫바 벽바흘 구르지 마오
　　빗에 바든 며ᄂ린가 갑세 쳐온 며ᄂ린가 밤나모 셔근 등걸에 휘초리
ᄀᆺ치 알살픠신 싀아바님 볏뵌 쇠똥ᄀᆺ치 되죵고신 싀어마님 三年 겨른 망
태에 새송곳부리ᄀᆺ치 쑈족ᄒ신 싀누으님 당피 가론 밧틔 돌피 나니ᄀᆺ치
노란 욋곳ᄀᆺ치 픳동누는 아들 ᄒ나 두고
　　건밧틔 멋곳ᄀᆺ튼 며ᄂ리를 어듸를 낫바 ᄒ시ᄂ고. (珍靑 573)

　　처럼 순수한 국어나 우리에게 익은 말로 비록 한자로 표기 되었어
도 조금도 뜻을 이해하거나 거부감이 없는 작품들로 실제로는 그렇게
많은 작품이 있는 것은 아니다.

2) 國漢文混用體 時調

　　국어의 어휘 가운데 70% 정도가 漢字語인 사실을 감안한다면 국한
문혼용은 어쩌면 당연한 결과라 하겠다. 순수한 우리말 어휘도 한자
어 어휘에 밀려 점차로 감소되어 가고 현실을 보더라도 과거에 한자
어를 사용할 수밖에 없었던 현실을 충분히 이해할 수 있다고 하겠다.
여기에 漢文化의 流入으로 정신적으로나 학문적으로나 중국의 영향을
많이 받아 事大的인 사고방식 때문에 中國의 歷史를 비롯한 각가지의

故事에 이르기까지를 우리네의 역사보다도 오히려 더 자세히 알고 있
어 常識化되고 生活化되어 어느 때이고 자연스럽게 사용하고 있음을
감안하여 이런 것들도 여기에 포함시킨다. 유명씨의 작품과 무명씨의
작품을 한 두首 인용하면 다음과 같다.

　　大丈夫ㅣ 功成身退ᄒ야 林泉에 집을 짓고 萬卷書를 ᄡᅡ하두고
　　죵ᄒ여 밧갈리며 보라매 길들이고 千金駿駒 알픠미고 金樽에 슬을 두
고 絶代佳人 겻틔 두고 碧梧桐 검은고에 南風詩 놀리하며 太平烟月에 醉
ᄒ여 누엇신이
　　암아도 平生 하올 일이 잇분인가 ᄒ노라. (李鼎輔: 海周 388)

　　三公不換 此江山은 어이 니른 말이런고
　　나는 말 업시 슈이도 밧고완쟈 恒産도 보쟈ᄒ니 희욤 업시 이노매라
어즐어온 鷗鷺와 麋鹿을 내 혼자 거늘여 六畜을 삼어ᄂᆞ더 갑업슨 淸風明
月른 節노 己物이 되어시니 남과 다른 富貴ᄂᆞᆫ 이 혼 몸에 가쟛세라
　　엇덧타 이 富貴 가지고 져 富貴를 불을손냐. (靑가 632)

　　世上事 浮雲이라 江湖의 漁夫 될지어다
　　小艇의 그믈 실코 順流로 나려가니 淸風은 徐來하고 水波는 不興이라
銀鱗玉尺 펄펄 뒤고 白鷗 片片 나러든다 隔岸 前村 兩三家 저녁 烟氣 이
러나고 半照入江 半石壁의 새 거울 거러는 듯 滄浪歌 반겨 듯고 七里灘
나려 가서 고기 주고 술을 사서 醉토록 마신 후에
　　欸乃曲 불느면서 달을 쩨우고 도라오니 世上 알가 念慮로다. (時調集
165)

3) 漢文懸吐體 時調

　　漢詩文 특히 漢詩에 吐를 달아 시조로 만든 것으로 助詞와 語尾만
우리말이다. 5言詩 보다는 7言詩가 많아 시조화 하는 과정에 종장 초
구는 시조의 不文律이라고 하는 3字보다 넘치는 경우가 많으며 七言

絶句의 경우 어느 章에 들어가든 七言에 조사나 어미를 합하여 2句를
한 章으로 만드는 경우가 많이 있다. 인용하면 다음과 같다.

> 冤鳥되야 帝宮에 나니 孤身隻影이 碧山中이라
> 暇眠夜夜 眠無暇요 窮恨年年 恨無窮을 聲斷曉岑 殘月白이요 血淚春谷
> 花落紅이로다
> 至今에 天聾尙未聞哀訴ᄒ고 何乃愁人耳獨聽고 하노라. (安玟英: 金玉
> 153)

은 端宗大王이 寧越에 귀양가서 영월에 있는 子規樓에 올라 지었다는
칠언율시 「寧越郡樓作」

> 一自冤禽出帝宮　孤身隻影碧山中(일자원금출제궁　고신척영벽산중)
> 假眠夜夜眠無假　窮恨年年恨不窮(가면야야면부가　궁한연년한불궁)
> 聲斷曉岑殘月白　血流春谷落花紅(성단효잠잔월백　혈류춘곡낙화홍)
> 天聾尙未聞哀訴　何奈愁人耳獨聽(천농상미문애소　하내수인이독청)

를 첫 번째 句만 번역을 하고 나머지는 吐를 달고 종장 初句의 3字와
末句의 3字를 보태어 시조화한 것이다.

> 薄薄酒도 勝茶湯이오 麤麤布도 勝無裳이라
> 醜妻惡妾 勝空房니오 五更待漏靴滿霜이 不如三伏日高睡足北窓凉이오
> 珠襦玉匣 萬人祖送歸北邙이 不如懸鶉百結 犵坐負朝陽이로다
> 生前富貴와 死後文章이 百年瞬息萬世忙이 夷齊盜跖具亡羊ᄒ니 不如生
> 前一醉코 是非憂樂을 都兩忘인가 ᄒ노라. (詩歌 705)

는 宋나라 蘇軾(1036~1101)의 「薄薄酒」

> 薄薄酒勝茶湯　粗粗布勝無裳(박박주승다탕　조조포승무상)
> 醜妻惡妾勝空房　五更待漏靴滿霜(추처악첩승공방　오경대루화만상)

不如三伏日高睡足北窓凉(불여삼복일고수족북창량)
珠襦玉匣　萬人祖送歸北邙(주유옥갑만인송귀북망)
不如懸鶉百結　獨坐負朝陽(불여현순백결　독좌부조양)
生前富貴　死後文章(생전부귀　사후문장)
百年瞬息萬世忙　夷齊盜跖俱忙羊(백년순식만세망 이제도척구망양)
不如眼前一醉　是非憂樂都相忘(불여면전일취　시비우락도상망)

을 時調化한 것으로 종장 末句만을 추가했을 뿐이다.

十載를 經營屋數椽호이 錦江之上이요 月峰前이라
桃花ㅣ　泡露紅浮水요 柳絮飄風白滿紅이라 石逕歸僧은 山形外요 烟沙
眠鷺는 雨聲邊이로다
若令麻詰로 遊於此ㄴ댄 不必當年에 畵輞川 홀이라. (海一 622)

는 우리나라 사람이 지었다고 하는「別業古詩」

十載經營屋數椽　錦江之上月峰前(십재경영옥수연　금강지상월봉존)
桃花泡露紅浮水　柳絮飄風白滿紅(도화읍로홍부수　유서표풍백만홍)
落日歸僧山影外　烟沙眠鷺雨聲邊(낙일귀승산영외　연사면로우성변)
若令麻詰遊於此　不必當年畵輞川(약령마힐유어차　불필당년화망천)

을 懸吐하여 시조화한 것이다. 漢詩를 번역한 것은 평시조에는 상당
히 있으나 장시조에 없는 것이 특이하다고 하겠다. 絶句의 한시를 3
章인 시조로 번역함에 그대로 번역하기가 어려우니 唐나라 賈島(777
~841)의「尋隱者不遇」

松下問童子　言師採藥去(송하문동자　언사채약거)
只在此山中　雲深不知處(지재차산중　운심부지처)

를 각각 장·단시조로 번역하여 시조화하였으니

솔알이 아희들아 네 얼운 어디 가뇨
藥키러 가시니 하마 도라 오렷마는
山中에 구룸이 깁후니 간곳 몰라 ㅎ노라. (朴仁老: 蘆溪集 44)

松下에 問童子하니 스승이 영주 방장 봉래 三神山으로 採藥하러 가신
나이다
只在此山中이나 雲深하여 不知處라
童子야 스승이 오시거든 나 왓드라고. (雜誌 397)

처럼 평시조에서는 원문에 충실하게 번역하여 시조화 하였으나 장시
조에서는 원문에 없는 부분을 추가하여 장시조로 만들어야 하기 때문
에 한시를 그대로 시조화한 것이 없다.

4) 吏讀混用體 時調

   신라시대 薛聰이 지었다는 설이 있을만큼 吏讀를 사용한 역사가 오
래다. 口訣과는 달리 한자의 뜻이나 소리를 참작하여 특별하게 쓰여
온 이두는 우리말을 제대로 적을 수 없었던 고려시대까지 성행했으며
우리말을 적을 수 있는 訓民正音이 창제되고서도 한문을 계속해서 공
식문서로 쓰는 관계로 개화기에 국한문혼용체가 등장하기 이전까지
계속해서 쓰였다. 부분적으로는 몇자나 한두 구절이 쓰이기도 하였으
나 작품 전체가 이두를 섞어 쓴 것은 3首가 남아 있으니

右謹陳所志矣段은 上帝處分ㅎ오쇼셔
酒泉이 無主ㅎ여 久遠陳荒爲有去乎 鑑當情由敎是後에 矣身處許給事를
立旨成爲白只 爲上帝題辭入內에 所訴知悉爲有在 果劉伶李白段置 折授
不得爲有去等 況彌天下公物이라 擅恣安徐向事. (珍靑 558)

天君衙門에 仰呈所志 爲白去乎 依所訴題給ㅎ오쇼셔

人間 白髮이 平生에 게염으로 ᄎ마 못볼 老人 광대 靑少年들을 미리 가며 다 ᄯᅴ오되 그 中에 英雄豪傑으란 부듸 몬져 늙게ㅎ니 右良辭緣을 細細參商ㅎ야 白髮禁止 爲白只爲

天君이 題辭를 ㅎ오샤 世間 公道를 白髮로 맛져이셔 貴人頭上段置 撓改치 못ㅎ거든 너ᄯᅳ려 分揀不得이라 相考施行向事. (珍靑 575)

天宮衙門 仰呈所志 알외나니 參商敎是後에 依所願題給 ㅎ呼소셔

西施之玉貌와 玉眞之花容과 貴妃之月態를 竝以矣身處에 許給事乙 立旨成給爲白只爲 天宮題辭內 汝矣所欲之女는 皆以淫物이라

女中君子 珮眞淑眞으로 如是許給ㅎ니 左右妻妾ㅎ야 壽富貴多男子ㅎ고 百年偕老가 宜當向事. (六靑 733)

처럼 吏讀文에 懸吐한 것과 國漢文과 吏讀를 混用한 것이 있다. 이를 풀이해 보면 다음과 같다.

천군의 관청에 다음과 같이 삼가 소지를 올려 뜻를 펴고자 하는 것은 상제께서 처분하여 주시옵소서

주천이 주인이 없어 오래도록 황폐하였으니 그 이유를 살피신 후에 이몸에게 허급하여 줄 것을 뜻을 세워 이루게 하옵도록 상제의 題辭 안에서 하소연하는 바를 모두 하였거니와 유령과 이백도 절수부득하였거든 하물며 천하의 공물이라 기탄없이 잠시보류할 일

옥황상제가 계신 관가에 소지를 올리는 바이니 호소하는 바에 의해 제급하오서서

인간의 백발이 평생의 猜忌로 차마 보기 싫은 광대뼈가 불거진 노인으로 청소년들을 미러가며 다 그렇게 만등되 그 가운데 영웅호걸들을 먼저 늙게하니 이러한 사연을 자세히 참작하여 늙지않게 하옵시압

천군이 판결하시되 세상의 공도를 백발로 맡기시어 귀인의 머리라도 휘어 거치지 못하거든 너에게 가려서 얻도록 할 수가 없으니 서로 비교하고 살펴서 시행할 일.

　　천궁의 관가에 삼가 소지를 올려 알외오니 참작하신 후에 소원에 따
라 제급하옵소서
　　서시의 옥모와 옥진과 양귀비의 화용월태를 아울러 이몸에 허락하여
주시기를　뜻을 세워 허락하옵도록, 천궁의 제사로 알리니 네가 바라는
여자들은 다 음탕한 여자들이다
　　정숙하고 어진 여중군자를 너에게 허락하니 좌우에 처첩을 삼아 수부
귀와 다남자하고 백년해로하는 것이 마땅할 일.

　　以上에서 보면 평시조보다 장시조에 한문현토체가 많은 것은 한시
를 시조화하는 과정에서 오언절구나 칠언절구처럼 絶句는 한시 가운
데 短型이기 때문에 한시에 吐를 달든 그대로 援用하든 1章 15字 內
外에 크게 넘지 않지만 律詩나 排律인 경우에는 자연히 장시조가 될
수밖에 없다. 한문현토체가 아닌 國語體는 口語體이며, 수사학의 분류
에 따르면 중장이 특히 길어지는 것처럼 蔓衍體에 해당된다고 하겠
다.

參考文獻

黃忠基: "漢詩의 時調化에 對한 考察"『語文硏究』第 85號
徐元燮: 前揭書
李仁模:『理論과 實踐 文體論』

7. 再發興과 全盛期

1) 再發興

　여기서 再發興이라고 한 것은 長時調의 발생이 적어도 壬辰倭亂이나 丙子胡亂보다는 상당히 앞선 시대이며 그 上限線은 멀리 고려 시대까지로 遡及될 수 있음을 前提로 하고 사용한 말임을 밝혀둔다. 필자는 肅宗朝 이후에 장시조가 발생한 것이 아니라 그 이전에 발생한 장시조가 이 시대에 들어와서 여러 가지 원인에 의해 다시 조성된 與件에 따라 크게 盛行하였다고 생각하여 이를 장시조의 再發興이라 보기 때문이다.

　장시조가 肅宗朝 이후에 再發興할 여건이 형성되면서 英祖朝에 들어와 크게 발전한 原因과 구체적으로 그 時期가 언제인가를 밝혀 보고자 한다.

　장시조가 再發興하게 된 첫 번째 原因은 平民의 社會的 地位 向上을 들 수 있다. 壬辰倭亂과 丙子胡亂을 겪고 난 다음에 兩班에 대한 권위가 무너져 내리기 시작하면서 상대적으로 평민의 사회에 대한 참여도가 서서히 증가했으나 그들이 사회적으로 脚光을 받기에는 아직도 遼遠했다. 宣祖代부터 시작된 黨爭은 그칠줄 모르고 계속되었으며, 우리 역사상 가장 치욕적인 두차례의 전쟁을 겪고도 쉽게 그칠줄을 모르고 계속되었다. 더구나 전쟁중에 양반들이 보여준 생존을 위해 국가안위보다는 개인의 생명보전에 급급했던 비겁한 행동들로 이제까지 양반들의 절대적인 권위가 허물어지기 시작하였다. 이런 까닭으로 국가가 정치적으로나 경제적으로 안정을 찾기가 힘들었으며 이런 渦中에서 양반들의 권위란 것이 적어도 평민들의 눈에는 無力하기 이를

데 없는 것으로만 보였다.

即位때부터 심한 당쟁의 後遺症을 겪어야 했던 英祖는 즉위하면서 당쟁을 종식시키고자 四色을 고루 기용하는 蕩平策을 쓰게 되었으니, 이는 정치적으로나 사회적인 안정만이 아니라 이제까지 미약하였던 王權을 伸張시키는데 커다란 공헌을 한 것이라 하겠다. 아울러 光海君 즉위때부터 시작하여 肅宗 34年에 이르러서야 전국적으로 施行된 大同法에 의해 농민들의 경제적인 부담이 가벼워지게 되었고, 淸나라의 교역이 활발해져 그 결과 상업 자본의 발달을 가져왔으며, 수공업의 발달로 인하여 오랜만에 사대부가 아닌 이제까지 천대받고 살아왔던 農民이나 工匠이 商人들이 경제적의 富의 축적으로 脚光을 받기 시작하는 등 사회에 커다란 변화를 가져오게 되었다. 여기에다 英祖 26年(1750)에 시행된 均役法이 비록 완전한 성공을 거두지는 못했으나 平民들에게 부담을 덜어준 것도 사실이다. 이러한 결과는

> 이 때의 農民들은 農業技術의 향상으로 인한 生産高의 증대, 農業經營 방식의 발전, 商業的 農業生産의 발달 들에 따르는 富의 축적으로 인하여 富農으로 발전하여 새로운 平民地主가 되었다.
>
> 이들은 심지어 일정한 양의 곡식을 바치고 姓名이 기재되지 않은 官職授與證인 空名帖을 사서 兩班 身分에로 상승하기조차 하였다. 그 반면에 정권에서 소외된 兩班으로 小作農으로 전락하는 경우도 생기었다. 이리하여 兩班과 常民의 관계는, 비록 그 구분 자체가 없어진 것은 아니지만, 현실적인 財富에 토대를 두고 크게 별질되어 가고 있었다. [65]

처럼 비록 양반계층과 평민계층간에 身分上의 구분이 없어진 것은 아니라 하더라도 이미 財富에 의해 그 차이가 변질되어 가기 시작하였으니, 이러한 현상을 燕岩 朴趾源(1737~1805)의 한문소설인 「兩班傳」에서 찾아 볼 수가 있다.

---

65) 李基白;『韓國史新論』P. 271

평민들의 사회적 지위를 향상시켜 주는 또 다른 하나를 우리는 상업의 발달에서도 찾을 수 있다. 중국과의 國交를 지속하는 과정에서 정기적으로 시행됐던 冬至使節이 아니라 하더라도 隨時의 使行關係는 많은 사람들이 중국을 왕래하게 되었고, 그에 따른 교역으로 일종의 국제무역으로 발전했고 여기서 시작된 상인들의 富의 축적이 차츰 확대되어

    이 시대의 商人은 私商이건 市廛商人이건간에 手工業을 지배하여 商品을 獨占販賣하는 都賈商人 이었으며 都賈商業이 이 시대의 지배적인 商業形態였다.
    당시의 商人들은 國內商業에 그치지 않고 國際貿易도 성히 하였다. 특히 義州의 灣商은 中江後市니 혹은 柵門後市니하여 義州의 中江이나 혹은 鳳凰市의 柵門에서 淸과의 사이에 私貿易을 하였다. 또 東萊의 萊商은 日本과의 私貿易을 하고 있었다. 뒤에는 松商이 灣商과 萊商을 끼고 人蔘과 銀을 매개로 淸과 日本 사이의 仲介貿易은 전개하기도 하였다. 이리하여 國際貿易에서 資本을 축적한 사람들 중에는 서울의 中人 계급인 譯官들도 있었다. 66)

고 말한 것처럼 축적된 자본으로 手工業까지도 손에 넣게 되어 富의 축적을 加速化 하였고, 商術이 뛰어난 開城商人들의 활동이 두드러졌고, 使行에 따라갔던 譯官들이 여기에 끼어 들어 高宗때 甲午更張에 이르러 신분차별이 철폐되자 新文物을 받아들이는데 앞장서게 된다. 이처럼 조선사회의 士農工商이란 職業觀 아래에서 제일 賤待 받던 商人들이 상업자본의 축적으로 경제적 기반이 튼튼해지자 이를 바탕으로 사회 활동에 加速度가 붙게 되었다. 이제는 과거에 신분적 차이에서 오는 悲觀이나 身分을 隱匿해야 할 이유가 없어졌고, 경제적으로 沒落한 양반보다 오히려 기세당당하게 되었다. 그러므로 장시조에

---

66) 李基白; 前揭書 P. 272~3

볼 수 있는 상인과 고객 사이에 주고받는 대화와 같은 내용들이 노래 불려진다고 해서 자기네의 身分이나 體面은 물론 사회 활동에 지장을 초래하지 않게 되므로 떳떳하게 姓名을 밝힐 수가 있게 되었다.

老歌齋 金壽長 이전에 출생한 장시조 작가들은 한결같이 작가의 출신이 양반 사대부들이며 그들의 작품이 문집에 전하든 가집에 수록되어 있든 노래의 내용이 조금도 猥褻된 것이 없기 때문에 이름을 떳떳이 밝히고 있으나, 평민작가들은 자기네의 경제력이 뒷받침된 사회적 지위가 향상되기까지에는 상당한 시일을 要하게 되었고, 아무리 문학이 인간의 本能的인 思想과 感情을 표현하고 社會相을 솔직하게 나타낸 것이라 하더라도 오랜 儒敎的인 사회제도와 유교적인 윤리 아래에서 살아온 사람들로서 쉽게 이런 傳統이나 矛盾에서 벗어나기는 어려웠을 것이다. 따라서 평민작가들은 社會的인 制約과 身分的 差異로부터 자유롭게 활동하고 이를 표현하기에는 적어도 英祖 中期 이후에나 가능했다고 하겠다. 우리는 현재 평민층의 작가들이 肅宗朝에 등장했던 사실을 알고 있으나 그들 가운데 장시조 작품이 없으며, 英祖代 이후의 작가에 이러서야 장시조 작품을 가진 작가를 볼 수가 있을 뿐이다.

장시조 발달의 두 번째 원인을 時調唱의 발달에서 찾을 수 있으니, 곡조가 어느 정도로 발전하여 細分化 되었는가를 다음의 3作品에서 端的으로 발견할 수 있다고 하겠으니

거문고 대현을 티니 ᄆ암이 다 눅더니
주현이 우됴 올나 막막됴 쇠온 마리
섭기는 아니되 니별 엇디 흐리뇨. (鄭澈)

步虛子 ᄆᆞ츤 後에 與民樂을 니어ᄒᆞ니
羽調 界面調에 客興이 더어셰라
아희야 商聲을 마라 히져믈가 ᄒᆞ노라. (申欽)

노래ᄀᆺ치 죠코죠흔 줄을 벗님네 아돗든가
春和硫 夏淸風과 秋明月 冬雪景에 彌雲 昭格 蕩春臺와 漢北 絶勝處에
酒肴爛漫한듸 죠흔 벗 가즌 嵇笛 아름다온 아모 가히 第一 名唱들이 차
례로 벌어 안ᄌ 엇결어 불을 쩍에 中한닙 數大葉은 堯舜禹湯 文武 갓고
後庭花 樂時調는 漢唐宋이 되었는듸 騷聳이 編樂은 戰國이 되야이셔 刀
槍劍術이 各自勝揚ᄒ야 管絃聲이 어리엇다
功名도 富貴도 나 몰너라 男兒의 豪氣를 나는 죠화 ᄒ노라. (金壽長)

위에서 鄭澈(1636~1593)과 申欽(1566~1628)의 시조를 보면 곡조의
명칭이 아직 세분되어 있지 않은 것으로 미루어 이는 時調唱이 아닌
歌曲唱인 것 같으나, 金壽長(1690~?)의 경우에는 곡조의 종류가 多樣
한 것으로 미루어 歌曲의 唱이 아닌 時調의 唱이라 생각된다. 물론
작가가 전문적인 歌客이라 하더라도 이는 시대적으로 보아도 상당히
후대이기 때문에 많은 곡목의 명칭이 등장하는 것은 당연한 일이라
생각된다. 老歌齋의 시조에서는 시조창의 곡목으로 中大葉을 비롯해
數大葉·後庭花·樂時調·騷聳·編樂이 등장한다. 이 가운데 中大葉
이나 數大葉은 珍本『靑丘永言』을 비롯한 각 가집에 있는 初·二·三
中大葉과 數大葉을 구분하지 않은 中大葉과 數大葉의 총칭이며 後庭
花는 北殿의 異稱이다. 樂時調는 珍本『靑丘永言』에도 수록되어 있으
나 騷聳과 編樂은 없다. 南坡와 老歌齋 사이의 가집인『靑丘永言』과
『海東歌謠』가 만들어진 불과 30年 사이에 그만큼 時調唱의 曲目이 세
분되도록 발전했다는 이야기다.
珍本『靑丘永言』에는 初·二·三中大葉과 北殿과 二北殿, 初·二·
三數大葉에 樂時調 와「將進酒辭」「孟嘗君歌」다음 蔓橫淸類를 끝으
로 가집의 편차가 끝난다. 여기서 낙시조까지가 시조창의 곡목이고
나머지는 시조창과는 거리가 먼 것이 아닌가 한다. 왜냐하면 만약
「將進酒辭」와「孟嘗君歌」가 시조창의 하나라면 또는 蔓橫淸類와 같은

것이라면 군이 이들 2작품에 제목을 따로 쓸 필요가 없었을 것이고,
만횡청류가 장시조인 것을 감안한다면 거기에다 포함시켰을 것이다.
珍本『靑丘永言』에서 湖洲 蔡裕後(1599~1660)의

> 둔나 쓰나 니 濁酒 죠코 대테 메온 질병드리 더옥 죠희
> 어론쟈 박구기롤 둥지둥둥 띄여 두고
> 아히야 져리짐췰만졍 업다 말고 내여라. (珍靑 164)

만을 二數大葉에 포함 시키고,『松江歌辭』‘義城本’을 대본으로 삼았
음에도 불구하고 거기에 松江의 작품으로 분명히 밝힌

> 심의산 세네 바회 휘도라 감도라 들제
> 五六月 낫계즉만 살어름 지퓐 우희 즌서리 섯거 치고 자최눈 뿌렷거
> 눌 보왓는가 님아님아
> 온 놈이 온 말을 ᄒᆞ여도 님이 짐쟉 ᄒᆞ쇼셔. (珍靑 484)

만을 빼어 作者 未詳의 작품만을 모아 놓은 만횡청류에 포함시킨 이
유가 무엇일까? 蔡裕後의 작품은 비록 초장이 字餘歌라 하더라도 時
調唱으로 노래할 때에는 분명 다른 시조들과 차이가 없었기에 二數大
葉에 포함시켰으나, 松江의 작품은 南坡의 입장에서 볼 때 비록 松江
의 작품이라 하여 그의 가집인『松江歌辭』에 수록되어 있으나 松江의
것으로 인정할 수 없기 때문에 작자 미상인 만횡청류에 포함시켰거나
아니면 二數大葉의 唱으로는 부를 수가 없기 때문이었을 것이다. 그
렇다면 만횡청류가 시조창의 곡목이냐 아니냐 하는 것이 문제가 된다
고 하겠다. 만횡청류의 작품들이 시조창이었다면 수록순서는 분명 낙
시조 다음이 되어야 할 것이다. 그러나 이것은 一石本『海東歌謠』에
오면 蔓數大葉이라고 하는 것과 같은 것으로 되어 있어 시조창으로
불리워진다.

시조창의 곡목이 『海東歌謠』오면 새로 騷聳과 編騷聳, 編樂時調가 추가 된다. 만횡청류가 蔓數大葉으로 되고 樂時調도 珍本 『靑丘永言』에서는 평시조만 수록되어 있는데 一石本 『海東歌謠』에서는 장단시조가 다 수록되어 있어, 老歌齋에 와서 장시조를 부를 수 있는 곡목은 樂時調를 비롯한 騷聳, 編騷聳, 蔓數大葉의 5種으로 늘어난다. 소용은 周氏本 『海東歌謠』뒤에 수록되어 있는 '古今唱歌諸氏'에 南坡보다 순서가 먼저인 朴厚雄(가집에 따라 朴後雄으로도 되어 있음)이 있는데, 一石本 『海東歌謠』를 비롯한 一部 가집에 수록되어 있는

> 아흠 긔 뉘오신고 젓넌 佛堂에 동령僧 이오런이
> 홀 居士님 홀로 자옵는 房에 무슴 것 할이 와 겨오신고
> 홀 居士님의 노감탁이 버서건은 말겻틔 내 곳갈 버서 걸러 왓슴내.
> (一海 573)

는 후에 나온 『歌曲源流』系 가집에서 중장과 종장 사이에 異本들간에 얼마의 차이는 있지만 대체적으로 '오오우 오오 우우우 오오'하는 중여음〔中念〕의 구호를 부르게 되어 있어 한층 더 戲弄的인 느낌을 주며, 이 작품을 수록하고 있는 가집 가운데 가람본 『靑丘永言』에는 이 작품 끝에

> 이 한 편의 노래는 지난 날 악희의 노래로 근자에 박별장 후웅은 곧 옛날 명창 상건의 아들이다 황종태려의 소상에 속하는 청음의 청성으로 한 곡을 특별히 지어서 관현에 올려 사람들의 이목과 심지의 즐거움으로 기쁘게 하였다. 세상의 호걸들이 흠모해서 회자하니 이것이 이른바 소용이다.[67]

---

67) "此一編 昔在樂戲之曲 以近者朴別將後雄 卽名唱尙健之子 以淸音之淸聲 屬
   黃鐘汰呂少商也 一曲別作 付于管絃 悅人耳目心志樂也 世上豪傑 欽慕以膾
   炙矣 此所謂騷聳"

와 같은 글이 있고 『歌曲源流』系 가집는

> 太公의 낙던 고기 긴 줄 매여 압내히 나려
> 銀鱗玉尺을 버들움에 쎄여 들고 오니
> 杏花村 酒家에 모든 벗님내는 더듸 온다 하더라. (國源 391)

를 朴後(厚)雄의 작품으로 표기하고 있으면서 작가에 대한 해설이 異本마다 多少間의 차이가 있으나 "朴後雄 字君弼 肅宗朝同知 朝鮮名歌界搔聳伊 出於此人"라고 하여 搔聳伊(騷聳)란 곡목이 朴厚雄으로부터 비롯되었음을 밝혔다.

그러나 老歌齋가 기록한 '古今唱歌諸氏'에서 南坡보다는 다소간의 연령적 차이가 있으며, 아버지가 같은 歌客이었기 때문에 음악에 있어서도 先輩인지는 확인할 수 없어도 분명한 사실은 南坡가 『靑丘永言』을 편집할 때에는 아직 騷聳이란 曲目이 없었거나 세상에 알려지지 않았다고 하겠다. 새로운 하나의 曲目이 생기면 곧바로 이를 모방한 비슷한 곡목이 나오는 것을 볼 수가 있다. 騷聳은 現傳 가집 가운데 一石本 『海東歌謠』에 제일 먼저 수록되어 있고 編騷聳도 마찬가지인데, 騷聳에는 4首가 編騷聳에는 1首의 작품이 수록되어 있으나, 다소의 차이가 있으나 重複되어 있으니

> 山中에 麝香놀리 깁히 들어 숨엇셔도
> 山裝의 놀낸 살을 못츰내 못 免키는
> 春風이 헌스 ᄒ여셔 香내를 붓쳐 냄이라. (海一 396)

> 山中에 麝香놀리라셔 깁흔 골에 들어 숨여 잇셔도
> 山裝의 놀낸 鐵丸을 못츰내 免치 못ᄒ옵씨는
> 眞實로 春風이 헌스ᄒ야셔 香내를 붓쳐 냄이라. (海一 579)

앞의 것은 이수대엽에 뒤의 것은 편소용의 곡목으로 되어 있으나, 위

에서처럼 가사에 얼마의 차이가 있으나 騷聳이 세상의 豪傑들에 人氣가 있어 그를 欽慕하고 그 노래가 人口에 膾炙 되었다고는 하지만 老歌齋가 가집을 만들 당시에도 크게 流行하지 못한 듯하며, 더구나 編騷聳은 막 생겨난 곡목으로 미처 여기에 臺本이 될만한 노래도 변변치 못해 다른 곡목으로 부르는 것을 임시 代用한 것이 아닌가 한다. 그러면서도 編騷聳이나 編樂時調처럼 '엮음'이 유행되기 시작한 듯하다. 자연 이런 엮음은 장시조와 연관이 있게 된다.

이처럼 『靑丘永言』보다 30年 가량 후에 나온 『海東歌謠』에 와서는 장시조를 얹어서 부를 수 있는 곡목이

① 樂時調　　56首
② 編樂時調　6首
③ 騷聳　　　4首
④ 編騷聳　　1首
⑤ 蔓數大葉　57首

로 編樂時調와 騷聳, 編騷聳이 새로 생긴 곡목이지만 樂時調는 珍本 『靑丘永言』의 10首에서 56首로 늘어나고 珍本 『靑丘永言』에는 평시조만 수록되어 있는데 『海東歌謠』에서는 長·短時調가 같이 混載해 있다. 蔓數大葉은 蔓橫淸類에 해당하는 것으로 수록 작품수가 116首에서 오히려 57首로 줄어든 것이다.

正祖 때에 만들어진 것으로 推定되는 가집인 『樂學拾零』에는 騷聳은 一石本 『海東歌謠』보다 1首가 늘어난 5首이며 編騷聳이나 編樂時調는 없고 蔓橫도 14首 뿐이다. 이 가집에서 곡목이 새롭게 編數大葉이 등장한다. 一石本 『海東歌謠』에도 編數大葉이 있었는지는 알 수 없으나 혹 뒷부분이 脫落된 것이 아닌가도 생각된다. 南坡 이후 老歌齋와 正祖朝의 『樂學拾零』에 이르기까지의 특색이라면 곡목에 '編'字가 붙는다는 사실이다. 이는 아마 새로운 곡목을 만들 경우 처음부터

이전의 곡목과는 차별이 되는 새로운 것은 만들기가 어려워 기존의 곡목을 變形시키는 정도에서 '엮음'의 형식으로 비교적 쉽게 만드는 것이 아니었나 한다.

　曲目의 발달은 한층 더 활발해져 憲宗初에 만들어진 것으로 推定되는 六堂本『靑丘永言』에 와서는 새로운 곡목으로 樂時調가 羽調와 界面調의 樂時調로 분류되고, 以外에도 言樂과 編樂으로 細分되고 栗糖數葉을 비롯해 弄과 言弄이 추가되는 등 특히 樂時調의 세분이 두드러지는 현상이라 하겠다. 이 가운데 長時調를 대본으로 하는 곡목은 騷聳을 비롯하여 蔓橫·言弄·弄·界面樂時調·羽樂時調·言樂·編樂·編數大葉의 9個 곡목으로 늘어났으나 一石本『海東歌謠』에서 볼 수 있었던 編騷聳은 없다.

　끝으로 高宗朝에 와서 이루어진『歌曲源流』系 가집에 와서는 평시조에서도 數大葉에 中擧, 平擧, 頭擧와 栗糖數葉이 새로 추가되고 北殿에도 臺가 새로운 곡목으로 되어 있지만 장시조를 대본으로 하는 곡목을 國樂院本『歌曲源流』를 보면 다음과 같다.

① 搔聳伊　　147~161　　14首
② 蔓橫　　　462~486　　25首
③ 弄歌　　　487~546　　60首
④ 界樂　　　457~577　　31首
⑤ 羽樂　　　578~596　　19首
⑥ 旕樂　　　597~624　　28首
⑦ 編樂　　　625~631　　7首
⑧ 編數大葉　632~653　　22首
⑨ 旕編　　　654~665　　12首

　여기서 먼저의 가집들과 비교해 보면 弄歌와 旕樂 旕編이 새롭게 보이는데 弄歌가 六堂本『靑丘永言』의 言弄이나 弄과 관련이 있은 것

이 아닌가 한다. 혹 言弄과 弄을 합하여 弄歌로 통합한 것이 아닌가
도 생각된다. 旕樂은 言樂과 表記上의 차이며 새롭게 旕編이 추가되
었다. 旕編을 '지르는 자즌한닙'이라 한 것으로 미루어 數大葉의 一種
이 아닌가 한다.

以上에서 장시조를 대본으로 하는 곡목의 變遷을 보면, 珍本『靑丘
永言』에서 蔓橫淸類 한 가지만 있었으나 이보다 30餘年 뒤에 나온
『海東歌謠』에서는 珍本『靑丘永言』에서 평시조만 있던 樂時調에 장·
단시조가 混載되어 있는 것을 비롯해 編樂과 騷聳, 編騷聳 및 蔓數大
葉이 있는데 蔓數大葉은 蔓橫淸類의 다른 이름이라 하겠다. 다음 正
祖朝에 이루어진 것으로 推定되는『樂學拾零』에는 編騷聳이 없는 대
신에 編數大葉이 있고, 憲宗初에 이루어진 가집으로 推定되는 六堂本
『靑丘永言』에는 많은 곡목이 새로 늘어났으니 특히 樂時調가 細分되
는 현상을 볼 수가 있다. 樂時調가 기왕의 樂時調와 編樂 이외에 言
樂과 界面樂時調, 羽樂時調로 세분되어 樂時調만 5種의 곡목으로 늘
어났다. 여기에 弄과 言弄이 추가된다. 마지막으로 高宗朝에 와서 이
루어진『歌曲源流』系 가집에 와서는 六堂本『靑丘永言』의 弄과 言弄
이 합쳐저 弄歌가 된 듯하고 새로 旕編이 追加 되는데 이는 혹 數大
葉의 일종이 아닌가 한다.

이처럼 곡목이 다양해지자 여기에 해당하는 臺本이 필요함은 당연
한 결과이니 이러한 需要에 充足시키기 위해서는 새로운 가사의 창작
이 필연적이었다. 기왕에 있었던 가사도 새로운 곡조에 알맞게 다시
改作하여 길어지거나 짧아지기도 했으며, 아니면 같은 가사를 가지고
다른 곡조로도 부르게 되었다. 그러므로 어떤 가사의 곡조가 꼭 정해
진 것이 아니라 경우에 따라 또는 唱者에 따라 달라지게 되는 것이
다. 國樂院本『歌曲源流』에 있는 朴孝寬의 跋文 가운데서

우조와 계면조가 본래부터 고정되어 있는 것이 아니라 또한 추이와

> 권변의 방법이 있어 오직 노래하는 사람의 변통에 있다. 혹 우조로써 계
> 면조를 삼고 계면조를 우조로 삼고 삭대엽이나 농이나 낙시조나 엮음도
> 서로 추이해서 노래부르는 것이지 악보상의 국목을 고집하는 것은 옳지
> 않다. 운휘의 평상거입과 고저와 청탁이 권변과 합세의 이치에 있지 아
> 니하다. 또 여창의 사설도 여창에만 매여있는 것이 아니다. 남창의 사설
> 가운데서 옮겨온 것이다. 이런 이치에 신통치 못하면 이해할 수가 없을
> 것이다.68)

라고 말한 것처럼 하나의 가사를 가지고 이 곡조로도 또는 다른 곡조
로도 부를 수가 있으며, 나아가서는 男唱을 女唱으로 女唱을 男唱으
로 부를 수 있다고 했다. 가집에 따라 한 작품이 重複되어 수록된 것
은 이런 이유 때문이다.

그러므로 곡목의 多樣化가 바로 장시조 창작의 促進劑가 되어 많은
量의 장시조가 창작되었으나, 늘어난 需要를 充足시킬 만큼의 창작이
이루어지지 못하자 같은 가사를 다른 곡조로 부르는 현상이 일어났다
고 하겠다. 士大夫 作家들이 限定되어 있고 그렇다고 그들이 지은 노
래가 아무래도 ‘悅人耳目’으로는 적합치 못하였을 것이다. 南坡가 ‘蔓
橫淸類序’에서 “辭語淫哇”라고 표현했고, 磨嶽老樵도 ‘靑丘永言後跋’에
서 “腔調雖不雅馴 凡且愉佚怨歎 猖狂粗莽之情狀態色”라고 할만큼 品
位가 낮은 것들이어서 점잖은 立場에서 본받기는 어려웠을 것이다.
여기에 다시 장시조 작가로 등장한 사람들도 고상한 내용의 문학작품
을 창작하기에는 素養이 부족했기에 그들이 일상에서 쓰고 있는 生硬
한 語彙들로 감정을 표현하였으니 독자들로 하여금 詩的 感興을 불러
일으키는 데에는 부족했다. 겨우 才談이나 늘어놓거나, 性과 관련한

---

68) “羽界 本非係着者 亦推移權變之度 唯在歌者之變通 而或以羽爲界以界爲羽
　　數大葉弄樂編 互相推移歌之 非從以譜上名目偏執可也 韻彙之平上去入 高低
　　淸濁 未有權變合勢之理也 且所謂女唱辭說亦女唱坪係着者也 男娼辭說中 移
　　以爲之者也 亦非會理通神者 則不可解得者也爾”

猥藝的인 정도의 표현을 하였기에 老歌齋가 朴文郁의 작품 '僧尼交脚之歌'를 "千古一談"이라고 拍手를 보내는 수준이라 하겠다.

長時調가 이처럼 活性化가 되고 평민작가들에 의해 활발하게 창작되기 시작한 때가 언제부터인가를 구체적으로 밝히기는 어렵지만 肅宗朝에서 英祖朝에 이르기까지 이들의 활동에 主導的 役割을 했던 南坡와 老歌齋를 통해서 그 答을 얻을 수 있으리라 짐작된다. 또 이들에게 『靑丘永言』과 『海東歌謠』에 跋文을 써서 준 磨嶽老樵와 張福紹의 글을 통해서도 짐작이 가능하리라 생각된다.

珍本 『靑丘永言』에서 南坡는 116首의 장시조를 수록하면서 詩語가 비록 淫亂하고 속되어 法받기에 부족하지만 流來가 오래라 一時에 버릴 수가 없어 가집 끝에 특별히 수록한다고 했다. 그렇다면 南坡 以前에도 상당히 많은 장시조가 창작되었다는 말이 된다. 그러면서도 그 당시 있을 법한 장시조 작가에 대해서는 아무런 언급이 없고 자신의 평시조 작품을 30首나 수록하고 있으면서도 장시조가 있었는지는 몰라도 수록하지 않았다. 또 근래 발굴된 英祖 31年에 이루어진 것으로 여겨지는 朴氏本 『海東歌謠』에도 장시조는 수록되지 않았다. 그러나 이보다 8年 뒤에 만들어진 周氏本 『海東歌謠』에는 李鼎輔와 編者인 자신의 장시조 작품을 수록하고 있으며, 이것과 거의 같은 시기에 만들어진 것으로 여겨지는 一石本에는 李鼎輔의 장시조는 수록되어 있으나 편자의 작품이 없는 것은 가집의 뒷부분이 탈락한 때문이라 여겨진다. 그렇다면 가집에 유명씨의 장시조가 수록된 것은 『海東歌謠』가 처음이라고 하겠다. 英祖 31年에도 없던 장시조가 39年에 와서는 編者의 40首와 李鼎輔의 19首 등 59首가 수록되었다고 하는 것은 우선은 장시조의 창작이 짧은 기간동안이지만 대단히 활발했음을 말해주는 것으로 장시조가 그 당시의 작가들에게 관심의 대상이 되고 얼마나 선풍적인 인기를 끌었는지를 말해주는 것이라 하겠다.

南坡는 英祖 4年에 『靑丘永言』을 편찬하고 계속하여 同 22年에는

不傳이나 『海東歌謠錄』이란 이름으로 第二次의 가집을 편찬하였다.69) 1次의 가집과 어느 정도의 차이가 있겠지만 현재로서는 알 수 없으나 지금 남아 있는 花史子의 跋文이나 周氏本 『海東歌謠』에 있는 南坡 작품에 대한 老歌齋의 글에서 장시조에 대한 言及에 없는 것으로 보아 南坡의 장시조 작품은 없고 그 가집에 知名作家의 장시조를 수록했을 가능성도 없다고 하겠다. 磨嶽老樵가 南坡에게 준 跋文 가운데 "委巷市井淫哇之談 俚褻之設詞"라고 한 것은 장시조 작품을 두고 이른 말인데, 과연 南坡는 磨嶽老樵로부터 장시조를 가집에 수록하여도 無妨하다는 말을 듣고 장시조에 대해 관심을 가지고 있었으면서도 장시조 창작을 했을까? 혹은 안했을까? 崔東元은

> 그의 작품은 대체로 隱士風의 것으로서 '豪傑君子'의 風貌는 찾아 볼 수 없는 특징을 가지고 있다. 이런 점으로 미루어 볼 때, 金天澤은 長時調를 짓지 않았다고 생각된다. '蔓橫淸類'는 작자를 전혀 밝히지 않고 있으니 그 작자를 추정할 수 없지만, 이 속에 金天澤의 自作이 없다고 보는 것이 옳으리라 본다.70)

라고 하여 南坡가 장시조를 창작했을 가능성을 排除하고 있다. 그러나 이와는 반대로 趙東一은

> 김천택이 사설시조를 지었다는 말은 없다. 사설시조 중에서 특히 음란하고, 창광이나 조분을 나타낸 것은 모두 작자 이름이 명시되어 있지 않다. 그 이유는 유래가 오래되어 밝힐 수 없는 데 있지 않을 것이다. 작자의 이름을 체면상 밝힐 수 없을 것이다. 사설시조를 옹호한 마악노초조차도 기이한 號만 썼다. 김천택이 사설시조를 지었어도 자기의 것이라고 내세울 수는 없었을 것이다. 그런데 김수장은 김천택을 평하면서

---

69) 拙　稿; "『海東歌謠錄』考" 『국어국문학』第 62 · 63合倂號 "『海東歌謠錄』再考" 『語文研究』第 29號
70) 崔東元; 『古時調論』P. 218~219

"지은 가곡의 수량이 많으며, 귀한 것도 있고 천한 것도 있다."고 했다. 이 말은 흔히 걸작도 있고 졸작도 있다는 뜻으로 생각되지만, 귀한 것은 사대부의 풍류에 접근한 작품이고, 천한 것은 음란한 사설시조라고도 해석할 수도 있을 것이다. 겉으로 드러내놓고 주장하지는 않았지만 사설시조를 옹호하고 사설시조를 ≪청구영언≫에 수록하는 처사를 세심하게 합리화한 김천택이 스스로 사설시조를 창작하지 않았을 리 없다. 71)

고 하면서 오히려 南坡가 장시조 창작하였을 가능성을 적극 주장하고 있다.

　南坡가 장시조를 지었는지의 與否를 老歌齋를 통해서 答을 얻을 수가 있다고 하겠다. 老歌齋는 朴氏本『海東歌謠』序文에서 自身의 작품에 대하여 一言半句도 없고 跋文에서는 분명 短歌 20餘章을 諸公들의 작품 뒤에 붙인다고 했다. 張福紹의 跋文에서도 老歌齋의 장시조에 대해서는 언급이 없었다. 그리고 朴氏本『海東歌謠』에는 장시조가 1首도 수록되지도 않았다. 그렇지만, 이보다 8年 뒤에 이루어진 周氏本『海東歌謠』에서는 序文부터 달라졌으니 朴氏本『海東歌謠』에 수록되어 있는 序文에서 작품의 수록 범위를 "名公碩士 及閭井閨秀 無名氏作"이라고 했다가 周氏本『海東歌謠』에서는 "列聖御製 及名公碩士 歌者漁者 吏胥 閭巷豪遊 名妓 與無名氏之作 及自製長短歌 一百四十九章"이라 하여 장시조를 포함하여 149首의 작품을 수록한다고 하였다. 張福紹의 跋文도 朴氏本『海東歌謠』에 있는 것과 周氏本『海東歌謠』에 있는 것이 차이가 있다. 달라진 것을 보면 다음과 같다.

　　我國歌謠(譜) 卽國之(昔周之)風雅 漢之樂付(府)流也 名臣巨儒 騷人墨客 往往吟詠焉 歷三百餘載 其譜有 平而緩者 淸而哀者 如暴風驟雨震湯天地者 汝綿草葛(葛)藟 蔓延林谷(×)者 悅人耳 和人心 其亦風敎之一大關也 好事者裒集 非不夥 然 傳之旣久 背音律 遠高低者 間多有之 金君壽長與金

---

71) 趙東一;『韓國文學思想史試論』P. 241

春澤(南坡金天澤)　〔相對敬亭山　兩翁卽當世洞歌者也〕　微妙豪爽之節
〔浮沈汨汨理〕　出於此(兩)門　慨然有矯失正訛之志　廣取諸君子所作　乃里
巷傳誦者　反覆乎　較其句語之誤(較語之誤)　沈潛乎　反其清濁之分　尾付(附)
自家所製〔長短歌百餘章〕　合一部所製(合爲一部)　本志(述之本志)　別無他
意而　但孝親忠君　清靜愛菊〔樂歌戲歌〕　眞所謂風塵豪傑君子也(塵世間豪傑
君子也)　金君盖亦得歌謠之統　而志氣甚不俗也　後之君子　其將採而被之管絃
如周風雅　漢之樂府耶否耶　余未可知也　歲乙亥孟夏之初　張福紹書于十洲之
觀德齋(歲乙亥孟夏芳草之節　社谷居士　張福紹書于花谷老歌齋)
　　(〔　〕는 朴氏本에 없는 부분. (　)는 朴氏本과 다른 부분임)

위에서 보면 張福紹의 跋文이 크게 달라진 것을 볼 수 있으니, 後
代에 南坡와 老歌齋와의 관계에 대해 커다란 誤解를 불러오게 한 "相
對敬亭山　兩翁卽當世洞歌者也"와 老歌齋의 작품을 장단가 합하여 百
餘首를 수록했다는 것(長短歌百餘章)과 老歌齋 시조의 주제인 "孝親
忠君　守分安拙　清靜愛菊"외에 "樂歌戲歌"를 追加하였다. 여기서 樂歌
戲歌는 바로 장시조의 주제를 가리키는 것으로 장단가의 수록과 아울
러 老歌齋에게 장시조 작품이 있음을 강조하는 것이다. 그렇다면 老
歌齋는 적어도 英祖 31年 以後 同 39年에 이르는 8年 사이에 40首나
되는 장시조를 지었다는 이야기가 된다.

老歌齋가 언제부터 장시조를 지었을까? 이 문제는 南坡와 老歌齋와
의 관계를 고찰해 보면 더 분명하게 알 수 있다고 하겠다.

老歌齋는 周氏本『海東歌謠』에서 자신의 글에 대해서 年記와 年齡
을 적고 있으니, 『海東歌謠』序文을 비롯하여 '各歌體容異別不同之格'
과 孤山, 南坡 작품의 跋과 뒤에『靑邱歌謠』에 수록되어 있는 사람들
의 작품에 대한 跋이 그것이다. 이들 글을 통해 그가 出生한 것에 肅
宗 16年(1690)이며 英祖 45年에 80歲로 金重說과 朴文郁의 跋을 끝으
로 以後에 더 以上의 기록이 없는 것으로 미루어 그는 적어도 80歲
以上을 살았음이 분명하다고 하겠다. 그러나 南坡는 참고할 문헌이

없어 자세히는 알 수 없으나 '古今唱歌諸氏'에서 老歌齋보다 바로 앞에 있기 때문에 나이가 다만 얼마라도 앞선다고 하겠다.

이제까지 南坡와 老歌齋와의 관계에 대해 周氏本『海東歌謠』에 있는 張福紹의 跋文에 근거하여 마치 敬亭山歌壇의 중심 인물로 歌壇을 운영하면서 많은 후배들을 배출한 것으로 認識하고 있다가, 그들의 관계가 원만한 사이가 아니라는 글들이 발표되고 있다.72) 왜 老歌齋는 張福紹의 발문까지 變改하면서도 南坡를 떨쳐내지 못했나를 注目한 필요가 있다고 하겠다.

南坡는 분명 2次로 가집을 편찬하면서 가집의 이름을『海東歌謠錄』이라 했고, 老歌齋는 자기가 편찬한 가집의 이름을 여기서 '錄'을 떼어버리고『海東歌謠』라 하고 가집의 體裁도 거의 그대로 본받고 있다. 그럼에도 불구하고 老歌齋는 南坡로부터 어떤 도움을 받았다거나 그럴 가능성이 있다는 暗示를 한 일이 없다. 하지만 朴氏本『海東歌謠』에서 老歌齋는 南坡의 영향을 받았음을 분명하게 確言할 수 있는 사실을 발견하게 되니

> 이제야 다 늙거다 무스거슬 내 아든야
> 籬下에 黃菊이요 案上의 玄琴이로다
> 이 中에 一卷歌譜는 틈 업슨가 하노라.(周海 510)

가

> 이제야 다 늙거다 므스거슬 내 아더냐
> 花階에 곳이 피고 酒樽에 술이 이셰
> 이 中에 青丘永言이야 틈 업슨가 하나다. (朴海 298)

---

72) 朴魯春; "朴氏本 海東歌謠의 資料的 價値性"『國會圖書館報』第 136,137號
　　崔東元; 前揭書
　　秦東赫; "南坡와 老歌齋와의 關係 考察"『國語國文學』第 81號

를 中章을 바꾸고 終章의 '靑丘永言'을 '一卷歌譜'로 고친 것이다.

그러면 老歌齋는 南坡가 만든 가집의 이름을 자신의 작품에서 擧論하다가 나중에 만든 가집에서는 이를 빼어버리고 一卷歌譜라고 했을까? 朴氏本『海東歌謠』에서 孤山의 작품을 23首나 수록하고도 아무런 跋文이 없다가 周氏本『海東歌謠』에는 비록 52首의 많은 작품을 수록했다고는 하지만 새삼스럽게 跋文을 쓴 이유는 무엇인가? 南坡의 작품 뒤에 鄭潤卿의 跋文만 수록하고 있다가 周氏本『海東歌謠』에 와서 새삼스럽게 南坡 작품에 대해 跋文을 쓴 이유가 어디에 있는가? 이는 짐작컨대 南坡의 생존과 관계가 있는 것이 아닌가 한다. 老歌齋는 南坡가 생존해 있는 동안에는 그의 感情(?)을 거슬리는 어떤 言行도 하지 않았다. 그러다가 南坡가 죽자 다른 사람의 跋文도 쓰고,『海東歌謠』序文에도 자신의 작품을 포함시킨다고 했다.

老歌齋는 그의 가집에서 閭巷人에 해당하는 朱義植을 비롯해 金聖器와 金裕器의 작품에 대한 발문은 南坡의 것을 그대로 가져다 쓰면서 굳이 南坡의 작품에는 鄭潤卿의 跋文이 있음에도 불구하고 새삼스럽게 자신의 跋文을 또다시 쓴 이유가 무엇일까? 그것도 다른 사람의 오해를 받지 않을까 걱정하면서 말이다. 老歌齋의 跋文은

> 백함이 지은 가곡은 그 수가 가장 많아 혹은 귀하게 된 것이 있고, 혹은 천하게 된 것이 있다. 내가 이미 고치고 바로 잡아 가보를 만들어 후대에 전하고자 하여 찌꺼기 제거를 극진히하여 반드시 식자로 하여금 눈을 떠 이치의 바른데에 이르도록 한 여후에 가히 그 이름을 세울수 있는 것이다. 말이 지실되고 순후하며 청렴하고 효성스럽고 충성된 것은 채록하고, 가볍고 소홀하며 무게가 없으며 맥락의 사이가 끊어지는 것은 버렸다. 후대에 전편을 궁구하는 사람들은 처음과 끝의 대략을 찾아 다행이 괴이히 여기고 의심쩍음이 없기를 바란다. 경진년 늙은 소나무에 두견이 요염을 자랑하고 살구꽃이 피는 계절에 육십구세의 늙은이 노가

재 김수장 씀73)

와 같은데 年記와 나이가 서로 맞지 아니한다. 庚辰은 英祖 36年이고
老歌齋가 69세는 英祖 34年(1757)이다. 그렇다면 南坡는 적어도 英祖
34年 以前까지 생존해 있었다는 말이 된다. 南坡가 죽고부터 老歌齋
는 자기가 마음먹고 있던 歌譜를 修正하고 改譜할 준비를 했고 소원
이던 老歌齋도 構築하고 여러 歌客들과 交遊도 하며 장시조도 본격적
으로 창작하기 시작하였다.

> 心性이 게여름으로 書劍을 못 이루고
> 稟質이 迂遠함으로 富貴를 모르거니
> 七十載 애우려 어든 거시 一長歌인가 하노라. (주해 519)

를 그대로 믿는다면 老歌齋는 70歲가 되고서야 본격적으로 장시조를
창작하였고, 이때부터 장시조도 再發興하기 시작했다고 하겠다.

2) 全盛期

하나의 문학 형식이 발생하여 발전을 거듭하다가 어느 시기에 가서
는 消滅되거나 아니면 계속 그 생명을 이어 가는 것이지만 생명을 계
속 이어가는 동안이라도 특별히 脚光을 받아 크게 隆盛하기도 하고
겨우 命脈만을 유지하는 정도로 沈滯되기도 한다. 장시조도 분명 이
러한 과정을 겪어 발생에서 한동안은 상당한 활기를 띠었으나 현재에
와서는 거의 소멸의 과정을 겪고 있다고 생각하기 쉽다.

---

73) "伯涵所製歌曲　其數最多　而或有所貴者　或有所賤者　吾旣修正作譜以傳於後
　　則祛滓極眞　必事識者開眼　終至道直然後　乃可立其名　語之眞實淳厚　淸廉孝
　　忠者探之　輕忽不重　脈絡絶間者去之　後之全篇考之者　獵略首尾　幸勿訝惑焉
　　庚辰蒼龍杜鵑矜艶杏花之節　六九翁老歌齋金壽長書"

장시조도 고려 말엽에 그 형식이 발생하였다고 본다면 적어도 600여 년의 역사를 가지고 있고, 그런 역사를 계승하는 동안에 盛衰의 과정을 겪어왔음은 사실이다. 다만 그 발생을 고려말로 본다면 조선조 중기에 몇몇 양반 사대부들의 작품이 알려지기 이전까지 작자와 작품이 거의 알려진 것이 없기 때문에 장시조의 역사에서 일종의 暗黑期에 해당한다고 하겠다. 평시조는 45字 內外의 짧은 형식의 詩歌이기 때문에 그것들이 바로 어떤 형태의 歌樂의 대본이 되어 노래로 불리워졌는지 모르겠으나 현전의 작품들은 적어도 世宗의 訓民正音 以前의 것들은 口傳에 의한 것들이고 그 이후의 작품들도 대부분은 기록에 의한 것이 아니라 구전에 의한 것들이며, 가집이 아니라 하더라도 퇴계의 경우처럼 문집이나 板木에 의해 작가에 대한 신빙성이 확실한 경우도 있지만 많은 경우에 작가도 작품도 구전에 의한 것이기 때문에 과연 현재에 전하는 것을 그대로 믿을 수가 있는 것인지는 의문으로 남는다고 하겠다.

여하간에 장시조는 임진왜란 이전에 다시 양반 사대부들에 의해 많은 量의 작품은 아니지만 꾸준하게 지어져 병자호란을 겪고 肅宗朝에 평민의 시조 작가들이 등장하기까지 미미한 정도를 유지하다가 이후에 문학의 근대화 과정으로 전환되면서 운문 위주의 문학이 산문 문학으로 전환되기 시작했고, 중국과의 교류가 활발해지자 實學이 性理學을 대신하게 되었으며, 西歐의 문물이 流入되기 시작하였다. 이런 여러 가지의 복합적인 결과로 장시조도 재발홍의 계기가 되어 金壽長을 중심으로 하는 많은 작가들이 등장했으며, 비록 작가를 알 수 없으나 이때를 전후한 많은 작품들이 지어져 장시조의 전성기를 이루었다.

여기에서는 구체적으로 언제를 장시조의 전성기로 볼 것이냐를 다루기로 한다. 장시조의 전성기 문제에 대해 崔東元은

長時調의 全盛期는 18세기 즉 肅宗 後半期부터 正祖初에 걸친 약 1세기 동안이라 하겠는데, 그 가운데서도 英祖一代의 반세기가 最全盛期였다.

그리고, 이 最全盛期인 英祖一代에 있어서는 '作'과 '唱'이 아울러 盛行되었으나, 正祖初 이후 朝鮮末에 접근하면서 '作'은 차츰 鈍化되고, 이에 반비례해서 '唱'이 발달되어 갔다. 따라서 朝鮮末葉의 長時調는 '作'으로보다는 '唱'으로 盛行된 문학이다.[74]

라고 하여 肅宗 後半期부터 正祖初까지의 약 1世紀를 전성기로, 그가운데 英祖一代를 最全盛期로 보았다. 朝鮮初에 발생했던 樂章文學이 조선의 건국과 제왕에 대한 송축과 찬양 등 한정된 주제를 가지고 새롭게 모습을 들어냈다가 시간이 흐르자 그런 주제로는 더 以上 창작이 불가능해지자 자연 소멸하고 말았다.

장시조를 흔히 평민들의 문학이라 부르고 있다. 이는 평민들이 이 문학의 주도적 역할을 담당했다는 말이 된다. 앞에서도 언급한 것처럼 지금까지 작자가 알려진 장시조의 작가는 肅宗朝 이후 평민계층 작가들에 의해 주도적인 역할을 하기 이전의 작가는 사대부계층이다. 이는 우선 世宗의 訓民正音 創製 이전에 우리말을 적을 문자가 없었기 때문에 작품을 후대에 전하기가 어려웠고, 訓民正音 창세 이후라도 사대부 작가는 음란하고 외설적인 내용의 작품을 자신의 이름으로 발표할 수가 없었을 것이고, 평민계층의 작가는 처음부터 이름이 없었을 것이므로 조선조 중기에 사대부계층에 의해 장시조가 창작될 때까지 장시조 작가를 찾아낸다는 것은 불가능한 일이라 하겠다. 南坡가 말한 것처럼 蔓橫淸類가 그 流來가 오래되었다고 한 것은 불과 몇 10年前의 이야기를 하는 것은 아닐 것이다. 張福紹가 『海東歌謠』의 발문 가운데서 "歷三百餘載 其譜有 平而緩者 淸而哀者 如暴風驟雨 震湯天地者 如綿草葛藟 蔓延林谷者"에 말한 '三百餘載'는 단순히 평시조

---

74 崔東元; 前揭書 P. 80

만을 가리킨 것은 아닐 것이며 '如暴風驟雨 震湯天地者 如綿草葛藟
蔓延林谷者'는 짐작컨데 평시조가 아닌 장시조를 지칭하는 것으로 여
겨진다. 가집이 편찬되기 이전에는 고려말부터 朝鮮朝 肅宗朝에 이르
기까지 시조를 남긴 작가들은 사대부계층 이외에는 이름을 남길 수가
없는 실정이며, 전해오는 사대부계층의 작품도 후대에 와서 어떤 특
정한 작품에 특정한 작가의 이름이 붙여졌을 가능성도 충분히 있다고
하겠다.

　崔東元은 "長時調의 全盛期 再論"이란 논문에서 75) 沈載完의 『校本
歷代時調全書』에 수록되어 있는 3,335首의 시조에서 장시조로 525首
를 추출하고 이를 어떤 가집에 수록되어 있는가, 수록되어 있는 문헌
은 어떤 것인가, 이들 가집들의 편찬과 筆寫年代는 언제인가, 이들 작
품에 제작연대는 언제인가를 기준으로 삼아 이들 작품을 다음의 시대
구분에 따라 전성기를 논하였는데 시대구분을　다음과 같이 했다.

　　　(가)　18세기 이전
　　　(나)　18세기(肅宗末～正祖末)
　　　(다)　19세기 前半(純祖初～憲宗末)
　　　(라)　19세기 後半(哲宗初～高宗末)
　　　(마)　20세기

　여기서 18세기 이전으로 시대구분을 한 것은 가집과 구분하기 위해
서인데, 珍本『靑丘永言』의 편찬이 英祖 4年이기 때문에 가집에 수록
된 작가가 아닌 高應陟이나 姜復中, 白受繪의 작품이 수록되어 있는
『杜谷集』·『淸溪歌詞』·『松潭遺事』와 구분하기 위한 것이라 했지만,
18世紀를 肅宗末부터 正祖末(1720～1799)까지로 잡고, 19世紀를 전반
을 純祖初부터 憲宗末(1800～1849)까지로, 19世紀 후반을 哲宗初부터

---

75 崔東元; 前揭書, P.83～93

高宗末(1850~1906)까지로 하고 이후를 20世紀로 잡고 있다. 18世紀와 19世紀를 西紀에 맞추어 논하려는 것인데 우리의 시조문학이 꼭 서기에 맞추어 어떤 변화를 가져온 것도 아닌데 구태여 서기에 맞추어 시대구분을 할 뚜렷한 이유가 있는 것도 아니어서 이렇게 하는 시대구분의 타당성이 있는지 의문이다.

그동안 가집이나 개인 문집 등의 발굴로 장시조의 知名作家도 상당히 알려져 있어 이들의 출생연대와 활동시기를 기준으로 시대구분을 하고 다시 가집의 撰成年代와 합하여 많은 지명작가와 장시조 수록을 많이 한 가집을 고려하여 장시조의 전성기를 결정하는 것이 타당한 것이 아닌가 한다.

崔東元은 沈載完의『校本歷代時調全書』에서 대본으로 삼은 가집 42種과 附編으로 추가한 7種의 가집을 합한 49種의 가집과 장시조가 수록되어 있는 문집에서 먼저 설정했던 시대구분에 따라 작품 수를

(가) 18세기 이전		14首
(나) 18세기(肅宗末~正祖末)		305首
(다) 19세기 前半(純祖初~憲宗末)		97首
(라) 19세기 後半(哲宗初~高宗末)		43首
(마) 20세기 初葉		64首

로 나누었다. 한편 沈載完의 前揭書에서 대본으로 삼은 가집들도 이에 따른 구분을 하였다.76) 이를 다시 가집에 새로 나오는 작품으로

---

76) 崔東元; 前揭書 P.86에서 가집을 다음과 같이 구분했음
　(가) 18세기 이전
　杜谷集 淸溪歌詞 松潭遺事
　(나) 18세기
　(1) 靑丘永言(珍本)　(2) 海東歌謠(一石本)　(3) 海東歌謠(周氏本)
　(4) 靑邱歌謠　　　 (5) 詩歌(朴氏本)　　 (6) 樂府(서울大本)
　(7) 靑丘永言(洪氏本)(8) 靑丘永言(가람本)　(9) 靑丘詠言(가람本)
　(다) 19세기 前半

분류하여 각 시대구분한 시기에 새롭게 수록되고 다음의 가집에 중복
되어 있는 것을 제외하여 신출 작품을 계산하여

18세기의 作品
(1) 靑珍(蔓橫淸類)　　　　　114首
(2) 靑珍(孟嘗君歌)　　　　　1首
(3) 海東歌謠(一石本,周氏本)　102首
(4) 靑邱歌謠　　　　　　　　18首
(5) 冊番 (5)～(9)　　　　　70首
19세기 前半의 作品
冊番 (10)～(13)의 작품수　　29首
冊番 (14)～(22)의 작품수　　68首
19세기 後半의 作品
冊繁 (23)～(41)의 작품수　　45首
20세기 初葉
冊番 (42)～(45)의 작품수　　64首

---

(10) 瓶窩歌曲集　　(11) 東國歌辭　　　(12) 古今歌曲
(13) 槿花樂府　　　(14) 三竹詞流　　　(15) 靑丘永言(淵民本)
(16) 靑丘永言(六堂本) (17) 歌譜(金益煥本)　(18) 永言類抄
(19) 興比賦　　　　(20) 時調(池氏本)　　(21) 東歌選(陶南本)
(22) 調 및 詞
(라) 19세기 後半
(23) 金玉叢部　　　(24) 歌曲源流(國樂院本) (25) 歌曲源流(奎章閣本)
(26) 歌曲源流(河合本) (27) 歌曲源流(六堂本)　(28) 歌曲源流(佛國本)
(29) 歌曲源流(朴氏本) (30) 歌曲源流(舊皇室本) (21) 海東樂章
(32) 歌曲源流(가람本) (33) 歌曲源流(一石本)　(34) 歌曲源流(東洋文庫本)
(35) 協律大成　　　(36) 花源樂譜　　　(37) 女唱歌謠錄(東洋文庫)
(38) 南薰太平歌　　(39) 詩餘(李氏本)　　(40) 歌謠(東洋文庫本)
(41) 詩歌謠曲
(마) 20세기 初葉
(42) 大東風雅　　　(43) 시철가　　　　(44) 樂府(高大本)
(45) 歌曲寶鑑(서울師大本)

처럼 가집을 시대별로 분류하였다.

　崔東元은 18세기의 작품에 珍本『靑丘永言』의 만횡청류에 들어 있는 작품 116首 가운데 "심의산 세네 바회……"는 松江의 작품으로 알려졌기 때문에 빼어 버리고 蔡裕後의 작품도 여기에 포함된 것으로 착각하고 114首로 계산했으나, 蔡裕後의 작품은 二數大葉에 들어 있다. 문제는 珍本『靑丘永言』의 만횡청류에 들어 있는 작품들을 18世紀의 작품에 포함시킬 것이냐 하는 문제다. 珍本『靑丘永言』은 알려진 것처럼 英祖 3年에 편찬을 마치고 다음해에 세상에 알린 것으로 되어 있다. 여기서 편자가 밝힌대로 만횡청류는 그 유래가 오래되었다고 하는 것이 수록된 작품 전체에 해당되는 것인지는 문제가 될 수 있겠으나 많은 작품들이 상당히 오래전부터 전해오는 것이 틀림이 없다면 이를 18世紀의 작품으로 다룰 수는 없을 것이다. 예를 들어「孟嘗君歌」를 18世紀의 작품에 포함시켰는데, 이는 松江의「將進酒辭」와 더불어 洪萬宗(1643~1725)의『旬五志』에서 洪萬宗이 작품을 評한 그대로를 가져다 수록한 것으로『旬五志』가 肅宗 4年(1679)에 만드러진 것을 감안한다면 적어도 珍本『靑丘永言』에 수록된 작품은 肅宗末 이전의 작품으로 디루어야 옳을 것이다.

　老歌齋의 가집인『海東歌謠』는 종전에 一石本이나 周氏本 가운데 一石本이 조금 앞서는 것으로 알고 있었으나 새로 朴氏本이 발굴되어 周氏本보다 8年前에 1次로 만들어진 것으로 인정되고 있으나 여기에는 장시조가 수록되지 않았다. 崔東元에 따르면 一石本과 周氏本에 수록되어 있는 장시조가 모두 102首이며, 老歌齋가『海東歌謠』의 편찬을 끝내고 다시 추가로 가집을 만들기 위해 갈무리해 두었던 것으로 여겨지는『靑邱歌謠』에 수록된 18首 가운데 知名作家의 장시조는 적어도 英祖 31年(1755)에서 同 45年(1769) 사이에 창작된 것으로 작가들의 生沒年代와 관계없이 제작연대가 확실한 작품들이다. 가령 '古今唱歌諸氏' 들어 있는 金兌瑞와 權德重, 吳擎華의 경우 金兌瑞와 權

德重은 수록된 순서로 보아 『靑邱歌謠』에 작품이 수록된 金默壽보다 선배임에 틀림이 없으나 그들의 작품은 각각 1首씩 『樂學拾零』이나 가람本 『靑丘永言』에 수록되어 있고, 吳擎華의 경우는 六堂本 『靑丘永言』에 3首가 수록되어 있다. 이들은 비록 老歌齋의 門下에 출입하면서 歌壇活動은 하였지만 老歌齋가 마지막으로 정리하여 놓은 가집에 그들의 작품이 없다는 것은 그들의 활동은 老歌齋의 死後까지 계속되며 시조를 지었다고 하겠다.

崔東元이 구분한 19世紀 前半(純祖初~憲宗末)에 13種의 가집에서 97首의 장시조 작품을 추출하였는데 여기에 들어 있는 대표적인 가집으로 『樂學拾零』과 六堂本 『靑丘永言』을 들 수 있다. 『樂學拾零』에는 장시조에 해당하는 곡목이 騷聳과 蔓橫 樂戲調가 있어 다양한 편은 못되나 蔓橫에는 珍本 『靑丘永言』의 蔓橫淸類와 맞먹는 114首의 장시조가 수록되어 있어 뒤에 이루어진 六堂本 『靑丘永言』의 다양한 곡목과 많은 작품의 수록과 더불어 唱의 발달에 크게 보탬이 되었으나, 새로운 작품이 적은 것을 보면 崔東元의 견해처럼 '作'보다 '唱'이 크게 유행한 시기로 문학이 아닌 음악으로 본다면 아마도 이시기를 전성기로 보는 것이 좋을 것이다.

19世紀 後半(哲宗初~高宗末)에는 歌壇에 핵심적 인물은 아무래도 朴孝寬과 安玟英이며 이들이 중심이 되어 가집을 만들고 이들이 만들었다고 하는 『歌曲源流』를 통하여 몇몇의 작가가 등장하고 특히 安玟英은 자신의 개인 가집인 『金玉叢部』에서 24首의 장시조를 수록하고 있어 王朝의 마지막 장시조 작가로 남는다. 『歌曲源流』에서도 六堂本 『靑丘永言』처럼 다양한 곡목에 의해 장시조를 얹어 노래할 수 있어 이 기간에도 '作'보다 '唱'이 발달했음을 알겠다.

이제 장시조 지명작가의 생몰연대를 중심으로 본다면 우선은 壬辰倭亂(1592)과 丙子胡亂(1636)을 겪은 작가들까지를 경계로 하고 다음을 병자호란 이후 肅宗朝와 英祖朝 초기에 활동한 작가까지를 다음으

로 구분하고, 英祖朝 초기에서 純祖朝까지와 그 이후를 나누는 것이
합리적인 것이 아닌가 한다. 시대구분에 있어 정확하게 어느 해를 지
칭하는 것은 무리가 따르겠지만 대체적으로 그렇게 나누는 것이 커다
란 무리가 없다면 그런대로 무난한 것이 아닌가 한다. 이를 정리해
보면

   (1) 壬辰·丙子亂 以前(~1636)
     權氏(玉溪 母:成宗以後) 1首
     金宇宏(1524~1590) 1首
     高應陟(1531~1606) 6首
     鄭 澈(1536~1593) 2首
     金得可(1547~1592) 1首
     金得硏(1555~1637) 1首
     姜復中(1563~1639) 4首
     李 瀾(?　~　?) 1首
     金忠善(1571~1642) 5首
     白受繪(1574~1642) 2首
     金 啓(1575~1657) 7首
     尹善道(1567~1671) 2首
     仁 祖(1595~1649) 1首
     蔡裕後(1599~1660) 1首
     孝 宗(1609~1659) 1首
   (2) 丙子胡亂 以後 英祖初에 出生(1637~1730)
     李聃命(1646~1701) 2首
     安昌後(1687~1771) 3首
     金壽長(1690~?)　42首
     李鼎輔(1693~1776) 21首
     金兌錫(肅·英祖朝) 1首
     金默壽(　〃　) 3首
     朴文郁(　〃　) 12首
     權德重(　〃　) 1首

　　　　　吳擎華(　　〃　　)　2首
　　　　　蔡　灝(1715~1795)　1首
　　　　　梁柱翊(1722~1802)　7首
　　　　　魏伯珪(1727~1798)　1首
　　　　　黃胤錫(1729~1795)　5首
　　(3) 英祖朝 初期 出生에서　純祖朝까지(1371~1834)
　　　　　南極曄(1736~1804)　5首
　　　　　金履翼(1743~1830)　7首
　　　　　申獻朝(1752~1807)　12首
　　　　　金祖淳(1765~1831)　1首
　　　　　申甲俊(1771~1845)　5首
　　　　　金敏淳(1776~1859)　2首
　　　　　李廷鎭(正・純祖朝)　1首
　　　　　金　鑅(　　〃　　)　1首
　　　　　翼　宗(1809~1830)　2首
　　(4) 憲宗부터　高宗末까지(1835~1900)
　　　　　金學淵(純祖~高宗)　1首
　　　　　任義直(　　〃　　)　1首
　　　　　安玟英(1816~ ?)　25首
　　　　　金允錫(? ~1883)　1首
　　　　　李世輔(1832~1895)　1首
　　　　　金庸潤(高宗朝)　　1首
　　　　　林重桓(　〃　)　　17首

　　以上에서 보면 양반 사대부계층의 작가들 가운데 작가에 대한 신빙
성의 여부가 문제되는 하지만 李鼎輔와 申獻朝의 작품을 제외하고는
거의가 유교적인 주제와 관련이 있기 때문에 肅宗朝에서 高宗朝에 이
르기까지 작품에 두드러진 특색이나 차이점을 찾기가 어렵다고 하겠
다. 평민계층의 시조는 肅宗朝에 출생해서 英祖朝에 활약했던 金壽長
을 비롯한『靑邱歌謠』에 작품이 수록되어 있는 작가들과 ‘古今唱歌諸
氏’의 명단에 들어 있는 작가들의 대담하고 노골적인 性의 표현 등

그 나름대로의 특색을 나타내고 있지만 英祖初의 출생에서 純祖朝까지의 작가들은 주로 『樂學拾零』과 六堂本 『靑丘永言』에 수록되어 있는 작가들로 위에 擧論된 이외의 작가들이 등장하기는 하나 작품에 대한 신빙성이 떨어져 부득이 제외되는 경우가 많았으며, 몇 수의 작품들도 전대의 작품들보다 문학성에 떨어진다고 하겠다. 憲宗 以後에 朴孝寬과 安玫英을 중심으로 하여 昇平稧나 老人稧를 중심으로 大院君과 그의 아들 李載冕의 후원아래 활발한 활동들을 했으나 朴孝寬에게는 장시조가 없고 다만 安玫英과 金允錫 등이 장시조를 창작했으나, 大院君을 비롯한 特定人의 찬양이나, 자신의 私生活에 관한 것이 主調를 이루어 가장 긴 작품을 지었다는 사실 이외에는 별다른 특색이 없다고 하겠다.

이상에서 본다면 장시조의 전성기로는 병자호란 이후 肅宗朝에서 英祖朝 初期에 출생한 시기의 작가들이 가장 왕성하게 활동하던 英祖 30年 以後 英祖末까지 약 20餘年間에 그 당시 가단에 주도적 역할을 담당했던 노가재를 중심으로 老歌齋를 構築하고 『海東歌謠』를 편찬하며, 詩作에 열성이던 사람들로 金友奎(1691~?)와 朴熙錫 金振泰 등은 평시조로, 金默壽와 朴文郁 등은 長·短時調 작품을 창작하여 장시조 문학의 전성기라 볼 수 있으며, 歌唱은 이보다 늦은 正祖에서 純祖年間에 가장 성행하여 六堂本 『靑丘永言』에서 보는 것처럼 다양한 곡목으로 노래불려진 것이 라 하겠다.

參考文獻

朴魯春; "朴氏本 海東歌謠의 資料的 價値"

秦東赫; "南坡와 老歌齋와의 關係考察"

黃忠基; "『海東歌謠錄』考"

────── "海東歌謠錄 再考"

―――“長時調 再發興의 原因과 時期에 대하여”
李基白;『韓國史新論』
趙東一;『韓國文學思想史試論』
崔東元; 前揭書

8. 長時調로의 轉換

 물은 높은 곳에서 낮은 곳으로 자연스럽게 흐르는 것과 마찬가지로
文化도 같은 원리로 발달된 문화가 그렇지 못한 곳으로 자연스럽게
유입하여 발전에 보탬을 준다. 문학에 있어서도 어떤 장르의 것이 다
른 장로에로 자연스럽게 유입되어 훌륭히 적응하여 나감을 보게 된
다. 여기에서는 民謠나 雜歌・歌詞・小說 등 다른 장르의 문학이 장
시조에로의 전환하여 어떻게 受容되는가를 고찰해 보도록 한다.

> 중놈은 승년의 머리털 잡고 승년은 중놈의 샹토 쥐고
> 두 쯰이 맛밋고 이읜고 져읜고 쟉자공이 쳔눈듸 뭇 소경이 구슬 보니
> 어듸셔 귀먹은 벙어리는 와다 올타 ᄒᆞ느니. (珍靑 512)

는 白沙 李恒福(1556~1618)이 어느날 備局의 회의에 늦게 참여하게
되어 다른 대신들이 그 이유를 묻자, "오는 길에 어느 宦者와 중이
싸우는데 환자는 중의 상투를 잡고 중은 환자의 불알을 잡고 큰길 한
복판에시 싸우는 구경을 하느라." 늦었다고 하자 여러 대신들이 베를
쥐고 웃었다고 하는 逸話와 꼭 같은 것으로

> 소경이 맹관이를 두루쳐 메고 굽 쩌러진 평격지 민발의 신고
> 외나모 셕은 다리로 莫大ㅣ 업시 장금장금 건너가니
> 길아리 돌부쳐 셔서 仰天大笑 ᄒᆞ더라. (六靑 772)

> 신흥ᄉᆞ 중놈이 안감골 승년에 머리치를 쥐고
> 안감골 승년니 신흥사 중놈의 상투를 잡고 하나님젼에 등장갈졔 죠막
> 숀이 육갑 쏩고 쏩장이는 쟝쵸맛고 안짐방니 탁견ᄒᆞ고 장안판슈 쫌샹니
> 세고 벙어리는 판결ᄉᆞ 한다
> 길아리 목업는 돌부쳐는 앙천듸쇼. (시쳘가 74)

가 있다. 장시조에는 다른 장르의 문학에서 유입된 경우가 많으니, 여기서는 민요를 비롯한 잡가와 가사, 소설 등에서 유입되어 時調化했나를 보고자 한다.

1) 民謠·雜歌의 경우

> 개야미 불개야미 준둥 부러진 불개야미
> 압발에 疔腫 나고 뒷발에 종귀 눈 불개야미 廣陵 십재 너머드러 가람
> 의 허리를 ᄀ르므러 추혀들고 北海를 건너닷 말이 이셔이다
> 님아님아 온 몸이 온 말을 ᄒ여도 님이 짐쟉 ᄒ쇼셔. (珍靑 551)

는 『高麗史』卷 71「樂志」에 전하는 '三藏'과 '蛇龍' 가운데 蛇龍의

> 有蛇含龍尾(유사함용미)
> 聞過太山岑(문과태산잠)
> 萬人各一語(만인각일어)
> 斟酌在兩心(짐작재양심)

과 관련이 있는 것으로 이는 一石本 『海東歌謠』를 비롯한 『樂學拾零』과 朴氏本 『詩歌』·『槿花樂府』의 4歌集에 수록되어 있는

> 죠고만 실비얌이 용의헐이 굴으 믈고
> 泰山峻嶺으로 가단말이 잇셔이다
> 열 놈이 百 말을 ᄒ여도 님이 斟酌ᄒ쇼셔. (海一 450)

의 原詞이다. 『高麗史』「樂志」에는

> 위의 두 노래는 충렬왕 때에 지어진 것으로 왕이 군소의 무리들과 친

> 하고 연악을 좋아 했다. 행신 오기와 김원상 내료 석천보 천경등이 성색
> 으로써 왕을 즐겁게 해주려고 노력했다. 관현방의 태악재인으로도 부족
> 해서 여러 지방으러 행신을 보내 관기 가온데 자색과 시예가 있는 자를
> 뽑고, 또 서중의 관비와 무녀들 가운데 노래를 잘하고 춤을 잘 추는 자
> 를 뽑아 궁중의 적에 두고는 비단옷을 입히고 마종립을 씌워 별도로 한
> 대열을 만들어 남자이라 부르고 이 노래를 가르쳐 군소의 무리들과 더불
> 어 밤낮으로 노래하고 춤추며 설만해서 전연 군신간의 예절이 없어지고
> 그들에게 내려주는 비용이 엄청나 다 기록할 수가 없을 정도이다.[77]

라고 하여 忠烈王朝에 지어진 노래로 이것이 시조 형태로 남아 있고,
다른 것들은 그 노래를 확장했거나 일부가 종장에만 남아 있음을 볼
수가 있다.

> 노세 절머 노세 늘거지면 못 노나니
> 화무십일홍이요 달도 차면 긔우나니
> 인생이 일장춘몽이라 아니 놀가. (調詞 10)

> 닷 뜨쟈 비 쩌나가니 이제 가면 언제 오리
> 萬頃滄波에 가는듯 단녀옴셰
> 밤 中민 地菊叢 소릐에 이 긋는 듯 ᄒ여라. (六靑 391)

의 앞에 것은 민요 '노랫가락'의 가사를 그대로 가져다 평시조를 만든
것이고, 뒤의 것은 '배따라기'로 평시조 형태로 전하는 것이다. 이것은
뒤에

> 가노라 가노라 님아 언양 단천에 풍월강산으로 가노라 님아

---

77) 『高麗史』卷 71「樂志」: "右二歌 忠烈王朝所作 王狎群小好宴樂 倖臣吳祈金
元祥 內僚石天輔天卿等 務以聲色容悅 以管絃房太樂才人爲不足 遣倖臣諸道
選官妓有姿色伎藝者 又選城中官婢及巫女 善歌舞者籍置宮中 衣羅綺戴馬鬃
笠 別作一隊 稱爲男裝 敎閱此歌 與群小日夜歌舞 藝慢無復君臣之禮 供億賜
與之費不可勝記"

> 가다가 심양강에 비파성을 어이 ᄒ리
> 밤중만 지국청 닷감는 소리에 잠 못니려. (南太 42)

처럼 종장만 같은 형태로 남아 있다. 민요는 시조에 민요 자체보다도 민요적인 요소가 영향을 주었다고 하겠으니, 즉 빠른 속도로 많은 가사를 주워 섬기다 뒤에 가서는 천천히 부르는 식의 엮음이나, 동일하거나 유사한 것들을 되도록 많이 나열하는 열거법 형태를 취하는 打令調의 요소가 장시조에 유입되었다고 하겠다.

雜歌의 경우를 보면 六堂本『靑丘永言』이나 『歌曲源流』系의 가집들 가운데 가집 뒤에 수록되어 있는 '黃鷄詞'나 '勸酒歌', '春眠曲' 등을 보면, 전체를 요약해서 평시조로 만드는 경우가 있는가 하면 일부를 가져다 장시조를 만든 경우를 볼 수 있다.

> 春水滿四澤ᄒ니 물이 만하 못 오더냐
> 夏雲多奇峰ᄒ니 산이 놉하 못 오던가
> 秋月이 揚明輝여늘 무슴 일로 못 오던가. (樂學 691)

는 '黃鷄詞'의 일부를 가져다 평시조를 만든 것이고,

> 어이 못 오던가 무슴 일노 못 오던가
> 너 오는 길에 무쇠城을 쓰고 안에 담 쓰고 담안에 집을 짓고 집안에 두지 두코 두지 안에 匱를 쓰고 그 안에 너를 必字形으로 結縛ᄒ여 너코 雙排目 걸쇠 金거북 자물쇠로 슈기슈기 잠가 있더냐 네 어이 그리 아니 오더니
> 한히도 열두달이오 혼달 셜흔 날의 날 와볼 흔리 업스랴. (樂學 1103)

는 '黃鷄詞'의 일부만 가져다 장시조로 만든 것이다. 또 '勸酒歌'를 보면

　　이 盞 잡으소셔 술이 아닌 盞이로싀
　　漢武帝 承露盤에 이슬 바든 盞이로싀
　　이 盞을 다 셔신 후면 萬壽無疆 ᄒ리이다. (樂學 745)

는 '勸酒歌'의 일부를 평시조로 만든 경우이고,

　　人生 한 번 도라가면 다시 오기 어려워라
　　勸ᄒ적에 잡으시요 百年假死人人壽라도 憂樂을 中分未百年을 勸ᄒ며
　　듸 잡으시요 羽日壯士 鴻門樊噲 斗巵酒를 能飮ᄒ되 이 술 ᄒ잔 못먹엇네
　　勸ᄒ적에 잡으시요
　　勸君更進一盃酒ᄒ니 西出陽關無故人을 勸ᄒ며듸 잡으시요.(大東 313)

나

　　제것 두고 못 먹으면 王將軍의 庫子오니
　　銀盞 놋盞 다 더지고 砂器잔에 잡으시오 첫지盞은 長壽酒오 둘지盞은
　　富貴酒오 셋지盞은 生男酒니 잡고 연히 잡으시오 古來 賢人이 皆寂寞ᄒ
　　되 惟有飮者留其名ᄒ니 잡고 잡고 잡으시오 莫惜床頭沽酒錢ᄒ라 千金散
　　盡還復來니
　　내 잡아 권ᄒ 잔을 辭讓말고 잡으시오. (大東 314)

는 '勸酒歌'의 일부를 가져다 장시조로 만든 경우이다.

　　春眠을 느즛 깨여 竹窓을 열고 보니
　　庭花는 작작하야 가는 나븨 머무르고 岸柳는 依依하야 성긴 내를 쩌
　　윗세라 호탕한 밋친 흥을 부지럽시 자어내어 白馬金鞭으로 야유원 차자
　　가니 花香은 襲衣하고 月色은 滿庭한듸 醉客인 듯 狂客인 듯 徘徊顧俙하
　　야 홍이 겨워 머무는 듯 有情히 섯노라니 醉瓦朱欄 놉푼 집의 綠衣紅裳
　　一美人이 紗窓을 반만 열고 옥안을 잠간 들고 輝皇月 夜三更의 輾轉反側
　　잠 못 일워 太古風便 오는 任만나 積年 기루던 회포 반이나녀 이룰너니

枕頭에 저 실솔이 不勝失呂之嘆하야 귀똘귀똘 우는 소래 놀라 깨우니 겻
헤 任은 간 곳 읍고 任잡엇든 손으로 귀똘이만 째릴 뜻이 쥐여 잇다
　　야속다 져 귀똘이 너도 짝을 일코 울냥이면 네나 혼자 울 닐이지 남
의 단잠을 깨우느냐.(雜誌 115)

는 '春眠曲'의 첫머리인

　　　　春眠을 느즛 깨야 竹窓을 半開하니
　　　　庭花는 灼灼한데 가난 나뷔 머므난 듯
　　　　岸柳는 依依하야 성긘 내를 띄워세라
　　　　窓前에 덜 고인 슐을 二三盃 먹은 後의
　　　　浩蕩한 미친 興을 부견업시 자아내여
　　　　白馬金鞭으로 冶遊園을 찾아가니
　　　　花香은 襲衣하고 月色은 滿庭한데
　　　　狂客인 듯 醉客인 듯 興을 겨워 머무는 듯
　　　　徘徊 顧眄하야 有情이 섯노라니
　　　　翠翠瓦欄 높은 집의 綠衣紅裳 一美人이
　　　　司簷을 半開하고 玉顔을 잠간 들러

에다 중장의 일부와 종장을 달리해서 장시조를 만든 것이다.

2) 歌詞의 경우

　가사를 시조화 한 것은 많지 않아서 이제까지 알려진 것은 許蘭雪
軒의 '閨怨歌'와 朴仁老의 '沙堤曲'이 있다. 먼저 '閨怨歌'의 경우는 일
부의 구절과 시조에서 받는 전체적인 느낌이 같을 뿐이니

　　　　月黃昏 계워 간 날에 定處 업시 가난 님이
　　　　白馬金鞭으로 어듸가 둔니다가 酒色에 좀기여 도라오기를 이젓난고
　　　　獨守空房ᄒ여 長相思淚如雨에 輾轉不寐 ᄒ노라. (樂學 884)

는「閨怨歌」의

> 곳 피고 날 져믄제 定處 업시 나가이셔
> 白馬 金鞭으로 어대어대 머므난고
> 遠近을 모라거니 消息이야 더욱 알냐
> 因緣을 긋쳐신들 생각이야 업슬쏘냐
> 얼골을 못 보거든 그립기나 마르려믄
> 열 두 때 김도길샤 셜흔 날 支離하다

를 가져다 초·중장을 만들고 종장을 다른 글을 가져다 장시조를 만들었다. 또 누군가에 의해 蘆溪 朴仁老의「沙堤曲」을 가져다 장시조를 만들었으니

> 三公不換 此江山은 어이 니를 말이런고
> 나는 말입시 슈이도 맛고완샤 恒産도 보샤 ᄒ니 히욤 업시 이노비라
> 어즈러운 鷗鷺와 數만흔 麋鹿을 내 혼자 거늘여 六畜을 삼어ᄂᆞᆫ디 갑업슨
> 淸風明月른 節로 己物이 되어시니 남과 다른 富貴ᄂᆞᆫ 이 흔몸에 가쟛세라
> 엇덧타 니 富貴를 가지고 져 富貴를 불을손야. (靑가 632)

는「沙堤曲」가운데서 沙堤의 경치를 노래한 대목으로

> 三公不換 此江山을 오늘스 아라고야
> 어즈러운 鷗鷺와 數업산 麋鹿을
> 내 혼자 거나려 六畜을 삼아거든
> 감업슨 淸風明月은 절로 己物 되야시니
> 눔과 다른 富貴는 이 흔몸에 ᄀᆞ쟈신야
> 이 富貴 가지고 져 富貴 부롤쏘냐

를 가져다 종장 초구의 '엇덧타'만을 추가하여 시조화한 것이다. 그런데『蘆溪集』板本에는

> 나는 말업시 쉬도 밧고완쟈
> 恒産도 보려ᄒ니 희용업시 잇노왜라

부분이 빠져 있음에도 불구하고 판본에 빠져 있는 부분이 들어가 있는 것으로 미루어 蘆溪의 가사는 판본으로 간행하기 이전에 이미 巷間으로 유출되었던 것으로 여겨진다.

以上에서 보면 가사의 경우는 아무래도 가사가 장편이기 때문에 가사를 시조화하는 경우에는 그 일부를 가져다가 그대로를 쓰는 경우가 있으니, 이는 가사의 운율과 시조의 운율인 3·4조나 4·4조의 연속체이기에 가사가 시조로 變容되는 것이 큰 무리가 없이 자연스럽게 들어 맞기 때문이라고 하겠다.

3) 小説의 경우

소설을 시조화한 것은 그 量으로 미루어, 중국 명나라 羅貫中에 지은 『三國志演義』가 가장 많고, 다음이 우리나라의 『淑香傳』이다. 『三國志演義』의 경우 소설의 내용과 마찬가지로 삼국 가운데 蜀漢의 關羽와 劉備, 諸葛亮과 趙子龍을 다른 것이 제일 많다.

> 臥龍岡前 草廬之中에 諸葛孔明 낫잠 들어
> 大夢을 誰先覺고 平生에 我自知라 草堂에 春睡足ᄒ니 窓外에 日遲遲로다
> 문밧긔 性急ᄒ 張翼德은 失禮홀쩐 ᄒ괘라. (金壽長: 海周 534)

> 각설 현덕이 관공 장비 거느리시고
> 제갈량 보랴고 와룡강 거너 와룡산 너머 남양짜를 다다라려 시문을 두다리이니 동지 으와 엿줍난 말이 선싱임이 뒤 쵸당의 좀드러 계시오
> 종ᄌ야 네 선싱임 찌시거던 유관장 숨인이 왓쩌라고 엿쥬어라. (時調

62)

앞의 것은 老歌齋의 것으로 중장은 諸葛亮의 시에 懸吐를 하였고,
뒤의 것을 초장 앞에 '각설'을 붙여 古代小說에서 쓰는 常套語를 그대
로 가져와 마치 소설의 한 대목을 읽는 것 같은 느낌을 준다.
『西遊記』를 소재로 한 것은 1首가 있으니

    花果山 水簾洞中에 千年 묵은 진납이 神通이 거록홀쌰
    大鬧天宮ᄒ고 龍宮에 作亂ᄒ야 神震鐵을 엇고 三藏의 弟子되야 八戒
沙僧 다리고 西域國 가는 길에 妖孼을 剿蕩ᄒ고 大藏經을 가져온이
    世上에 測量키 어려올쓴 孫悟空인가 ᄒ노라. (金壽長: 周海 568)

처럼 『西遊記』 전체의 내용을 요약하여 시조화한 것이라 하겠다. 드
믈게 中國小說 『西廂記』의 일부를 시조화한 것이 있으니

    春意는 透酥胸이요 春色은 橫眉黛라
    賤却那人間玉帛이라 杏臉桃腮乘月色ᄒ니 嬌滴滴越顯紅白이로다 下香
階步蒼苔ᄒ니 非關宮鞋鳳頭窄이라
    鰍生不才로 多嬌錯愛를 感歎이로다. (國源 542)

우리나라 소설을 시조화한 것은 우선 西浦 金萬重의 『九雲夢』을 들
수 있으니,

    天下名山 五嶽之中에 衡山이 ᄀ쟝 돗턴지
    六觀大師의 說法濟衆헐제 上佐中 靈通者로 龍宮에 奉命ᄐ가 石橋上에
八仙女 만나 戲弄ᄒ 罪로 還生人間ᄒ야 龍門에 놉히 올ᄂ 出將入相ᄐ가
太史堂 도라드러 蘭陽公主 李簫和 英陽公州 鄭瓊貝며 賈春雲 陳彩鳳과
桂蟾月 翟驚鴻 沈裊烟 白凌波로 슬ᄏ쟝 노니다ᄀ 山鍾一聲에 쟈던 꿈을
ᄃ 씨여고나
    世上에 富貴功名이 이리ᄒᄀ ᄒ노라. (花樂 660)

처럼 소설의 전체를 1首의 시조로 요약한 느낌을 준다. 鄭泰濟의『天君演義』를 시조화한 다음의 것도 같은 경우라 하겠다.

> 天君이 爀怒ᄒ샤 愁城을 치오실시
> 大元帥 歡伯將軍 佐幕은 靑州從事 阮步兵 前驅ᄒ고 李太白 草檄ᄒ여 琉璃鍾 琥珀瓏은 先鋒 掩襲ᄒ고 舒州勺 力士鐺은 挾擊大破하여 精邱臺에 올ᄂ안져 伯倫으로 頌德ᄒ고 月捷을 星馳ᄒ여 告厥成功 ᄒ온 後에
> 그제야 耳熟舞蹈ᄒ여 鼓角을 셧거 부러 伯業難 守成難 難又難 凱歌歸를 ᄒ리라. (六靑 670)

이와는 달리 소설의 일부만을 가져다 장시조화 한 것이 있으니,

> 洛陽東村 麻姑仙女 집의 술닉단 말 반겨 듯고
> 靑驢에 鞍裝지어 金돈 싯고 드러가셔
> 아해야 淑娘子 계신야 門밧긔 李郎 왓다 살와라. (六靑 783)

> 李譜 이집을 叛하여 노시 목에 金돈을 걸고
> 天台山 層巖絶壁을 넘어 방울시 삭기 치고 鸞鳳孔雀이 넘는 골에 樵夫를 만나 마고할믜 집이 어듸민나 ᄒ고
> 저건너 數間茅屋 더스립 靑삽스리 츠즈소셔. (金壽長: 周海 550)

는 고대소설『淑香傳』에서 남자 주인공 李郎이 여자주인공 淑香을 만나러 麻姑仙女의 집으로 가는 대목인

> 한 편 이선이 집으로 돌아온지 삼일만에 목욕재계하고 요지에 가서 얻은 진주와 요지도 수족자를 가지고 금은 몇 천량을 말에 싣고서 이화정의 마고할미의 집으로 차자 노파가 그 이선을 반갑게 맞아서 초당에 인도한 뒤에……

을 시조화한 것이다.

　　죽장 집고 망혜 신쏘 만복사를 드러가니
　　여러 중이 모와 안저 춘양 정곡 애석히 역여 지성으로 축원헐제 엇던
중은 광쇠를 들고 엇던 중은 죽비 들고 엇던 중은 모시장삼에 실찍를 찍
고 엇던 중은 목탁을 들고 엇던 중은 가사책보 젓처 메고 구불구불 염불
을 할 제
　　광쇠은 쾅쾅하고 죽비는 칠칠 조고마헌 상좌중놈 북채를 갈너 쥐고
두리 둥둥 법고만 친다. (時調集 173)

　　추월은 잔정하야 산호 주렴 비치일 제
　　청천의 기러기 높이 떠 울고 가니 심황후 반겨 듯고 기럭아 니 왓느
냐 북해상에 편지 전튼 기럭이냐 도화동 가거들랑 불상한 우리 부친전에
편지 한 장 전해다고
　　문을 여고 내다보니 기럭이 간 곳 업고 창낭한 구름 박게 별과 달만
밝것으니 내의 심사 둘 곳 업다. (時調 93)

는 각각 『春香傳』과 『沈淸傳』을 소재로 한 것으로 앞의 것은 『春香
傳』의 내용과 관계가 있는 것이 아니라 누군가 春香의 억울함을 풀기
위해 불공을 드리는 광경을, 뒤의 것은 沈淸이 皇后가 되어 아버지의
소식을 궁금해하는 대목을 시조화한 것이다.
　끝으로, 다음의 시조는 『洪吉童傳』에서 吉童이 자기의 신분이 賤生
임을 한탄하는 대목인

　　대장뷔 세상에 나미 공밍을 본박지 못하면 찰아리 병법을 외와 대장
인을 요하에 빗기 츠고 동정셔벌ᄒ여 국가의 디공을 세우고 일홈을 만디
의 빗니미 장부의 쾌시라……78)

---

78) 張志暎; 『洪吉童傳·沈淸傳』 P. 9

를 초장과 중장으로 하고 종장을 추가하여

> 大丈夫 되어나셔 孔孟顔曾 못ᄒ양이며
> 출하로 다 썰치고 太公 兵法 외와니여 말만호 大將印을 허리아리 빗
> 기 추고 金壇에 놉히 안져 萬馬千兵을 指揮間에 너허두고 坐作進退홈이
> 긔 아니 快헐쏘냐
> 아마도 尋章摘句ᄒᄂ 석은 선비ᄂ ᄂᄂ 아니 ᄒ리라. (花樂 534)

처럼 시조화 하였다.

소설을 시조화 한 것을 보면 『三國志演義』가 조선시대 후기에 얼마나 많이 읽혔는지를 짐작할 수 있다. 소설처럼 분량이 많은 것을 시조화하는 경우 전체를 요약하거나 어느 특정한 부분만을 골라서 하는 경향이 있다고 하겠다.

參考文獻

『高麗史』「樂志」
黃忠基: "長時調 發生 考究" 『語文硏究』第 36 · 37號
張志暎: 『洪吉童傳 · 沈淸傳』

9. 平時調의 長時調化(parody)

　장시조의 특징 가운데 하나가 어느 평시조가 유사한 형태의 장시조로 되어 있다는 사실이다. 분명 어느 하나가 다른 하나의 영향을 받았거나 주었음에 틀림이 없는 것이다. 그러면 어느 것이 영향을 받았고 어느 것이 영향을 주었는지를 고찰하면 전후의 사정을 알 수 있겠으나 이 것이 쉽게 해명될 일은 아니다. 왜냐하면 분명하게 영향의 授受關係가 뚜렷한 것이 있는가 하면 그렇지 못한 것도 많기 때문이다.

　그보다 먼저 왜 평시조가 장시조화 했는지를 밝혀 보는 것이 순서가 아닌가 한다. 우리는 흔히 평시조의 형식이 붕괴되면서 장시조가 발생했으나, 평시조는 많은 작품이 양반 사대부의 것이며 장시조는 상대적으로 많은 것이 일반 서민층의 작품일 것이라는 전제를 하고서 문제를 해결하려는 경향을 가지고 있다. 과연 이러한 견해가 옳은 것일까? 긴 것과 짧은 것은 항상 공존할 가능성이 충분히 있고, 謹嚴한 것과 諧謔的인 것도 공존할 가능성은 충분히 있는 것이다. 張師勛은 이런 사실을

　　옛 風習에 높은 수준의 歌曲을 즐기는 층에서는 二數大葉·三數大葉 등 무게 있고 근엄한 노래를 불러 나가다가 弄·樂·編으로 가면서 점점 멋과 흥으로 자즈러진다. 그러나 막판에 이르러서는 다시 장중한 「太平歌」를 부름으로써 옷깃을 가다음고 衣冠을 바로 잡아 선비 본연의 자세로 돌아가는 끝마무리를 한다. 한편, 서민층에서는 처음에는 時調章이나 돌려 부르다가 그들의 장기인 긴잡가로 즐기고, 破場에는 내용이 조잡한 해학미 있는 휘모리잡가를 부르며 한바탕 웃으며 자리르 털고 일어나는 것이었다.

　　이와같이 음악이나 가사 내용면 할 것 없이 점잔과 해학 양면을 공유

　　하고 있는 것이다.
　　이러한 해학과 추잡한 외설로 엮어진 시조를 읊었다고 해서 자기의
이름을 밝혀 세상에 내 놓을 사람이 예나 지금이나 있을 수 있겠는가 하
는 점을 한 번 생각해 볼 필요가 있다.
　　따라서, 대부분의 無氏名의 作品의 내용이 서민적이라고 할 수는 있
지마는 그 作者가 서민층이라고는 말할 수는 없을 것이다. 79)

라고 하면서 이제까지 장시조의 대부분이 작자를 알 수 없는 무명씨
의 작품이며, 이 무명씨의 작품이 서민층의 작품일 것이라는 從前의
견해에 대해 否定을 하고 나섰다. 작품의 내용이 유교적인 것과 거리
가 먼 것으로 작가의 이름을 분명히 밝힌 것은 金壽長 이전에는 없
다. 작가에 대한 신빙성의 문제가 없는 것은 아니나 사대부 계층의
작가로 외설적인 내용의 작품에 자신의 이름을 붙인 작가는 李鼎輔와
申獻朝, 金敏淳이 있을 뿐이다. 이들은 李鼎輔처럼 大提學을 지냈거
나, 申獻朝의 경우 江原道 觀察使를 지내고, 金敏淳의 경우 蔭職으로
縣監을 지낸 사대부이면서 노골적인 성에 대한 표현이 있는 작품에
자신에 이름을 붙여 세상에 알리거니 또는 후세에 세상에 알려진 작
가들이다.
　평시조가 장시조화한 원인에는 두가지를 들 수가 있으니 문학적인
측면과 음악적인 측면이다.
　문학적인 측면에서 본다면 기존의 평시조는 3章 6句라는 엄격한 규
칙이 있어 어쩌다 이 규칙을 어기는 작품이 전연 없는 것은 아니나
그래도 이 규칙을 그대로 지켜야 하기 때문에 엄격한 법칙을 벗어나
좀 더 자유로운 형식의 노래를 짓고자 하는 욕망이 항상 머리속에 자
리하고 있었지만 기존의 규칙을 깨고 새로운 형식의 노래를 만든다는
것은 쉽지 않았을 것이다. 그러나 시대가 바뀌고 새로운 지식의 양은

---

79 張師勛; 前揭書 P. 198

차츰 증가하여 이런 여건을 충족시킬 수 있는 새로운 형태의 노래가 필요했던 것이니 과거에 어쩌다 사람들이 짓고 부르던 장시조 형태의 노래가 다시금 각광을 받기 시작해서 새롭게 再發興하게 되는 동기가 된 것이 아닌가 한다.

음악적인 측면에서 본다면, 사대부 계층들은 높은 수준의 歌曲을 즐기고 어쩌다 弄·樂·編과 같은 음악으로 멋과 興을 돋구다가도 장중한 「太平歌」로 마무리 짓는다. 이에 대해 서민층들의 음악을 그래도 이해한다는 사람들은 점잖게 시조를 부르다가 성에 차지 않으면 긴잡가에서 마지막으로 雜歌나 부르고는 웃으며 끝을 낸다. 가곡은 시조를 가사로 쓰기 때문에 노래하는데 그 대본이 되는 시조가 없어 걱정할 필요가 없으며, 혹 기왕에 있던 시조가 대본으로 마땅치 않으면 새로 지어서 사용하기도 하였으나, 서민층들이 부르는 잡가는 그 양이 충분치 못하여 새롭게 지어 부를 수밖에 없었다. 즉 수요는 급속히 늘어나는데 공급이 여의치 못하게 되니 그런대로 급히 필요한 대본은 만든 것이 기왕의 평시조들을 장시조화해서 창의 대본으로 개작해서 쓴 것이 아닌가 한다.

누군들 자신이 새로 지은 노래를 가지고 그것을 대본으로 노래부르고 싶은 욕망이야 있었으나 노래를 지어 부를만한 교양이나 전분적인 지식이 없다보니 기왕의 짧은 평시조에 누군가에 의해 한마디 또는 한대목 보태다 보니 점점 길어졌고, 이런 것들이 엮음과 打슈의 형태의 導入으로 장시조에서 더 발전하여 雜歌로 발전한 것이 아닌가 한다.

장시조화 하는 방식을 보면 평시조를 장시조화 하는 경우가 대부분이지만 소설을 장시조화 하는 경우도 있다. 소설을 장시조화 하는 경우에는 축약의 방법을 쓰고 있으니, 西浦 金萬重의 『九雲夢』이나 중국의 소설인 『西遊記』를 시조화한 것이 그것이다. 그러나 『三國志演義』처럼 장편소설의 경우에는 어느 한 대목만을 들어서 시조화 하고 있으니 가령 關雲長이나 趙子龍의 칭찬, 赤壁大戰이라든가 三顧草廬, 孔明이 동남풍을 비는 장면 등을 볼 수가 있다.

曹仁의 八門金鎖陣을 穎川 徐庶ㅣ 아돗던지
曹雲을 귀에 다혀 生死門을 살펴라 挺槍出馬 나라들어 東面을 헷치듯 西面을 號令ᄒ고 前面을 즛치는 듯 北面을 斷殺ᄒ는 趙子龍이 한아 저분이로다
一身이 豹의 머리 곰에 등에 일히 허리 진납의 팔에 白邊 업쓴 純膽 쎵이라 제 뉘라셔 當ᄒ리. (金壽長: 周海 556)

赤壁江上 數千隻 曹操 戰船 麗統의 連環計로 結船을 구지하야 陸地 갓치 調練할 제
謀士의 苟文若 程昱이며 防船將 于禁 毛玠 猛將의 夏后橔 許楮로다 旗幟槍釖 日月을 戲弄코 搖鼓喊聲은 江山이 震動ᄒ다
여바라 孟德아 네 그런들 南屛山 올나 七星壇 뭇고 三日 三夜 비른 바람 네 어이 防備ᄒ리. (林重桓: 時調演義 83)

공명이 갈건야복으로 남병산 상상봉에 올나
칠성단 모두 뭇고 하나님전의 비ᄂ이다 동남풍 빌어낸지 삼일만에 졍거황긔는 서북으로 펄펄 날아셔서 셩명봉의 니마 눈썹을 근질너 내니 뎡봉에 필마단긔로 남병산 상상봉에 올나 셰셔 보니 다만 밋는 거슨 동ᄌ 쑨이라 야야 동ᄌ야 너희 선셩이 계신가 보아라 그 동ᄌ 디답ᄒ되 우리 션싱님은 앗가 단하로 ᄂ려 갓ᄉ오니 쇼동은 아지 못ᄒᄂ이다 뎡봉이 분긔를 참지 못ᄒ여 필마단창으로 남병산 ᄂ려 강변을 당도ᄒ니 다만 잇는 군ᄉ는 슈군장졸 쑨이로다 아야 슈군장졸아 이지 공명이 일노 ᄂ려 왓ᄉ니 네가 간 곳을 ᄌ세히 디지 아니ᄒ면 내 훈창에 잔명을 보젼치 못홀 터이니 네 빨리 디여라 그 군ᄉ ᄒ난 말이 어직 공명선싱이 발싯고 삭발ᄒ여 일엽 쇼션 타고 강샹으로 둥둥 ᄯ나 갓ᄂ이다. 셔셩은 류디로 ᄯ로며 뎡봉은 비를 타고 ᄯ를 즈음에 압헤 가는 겨긔 져비야 그 비에 공명이 톳거든 거긔 잠간 닷 노와라 ᄌ룡이 내다보니 좃ᄎ 오는 쟝슈는 뎡봉에라 ᄌ룡이 텰궁에 왜젼을 먹여 좌궁을 쏘ᄌᄒ니 우궁으로 젓고 우궁을 쏘ᄌᄒ니 좌궁으로 져즐가 줌 압흘 놀가 줌 뒤를 놀가 망셜이다가 싹지

손을 진 듯 발아 노으니 비거공중에 번기궃치 ㄱ눈 살이 명봉 탄 비 돗
기 중동을 와ㅈ직근 맛쳐 부러치니
　빗머리 빙빙돌아 갈졔 비ㄴ이다 비ㄴ이다 공명과 ㅈ룡은 텬위란 장슈
요 서성과 명봉은 다만 제 분긔 뿐이로다. (樂高 890)

　평시조를 장시조화 하는 경우에 장시조화 과정에서 단순히 각 章을
擴張하는 경우와 變形되는 경우가 있다고 하겠으니, 확장의 경우에는
원래 가사의 뜻을 그대로 살리는 경우라면 변형의 경우에는 초·중·
종장 가운데 어느 한 장이나 두 장의 의미가 달라지는 경우라 하겠
다.

　사벽달 서리치고 지시는 밤에 짝을 닐코 울고 가는 기러기야
　너 가는 길에 정든 임 니별ᄒ고 참아 그리워 못 살네라고 젼ᄒ야 주
렴
　써 단니다가 마흠나는듸로 젼ᄒ야 쥼세. (南太 39)

는 다음의

　달붉고 서리친 밤의 울고 가는 져 기럭아
　瀟湘으로 가ᄂ냐 洞庭으로 向ᄒᄂ냐
　저근 듯 니말 잠간 드러다가 님겨신듸 젼ᄒ여라. (東國 181)

　달발고 셔리친 밤의 울고 가는 기려기야
　소상동졍 어듸 두고 여관 흔등의 잠든 나를 싀우ᄂ야
　밤중만 네 우룸쇼리 좀 못이러. (時調 11)

를 장시조화 한 것인데, 이는 초장을 확대한 것으로 중장과 종장에서
느끼는 전체적인 감정은 통한다고 하겠으나 평시조를 그대로 확장했
다고 보기는 어렵다.

> 님그려 기피 든 病을 어이ㅎ여 곤쳐낼고
> 醫員 請ㅎ여 命藥ㅎ며 소경의게 푸닥거리ㅎ며 무당 불러 당즑 글기ㅎ
> 들 이 모진 병이 하릴소냐
> 眞實로 님흔듸 이시면 곳에 죠흘가 ㅎ노라. (珍靑 515)

는

> ㅂ람 부러 쓰러진 남기 비오다 삭시 나며
> 님 그려 든 病이 藥먹다 홀일소냐
> 져님아 널노 든 病이니 네 곳칠가 ㅎ노라. (樂서 419)

를 장시조화 한 것으로 중장을 확장하였으나 초장은 평시조에서는 病이 快差하는 것이 전연 불가능한 것으로 비유를 했으나, 장시조에서는 병을 고칠 가능성을 배제하지 않고 있음을 본다. 이처럼 장시조화하는 과정에서 본래의 것과는 좀 거리가 있는 경우가 있다.

> 가마귀를 뉘라 물드려 검짜하며 빅노를 뉘라 마젼ㅎ야 희다더냐
> 황시다리 뉘라 이어 기다ㅎ며 오리다리를 뉘라 분질너 즈르다 ㅎ랴
> 아마도 검고 희고 길고 즈르고 흑빅장단이야 일너 무슴. (時調 98)

는

> 가마귀 검은아 돈아 해올이 희나 돈아
> 황새 다리 긴아 돈아 올희 다리가 쟈른아 돈아
> 世上에 黑白長短은 나는 몰나 ㅎ노라. (一海 587)

을 그대로 확장한 것이다.

> 님으란 淮陽金城 오리남기 되고 나는 三四月 츩너출이 되야
> 그 남긔 그 츩이 낙겸의 납의 감둧 일이로 츤츤 절이로 츤츤 외오푸
> 러 올히 감아 얼거져 틀어져 밋붓터 끗ᄭ지 죠곰도 븬틈 업시 찬찬 굽의

　　나게 휘휘 함겨 晝夜長常에 뒤트러져 감겨잇셔
　　　冬섯똘 바람비 눈설이를 암으만 맛즌들 썰어진 쏠 이실야. (李鼎輔:
周海 386)

는 아마도

　　　내가슴 들츙 腹板되고 님의 가슴 花榴등되야
　　　因緣진 부래풀로 時運지게 붓쳣신이
　　　암으리 석쏠 長霾ㄴ들 썰어질 쏠 이시랴. (一海 502)

를 장시조화 한 것이라 하겠다. 비록 초장이 '들츙복판'과 '花榴등'이
'淮陽金城 오리나무'와 '三四月 츔너츌'로 바뀌었으나 이는 초·중·종
장 모두가 확장된 것으로 보아야 할 것이다.
　이처럼 평시조를 확장하여 장시조화 한 것만 있는 것만이 아니다.
오히려 반대로 장시조를 축소화하여 평시조로 만든 것으로 여겨지는
것들도 있으니,

　　　엇지ᄒ야 못 오드니 무음 일노 아니 오든야
　　　너 오ᄂᆞ 길에 弱水三千里와 萬里長城 들너ᄂᆞ디 蠶叢及魚鳧 蜀道之難
　이 가리엿드냐 네 어이 아니 오드니
　　　長相思 淚如雨터니 오날이야 만나괘라. (詩歌 696)

를

　　　어이 ᄒ야 못 오던야 무슴 일노 못 오던요
　　　잠총급어부의 촉도지난이 가리웟더냐
　　　아마도 빅ᄂᆞ지즁의 더인ᄂᆞ이 어려워라. (時調 67)

처럼 축약했고, 松江의 「將進酒辭」

한 盞 먹새근여 곳것거 算노코 無盡無盡 먹새근여
이 몸이 죽은 後면 지게 우희 거적 덥혀 주리혀 미여가나 流蘇寶帳의
萬人이 우러녜나 어욱새 속새 덥가나모 白楊 속에 가기곳 가면 누른히
흰돌 가는 비 굴근 눈 쇼쇼리 브람 불 제 뉘 한 盞 먹자 할고
흐믈며 무덤 우희 진잡이 프람불제야 뉘우춘돌 엇더라. (鄭澈: 松星
將進酒辭)

도 다음의

한잔을 먹사이다 또 한잔 먹사이다
곳츠로 술을 빗져 무진무진 먹사이다
동자야 잔 가득 부어라 취코 놀녀. (調詞 52)

처럼 축약한 것이 아닌가 한다. 그렇게 생각하는 이유는 松江의 「將
進酒辭」가 위의 시조보다는 앞서는 것으로 여겨지기 때문이다. 周氏
本『海東歌謠』에서 편자인 老歌齋가 자신의 작품이라고 한

바독 걸쇠 갓치 얽은 놈아 제발 비즈 네게 물가의란 오지말라
눈 큰 쥰치 헐이 긴 갈치 두룻쳐 메육이 츤츤 감을치 文魚의 아들 落
蹄 넙치의 쏠 가잠이 비부른 올창이 공지 결레 만흔 권장이 孤獨혼 비암
장魚 집치갓튼 고리와 바늘갓흔 숑스리 눈 긴 농게 입 쟉은 甁魚가 금을
만 넉여 풀풀 쀠여 다 달아나는듸 열업시 상긴 烏賊魚 둥기는듸 그놈의
孫子 骨獨이 이쓰는듸 바소갓튼 말검어리와 귀櫻子갓튼 杖鼓아비는 암으
란 줄도 모르고 즛들만 혼다
암아도 너곳 겻틔 셧시면 곡이 못줍아 大事ㅣ로다. (金壽長: 周海
549)

는

바둑바둑 뒤얼거진 놈아 제발 비자 네게 니가의란 서지 마리
눈 큰 쥰치 허리 긴 갈치 두루쳐 메오기 츤츤 가물치 부리 긴 공치

넙젹흔 가잠이 등곱은 시오 결네 만흔 곤쟝이 그믈만 너겨 풀풀 쮜여 다 다라나는듸 열업시 삼긴 오징어 둥기는고나
　眞實노 너 곳 와셔 시량이면 고기 못잡아 大事ㅣ러라. (樂學 1008)

처럼 먼저 이루어진 가집에 분명 작자가 있음에도 불구하고 뒤에 나온 가집에 수록되면서 중장이 축소화한 것을 볼 수 있다.

　앞에서도 언급한 것처럼 짧은 형태의 歌曲唱에서 긴 것인 弄·樂·編의 노래 불려지고, 짧은 시조창에서 긴 잡가로 이어져 한바탕 즐기며 자리를 끝내는 것처럼 잡가는 演行하는 사람들이 가능하면 구경하는 사람들을 웃기기 위해서 되도록 많은 이야기를 주워섬기는 형태를 취하기 때문에 휘모리 형태의 노래가 되어 아무래도 먼저의 노래보다 나중에 나타나는 노래는 다만 한마디라도 사설이 많아져 길어지는 형태를 취하게 되니 앞에서 老歌齋의 작품으로 되어 있는 "바둑 걸쇠 갓치얼근 놈아……"의 노래는 뒤에 나온 것이 오히려 짧아진 경우도 있지만 후대에 와서는 점차 길어지는 현상을 볼 수 있으니

　칠팔월(七八月) 청명일(淸明日)에 얽고 검고 찡기기는 바둑판(板) 장기판(將棋板) 곤우판(板) 갓고 밍셕(席) 덕석(席) 방셕(席) 갓고 철등 덕셕 고석(古石)미 갓고 쩌암장이(匠) 발등 갓고 우박(雨雹) 마진 지덤이 쇠쏭 중화젼(中和殿) 텰망(鐵網) 갓고 진소젼(眞絲廛) 산기동 신젼(廛)마루 연죽젼(煙竹廛) 좌판(座板) 갓고 한량(閑良)에 포더 관역(貫革) 남게 안진 맴이 잔등 갓고 상하미젼(上下米廛) 멍셕 쥰오관이 갓고 뎐보뎐관(電報電關) 뎐긔등(電氣燈) 등불죵 갓고 경상도(慶尙道) 문경(聞慶) 시지로 건너오는 진상(進上) 꿀항아리 쵸병(醋瓶)갓치 아쥬 무쳑 얼고 검은 풀은 즁놈아 네 무삼 얼골이 어엿브고 쪽쪽흐고 맵자하고 얌전흔 얼골이라고 시너가로 너리지마라 쮠다 쮠다 고기가 너를 그믈 베리만 너겨 슈만은 곤졍이 쩨만은 숑사리 눈큰 준치 키큰 장더 머리큰 도미 살진 방어 누른 조긔 넙젹 병어 등곱은 시오 그믈 벼리만 너겨 아됴 펄펄 쮜여 넘쳐 다라나는고나 그중에 음웅하고 닉슝흐고 슝칙시러운 농어란 놈은 가라안져셔 슬슬. (新舊時行雜歌)

七八月 淸明日에 얽은 중이 시냇가로 내려를 온다 그 중이 얽어매고
푸르고 찡기기는 장기 바둑판 고누판 같고 멍석 덕석 방석 같고 어레미
시루밑 분틀밑 같고 靑銅灸鐵 고석매 같고 땜쟁이 발등 감투 대장쟁이
손등 고이 같고 진사전 산기동 같고 煙竹塵 좌판 신전 마루 上下米塵 方
席 같고 勤政殿 鐵網 같고 우박마진 잿덤이 쇠똥 같고 毆打呈狀 訴紙 같
고 警務廳 次官 코엿 깨엿 진고개 왜떡 조개 먹구럭 같고 如意紗 吉祥紗
別紋官紗 같고 진홍 주홍 준오 줄육 四五활량의 射砲 관혁 남게 앉은 매
암이 잔등이 같고 慶尙道 進上 대굿바리 꿀병 燭櫃 싸전가게 내림틀 같
고 邊굼보 太굼보 城主牌頭 廉萬興 같고 監營 뒷골의 일괭이 같고 冷洞
朴秀範 같고 새절 중의 樂道 같고 念佛庵 중의 浦雲이 같고 三幕 중의
德隱이 같고 侍衛一隊 下士 馬隊 三等 砲隊 一等兵 같고 삼개(麻浦) 舞
童의 朴泰富 같이 아주 무척 얽은 중놈아 네 얼굴이 무삼 어엽부고 똑똑
하고 怜悧하고 얌전한 얼굴이라고 시냇가로 내리지마라 뛴다 뛴다 魚龍
小龍 다 뛰어 너머 자바 동그라지고 領議政 고래 左議政 민어 承旨 점복
翰林 병어 玉堂 銀魚 大司諫에 자가사리 떼많은 송사리 수많은 곤쟁이
눈큰 준치 키큰 갈치 살찐 되미 살많은 방어 머리 큰 대구 입큰 메기 입
격은 병어 누른 조기 푸른 고등어 뼈없는 문어 등굽은 새우 대접 같은
금붕어는 너를 그믈 벼리로 알고 아주 펄펄 뛰어 넘어 逃亡질 한다. 그
중에 음침하고 凶物 凶慝 갈롱 奸慝한 오징어란 놈은 눈깔을 빼서 꽁문
이에 차고 벼리 밖으로 돌고 농어란 놈은 초친 고치장 냄새를 맡고 가라
앉아 슬슬.(歌謠集成)

앞의 것은 1910년대에 演唱되던 시절에 유행하던 것이 뒤의 것은
1950년대 간행된 李昌培編『歌謠集成』에 수록되어 있는 것이다 老歌
齋의 장시조보다 상당히 길어졌으며 그때마다 특정한 대목에 있어서
는 현실감을 살리기 위해 實名을 사용함으로써 演唱의 효과를 최대한
으로 살린 것이 아닌가 한다.

물론 장시조가 잡가의 영향을 받은 것도 사실이지만 후대로 오면서
오히려 雜歌가 휘모리잡가의 형태로 발전하면서 신분상으로 하층의
소릿꾼이나 才談家들에 의해 '볶는 타령'의 곡조로 바뀌면서 속도가

빨라지고 내용은 예전 장시조보다도 더 쌍스럽고 우스꽝스러운 것으
로 되도록이면 구경꾼들로부터 많은 拍手와 呼應을 받고자 곁말을 많
이 섞어 일종의 말재간을 늘어놓는 형태로 바뀌어 시조와는 거리가
멀어지게 되었다.

　그러면 장시조화 한 시조는 어떤 것을 대상으로 삼았나를 보기로
하자. 작자를 알 수 없는 작품을 대상으로 한 것이 대부분이지만 아
무래도 시기적으로 조금이라도 먼저의 작가의 작품을 대상으로 했음
은 물론이다.

　　　이 시름 져 시름 여러 가지 시름 防牌鳶에 細細成文하여
　　春丁月 上元日에 西風이 고이불제 올 白絲 호 얼레를 잇가지 풀어 씌
　울쎄 큰 盞에 술을 부어 마즘막 餞送호새 둥개둥개 둥둥 쩌셔 놉고놉피
　소스올라 白龍의 구븨 갓치 굼틀뒤틀어져 굴음 속에 들거고나 東海 바다
　ㅅ의 가셔 외로이 걸렸다가
　　風蕭蕭 雨落落 홀쎄 自然消滅 하여라. (金壽長: 周海 536)

는 松江의

　　　우리집 모든 익올 네 혼자 맛다이셔
　　　人間의 디디마오 野樹의 걸렷다가
　　　비오고 ᄇ람분 날이어든 自然消滅 ᄒ여라. (鄭澈: 松星 70)

를 장시조화 한 것이다.

　　　世上 사롬들이 다 쎠러 어리더라
　　　죽을 줄 알면서 놀 줄란 모로더라
　　　우리는 그런 줄 알모로 長日醉로 노노라. (金光煜: 珍靑 157)

를 그대로의 확장은 아니지만

> 世上 사름드리 人生을 둘만 너겨두고 坚 두고 먹고 놀 줄 모로던고
> 　먹고 놀 줄 모로거던 죽을 줄 알랴마는 石崇이 죽어 갈지 累鉅萬財
> 가져 가며 劉伶의 무덤 우희 어닌 술이 이르러 쩌니
> 　허물며 靑春 一場夢에 百花爛漫ㅎ니 이ㄱ치 됴혼 쩌에 아니 놀고 어
> 이리. (樂學 871)

은 竹所 金光煜(1580~1656)의 작품을 장시조화 한 것으로 보아도 좋
을 것이다.

　安玟英은 朴孝寬과 師弟의 관계를 맺고 大院君이 집정하기 이전에
그들과 더불어 ‘昇平稧’와 ‘老人稧’에서 주도적 역할을 하였다. 그런
安玟英이 朴孝寬을 대상으로 하여 지은 시조가 여러 수가 있으니,

> 늘그니 져 늘그니 林泉에 숨은 져 늘그니
> 詩酒歌 琴與碁로 늘거온은 져 늘그니
> 平生에 不求 聞達허고 절노 늙는 져 늘그니. (金玉 46)

> 八十一歲 져 늘그니 施何術而更少年고
> 城市山林 구름속에 藥키기를 일솜노라
> 글이면 道號를 뉘라하노 雲崖先生 이로다. (金玉 93)

> 八十一歲 雲崖先生 뉘라 늑다 일엇던고
> 　童顔이 未改ㅎ고 白髮이 還黑이라 斗酒를 能飮ㅎ고 長歌를 雄唱ㅎ니
> 神仙의 밧탕이요 豪傑의 氣像이라 丹崖의 셜인 닙흘 히마당 사랑ㅎ야 長
> 安 名琴名唱들과 名姬賢伶이며 遺逸風騷人을 다 모와 거나리고 羽界面
> 흔밧탕을 엇겨러 불너닐졔 歌聲은 嘹亮ㄹ야 들쌘티쓸 날녀너고 琴韻은
> 冷冷ㅎ야 鶴의 츔을 일으현다 盡日을 迭宕ㅎ고 酩酊이 醉흔 後의 蒼壁의
> 불근 입과 玉階의 누른 꼿츨 다 각기 썼거들고 手舞足蹈 ㅎ올젹의 西陵
> 의 히가 지고 東嶺의 달이 나니 蟋蟀은 在堂ㅎ고 萬戶의 燈明이라 다시
> 금 盞을 씻고 一杯一杯 ㅎ온 後의 션쇨이 第一 名唱 나는 북 드려노코
> 车宋을 比樣ㅎ야 흔밧탕 赤壁歌를 멋지게 듯고나니 三十三天 罷漏쇨익

　　시벽을 報ᄒ거늘 携衣相扶ᄒ고 다 各기 허여지니 聖代예 豪華樂事ㅣ 이
밧긔 ᄯᅩ 잇ᄂᆞ가
　　　다만的 東天을 바라보아 （　）을 싱각ᄒᄂ는 懷抱야 어늬 긔지 잇스리.
　　（金玉 178）

에서 장시조는 평시조를 장시조화한 것이라고 하기 보다 朴孝寬을 대
상으로하여 장단의 두가지 형태로 시조를 지은 것이라 하겠다.

參考文獻

辛恩卿; "平時調를 패로디化한 辭說時調 研究"『時調學의 座標와 그
　　　　全開』, 1992
張師勛; 前揭書

10. 現代詩에로의 發展

朝鮮王朝가 甲午更張을 거쳐 庚戌合邦으로 막을 내리면서 종래의 국문학도 새로운 시대를 맞아 명칭에 '新'이라는 接頭辭가 붙어 詩도 新體詩, 小說도 新小說이란 명칭이 자연스럽게 쓰이고 문학에 대한 인식도 서구 문학의 영향을 받아 이루어진 신문학과는 아무런 관련이 없는 믿게 되었다. 이는 한동안 우리 文學史에서 論難이 되었던 傳統의 斷絶이냐 繼承이냐 하는 문제에서 斷絶論으로 기울어 과거의 우리 문학은 새로운 문학에 아무런 보탬이 되지 못한다는 의식이 澎湃하고 심한 경우 과거의 우리 문학 유산은 하루라도 빨리 버려야 하는 것처럼 극단적인 사고를 하는 경우가 많았음을 보아 왔다.

그러나 문화란 것이 어느날 갑자기 시대가 바뀌었다 해서 그날로 커다란 변화가 오는 것이 아닌 이상 과거의 전통이란 것도 하루 아침에 달라지는 것이 아니다. 물론 과거처럼 그 변화의 속도가 느린 것은 아니라도 그렇다고 급히 변하는 것은 아니다. 시조도 일반적으로 알려진 것은 高宗朝에 朴孝寬과 安玟英을 중심으로 한 一團의 歌客들을 끝으로 이후에 뚜렷한 활동이나 시조 작가들이 없는 것으로 여겨졌고, 더구나 장시조는 그보다 먼저 그 형식조차 소멸된 것으로 인식하고 있었다고 하겠다.

시조도 1920年代 중반에 國民文學運動의 하나로 時調復興運動에 힘입어 이후에는 어엿한 현대문학의 한 부문으로 자리 잡고 발전을 계속하고 있지만 장시조는 겨우 그 명맥을 유지하여 왔다. 갑오경장이후 韓日合邦에 이르는 15年 남짓한 기간을 우리 문학사에서 開化期로 다루고 있는데 이 기간은 우리 문학에 아직 '新'자를 붙이기 이전인 '開化'라는 접두사를 붙이는 시기로 시가 문학도 조선시대의 歌詞에서 開化歌詞라는 명칭으로 부르는 시기이다. 시조의 명칭도 古時調에서

開化時調라는 명칭을 붙일 수 있는 시기로, 주로 ≪大韓每日申報≫
(1904. 7월 창간)과 ≪大韓民報≫(1909. 6월 창간) 의 신문과 잡지에
匿名을 쓰는 대부분의 독자 투고와 신문편집자들에 의해 개화가사와
마찬가지로 그 당시 시대상황과 관련이 있는 계몽의식이나 일본에 대
한 저항의식 등을 노래했다. 개화가사가 내용은 개화사상 계몽의식
신지식보급 등의 새로운 것을 다루었으면서도 형식은 종래의 가사 형
식인 3. 4 조나 4, 4조의 가사 형식을 그대로 따른 것처럼 개화기의
장시조도 초장이나 중장에는 과거의 내용이나 시어를 그대로 가져오
고, 어투도 조선시대의 장시조를 읽는 것이 아닌가 착각할 정도로 유
사하나 중장이나 종장에는 개화사상을 담은 조금은 어설픈 구성을 하
고 있음을 본다.

　六堂　崔南善(1890~1957)에　의해　1907년에　≪大韓留學生會報≫에
발표된

　　　　세월아 가지마라 네 조틸 니 아니라
　　　　네 발노 너 가는 길 가거니 말거니 뉘라셔 알이마는
　　　　너 가는 길에 내 나히 짜라 ᄀᆞ느니 그를 셜워

　　　　하늘이 사람을 니이시민 영웅호걸을 쳐음브터 분별ᄒᆞ셧스랴
　　　　두 듀목 불끈 뮈고 바른 길노 니다라셔 되ᄂᆞ 못되ᄂᆞ 놈 아니 ᄒᆞᄂᆞ 일
　　　을 ᄒᆞᄂᆞᆫ즈가 영웅이니
　　　　우리도 십년을 갈고 가는 용쳔금 니여들고 반공중 놉히 썻ᄂᆞ 폐일부
　　　운을 다 쓰러 ᄇᆞ린 후에 영웅노리좀 ᄒᆞ여보세

　　　　어리석인 인간들아 精衛의 衝石塡海를 비웃디 마라
　　　　ᄒᆞ고도 공업들슨 젼들 엇디 모르리마는 積忿疊恨을 일나 ᄒᆞ면 풀가ᄒᆞ
　　　여 알고도 흠이로다
　　　　우리의 미틴 시름은 그도 져도 못ᄒᆞ고

> 기러기 훨훨 玄海灘上去오 낙엽은 풀풀 北叡山頭飛라
> 萬里 타향에 외로운 긱의 마음 갑절이ᄂ 슬프도다
> 우라도 언제나 客苦짐 버서 놋코 歸養高堂鶴髮親홀가 〈國風四首〉

는 다음해 발표한 최초의 신체시라고 하는 「海에게서 少年에게」나 1909년에 발표되었으나 작자의 後記에 의해 오히려 「國風四首」와 같은 해에 지었다는 「舊作三篇」과 비교해 보면 「海에게서 少年에게」는 정형시적인 요소가 없으나 「舊作三篇」은 약간의 정형적 요소를 가지고 있다. 그러나 「國風四首」는 가사와 같은 音步律을 가진 것은 아니지만 사설시조의 형태를 취하고 있다고 하겠다.

개화기 시조는 표기를 3章으로 구분하여 각 장을 1行으로 하고 초장과 중장은 2句로 종장은 3句로 적되 末句는 생략하는 형식을 취하고 있으니 보기를 들면 다음과 같다.

> 東風이건듯부러, 積雪을다녹이니
> 四面에둘린靑山, 녯얼골이 완연ᄒ다
> 우리도, 뎌와갓치, 國權回復. 「迎春」: 대한매일신보
>
> 시희가왓다기에, 窓을열고바라보니
> 扶桑東天에, 돗던히가쏘돗는다
> 아마도, 시나라建設키도, 舊主人이. 「新年」: 대한매일신보

처럼 구절을 쉼표로 구분하고 있으며. 가창을 위한 대본도 아니면서 조선시대 가창의 대본으로 만든 가집인 『南薰太平歌』처럼 終章 末句를 생략했다. 장시조의 표기도 마찬가지니

> 개를여러마리나기르되, 요일곱마리ᄌ치얄밉고잣미우랴
> 낫선타쳐사롬 오게되면쏘리를회회치며반겨라고ᄂ다러요리납죡죠르릐개
> 옷ᄒ되, 낫익은집안사롬 보며ᄂ두발을벗드듸고코살을찡그리고닛바리롤엉

썽거리고컹컹짓눈일곱마리요박살홀개야
　보아라,　근일에새로개규칙반포되야개임자의셩명을개목에치우지아니ㅎ
면박살당흔다ㅎ니, 自然박살.「殺狗」: 대한매일신보

처럼 구절 표시로 쉼표를 하고 있으나 시각적인 효과를 노리기 위해 띄어쓰기를 하지 않았다. 그러면서 종장 말구를 생략한 것은 창과는 관계가 없고 말구를 생략함으로써 결연한 의지를 나타내어 의미를 강조하는 효과를 노린 것이 아닌가 한다.
　다음의 작품을 보면

　팔랑갑이라 ㅎ날로 눌며 두더지라 싸흐로 들라
　鐵網에 걸린 뎌 금죵다리 싀야 플쩍 푸드덕인들 눌쨔 길쨔 네 어듸로 갈쨔
　우리는 어인 일인지 五臟六腑에 잇는 피 잇는 듸로 버적버적 밧작밧작 쓸코 쓸어 더 쓸을 것 업셔 너 잡어 먹어야 나 살겟다.「回生方」:대한매일신보

　靑驄馬 타고 保羅미 밧고 白羽 長箭 千斤 角弓 허리에 차고 山너머 구름 지나 씽산양 가는 뎌 사람아
　우리도 四大 삭신 六千 마듸 骨節마다 血脈마다 깁히 깁히 든 病을 蘇生코져 東西先病者의게 무러본 즉 萬國壹談이 포슈압폐 압세우고
　씽산양 나가셔 그 고기 다 잡아 먹어야 산다ㅎ니 한께 가세.「與爾同」: 대한매일신보

는 각각

　ㅂ른갑이라 ㅎ눌로 눌며 두더쥐라 싸흐로 들라
　금죵달이 鐵網에 걸려 플덕플덕 프드덕이니 날다 길다 네 어드러로 갈다
　우리도 새님 거러두고 플더겨 볼가 ㅎ노라. (珍靑 479)

> 鐵驄馬 타고 보라매 밧고 白羽長箭 허리에 씌고 千斤角弓 풀에 걸고
> 山넘어 굴음 진아 쮱山行 가는 져 한가훈 사룸
> 우리도 聖恩을 갑파든 너를 좃차 놀리라. (金默壽: 靑謠 52)

의 초장이나 중장의 어투를 그대로 가져다 썼다. 이는 아마도 빠른 속도로 바뀌는 사회 현실에서 여기에 합당한 표현을 하기에는 너무나 급박하기에 그런대로 알고 있는 고시조에서 유사한 구절을 가져다 사용한 것이 아닌가 한다.

조선말 李用基가 편찬한 高大本『樂府』에 수록되어 있는

> 萬疊山中에 閑暇한 저 隱士는 가는 비 무릅쓰고 꽃모종 닐삼는다
> 富貴 牧丹 風流郎 三色桃 月四季 丁香 荳蔲 凌霄合歡 다 아니 시무고 杜鵑 躑躅 西甘 暎山紅 西府 海棠 天盎 葵花 鳳仙花 鬪鷄花 朝顔 雁來紅 도 다 그만두고
> 陶淵明 조아하야 九月九日 東籬下에 캐고 캐야 忘憂物에 둥둥 씌는 菊花만 모종. (種菊花)

이

> 靑山碧溪에閑暇한저隱士는, 가는비무릅쓰고꽃모종일슴는다
> 富貴牧丹風流郎三色桃月桂四季丁香荳蔲凌霄合歡다   안이시무고杜鵑鐵 竹石岩暎山紅西府海棠 天竺葵鳳仙花鷄冠花朝顔雁來紅도다고만두고
> 陶明이,九月九日東籬下에캐고캐야,   忘憂物에둥둥씌우던菊花만모종. (種菊)

과 같은 것으로『樂府』에 수록되어 있는 것을 누군가에 의해 다시 쓰인 것이라 여겨진다.

1920년대를 지나고 30연대에 들어서서도 장시조의 창작은 그런대로 계속하여 명맥을 이어 갔으니, 가람 李秉岐(1891~1968)과 曺雲(1900

~1960), 그리고 金相沃(1920~)이 그들이다. 이들의 작품을 인용해서 장시조가 어떻게 발전했나를 보기로 한다.

해만 설핏하면 우는 풀벌레 그 밤을 다하도록 울고 운다
가까이 멀리 예서 제서 쌍져 울다 외로 울다 연달아 울다 뚝 그쳤다 다시 운다 그 소리 단조하고 같은 양 해도 자세 들으면 이놈이 소리 다 다르구나
남몰래 계우는 시름 누워도 잠 아니 올 때 이런 소리도 없었든들 내 또한 어이하리. (李秉岐: 풀벌레)

사람이 몇 生이나 닦아야 물이 되며 몇 劫이나 轉化해야 금강에 물이 되나! 금강에 물이 되나!
샘도 강조 바다도 말고 玉流 水簾 眞珠潭과 만폭동 다 고만두고 구름 비 눈과 서리 비로봉 새벽안개 풀 끝에 이슬되어 구슬구슬 맺혔다가 連珠八潭에 섞여 흘러
구용연 千尺絶崖에 한 번 굴러 보느냐. (曺雲: 구룡폭포)

이런들 어떠오리 저런들 어떠하오리 술을 딸아 권하오거날
白死歌 읊으오시며 그 산을 돌리오시다
그 몸이 아으 죽고 또 죽고 천만번을 고치오셔도 한 번 간에다 사기온 뜻은 굽힐 길이 없드오이다.

아으 그 노래 읊으온 귀에 반천년도 하로온양이로다
왕씨 이조도 한길로 슬어져 꿈이도이다
입 한 번 베오신 데가 돌이 삭다 살아지오리
돌난간 마자 삭아지어도 스며드오신 붉은 그 마음은 흐릴길이 없으리오이다.
(金相沃: 선죽교)

參考文獻

김영철; "開化期 辭說時調考"『국어국문학』第 91號 1984
朴乙洙; "開化時調硏究"『時調學의 座標와 그 展開』1992
韓春燮; "長時調詩의 論議"『時調學論叢』第 8輯 1992
金濟鉉;『사설시조문학론』새문社 1997

三. 結 論

　이제까지 長時調에 대한 전반적인 문제에 대해 고찰해 보았다. 보다 근본적인 문제는 장시조를 시조의 한 갈래로 볼 것이냐 아니면 시조와는 별개의 장르로 인정할 것이냐 하는 문제와 發生이 언제냐에 따라 종전에 우리가 認識하고 있는 장시조와는 그 의미가 크게 달라진다고 하겠다.

　장시조가 평시조와 마찬가지로 3章의 구조를 가지고 있으며, 終章 初句가 3字인 점은 시조의 영향을 받은 것임에는 틀림이 없지만 조선 시대에 들어와 韻文 文學에서 散文 文學으로 문학의 主潮가 바뀌는 過渡期에 서민 대중들에 의해 이루어진 시조의 한 갈래라고 보는 견해는 잘못된 것으로 보는 입장에서 이제까지 주장한 것을 요약하면 다음과 같다.

　1. 장시조의 名稱은 가람에 의해 문학에서 부르는 명칭으로 平時調 나 旕時調, 辭說時調가 쓰였는데, 특히 사설시조을 부르는 이름으로 학자에 따라 長時調, 長形(型)時調, 辭說時調와 蔓橫淸類나 蔓橫淸으로 불리고 있는데 장형(長形·長型)시조는 形과 型의 구분이 명확하지 못하고, 사설시조는 時調唱의 일종이라 문학에서 쓰는 것은 적절

하지 못하다고 하겠다. 장시조가 평시조로부터 발생한 것이 아니라면 蔓橫淸이나 蔓橫淸類로 불러도 좋겠으나, 평시조보다 길어진 시조라는 의미에서 長時調가 적당한 것이 아닌가 한다.

2. 장시조의 형식에 대해 여러 가지 견해가 있으나 평시조처럼 3章으로 된 것은 틀림이 없고 다만 평시조 형태보다 多少間에 길어져 破形을 이룬 것을 장시조라 하겠다. 構成方式은 3章 가운데 어느 1章이나 2張 또는 3章 모두가 길어진 경우가 있고, 특히 對話의 형식을 취한 것이 많으며 대화도 한두 차례인 경우도 있으나 전체를 대화로만 구성한 것도 있다.

3. 장시조 형식의 發生을 종전에는 肅宗朝 以後로 보는 견해가 優勢했으나, 그 발생시기를 壬辰倭亂과 丙子胡亂 以前과 고려시대까지로 잡는 경우가 있는데 長短形態의 詩歌가 공존할 가능성은 충분하기 때문에 적어도 高麗末까지로 보는 견해가 있고 필자도 이 견해에 따랐다.

4. 장시조의 主題는 儒敎的인 것보다 男女間의 愛情을 나타내는 것과 관련이 있는 작품이 더 많으며, 이는 아마도 英祖朝 以後 서민대중의 작가들이 대거 등장하면서 인간의 본능적인 慾求 등을 노래한 것이 많기 때문이라 하겠다. 주제 가운데 과거 사대부의 주제였던 守分知止나 丹心忠節, 學問修德, 綱常五倫, 事親孝道 등은 장시조의 주제로는 적당치 못하다고 하겠다.

5. 장시조의 作家가 알려지지 않은 작품이 많은 것은 사실이나 이를 다 서민작가들의 것이라 보는 견해는 잘못된 것이라 여겨진다. 作中 話者와 作者를 착각한데서 초래된 결과이며 현전하는 장시조 작품의 작가는 위로는 國王으로부터 王族, 士大夫와 庶民大衆에 이르기까지 다양한 계층들이다. 또 장시조의 享有層도 일반 서민대중으로만 알고 있는 것은 현전하는 많은 작품들이 작자 미상이며 내용이 猥褻한 것을 들고 있으나, 士大夫들도 한문으로 된 갖가지 淫書를 즐겨

읽으면서 겉으로는 점잔만 뺏다. 그럼에도 불구하고 장시조 향유층을 유독 일반 서민대중에 국한시키는 것은 잘못된 것이다.

6. 장시조의 文體는 평시조와 마찬가지로 國語體가 國漢文混用體보다 적으며, 漢詩文懸吐體가 평시조보다 많은 것은 漢詩文에 토를 달아 時調化 하는 과정에서 한시문과 시조와의 형식적인 차이 때문에 자연 장시조로 될 수밖에 없으며, 吏讀文混用體는 장시조에만 아주 드물게 3首가 남아 있다.

7. 장시조의 발생을 高麗時代로 보고 이후 英祖朝에 老歌齋 金壽長이 老歌齋를 구축하고 활동하던 시기를 장시조의 再發興의 時期로 보고 그 原因과 時點을 밝혀 서민대중들의 사회적 지위가 향상되고, 時調唱의 발달을 재발흥의 原因으로 보고, 英祖 30年부터 以後 20年間을 장시조 全盛期로 보았다.

8. 장시조에는 다른 장르의 문학으로부터의 流入이 두드러지니, 우선 民謠와 雜歌가 있으니, 민요가 그대로 장시조에 들어온 흔적은 찾기 어려우나 엮음이나 타령 등의 형태로 남아 있고, 잡가의 영향은 서로 주고 받았다고 하겠다. 잡가의 일부를 가져다 장시조로 만든 것이 있고, 후에 장시조 형태에서 잡가로 발전한 깃이 있다. 歌詞의 경우는 흔치 않으나 小說의 경우는 많은 편이다. 특히 『三國志演義』를 時調化한 것이 두드러진다.

9. 장시조를 臺本으로 하여 부른 唱의 발달로 曲目의 종류가 늘어났으나 여기에 합당한 노래가 없자 기존의 노래를 개작해서 장시조화한 경우가 많으니 원래의 노래를 擴張하는 경우와 變形하는 경우가 있다고 하겠다. 變形의 경우에는 본래의 노래와 의미가 달라지는 경우가 많다. 이와 반대되는 현상으로 오히려 原文을 縮小해서 시조를 만드는 경우도 있다.

10. 開化期를 거치면서 장시조는 아주 消滅된 것으로 認識하기 쉬우나, 開化歌詞와 마찬가지로 옛날 형식에 새로운 사상을 표현하려는

어설픈 형태의 過渡期를 거쳐 1930年代 以後 꾸준하게 장시조가 창작
되고 있으며, 現代詩로 자리 잡아가고 있다고 하겠다.

附 錄

作家 解說

● **端宗(1441~1457)**

조선 제 6대 왕 재위 1452~1455. 문종의 아들. 문종의 뒤를 이어 왕위에 올랐으니 숙부인 수양대군이 실권을 쥐고 禪位를 강요하자 왕위에서 물러나 있던 중 사육신의 난으로 1457년 노산군으로 강등되고 영월에 유배되었다 자살을 강요당해 죽었음. 숙종 24년에 복위됨

● **玉溪 母 權氏**

玉溪 盧禛(1518~1578)의 어머니. 盧友明(1471~1541)의 부인. 노신이 선조 4년(1571)에 어머니의 봉양을 위해 외직을 원해 곤양군수가 되었다고 했으니 적어도 이때까지 생존하였다고 하겠다. 농암 이현보(1467~1555)의 자당 권씨가 중종 22년(1527)에 농암이 동부승지가 되자 기뻐서 지었다는 일명 '선반가' 인 "먹디도 됴홀샤 승정원 선반야 노디도 됴홀샤 대명뎐 기슬기 가디도 됴홀샤 부모다힛 길히야"와 같이 자식의 잘됨을 칭찬한 노래임. 『玉溪先生續集』에 수록되어 있음

● 金宇宏(1514~1590)

문신. 자는 敬夫. 호는 開巖. 본관은 義城. 希參의 아들. 李滉의 문인. 선조 15년 忠淸道 觀察使 후에 靑松府使를 거쳐 光州牧使. 尙州 涑水書院에 祭享. 저서『開巖集』. 경북 奉化 宋川書院에 소장되어 있는 사본『追慕錄』에 아들 得可의 시조와 함께 4首가 수록되어 있음.

● 高應陟(1531~1606)

문신. 자는 叔明 호는 杜谷, 翠屛. 본관은 安東. 識의 아들. 後溪 金範에게 受學 退溪의 門人이 됨. 明宗 16年에 문과에 급제한 후 咸興敎授를 시작으로 成均司成을 거쳐 慶州府尹에 이름. 저서『杜谷集』

● 鄭澈(1536~1593)

문신. 자는 季涵 호는 松江 본관은 延日 惟沉의 아들. 奇大升, 金麟厚에게 배움. 乙巳士禍에 관련되어 부친을 따라 귀양다니다 明宗 6年에 特赦로 전라도 昌平으로 移住. 明宗 16年에 進士試와 別試文科에 壯元으로 及第. 이후 持平을 시작으로 관직에 나아가 左議政에 이르는 동안 여러 차례의 削奪官職과 流配를 당함. 歌辭文學의 大家의 칭을 받으며 시조와 함께 엮은 국문시가집『松江歌辭』가 있음. 저서『松江集』

● 金得可((1547~1592)

호는 主峯. 본관은 義城. 宇宏의 아들. 縣監을 지냄. 부친 우굉의 시조와 함께 경북 奉化 宋川書院에 소장 되어 있는 사본『追慕錄』에 시조가 3首 수록되어 있음.

● **金得硏(1555~1637)**

호는 葛峯 본관은 光山 惟一齋 彦璣의 아들로 安東에서 출생. 出仕에 관심이 없고 학문에만 전념. 壬辰倭亂과 丙子胡亂에는 倡義에 가담. 문집이 사본으로 『葛峯遺稿』와 『葛峯先生遺墨』이 있음

● **姜復中(1563~1642)**

호는 淸溪. 본관은 晉州. 忠南 論山 恩津에서 출생. 어려서부터 집안 형편이 어려웠고 37歲에는 失火로 가옥이 全燒 世傳의 모든 것을 燒失함. 仁祖反正이 성공하자 「癸亥反正歌」를 지은 것을 비롯해 松江의 「訓民歌」에 화답하는 「和訓民歌」, 丙子胡亂에 나이가 들어 국가에 보탬이 되는 일을 못한 恨을 노래한 「爲君爲親痛哭歌」등 시조 65首가 『淸溪公遺事』에 수록되어 전함.

● **李瀰(朝鮮中期)**

본관은 龍仁인 듯. 姜復中의 『淸溪歌詞』에 수록되어 있는데, 강복중의 「水月亭淸興歌」에 대한 和答으로 지은「駒城李瀰詞 謹答永言五首」가운데 첫 번째 首임

● **金忠善(1571~1642)**

본래 日本人. 本姓名은 沙也可. 자는 善之 호는 慕夏堂. 본관은 金海. 壬辰倭亂에 加藤淸正의 左先鋒將으로 우리나라에 침입하였다가 조선의 문물에 감탄 歸化함. 후에 누차 功을 세워 嘉善大夫가 되고 權慄과 韓浚謙의 奏請으로 성명을 下賜 받음. 李适의 난과 병자호란에 공을 세웠음. 牧使 張春點의 딸과 혼인하여 살면서 家訓과 鄕約을 지어 鄕里敎化에 힘씀. 저서에 『慕夏堂文集』이 있음.

● 白受繪(1574~1642)

 문신. 자는 汝彬. 호는 松潭. 본관은 梁山. 壬辰倭亂에 포로가 되어
일본에 잡혀 갔다가 27歲에 귀국. 후에 광해군의 亂政에 대해 여러번
상소하여 세상에 이름을 알림. 후에 잠시 벼슬길에 올라 禮賓寺參奉
과 自如道察訪을 지낸 일이 있음. 時宜에 맞지 않아 벼슬을 그만두고
後學의 교육을 힘쓰다 죽음. 저서에 『松潭遺事』가 있음.

● 金啓(1575~1657)

 호는 龍潭. 본관 一善. 雙月堂 禮復의 아들. 安東 근읍의 文士로 애
민사상이 투철하고 禮道를 실천하며 孝行이 극진하였음. 그의 著作으
로는 『龍蛇日記』와 『龍潭日記』가 있다고 하나 前者는 전하지 않음.
그의 작품은 『龍潭錄』에 수록되어 전하는데 여기에 仁祖大王의 시조
1首가 수록되어 있음.

● 尹善道(1587~1671)

文臣,詩人 자는 約而. 호는 孤山. 본관은 海南. 惟深의 아들로 惟幾에
게 入養. 光海君 4年에 진사가 된 이후 벼슬길에 나가 여러차례의 귀
양과 벼슬을 반복하다가 顯宗 7年에 放還後에 시골에 은거함. 시조의
창작에 뛰어난 재질을 보여 「山中新曲」과 「山中續新曲」, 「漁父四時
詞」등 시조를 남겼음. 『孤山遺稿』에 수록되어 전함.

● 仁祖(1595~1649)

 조선 제 16대왕. 재위 1623~1649 이름은 倧. 자는 和伯. 호는 松窓.
宣祖의 손자. 定遠君(追尊 元宗)의 아들. 仁祖反正으로 왕위에 오름.
이듬해 李适의 亂으로 公州에 피란했다 평정하고 돌아왔고 이후 新興
淸나라와의 마찰로 丁卯胡亂과 丙子胡亂으로 패전하여 三田渡에서 淸

將에게 항복하고 왕자들을 청에 볼모로 보내는 등의 수모를 겪음.

● 蔡裕後(1599~1660)

문신. 자는 伯昌. 호는 湖洲. 본관은 平康. 忠衍의 아들. 17歲에 生員이 되고부터 官職에 나가 大提學에까지 올랐으며, 후에『仁祖實錄』과『宣祖改修實錄』편찬에 참여했음. 諡號는 文惠 저서에『湖洲集』이 있음.

● 孝宗(1619~1659)

조선 제 17대왕. 재위 1649~1659. 이름은 淏 자는 靜淵. 호는 竹梧. 인조의 아들. 병자호란에 형 소현세자와 더불어 청나라에 볼모가 되었다가 8년후에 돌아옴. 인조 23년 소현세자가 變死한 뒤 세자로 책봉, 인조의 뒤를 이어 즉위. 청나라에 볼모로 잡혀 있던 원한으로 북벌정책을 계획했으나 뜻을 이루지 못하고 병사함.

● 李聃命(1646~1701)

문신. 자는 耳老. 호는 靜齋. 본관은 廣州. 龜巖 元禎의 아들. 慶北 漆谷에서 출생. 顯宗 7年 司馬試와 同 11年 別試文科에 급제하여 관직에 나가 承旨때 庚申大黜陟으로 관직이 削奪 당하고 流配길에 올랐다가 이후 復職과 流配를 계속하다가 母夫人 앞에서 생을 마침. 저서로『靜齋集』이 있음.

● 安昌後(1687~1771)

자 繼仲 호는 閒說堂. 저서에『閒說堂遺稿』가 있고, 시조 24首가 수록되어 있음

● 金壽長(1690~?)

歌客. 자는 子平. 호는 老歌齋. 肅宗朝에 兵曹 書吏를 지냈음. 英祖朝에 가집『海東歌謠』를 편찬했으며, 老歌齋를 구축하고 가객들과 더불어 歌壇을 운영한 것으로 여겨짐. 『해동가요』를 비롯한 여타 가집에 100首가 넘는 작품이 수록되어 전하고 있으며, 同僚, 後輩 가객의 작품에 跋文을 쓴 것이 『青邱歌謠』에 수록되어 있음. 현재 제일 많은 장시조 작품이 전하고 있음.

● 李鼎輔(1693~1766)

문신. 자는 士受. 호는 三洲. 본관은 延安. 雨臣의 아들. 景宗 1年에 進士試에 합격하고 다시 英祖 8年에 庭試文科에 丙科로 합격하여 檢閱로 관직에 나가 兩館大提學과 禮曹判書를 역임 判中樞府事가 됨. 『海東歌謠』에 그의 작품이 수록되어 전하는데 장시조 작품은 작가의 신빙성이 문제가 된다고 하겠다.

● 英祖(1694~1776)

조선 제 21대왕. 재위 1724~1776. 이름은 금(昑). 자는 光叔. 호는 養性軒. 肅宗의 아들. 景宗 1年에 왕세제로 책봉. 왕세제 책봉과 대리청정 문제로 갈등을 겪었고, 즉위하자 蕩平策을 써 당쟁을 막으려 했음. 均役法을 시행하고 인쇄술을 개량 많은 서적들을 출판하는 등의 각 방면에 善政을 베풀어 부흥기를 가져왔으나 思悼世子를 뒤주에 가두어 죽이는 비극을 가져오기도 하였음. 재위기간이 제일 긴 52年이나 됨.

● 金兌錫(英祖朝)

가객. 자는 德而. 숙종조에서 영조조에 생존했던 사람임. 노가재가

『청구가요』에서 "김군덕이 성본소아 호풍경 낙붕우 숙지경 능필법"
(金君德而 性本騷雅 好風景 樂朋友 熟知景 能筆法)이라고 한 것을 미
루어 소탈한 성격에 자연경치를 좋아하고 사교적인 성격을 가졌으며
필법에 능한 사람이라 하겠다. 시조 4首가 전한다.

● 金默壽(英祖朝)

가객. 자는 時慶. 가객 聖垕의 아들.『樂學拾零』에서 "金默壽 字 時慶
英宗朝 書吏"이라 했음. 자를 始庚으로도 표기된 곳이 있음. 시조 6首
가 전함.

● 朴文郁(英祖朝)

가객. 자는 汝大. 英祖朝 書吏. 老歌齋가『靑邱歌謠』에 수록된 발문
에서 박문욱을 極讚하기를 이세상의 진정한 豪傑君子라 하였고, 특히
그의 작품 가운데 僧尼交脚의 노래는 千古一談이므로 그를 敬亭山으
로 對한다고 하였다. 그의 작품 17首 가운데 12首가 장시조이니 작품
의 비율로 따져 最多의 장시조 작가라 하겠음.

● 權德重(英祖朝)

가객. 자는 欽哉.『樂學拾零』에 작품 1首가 수록되어 있는 것으로 미
루어 老歌齋 死後에 지은 것이 아닌가 생각됨.

● 吳擎華(英祖朝)

가객. 자는 子馨. 호는 瓊叟 본관은 樂安. 가집에 따라 이름이 '景化'
로 자가 '子亭'이나 '子衡'으로 표기된 곳도 있음. 英祖朝 후반에 활동
한 가객으로 여겨짐.

● 蔡濟(1716~1795)

호는 近品齋. 淸臺 權相一 門下에서 수학. 39세에 生員試에 합격. 뒤에 관직에 나감. 만년에 경북 聞慶에서 石門亭을 짓고 후학을 위해 詩會와 講會를 열기도 했음.

● 梁柱翊(1722~1802)

문신. 자는 君翰. 호는 无極. 본관은 南原. 命振의 아들. 英祖 29年에 司馬試에 합격하고 이어 增廣文科에 丙科로 합격하여 成均館典籍을 시작으로 관직에 나가 同知中樞府事가 되었음. 詩文 이외에 天文 地理 陰陽 算數 兵法 등에 능통하며 글씨도 잘 썼음. 저서로 『无極集』이 있음.

● 魏伯珪(1727~1798)

實學者. 자는 子華. 호는 存齋,桂巷, 桂巷居士 본관은 長興. 文德의 아들. 과거에 여러차례 실패하고 스승 尹鳳九에게서 학문적 啓導를 받았음. 68세에 학문과 덕행이 알려져 繕工監副奉事에 나아가 慶基殿令에 이르기까지 관직에 나간 일이 있음. 저서에 문집인 『存齋集』에 많은 저술이 있음.

● 黃胤錫(1729~1791)

학자. 자는 永叟. 호는 頤齋, 西溟散人, 雲浦主人, 越松外史. 본관은 長水. 金元行 門人. 전북 高敞에서 출생. 英祖 35年에 進士試에 합격하여 관직에 나갔다가 全義縣監을 지내고 사퇴함. 『周易』을 비롯한 經書 연구에 힘쓰다가 종래의 理學과 서구의 신지식과의 조화를 시도한 공이 있음. 특히 韻學과 國語學 연구에 업적을 남겼음. 저서에 문집인 『頤齋遺稿』등이 있음.

● 南極曄(1736~1804)

 자는 壽汝. 호는 愛景. 저서에 『愛景堂言行錄』이 있고 거기에 月令體 형식의 시조가 12首 수록되어 있음.

● 金履翼(1743~1830)

 문신. 자는 輔叔. 호는 牖窩. 본관은 安東. 由行의 아들. 정조 9년에 진사로 謁聖文科에 급제 正言으로 관직에 나가 流配와 관직에 나가기를 거듭함. 안동 김씨가 집권하자 水原府留守, 大司憲을 거쳐 漢城府 判尹에 이름. 『金剛永言錄』에 50首 『觀城雜錄』에 10首 등 시조 60首가 전하고 있음.

● 申獻朝(1752~1807)

 문신. 자는 汝可. 호는 竹醉堂. 본관은 半山. 應顯의 아들. 正祖 19年에 謁聖文科에 壯元으로 급제한 뒤에 관직에 올라 江原觀察使, 大司諫, 原州牧使 등을 역임. 저서로 『竹醉堂遺稿』가 있었으나 6. 25 전쟁에 燒失되고 시조 25首가 수록된 『蓬萊樂府』가 전하고 있음.

● 金祖淳(1765~1832)

 문신. 初名은 洛淳. 자는 士源. 호는 楓皐. 본관은 安東. 履中의 아들. 純祖의 장인. 正祖 9年 庭試文科 丙科로 급제하여 檢閱로 관직을 시작 吏曹判書에 이름. 순조의 장인이 되어 永安府院君에 封해지고, 여러 관직을 맡았으나 실권있는 직책은 맡지를 않았음. 안동 김씨 勢道 情致의 기반을 마련했으며 많은 저술을 남겼고, 竹畵를 잘 그렸음. 저서에 『楓皐集』이 있음.

● **申甲俊(1771~1845)**

자는 又仲 호는 晩覺齋. 출전은 『城西幽稿』. 9首의 시조가 전함

● **金敏淳(1776~1859)**

歌客. 자는 愼汝. 호는 梅月松風. 본관은 安東 履信의 아들. 蔭職으로 砥平縣監을 지냈음. 六堂本 『靑丘永言』에 시조 11首가 전함

● **李廷鎭(正祖・純祖朝)**

英祖時代 이후의 가객으로 推定됨. 『歌曲源流』系 가집에 나오는 李廷藎과 混同하여 同一人으로 다루고 있는 실정이나, 이정신은 자가 集仲이며 호가 百悔翁이라 하여 별개의 인물로 추정됨.

● **金鏌(正祖・純祖朝)**

英祖時代 이후의 歌客으로 推定됨. 六堂本 『靑丘永言』에 수록되어 있는데, 金煐과 같은 인물로 다루고 있다. 그러나 金煐의 경우 작가 소개에 英祖朝에 咸鏡道兵馬節度使를 지낸 金相玉(1683~1739)의 아들로 그도 武科에 급제하여 관직이 正祖朝에 大將에 이르렀다고 했으나, 金鏌은 아무런 표시가 없는 것으로 미루어 별개의 인물로 看做됨.

● **翼宗(1809~1930)**

순조의 세자. 이름은 영. 자는 德寅. 호는 敬軒. 순조 12년에 세자로 책봉되고, 趙萬永의 딸과 가례를 올려 나중에 豊壤趙氏 세도의 빌미가 됨. 同 27年에 代理聽政하여 賢才를 등용, 刑獄을 신중하게 하는 등의 선정을 베풀었으나 청정 4년만에 병사함. 憲宗이 즉위하면서 翼宗으로 追尊함

● 金學淵(憲宗朝?)

純祖朝 이후의 歌客으로 推定됨. 자는 塤敎. 朴孝寬이나 安玟英보다
는 약간의 先輩 가객으로 추정됨. 河合本『歌曲源流』에 작품이 수록
되어 있음

● 任義直(憲宗朝?)

純祖朝 이후의 歌客으로 推定됨. 자는 伯亨.『歌曲源流』系 가집에
"善琴鳴於世"니 "一國名琴"이니 한 것으로 미루어 琴客이며, "名歌"라
고 한 것으로 보아 노래도 잘한 것으로 추측됨.

● 安玟英(1816~?)

가객. 자 聖武, 炯甫. 호는 周翁, 口圃東人. 구포동인은 大院君의 賜
號임. 雲崖 朴孝寬으로부터 가곡을 배웠음. 후에 대원군과 그의 長子
李載冕의 知遇를 얻음. 70歲 이상을 생존한 것으로 추정되며, 박효관
과 더불어『歌曲源流』를 편집했다고 하나, 의문점이 많으며 개인 가
집으로『金玉叢部』가 전하고 여기에 180首의 시조가 수록되어 있음.

● 金允錫(?~1883)

琴客. 자는 君仲. 호는 碧江. 英祖 시대 가객인 金兌錫의 작품으로 표
기되어 있으나 수록된 가집이『歌曲源流』에 처음 나오는 것으로 보아
金允錫의 잘못이 틀림이 없다고 斷定함. 유일하게 1首가 전함

● 李世輔(1832~1895)

王族. 자는 左甫, 본관은 全州. 端和의 아들. 후에 應寅으로 개명. 慶
平君의 爵號를 받았음. 후에 안동 김씨의 들의 미움의 표적이 되어
전라도 薪智島로 유배됨. 高宗이 즉위하면서 유배에서 풀려나 여러

관직에 임명됨. 閔妃가 被殺되는 變故에 충격을 받고 병이 되어 病死
함.

● 典洞(高宗朝?)

本名은 未詳. 佛蘭西本『歌曲源流』에 작품 2首가 수록되어 있음

● 金庸潤

자는 良中. 延世大 소장본『歌曲』에 시조 2首가 수록되어 있음.

● 林重桓

호는 三貫.『時調演義』에 작품 115首가 수록되어 전함

長時調 關聯 論著 一覽

姜吉云 "平時調 辭說時調 歌辭의 發生" 『冠嶽語文硏究』(서울대)第 3輯
　　　　1978,12

강등학 "사설시조와 역음아라리의 비교연구" 『人文學報』(江陵大) 第 7
　　　　輯 1978, 12

강명관 "사설시조의 향유층에 대하여" 『민족문학사연구』(民族文學史硏
　　　　究所) 第 4輯 1993

姜明慧 "時調 장르의 多元性" 『時調學論叢』第 6輯 1990

───── "抵抗의 美學으로시의 辭說時調" 『時調學論叢』第 9輯 1993

───── "辭說時調의 美的 特性" 『時調學論叢』 第 13輯 (韓國時調學會)
　　　　1997

姜銓燮 "傳邊安烈의 「不屈歌」贋作論" 『韓國詩歌文學論』1983

高美淑 "朝鮮後期 平民歌客의 文學的 志向과 作品世界의 變貌樣相"(碩
　　　　論) 高麗大 1986

───── "辭說時調的 傳統의 持續에 관한 연구"─散文化 경향을 중심으
　　　　로─『時調學論叢』第 6輯 1990

───── "사설시조의 역사적 성격과 그 계급적 기반 분석" 『語文論集』
　　　　(高麗大) 第 30輯 1991,12

────── "19세기 시조의 전개양상과 그 작품세계 연구"(博論) 高麗大 1993

────── "18·9세기 시가사에 있어서 리얼리즘적 발전의 경로"『민족문학사연구』第 3輯 1993

────── "사설시조 율격의 미적특질(1)"『民族文化硏究』(高麗大) 第 26輯 1993

────── "19세기 시조의 예술사적 의미"『時調學論叢』第 9輯 1993

────── "19세기 시조의 대중화 양상에 대한 연구"『時調學論叢』第 10輯 1994

高晶玉『古長時調選註』正音社 1949, 1

權斗煥 "朝鮮後期 時調歌壇 硏究"(博論) 서울大 1984

權藤雄 "사설시조의 형성기에 대한 연구"(碩論) 仁川大 1988, 8

琴庚泰 "辭說時調의 意味構造"(碩論) 慶北大 1988, 8

金基點 "辭說時調의 庶民意識 硏究"(碩論) 國民大 1988, 8

金大行 "長型 時調의 文法과 그 意味"『時調學論叢』第 3,4輯 合倂號 1988, 12

────── "<어이 못 오던가> 그리고 태도와 표현의 시학"『한국고전시가작품론』1992, 12

김동미 "사설시조에 나타난 현실인식의 표출양상 연구" 동국대 논문 1995

金東旭 "辭說時調 發生考"『국어국문학』第 1號 1952, 11

金東俊 "辭說時調論 再議"『時調學論叢』(韓國時調學會) 第 2輯 1986, 12

────── "辭說時調 樣式論"『한실 이상보박사회갑기념논총』1987, 9

────── "辭說時調攷"『時調學論叢』第 3,4 合倂號 1988

金炳旭 "辭說時調와 庶民意識"──辭說時調의 本質과 그 흐름──『韓國文學』創刊號 1973, 11

金相善 "辭說時調의 形態的 考察"──特히 李朝初期 頌祝歌를 中心으로──

『文耕』(中央大) 第 27輯 1970, 2

김생식 "辭說時調에 나타난 平民性"(碩論) 朝鮮大 1983, 2

金楊憲 "長時調 研究"『時調文學研究』(嶺南時調文學研究會) 第 2輯 1983, 9

──── "歌客들의 長型時調"『嶺南語文學』第 13輯 1986

金蓮洙 "辭說時調의 諷刺性 研究"(碩論) 朝鮮大 1982, 2

金烈圭 "사설시조와 한국 근대시"『현대시조』第 31號

김영철 "開化期 辭說時調考"『국어국문학』 第 91號 1984

金容五 "時調文學上의 辭說時調의 位置"『漢城』(漢城高) 1958

金塘鑽 "辭說時調에 나타난 愛情形象과 世界觀 研究"(碩論) 高麗大 1990

──── "閭巷六人의 作品世界와 18世紀初 時調史의 一局面"『時調學論叢』第 12輯 1996

──── 『18세계의 시조문학과 예술사적 위상』(月印) 1999, 1

金宇鍾 "久遠의 悲歌"─蔓橫淸文學 小考─『現代文學』 通卷 32號 1957, 8

金仁中 "辭說時調에 나타난 隱喩의 意味作用研究"『冠嶽語文研究』(서울대) 第 5輯 1980, 12

金濟鉉 "長時調 發生과 文學史的 意義"『現代文學』通卷 291號 1979

──── "엇시조의 形成考"『月河李泰極博士古稀紀念文集』 1982, 9

──── 『사설시조전집』永言文化社 1985

──── "辭說時調 研究"─形態와 內容의 有機的 相關性을 中心으로─ (博論) 慶熙大 1990, 8

──── 『사설시조문학론』새문社 1997. 12. 5

金 鍾 "辭說時調의 淵源考"『韓國語文學』 第 16輯 1978

金鍾烈 "辭說時調에 대한 研究史的 考察"─內容研究를 中心으로─ (碩論) 江原大 1985, 2

김종환 “사설시조의 서술구조와 현실인식의 표출양상 연구” 경북대 博
　　論 1994

金周坤 “長型時調의 諷刺性 硏究”『論文集』(大邱韓醫科大學) 第 5輯
　　1987

金重烈 “辭說時調의 形成에 미친 唐詩의 影響”『月巖朴晟義博士還曆紀
　　念論叢』1977, 9

金學成 “辭說時調의 美意識構造”(碩論) 서울대 1972, 2

───── “辭說時調의 詩學的 特性”—오해의 불식과 그 현대적 계승을 위
　　하여—『成大文學』第 25輯 1980, 11

───── “辭說時調의 장르 形成 再論”『大東文化硏究』(成均大) 第 20輯
　　1986

───── “사설시조의 담담층 연구”『成均語文學』(成均大) 第 29輯 1993

金炳㖨 “辭說時調에 나타난 婦女子의 生活”『國學』(國學大) 第 1輯
　　1957, 10

金興圭 “사설시조의 시적 시선 유형과 그 변모”『韓國學報』第 68輯
　　1992

───── “조선후기 사설시조의 시적 관심추이에 관한 계량적 분석”『韓
　　國學報』第 73輯 1993

김희경 “장시조의 시어 연구(상)”—종장 套語를 중심으로—『원우논집』
　　(延世大) 第 8輯 1980

羅貞順 “辭說時調의 型式” 東亞日報 1955, 8, 12~22

문무학 “장형시조의 시문학사적 위상”『시조문학』1988, 11

문종흠 “辭說時調에 나타난 諷刺性 硏究”(碩論) 嶺南大 1988.8

민　찬 “파계승의 사설시조 <어흠아 긔 뉘옵신고>의 유흥적 단면”『한
　　국고전시가작품론』(集文堂) 1992, 12

朴基政 “辭說時調의 硏究”(碩論) 圓光大 1984, 2

───── “長時調 形成의 背景 硏究”『韓國言語文學』第 29輯 1991, 5

──── "長時調 研究"(博論) 圓光大 1991, 2

──── "長時調의 起點에 관한 연구"『國文學의 史的 照明』(啓明文化社) 1992, 10

朴基豪 "장시조의 시적화자에 관한 연구"(碩論) 漢陽大 1988

──── "對話體 長時調 研究"『時調學論叢』第 7輯 1991. 12

朴魯埻 "辭說時調에 나타난 Erotic한 場面에 대하여"『同大論叢』(同德女大) 第 2輯 1971

──── "사설시조와 에로티시즘"『韓國詩歌研究』第 3輯 1998

朴淳鉉 "辭說時調의 國文學上 價值"『豊文』(豊文女高) 第 13輯 1967, 1

朴勝道 "長時調에 나타난 諧謔性"(碩論)高麗大 1976, 12

박애경 "사설시조의 현실인식 연구"—형상화 기법과 시적태도를 중심으로—(碩論) 延世大 1991

朴英子 "辭說時調에 나타난 庶民的 要素"『靑坡文學』(淑大) 第 4輯 1964, 12

朴永華 "歌辭와 辭說時調의 差異點"『高凰』(慶熙大) 第3卷 2號1959, 12

朴禹勳 "長時調 研究"(碩論) 忠南大 1983, 8

朴乙洙 "辭說時調 研究 序說"—그 特性에 關한 考察— 高大新聞 第 593號 1971, 4, 13

──── "辭說時調에 나타난 修辭技巧"『高大文化』(高麗大) 第 12輯 1971, 5

──── "辭說時調의 修辭技巧"『高大文化』第 13輯 1972, 8

──── "辭說時調의 修辭技巧 考察"(1)『새국어교육』第 16.17合併號 1973, 9

──── "辭說時調의 修辭技巧 考察"(2)『새국어교육』第 18~20號 1974, 9

──── "辭說時調의 修辭技巧 考察"(3) —强調를 위한 修辭—『새국어교육』第 20號 1975, 5

────── "辭說時調의 修辭技巧 考察"(4) ─變化를 위한 修辭─『새국어교육』第 22, 23合倂號 1975, 12

────── "時調文學의 平民文學性 考察"─辭說時調를 中心으로─『우리文學研究』創刊號 1976, 4

朴喆熙 "辭說時調의 構造와 그 背景"─辭說時調는 自由詩다─『국어국문학』第 72,73合倂號 1976, 10

────── "辭說時調의 構造와 그 背景 研究"『震檀學報』第 42輯 1976

朴泰男 "松江의 將進酒辭 考察"『論文集』(順天鄕大) 第7 卷 第3號 1984, 10

白大基 "蔓橫淸文學 小考"『東方學誌』(延世大) 1962, 6

徐元燮 "엇시조의 주제 연구"『國文學研究』(曉星女大) 第 5輯 1976, 2

────── "辭說時調의 主題 研究"『語文學』(韓國語文學會) 第 34輯 1976

────── "中,長型時調의 形成期 再論"『余泉徐炳國博士華甲紀念文集』 1979

서인석 "<나무도 바히 돌도>와 사설시조의 미학"『한국고전시가작품론』(集文堂) 1992, 12

徐鍾文 "사설시조와 판소리의 共通特質"『판소리사설연구』1984

徐晉元 "李鼎輔의 辭說時調와 民謠의 影響"『崇實』(崇實高) 第 9號 1968, 12

성기옥 "사설시조 여류분의 작품세계"『어문논집』(淑明女大) 第 1輯 1991

成昊慶 "辭說時調 正體에 대한 新考察"『千峰李能雨博士七旬紀念論叢』 1990

蘇在英 "辭說時調에 나타난 '임'의 變容"『慕山沈載完博士華甲紀念論叢』 1978, 3

孫 均 "辭說時調에 對한 小考"『論文集』(慶北大) 第 6輯 1958, 6

宋柄嘗 "長時調의 民謠的 性格"『語文研究』第77, 78合倂號 1993

——— “朝鮮後期 時調의 全開와 變貌樣相—歌客의 活動을 中心으로—
　　　전주우석대 博論 1995
신경숙 “사설시조의 연행과 의미자질”『漢城語文學』(漢城大) 第 11輯
申恩卿 “辭說時調와 歌辭의 敍述方式 對比”『西江語文』(西江大) 第 4輯
　　　1985
——— “長時調의 分章基準과 類型分類”『西江語文』(西江大) 第 6輯
　　　1988, 12
——— “辭說時調의 詩學 硏究”(博論) 西江大 1989, 2
——— “辭說時調的 傳統의 持續에 관하여”『時調學論叢』第 6輯 1990
——— “平時調를 패러디化한 辭說時調 硏究”『국어국문학』第 104號
　　　1990
沈相仁 “辭說時調의 時間性 硏究”(碩論) 高麗大 1990
安承德 “辭說時調의 形式考”『論文集』(淸州敎大) 1969, 8
——— “旀時調 硏究”『論文集』(淸州敎大) 第 6集 1970, 12
——— “漢詩類의 辭說時調 硏究”『論文集』(淸州敎大) 第 7輯 1971
——— “辭說時調에 나타난 李朝人의 生活”『수곡』(淸州敎大) 第 3輯
　　　1972
——— “素材分析을 통한 辭說時調 硏究”『論文集』(淸州敎大) 第 7集
　　　1972, 8
——— “辭說時調에 나타난 中國的 素材의 多樣性” 讀書新聞 1978, 12,
　　　2
兪炳奭 “사설시조의 사실성 고찰”(碩論) 啓明大 1972, 2
——— “辭說時調의 近代的 意義”『韓國學論集』(漢陽大) 第 6輯 1977
——— “近世辭說時調人의 哀怨悽苦와 그 超克”『비슬』(啓明大) 第 6輯
　　　1977
柳濟夏 “辭說時調에 대하여”『詩文學』通卷 68號 1977, 1
柳海春 “辭說時調에 나타난 詩的話者의 類型과 그 特性”『語文學』(韓國

語文學會) 第 52輯 1991, 3

———— “辭說時調에 나타난 大衆藝術의 美學”『時調學論叢』第12輯 (韓國時調學會) 1966

尹容欽 “辭說時調의 特性 研究” 서울신문 1970

윤혜련 “엇시조의 문학형태론적 개념제고”『語文論集』(中央大) 第 14輯 1979

이강옥 “사설시조 <일신이 사자하니>에 대한 고찰”『한국고전시가작품론』1992, 12

이노형 “장시조의 장르적 성격과 그 한계”『冠嶽語文研究』 第 12輯 1987, 12

李能雨 “李朝의 戲詩歌”—蔓橫淸의 愛情經驗 分析—『現代文學』通卷 24~27號 1956, 12~1957, 3

———— “만횡청(사설시조)의 독립”『古詩歌論攷』1966

李炳基 “辭說時調의 型式考”『韓國言語文學』第 12輯 1974

李相九 “破格時調에 나타난 諧謔性 研究”(碩論) 延世大 1976, 2

李秀子 “辭說時調論”『聖心語文論集』(聖心女大) 第 3輯 1972, 7

李洙珩 “辭說時調의 構造的 研究”(碩論) 高麗大 1983, 2

이승돈 “長時調의 發生에 관한 研究”(碩論) 世宗大 1985, 8

李胤源 “辭說時調와 諧謔”『운현』(德誠女大) 1971, 5

李殷邦 “辭說時調의 새 氣運”『詩文學』第 62號 1976, 9

李璋熙 “辭說時調의 美意識 研究”(碩論) 崇田大 1986, 2

李鼎泰 “李鼎輔의 長型時調 研究”『論文集』(大林工專) 第 9輯 1987

李鍾出 “辭說時調의 律格問題”『時調學論叢』第 3,4輯 1988, 12

李昌植 “시조놀이에 대하여”—사설시조와 엮음민요의 遊戲的 開放構造를 중심으로—『時調學論叢』第 7輯1991, 12

李泰極 “長時調의 形態的 發生考”『梨大論叢』(梨大) 第 19輯 1972, 2

———— “長時調의 形態考”『時調文學』通卷 47號 1986 여름호

──── "장시조연구"─특히 그 내용고찰─『시조문학』第 87號 1988

李豊載 "辭說時調에 나타난 庶民性 研究"(碩論) 嶺南大 1982, 2

李漢用 "사설시조 참고"『國語國文學』(全北大) 第 18輯 1976

──── "辭說時調의 現代的 考察"『月河李泰極博士古稀紀念文集』1982,
　　　9

李勳鍾 "辭說時調의 誤記"『大韓日報』1962, 12, 27

임재해 "사설시조에 투영된 고려가요의 맥락"『國語國文學論叢』(西江李
　　　廷卓教授華甲紀念)

임종찬 "시어(Poetic Diction)의 확산─사설시조의 경우─『韓國文學論
　　　叢』第 1輯 1978, 12

──── "미학적 측면에서 본 민요와 사설시조"─대화체를 중심으로─
　　　『睡蓮語文論集』(釜山女大) 第 7集 1979

──── "승려와 속인 사이의 사랑노래 연구"─사설시조의 경우─『語文
　　　教育論集』(釜山大) 第 4輯 1979

──── "시조문학의 인식론적 조명"─평시조와 사설시조의 비교─『韓國
　　　文學論叢』(韓國文學會) 第 3輯 1980

──── "시조문학에 나타난 사랑에 대한 상상력"─평시조와 사설시조
　　　의 비교─『韓國文學』通卷 115號 1983, 5

──── "長時調의 文藝的 研究"(博論) 釜山大 1984 5

──── "長時調에 나타난 民衆意識"『睡蓮語文學』(釜山女大) 第 18輯
　　　1983, 12

──── "長時調에 나타난 近代詩的 要素"『時調文學』通卷 39號 1984 여
　　　름호

──── "장시조(사설시조)의 근대시적 요소"『古典詩歌의 理念과 表象』
　　　1991, 11

任周卓 "慣習과 意味─長時調 <개아미 불개아미…>에 대하여─『한국고
　　　전시가작품론』1992, 12

張師勛 “엇時調와 辭說時調의 形態”『白性郁博士回甲紀念論文集』1959, 7

張成鎭 “辭說時調의 作家意識과 그 表現樣相”(碩論) 慶北大 1982, 2

── “長時調의 開化期的 變貌—인간성의 제시양상을 중심으로—『文學과 言語』第 10輯 (문학과 언어연구회) 1989

張淳河 “辭說時調論”『鷺山古稀紀念論文集』1973

── “辭說時調 小論”『民族文化論叢』(三中堂) 1973

張鴻在 “사설시조에 나타난 승려”『文理學論叢』(慶熙大) 1975

鄭炳昱 “辭說時調와 상상력”『한글새소식』(한글학회) 第 93號 1980

鄭寅寬 “辭說時調 研究”(碩論) 明知大 1981, 2

鄭在晧 “蔓橫淸流의 意味와 形式”『국어국문학』第 111號 1994, 5

鄭 喆 “엇時調의 正體”—밝혀야 할 必要性에서— 朝鮮日報 1956, 7, 17~18

정형기 “사설시조 구조의 이기론적 연구”(碩論) 全北大 1990

── “辭說時調의 古典詩學的 研究”—詩則의 作詩論을 中心으로—『국어국문학』第 109號 1993, 5

曺圭益 “長時調에 나타난 美意識 研究”(碩論) 延世大 1981, 2

── “長時調의 文學的 存立基盤 考察”『文藝思想研究』1981

── “長時調에 표출된 ‘諧謔’의 樣相”『韓國言語文學論叢』1986, 8

── “短時調, 長時調, 歌詞의 一元的 秩序 摸索”『韓國學報』(一志社) 1991년 봄호

── “長時調의 장르형성 과정 및 그 성격(1)—〈不屈歌〉內容을 중심으로—『民族文化研究』(高麗大) 第 24輯 1991, 7

──『蔓橫淸類』박이정 1996. 4. 1

趙東一 “窓노래와 壁노래”『慕山沈載完博士華甲紀念論叢』1978, 3

趙泰英 “辭說時調의 作者層”『韓國文學史의 爭點』(集文堂) 1986

趙泰彙 “辭說時調 內容考”(碩論) 中央大 1985, 2

崔圭穗 "사설시조의 장르적 연구성과와 전망" 『韓國詩歌研究』第 2輯
　　　　1997, 12
최규희 "破格時調에 나타난 諷刺性 研究"(碩論) 효성여대 1989
崔東國 "사설시조 형성기에 대한 단견" 『인천어문학』제 7집 1991
崔東元 "長時調小考"―그 型式을 中心으로―『國文學』(釜山大) 第 2輯
―――― "時調文學의 形態考"―爸時調型 設定問題를 中心으로―『文理大
　　　　學報』(釜山大) 1979, 11, 30
―――― "長時調의 生成과 그 時代的 展開" 『論文集』(釜山大) 第 15輯
　　　　1976, 12
―――― "장시조의전성기 재론" 『눈뫼허웅박사환갑기념논문집』1978
崔英熙 "辭說時調 研究"―形成過程과 作品世界의 變貌樣相―(碩論) 圓
　　　　光大 1988, 2
崔珍源 "辭說時調와 比喩試論" 『大學新聞』(成大) 1957, 7, 8
崔台鎬 "長時調의 章句와 修辭" 『國語國文學研究』(東亞大) 第 14輯
　　　　1963, 6
최한선 "사설시조의 삭가논의와 그 전망" 『목원어문학』(목원대) 第 8輯
　　　　1989
河成鍾 "辭說時調의 名稱에 대하여"―사슬시조냐 사설시조냐 ―『釜山
　　　　敎育』第 146號 1967, 8
함복희 "사설시조의 미의식"(碩論) 江原大 1988
洪元基 "將進酒辭 研究"(碩論) 建國大 1965
洪在烋 "鄭松江의 將進酒辭 研究" 『論文集』(大邱敎大) 1969
洪貞子 "辭說時調의 半句構造 研究―平時調와 辭說時調의 關係樣相을
　　　　통하여― (碩論) 西江大 1984, 2
黃忠基 "辭說時調의 發生"―송강은 사설시조 작가인가―『永友』(永登浦
　　　　工高) 1970
―――― "李鼎輔의 辭說時調 小考" 『국어국문학』第 55~57合倂號 1972,

11

──── "長時調 發生考究" 『語文硏究』 第 36, 37合倂號 1983

──── "長時調 再勃興의 原因과 時期에 대하여" 『中京』(中京高) 第 13
號 1985

黃浿江 "大隱 邊安烈과 不屈歌" 『論文集』(檀國大) 第 2輯

──── "大隱의 不屈歌 補攷"—國文原歌를 中心으로—『국어국문학』第
49, 50合倂號 1970, 9

長時調 作品 一覽

有名氏 作品

端宗(世宗 23 1441~世祖 3 1457)

蜀魄啼山月頭ᄒ니 相思苦獨倚樓頭ㅣ로다
爾啼苦我心愁니 無爾聲 無我愁라
寄語人間離別客ᄒ노니 愼莫登春三月 子規啼明月樓를 ᄒ여라. (界樂)
(槿樂 285)

玉溪(盧禛)母 權氏

國家 太平ᄒ고 萱堂에 날이 긴 제 머리 흰 判書 아기 萬壽盃 드리
ᄂ고
每日이 오늘 ᄀᆺ트면 셩이 무슴 가싀리
아마도 一髮 秋毫도 聖恩인가 ᄒ노라. (母夫人答歌)
(玉溪先生續集 3)

金宇宏(中宗 19 1524~宣祖 23 1590)

江村에 비 뿌릴 날 번 보랴 가랴 ᄒ고
술 걸러 병의 녀코 芒鞋로 내 거르니 이슬계워 옷 젓ᄂ다
舟子야 비 가져 오ᄂ라 빨리빨리 가쟈. (訪友)
(追慕錄 開巖十二曲)

高應陟(中宗 26 1531~宣祖 39 1606)

瞻彼淇澳ᄒ니 빗날 손 有斐君子이
切ᄒ고 嗟텃ᄒ니 모를 일이 므어시며 [格物致止] 琢ᄒ고 磨텃ᄒ니
허믈롤 몯보로다 [意誠心正身修]
ᄒ물며 親賢樂利 ᄒ거아 綠竹興도 낫보도다. (君子曲28—6)
(杜谷集)

咸陽宮 쇠롤 노겨 기다훈 호미 티고
萬里城軍을 내여 面面監考定코 海內陣地롤 다 除草ᄒ야 두고 天地
間 굴믄 사람 다 겻거 보랴터니
秋風吹不盡ᄒ니 일동말동 ᄒ여라. (平天下曲28—14)
(杜谷集)

티미러 도라보니 分明히 上帝로쇠 [乾父]
ᄂ리미러 슬퍼 보니 진살로 慈母로다 [慈母] 中間 萬物이 긔 아니
同生이랴
ᄒ 지븨 ᄒ 세간 되여 同樂홀 엇더료. (天地一家曲28—15)

(杜谷集)

天地萬物은 엇디ᄒ야 삼긴게고

시저리 쓰시면 太倉에 祿米을 쩌 누키고 머그리랴 시저리 ᄇ리시면 綠水靑山이 어듸가 업스리오 渭川 漁夫도 낫대 ᄒ나 뿌니오 莘野 耕叟도 두어 고랑 바티로다 ᄒ말며 嚴子陵도 帝腹에 발 연즈니 그믈기도 몯ᄒ거든 셩식글 내살러냐

어릴샤 뎌 宰相아 제 지브로 오라 홀샤. (浩浩歌 28—26)

(杜谷集)

天地萬物이 엇디ᄒ야 삼긴게고

屈原은 므싀 일로 汨羅水에 ᄲ디며 夷齊ᄂ 긔 므싀 일 西山에 기굴믈 것고 聖賢의 ᄆ음은 절로 즐겨ᄒ거늘

百姓이 거복ᄒ니 내라 혈마 엇더ᄒ료. (浩浩歌 28—27)

(杜谷集)

天地萬物은 엇디ᄒ야 삼긴게고

玉堂 金馬ᄂ 어듸만 인ᄂ뇨 雲山 石室이 간듸마다 노플세고 구프려 바톨 가니 짱이야 젹다마ᄂ 울워러 ᄑ람부니 하르리 무흔하다 내 비즌 ᄒ 말 술 벋님과 취ᄒ새다 二三月春風은 푸메 ᄀ득ᄒ엿거늘 九十月 丹風온 ᄂ치 ᄀ득 오르ᄂ다

아마도 醉裏乾坤을 나와 너와 놀리라. (浩浩歌 28—28)

(杜谷集)

鄭澈(中宗 31 1536~宣祖 26 1593)

심의산 세네 바회 감도라 휘도라
五六月 낫계즉만 살얼음 지퓐 우희 즌서리 섯거 티고 자칙눈 디엇
거늘 보앗는다
님아님아 온 놈이 온 말을 ᄒ여도 님이 짐쟉 ᄒ쇼셔.
(松星 42)

흔 盞 먹새근여 곳것거 算노코 無盡無盡 먹새근여
이몸이 죽은 後면 지게 우희 거적 덥허 주리혀 미여가나 流蘇寶帳
의 萬人이 우러녜나 어욱새 속새 덥가나모 白楊 속에 가기곳 가면 누
론 히 흰 둘 가는 비 굴근 눈 쇼쇼리 ᄇ람 불 제 뉘 흔 盞 먹쟈 할고
ᄒ믈며 무덤 우희 진납이 ᄑ람불제야 뉘우츤돌 엇디리. (將進酒辭)
(松星 80)

金得可(明宗 2 1547~宣祖 25 1592)

北溪上 三梧亭에 黃花節 白衣酒 溪水潺潺 梧葉瑟瑟
우흐로는 父母 아래로는 妻子의게 조츤 내로소니 歌舞終日 ᄒ여거
든
어듸셔 망녕에 거시 나를 窮타 ᄒᄂ니.(三梧亭)
(追慕錄)

金得研(明宗 10 1555~仁祖 15 1637)

비 고프거든 버구렛 밥 먹고 목 ᄆᆞᄅ거든 바겟 믈 마시니
이러ᄒᆞᄂᆞᆫ 가온대 즐거오미 ᄯᅩ 인ᄂᆞ다
ᄂᆞᆷ의의 浮雲 ᄀᆞᄐᆞᆫ 富貴이사 ᄇᆞ롤 주리 이시랴.
(葛峰先生遺墨 6)

姜復中(明宗 8 1563~仁祖 17 1639)

宣王이 化仙後에 고온 大君 어뎌 간고
에엿분 大妃 公主의 거슴 소긔 좀겨 계셔 밤이나 낫지ᄂᆞ 님향희 哀
情과 懷中殺子늘 一刻이나 이즈실가 飢寒이 到骨ᄒᆞ야 八十衰翁은 의
고인고 ᄒᆞ며 西宮을 ᄇᆞ라 보고 눈물질 뿐이로ᄃᆞ
아ᄆᆡ나 有情ᄒᆞᆫ 벗님네 더 쇠 열길 ᄒᆞ쇼셔.
(淸溪歌詞 7)

술을 멉ᄌᆞᄒᆞ니 百姓이 셜워ᄒᆞ고
고기를 먹ᄌᆞᄒᆞ니 샨치도 셜워ᄒᆞ니
愛婢 料산 〔 〕의 臺안쥬 〔 〕 〔 〕及將 〔 〕 ᄒᆞ오리 더ᄃᆞ고 니여붓
고 드쟛ᄂᆞ다. (淸溪歌詞 38)

爲祖爲父ᄒᆞ야 水火中읜 들건 지을 즘즘코 싱각ᄒᆞ니
五十八年을 不計晴雨ᄒᆞ고 長揖官門 ᄒᆞ여시니
世上의 非理好訟者ᄂᆞᆫ 날 뿐이라 ᄒᆞᄂᆞ다. (爲祖爲父慷慨歌 2)
(淸溪歌詞 40)

忠孝도 닉 못ᄒ고 비록이 주글센둘
　暮夜明月의 杜鵑의 넉시 되어 平生의 爲君父 怨恨을 梨花一枝예 春
帶雨ㅣ 되어시니
　行人도 닉 뜻을 아라 駐馬愁를 ᄒᄂ다. (水月亭歌)
(淸溪歌詞 61)

李瀰

七里灘 어듸런고 栗嶺川 이 아닌가
釣魚臺 어듸런고 水月亭이 이 아닌가
滄浪水 말근 곳의 垂釣ᄒ 뎌 한아바 네야 알가 ᄒ노라.
(淸溪歌詞 82)

金忠善(宣祖 4 1571~仁祖 20 1642)

南風이 쩌로 불졔 故國을 싱각ᄒ니
　先墳이 便安ᄒ가 七兄弟 無事ᄒ가 至親骨肉들이 살아난가 죽엇난가
개운사 춘초몽이 어난 쩌에 업슬쏘냐 國家에 不忠하고 私門에 不孝되
니 天地間 一罪人이 나 밧긔 쏘 잇난가
　아마도 세승의 凶ᄒ 八字는 나 ᄒ나 쑨인가 ᄒ노라.
(慕夏堂實記 1)

이 몸이 장성되야 萬里 邊塞 칼을 뵈고 누어스니
　鳳凰城 山海關은 말발의 쯰글리요 十萬 胡兵馬는 칼 앛힐 풀닙피라
大丈夫 千秋 事業을 일은 쩌에 못 일우고 그 언제 일워 보랴

진실로 皇天이 니 뜻 알으시면 우리 聖上 근심 풀가 ㅎ노라.
(慕夏堂實記 2)

南風이 건덧 불어 문을 녈고 방의 든니

힝혀 故鄕消息 가져 왓난가 남의 퇴침ㅎ고 급피 일어 안지니 긔 어인 狂風인졔 지니 가난 바람인졔 忽然 有聲 忽不見니라 허허 탄식하고 성그러히 안자시니

이니 生前의 骨肉至親 消息을 알길리 업셔 글노 셜허 ㅎ노라. (南風有感) (慕夏堂實記 3)

산즁에 기약두고 友鹿村에 도라 드니

黃鶴峰 仙遊洞은 일일상더 니 버지요 鳳巖은 슐쥰 슴고 紫陽과 白鹿洞은 도싹난 마당되여 子孫의 絃誦쇼리 들니난고

寒泉 말근 물의 塵心을 씨서 볼가 ㅎ노라. (寓興)
(慕夏堂實記 4)

禮義 文物 탐을 니여 至親骨肉 다 버리고

萬里 殊方의 위로이 쩐져 이셔

이 니 平生의 부모 墳山을 다시 볼 길리 업셔 글노 셜허 ㅎ노라.
(又懷) (慕夏堂實記 6)

白受檜(宣祖 7 1574~仁祖 20 1642)

海雲臺 여흰 날의 對馬島 도라드러

눈물 베셔고 左右롤 도라보니 滄波萬里롤 이 어디라 홀게이고

두어라 天心助順ㅎ면 使返故國 ㅎ리라. (松潭遺事)

寒燈 客窓의 벗 업시 혼자 안자
님 싱각ᄒ며서 左右를 도라보니 北海ㅣ가 燕獄인가 이 어디라 홀째이고
淸風과 明月을 벗삼은 몸이 爲國丹心을 못내 슬허 ᄒ노라.
(松潭遺事)

金啓(宣祖 8 1575~孝宗 8 1657)

沙汰考講 都會處에 밤듕만 달려가 디ᄂᆫ다 굿기ᄂᆫ다
소리ᄂᆫ 連不絶ᄒ야거든 이 몸은 세 아돌 혼 孫子이 試卷 보내야 考準ᄒ고 놉피 베고 누어시니 내 분으로 이러혼가
地下 陰陽ᄒ시니 德分을 못내 깃거 ᄒ노이다. (龍潭錄 4)

내 나히 닐흔 다스새 너를 아니 나한ᄂ냐
오ᄂᆯᄂᆯ 生覺ᄒ니 나는 여든이오 너는 마흔이오 여스시로다
先人의 陰薦하신 恩德을 ᄀ이 업서 ᄒ노라.
(龍潭錄 15)

오ᄂᆯ롤 헤여보니 이 내 몸의 永度日이
劬勞生我ᄒ샤 辛勤養育ᄒ신 父母恩惠를 生覺ᄒ니 더욱 셜다
언의 제 地下의 드러가 다시 侍側 ᄒ려뇨.
(龍潭錄 16)

게만 그리울가 나도 더욱 그라옵니
니 그리는 심회을 게셔 어이 아ᄂ실고

언저긔 春日이 연난커든 一壺酒 가지고 그리는 情恨놀 細細詳書 호
리이다. (龍潭錄 21)

오놀이 무슴 날고 할마님 生日이라
五十年 同住ᄒ야 子孫이 滿堂ᄒ니 우리 根源 엇더ᄒ고
來年도 이 날이 오나든 다시 놀냐 ᄒ노라. (龍潭錄 27)

父母任이 늣거아 이 내 몸을 末子로 나하겨셔
져지 업써 비러다가 살아 내샤 五十年 將至히 뫼셔시니 父母 恩惠
을 어이 ᄒ여 갑소올고
願컨댄 三百盃 ᄀ득 브어 이 날에 ᄒᆞᆫ 잔식 드리이다.
(龍潭錄 29)

오롤랄이 므슨 랄고 우리 叔父 永度日이
子孫이 滿堂ᄒ야 壽觴을 다 모다 드리노니 즐거옴은 ᄀ업소더
다ᄆᆞᆫ당 이 몸은 家君이 作客 ㅣ里ᄒ야 이 랄에 못 參與니 긔 홈인
가 ᄒ로이다. (龍潭錄 30)

尹善道(宣祖 20 1587～顯宗 12 1671)

白雲이 이러나니 나무끗치 흔덕인다
밀믈에 東湖 가고 혈믈에 西湖 가자
아희야 넌 그믈 거더 셔리고 닷츨 들고 돗츨 놉히 다라스라.(樂學
830)

어와 져므러 간다 宴息이 맏당토다

ㄱ는 눈 쁘린 길 불근 곳 훗터딘 듸 흥치며 거러가셔
雪月이 西峰의 넘도록 松窓을 비겨 잇쟈.
(孤山遺稿 66)

仁祖(宣祖 28 1595~仁祖 27 1649)

내라 그리거니 네라 아니 그릴넌가
千里 蠻鄕에 얼매나 그리는고
紗窓의 슬피 우는 뎌 뎝동새야 不如歸라 말고라 내 안 둘 듸 업새
라. (龍潭錄)

蔡裕後(宣祖 32 1599~顯宗 1 1660)

다나 쓰나 니濁酒 죠코 대테메온 질병드리 더옥 죠희
어론쟈 박구기를 둥지둥둥 쯰여두고
아희야 저리짐칠만졍 업다 말고 내여라. (二數大葉)
(珍靑 164)

孝宗(光海君 11 1619~孝宗 10 1659)

뎨 가는 뎌 기러기 漢陽城池 날 쇼겨나
뎌근덧 워여 불너 이니 消息 傳홀쇼아 못 전홀쇼야
우리도 님 보라 밧비 가는 길히니 傳홀둥 말둥 ᄒ여라.
(詩歌 15)

李聃命(仁祖 24 1646~肅宗 27 1701)

길히 머다ᄒ다 나면 아니 가랴터냐
말이 파려ᄒ다 ᄐ면 아니 녜랴터냐
가고 녠 後ㅣ면 老母 歸寧홀 일이디 遄臻于衛언마ᄂᆞᆫ 不瑕有害라 이
를 저퍼 ᄒ노라. (思老親曲12—3) (靜齋先生文集 3)

謫裏 光陰은 四年이 볼셔 되고 天外 家鄕은 萬里예 아득ᄒ니
몸이 못 가거든 奇別이나 드ᄅ디야
아마리 陟屹 瞻望을 말랴 ᄒ돌 어들손가.
(靜齋先生文集 4)

安昌後(肅宗 13 1687~英祖 47 1771)

徒言은 크게 하나 進就에 無實ᄒ니
反己ᄒ야 自愧ᄒ고 向人ᄒ야 嘲笑ㅣ로다
그러나 狂夫言도 聖人이 굴희시니 不以人廢言일가 ᄒ노라. (自責徒
言無實) (閒說堂遺稿)

민망ᄒ다 그 爲帥ㅣ여 好勝乙 專主ᄒ니 義理샹의 늠이로다
改過ᄒ랴다가 늠이 알면 부러 아니ᄒ니
아마도 好從善이라셔 氣從令일가 ᄒ노라. (戒好勝)
(閒說堂遺稿)

天性은 ᄒᆞᆫ가지나 氣稟은 다ᄅ도다

先覺이 覺後覺은 하늘의 쓰니니 元無識은 발이고 知而不言 괴이ᄒ다

아마도 敎人不倦은 好學者의 道理인가 ᄒ노라. (有知不敎不知同)

(閒說堂遺稿)

金壽長(肅宗 16 1690~?)

正二三月 桃李花 죠코 四五六月 綠陰芳草

七八九月은 黃菊丹楓 더 죠홰라

十一二月에 雪中梅香이 最多情이 죠홰라. (二數大葉)

(海周 479)

積雪이 다 녹아지되 봄소식을 모르드니

歸鴻은 得意天空濶이요 臥柳는 生心水動搖ㅣ로다

아희야 시 술 걸러라 시 봄마지 ᄒ리라. (二數大葉)

(海周 516)

牧丹은 花中王이요 向日花는 忠孝ㅣ로다

梅花는 隱逸士요 杏花는 小人이요 蓮花는 婦女요 菊花는 君子요 冬栢花는 寒士요 朴꼿은 老人이요 石竹花는 少年이요 海棠花는 갓나희로다

이 中에 梨花는 詩客이요 紅桃碧桃三色桃는 風流郎인가 ᄒ노라.(二數大葉) (海周 528)

山村에 客不來라도 寂寞든 안이ᄒ여

花笑鳥能言이요 竹暄人相語다 松風은 거문고요 杜鵑聲이 노리로다

암아도 나의 이 富貴는 눈 흙의 리 업는이. (二數大葉)
(海周 529)

터럭은 거무나 희나 世事는 갓고 짤코
거문고 한닙 우희 너 노러 긋지 말고 우리의 벗님네와 잡써니 勸ᄒ
거니 晝夜長常 노스이다
百年이 쑴갓다 ᄒ들 혓마 어이 ᄒ리오. (二數大葉)
(海周 530)

눈섭은 그린 듯ᄒ고 닙은 丹砂로 직은 듯ᄒ다
날보고 웃는 樣은 太陽이 照臨ᄒ디 이슬 밋친 碧蓮花로다
네 父母 너 삼겨 너올쎄 날만 괴게 ᄒ도다. (二數大葉)
(海周 531)

七年旱 九年水에도 人心이 淳厚커든
國泰民安하고 時和歲豊ᄒ되 人情은 險陂千層浪이요 世事는 危登百
尺竿이고
엇덧타 古今이 다른 술을 붓니 슬허 ᄒ노라. (二數大葉)
(海周 532)

臥龍岡前 草廬之中에 諸葛孔明 낫잠 들어
大夢을 誰先覺고 平生에 我自知라 草堂에 春睡足ᄒ니 窓外에 日遲
遲로다
門밧긔 性急ᄒ 張翼德은 失禮홀썬 ᄒ괘라. (二數大葉)
(海周 534)

늙기 셜웨란 말이 늙은이의 妄伶이로다

天地江山은 無限長이요 人之定命은 百年間이니 셜웨라 ᄒ는 말이 아모려도 妄侫이로다
두어라 妄侫엣 말은 우어 무슴 ᄒ리오. (二數大葉)
(海周 535)

이 시름 져 시름 여러 가지 시름 防牌鳶에 細細成文ᄒ여
春正月 上元日에 西風이 고이 불쎄 올白絲 혼 얼레를 긋가지 풀어 씌울 쎄 큰 盞에 술을 부어 마즘막 餞送ᄒᄌ 둥게둥게 둥둥쎠셔 놉고 놉피 소스올라 白龍의 구븨갓치 굼틀굼틀 뒤틀어져서 굴움 속에 들거고나 東海바다 건너 가서 외로이 셧는 남게 걸였다가
風蕭蕭 雨落落ᄒᆯ 쎄 自然消滅 ᄒ여라. (二數大葉)
(海周 536)

池塘에 月白ᄒ고 荷香이 襲衣ᄒᆯ 쎄
金樽에 술 잇고 絶代佳人 弄琴커늘 逸興을 못 익의여 界面調를 읇어 닌이 松竹은 휘들오며 庭鶴은 춤을 춘다 閒中 이 興味에 늙을 뉘를 모를 노다
이 中에 悅親戚 樂朋友로 以終千年 ᄒ리라. (二數大葉)
(海周 537)

天皇氏 一萬 八千歲에 功德도 놉ᄒ실ᄲᅵ 日月星辰 風雲雷雨와 四時變態ᄒ고
地皇氏 一萬八千世業은 山川草木 禽獸魚鼈로 萬物을 닌오시고
人皇氏 主人되오ᄉ 人傑을 비져닌여 五行精氣를 알고 붉게 ᄒ여라. (二數大葉) (海周 538)

箕子ㅣ 朝周ᄒ라 갈쎄 殷墟를 지나든이

傷宮室毁 壞生禾黍여늘 欲哭에 不可ㅎ고 欲泣에 近婦人ㅎ야 麥秀歌를 닐은 말이 麥秀│薪薪兮여 木黍│油油로다 彼狡童兮여 不與我好兮로다
殷民이 듯고 눈물 안이 질 이 업더라. (二數大葉)
(海周 539)

書房님 病들여 두고 쓸 것 업셔 鍾樓 져지 달리 파라
비 사고 감 스고 榴子 스고 石榴 삿다 아즈아즈 이저고 五花糖을 니저 발여고즈
水朴에 술 쏘즈 노코 한숨 계워 ㅎ노라. (二數大葉)
(海周 540)

神仙과 道士들은 長生不死ㅎ는 術을 어더
餐朝霞而療飢ㅎ며 飮月露而洗心이로되
우리는 風塵間 百歲人生이라 玉食 魚肉湯이 긔 分인가 ㅎ노라. (二數人葉) (海周 541)

太白이 豪氣 잇는 者│레 天子呼來 不上船ㅎ고
高力士 楊國으로 脫靴奉硯ㅎ고 采石에 弄月ㅎ다가 긴 고릭│ 타고 飛上天ㅎ니
風塵에 位高金多를 草芥갓치 넉이들아. (二數大葉)
(海周 542)

바독이 검동이 靑挿沙里 中에 죠 노랑 암키갓치 얄믜오라
뮈온 님 오면 반겨 니닷고 고온 님 오면 캉캉 지져 못 오게 흔다
門 밧긔 기장스 가거든 찬찬 동혀 주이라. (二數大葉)
(海周 543)

丙子丁丑 亂離時에 訓練院垈 건너 붉은 복닥이 쓴 놈 간다

압픠는 蒙古요 뒤헤 可達이 白馬탄 眞達이는 사슈리 살 츠고 騙月
乃馬 鐵鐵驄이 탄 놈 兩鼻裂이 탄 놈 아라마 쵸쵸 마리 베히라 가즈

어즙어 崔瑩곳 잇쏫쓰면 석은 풀치 듯 흐랏다. (二數大葉)

(海周 544)

道詵이 碑峰에 올라 國都를 定흐올쐬

子坐午向으로 城闕을 일윗는듸 左靑龍 右白虎와 南朱雀 北玄武는
貴格으로 벌어 잇고 前帶河漢江水는 與天地根源이라 太廟는 可左흐고
社壇은 可右로다 三峰이 秀麗흐니 人傑이 豪俊흐고 臥牛山 有德흐니
民食이 豊足이라 聖繼神承흐야 億萬年之無彊이샷다.

흐늘이 주오신 쯧을 밧들어 萬萬歲를 누리소셔. (二數大葉)

(海周 545)

削髮爲僧 앗가온 閣氏 이니 말을 들어보소

어득 寂寞 佛堂 안히 念佛만 외오다가 즈네 人生 죽은 後ㅣ면 홍독
기로 탁을 괴와 柵籠에 入棺흐야 더운 불에 찬지 되면 空山 구즌 비
에 우지지는 鬼ㅅ 것시 너 안인가

眞實로 마음을 둘으혐연 子孫滿堂흐여 헌 멀이에 니 쬐 듯이 닷는
놈 긔는 놈에 榮華富貴로 百年同樂 엇더리. (二數大葉)

(海周 546)

夏四月 첫 여드릿날에 觀燈흐려 臨高臺흐니

夕陽은 빗겻는듸 遠近高低는 魚龍燈 鳳鶴燈과 둘음이 남싱이며 鐘
磬燈 북燈 懸燈에 水朴燈 만을燈과 蓮곳 속에 仙童이요 鸞鳳 우희 天
女로다 비等 집等 산딕燈과 欄干燈 影燈 알等 瓶燈 壁檻燈 駕馬燈과

獅子ㅣ 탄 體适이요 虎狼이 탄 尢良哈와 七星燈 벌엇는듸 東嶺에 月上
ᄒ고 곳곳이셔 불을 현다 於焉忽焉間에 燦爛도 훈져이고
　이中에 月明 燈明 天地明훈이 大明본 듯 ᄒ여라. (二數大葉)
　(海周 547)

노리 갓치 죠코 죠흔 줄을 벗님네 아돗든가
　春花柳 夏淸風과 秋月明 冬雪景에 弭雲 昭格 蕩春臺와 漢北絶勝處
에 酒肴 爛熳훈듸 죠흔 벗 가즌 菰笛 아름다온 아모 가히 第一名들이
次例로 안즈 엇결어 불을 쩍에 中한님 數大葉은 堯舜 禹湯 文武 갓고
後庭花 樂時調는 漢唐宋이 되엿는듸 搔聳이 編樂은 戰國이 되여이셔
刀槍劍術이 各自騰揚ᄒ야 管絃聲에 어리엿다 功名도 富貴도 나 몰리
라
　男兒의 이 豪氣를 나는 죠화 ᄒ노라. (二數大葉)
　(海周 548)

바독 걸쇠 갓치 얽은 놈아 졔발 비즈 네게 물가의란 오지말라
　눈 큰 쥰치 헐이 긴 갈치 두룻쳐 메육이 츤츤 감을치 文魚의 아들
落蹄 넙치의 쏠 가잠이 비부른 올창이 공지 결레 만흔 권장이 孤獨훈
비암장魚 집치 갓튼 고리와 바늘 갓흔 숑스리 눈 긴 농게 입 쟉은 甁
魚가 금을만 넉여 풀풀 쮜여 다 달아나는듸 열 업시 상긴 烏賊魚 둥
기는듸 그놈의 孫子 骨獨이 잇쓰는듸 바소 갓튼 말검어리와 귀纓子
갓튼 杖鼓아비는 암으란 줄도 모르고 즛들만 훈다
　암아도 너곳 겻틔 셧시면 곡이 못줍아 大事ㅣ로다. (二數大葉)
　(海周 549)

李譜이 집을 叛ᄒ여 노싀 목에 金돈을 걸고
　天台山 層巖絶壁을 넘어 방울싀 삭기 치고 鸞鳳孔雀이 넘는 골에

樵夫를 만나 麻姑할미 집이 어듸민나 호고
　저건너 數間茅屋 디스립 밧긔 靑삽스리를 츠즈소서. (二數大葉)
　(海周 550)

　神仙이 즈최 업쓰되 呂洞賓은 眞仙이레
　朝遊北海暮蒼梧요 神裡靑蛇膽氣粗ㅣ라 三入 岳陽홀쎄 사람이 알 이
업데
　洞庭湖 七百里 平湖에 浪吟飛過 호니라. (二數大葉)
　(海周 551)

　바람이 집이 업쓰되 어이 그리 잘 부는고
　節槪는 孤竹 淸風이요 意氣는 黑旋風이요 德澤은 帝舜南薰風이요
義禮는 夫子遺風이로다
　암아도 數多훈 風中에 量키 어려올쏜 冬至쏠 甲子日에 東南風인가
호노라.(二數大葉) (海周 553)

　갓나희들이 여러 層이오레 松骨미도 갓고 줄에 안즌 져비도 갓고
　百花叢裡에 두루미도 갓고 綠水波瀾에 비오리도 갓고 짜히 퍽 안즌
쇼로기도 갓고 석은 등걸에 부헝이도 갓데
　그려도 다 各各 님의 스랑인이 皆一色인가 호노라. (二數大葉)
　(海周 554)

　속적우리 고은 쩌치마 밋머리에 粉쩌 민 閣氏
　엇그제 날 속이고 어듸 가 쏘 눌을 소길려 호고
　夕陽에 곳柯枝 것고 쥐고 가는 허리를 즈늑즈늑 호는다.(二數大葉)
　(海周 555)

曹仁의 八門 金鎖陣을 穎川 徐庶ㅣ 아돗던지

趙雲을 귀에 다혀 生死門을 살펴라 挺槍出馬 나라들어 東面을 헷치는 듯 西面을 號令ᄒ고 前面을 즛치는 듯 北面을 廝殺ᄒ는 趙子龍이 한아 저분이로다

一身이 豹의 머리 곰에 등에 일희 허리 진납의 팔에 白邊 업쓴 純膽쎵이라 제 뉘라서 當ᄒ리. (二數大葉)

(海周 556)

머귀 여름은 桐實桐實ᄒ고 보릿 불희는 麥根麥根

풋나뭇동과 쓰든 수셤이요 졈은 老松에 자근 大棗ㅣ로다

이 中에 鷄鳴花竹處는 곳딧곳이라 ᄒ들아. (二數大葉)

(海周 557)

將帥ㅣ 將帥ㅣ라ᄒ되 趙子龍 갓튼 將帥ㅣ 업다

金鎖陣 魚腹浦를 舍廊 出入ᄒ듯 浙江에 쩟는 비예 ᄒ 번 뛰여 나라 올나 靑紅劒 飜뜻ᄒ며 朱宣의 머리 업다 幼主를 아ᅀ 오고 七星壇 바람끗티 一葉片舟에 諸丞相 싯고 갈제 徐盛이 ᄯ로거늘 一箭으로 쏘와 돗줄 끗느니는 千萬古에 ᄒ나히로다

암아도 이 將帥 니옵끼는 劉皇叔의 搔癢子인가 ᄒ노라. (二數大葉)

(海周 558)

折衝將軍 龍驤衛 副護軍 날을 아는다 모로는다

니 비록 늙엇시나 노러 츔을 추고 南北漢 놀이갈 쎄 쩌러진 적 업고 長安 花柳 風流處에 안이 간 곳이 업는 날을

閣氏네 그다지 숙보아도 ᄒ롯밤 격거 보면 數多ᄒ 愛夫들에 將帥ㅣ 될 줄 알이라. (二數大葉) (海周 559)

琵琶琴瑟은 八大王이요 魍魅魍魎은 四小鬼로다

東方朔 西門豹와 南宮适 北宮黝는 東西南北之人이요 前朱雀後玄武 左靑龍右白虎는 前後左右之山이요 司馬相如藺相如는 姓不相如名相如 로다

이中에 黃絹幼婦外孫杵臼는 絶妙好辭ㄴ가 ᄒ노라. (二數大葉)

(海周 560)

文讀 春秋 左氏傳이요 武習 兵書 孫武子ㅣ로다

머리에 金冠이요 몸에 綠袍銀甲이요 坐下에 赤兎飛로다 三角鬚를 홋붓치며 臥蠶을 거스리고 鳳目을 부릅쓰고 靑龍이 飜쏫ᄒ며 賊頭ㅣ 秋風落葉이로다

千古에 忠膽義肝은 壽亭侯인가 ᄒ노라. (二數大葉)

(海周 561)

꿈에 謫仙을 만나 岳陽樓에 올나간이

高朋이 滿座ᄒ디 杜牧 蘇子瞻과 魯眞君 呂洞賓과 劉伯伶 白樂天과 崔孤雲 賈壽富에 一隊 群仙 모닷는듸 美酒는 盈樽하고 肴核는 滿盤이 라 女班을 도라보니 月宮姮娥 洛浦仙과 李夫人 趙飛燕과 絶代佳人 다 왓는듸 香臭는 擁鼻하고 佩玉이 鳴浪이라 徐氏의 韻和瑟과 王子晉의 鳳簫聲과 宋玉의 玉洞簫요 石蓮士의 거문고에 郭處士의 竹杖鼓와 楊 太眞의 羽衣舞요 蔡文姬의 胡歌聲과 張定元의 採蓮曲과 秦靑의 긴노 리로다 酒半에 醉興을 못 이긔여 不知何處弔湘君을 太白이 읇허니니 吳楚東南日夜浮는 杜甫의 和答이요 朗吟飛過洞庭湖는 呂洞賓의 仙語 로다 洞庭月落孤雲歸는 崔孤雲의 絶作이로다

우리의 仙分이 엇덧튼지 꿈에 求景 ᄒ괘라. (二數大葉)

(海周 562)

陽春이 布德ㅎ니 萬物이 生光輝라

우리 聖主는 萬壽無疆ㅎㅅ 億兆ㅣ 願戴己ㅎ고 群賢은 忠孝ㅎ야 愛民至治ㅎ고 老少에 벗님네도 無故無恙커늘 名妓 歌伴期會ㅎ야 細樂을 前導ㅎ고 水陸珍味 五六駄에 金剛山 도라들어 絶對名勝 求景ㅎ고 醉혼 잠이 꿈을 ᄭᅮ니 꿈에 혼 늙은 즁이 邀我 引導하야 吳楚東南景과 齊州九點烟을 歷歷히 盤廻ㅎ며 其間의 英雄豪傑들의 ᄌᆞ최를 무를 ᄶᅥ에 夕鐘聲에 ᄭᅵ고거나 朝飯을 지촉ㅎ야 望月 懷陵으로 正菴齋室 霽月光風 水落山寺 玉流川에 塵纓을 씨슨 後에 文殊菴 中興寺에 軟泡杯酒ㅎ고 晴日에 登臨 白雲峰ㅎ니 咫尺 天門을 手可摩ㅣ라 萬里江山 遠近風景이 眼底에 森羅ㅎ야 丈夫의 胸襟에 雲夢을 삼켯는 듯 브른 비 나려 오니 簫鼓는 暄天하야 洞壑이 울히는 듯 山影樓 올라 안ᄌ 花煎에 點心ㅎ고 伽倻ㄱ고 검은고에 가즌 觱笛 섯겻는듸 男歌女唱으로 終日토록 노니다가 扶旺寺 긴 洞口에 軍樂으로 드러간이 左右에 섯는 將丞 分明이 반기는 듯 往來遊客들은 못닉 부러 ㅎ돗드라

암아도 壽域春臺에 太平閒民은 우리론가 ㅎ노라. (二數大葉)

(海周 563)

나는 指南石이런가 閣氏네들은 날반을인지

안ᄌ도 붓고 셔도 ᄯᅳ르고 누워도 붓고 숩쪄도 ᄯᅡ라와 안이 쩌러진다

琴瑟이 不調혼 分네들은 指南石 날반을을 달혀 日再服 하시소. (二數大葉) (海周 564)

非龍非彲 非熊非羆 非虎非貔는 渭水之陽 姜呂尙이요

非人非鬼 亦仙은 水簾洞中 孫悟空이로다

이 中에 非眞似眞 似狂非狂은 花谷 老歌齋ㄴ가 ㅎ노라. (二數大葉)

(海周 566)

蘇秦이 行過洛陽홀시 車騎輜重이 擬於 王者ㅣ러라
三寸舌을 놀려 佩六國相印ᄒ니 千萬古之辯士로다
암아도 사람 달리기는 利口ㅣ런가 ᄒ노라. (二數大葉)
(海周 567)

花果山 水簾洞中의 千年 묵은 진납이 神通이 거록홀쏴
大鬧天宮하고 龍宮에 作亂하야 神震鐵을 엇고 三藏의 弟子되여　八
戒沙僧 다리고 西域國에 妖孼을 剿蕩ᄒ고 大藏經을 가져오니
世上에 測量키 어려올쏜 孫悟空인가 ᄒ노라. (二數大葉)
(海周568)

九仙王 道糕라도 안이 먹는 날을
冷水에 붓츤 粃旨煎餅을 먹으라 지근 絕代佳人도 안이 결연ᄒ는 날
을 코 업슨 년 결연ᄒ라고 지근거리는다
하널히 定ᄒ신 配匹 밧긔야 것읆쩌 볼 쭐 이시랴.
(靑謠 78)

孔夫子ㅣ 사람이시로되 依然흔 하늘이시라
義理를 풀어니여 五倫을 볼키시니 至愚흔 民氓이 절로셔 어질거다
國太平 民安樂이 오로다 聖德이로다
千載後 이 ᄀᆺ튼 大仁君子ㅣ ᄯᅩ 업슬실 ᄒ노라.
(靑謠 79)

李鼎輔(肅宗 19 1693~英祖 42 1766)

男兒의 快흔 일은 긔 무엇시 第一인고
挾泰山以超北海와 乘長風萬里波浪과 酒一斗 詩百篇이라
世上에 草芥功名은 不足道ㄴ가 ᄒ노라. (二數大葉)
(海周 351)

唐虞時節 진안 後에 禹湯文武 니어신이
그 中에 全備홀 쏜 周公의 禮樂文物과 孔夫子의 春秋筆法이로다
암아도 이 두 聖人은 못 밋츨쏜 ᄒ노라. (二數大葉)
(海周 378)

漢昭烈의 諸葛孔明 네 업슨 君臣際遇
風雲이 暗合ᄒ여 곡이 물만난 듯 周文王의 磻溪老叟ㄴ들 이에셔 더
홀쏜가
암아도 如此 千一之會는 못니 불어 ᄒ노라. (二數大葉)
(海周 379)

人間 悲莫悲는 萬古 消魂 離別이라
芳草는 萋萋ᄒ고 柳色은 풀을 쩍의 河橋 送別에 뉘아니 黯然ᄒ리
험을며 기럭이 슬피 울고 落葉이 蕭蕭홀제 안이 울 이 업더라. (二
數大葉) (海周 380)

古今人物 혜여본이 明哲保身 긔 누구고
張子房은 謝病辟穀ᄒ야 赤松子를 좃ᄎ 놀고 范蠡는 五湖烟月에 吳
王의 亡國愁를 扁舟에 신고 간이
암아도 彼此高下를 나는 몰나 ᄒ노라. (二數大葉)

(海周 381)

天地 開闢 後에 萬物이 싱겨 난이
山川草木 夷狄 禽獸 昆蟲 魚鼈之屬이 오로다 절로 삼겻세라
살롬도 富貴功名 悲歡哀樂 榮辱得失을 付之 절로 ᄒ리라. (二數大葉) (海周 382)

간밤의 ᄌ고 간 그놈 암아도 못 니즐다
瓦冶ㅅ놈의 아들인지 즌흙의 쏨니드시 두더쥐 伶息인지 국국기 뒤지듯시 沙工의 成伶인지 스어쩌로 지르드시 평생에 처음이오 凶症이도 야르제라
前後에 나도 무던이 격거시되 참 盟誓 간밤의 그놈은 참아 못 니즐신 하노라. (二數大葉) (海周 383)

누구셔 范亞父를 智慧 잇다 닐으든고
沛上에 天子氣를 分明이 알아건을 鴻門宴 高開時에 風雲이 擁護ᄒ야 白日이 盡盪홀쩌 天意를 바히 몰라 玉玦을 세 番 들고 項莊의 拔劍起舞 긔더욱 可笑롭다
암은만 玉斗를 씻치고 疽發背ᄒ도록 뉘우친들 어이리. (二數大葉) (海周 384)

景星出 慶雲興홀제 陶唐氏쩍 百姓이 되야
康衢煙月에 含哺鼓腹ᄒ여 葛天氏쩍 노리에 軒轅氏쩍 춤을 춘이
암아도 三代 以後는 일언 太古淳風을 못 어더 볼신 ᄒ노라. (二數大葉) (海周 385)

님으란 淮陽 金城 오리남기 되고 나는 三四月 츰너출이 되야

그 남긔 그 츩이 낙검의 납의 감듯 일이로 츤츤 절이로 츤츤 외오
푸러 올히 감아 얼거져 틀어져 밋붓터 꿋꼬지 죠곰도 뷘틈 업시 찬찬
굽의나게 휘휘감겨 晝夜長常에 뒤트러져 감겨잇셔
　冬섯꼴 바람비 눈설이를 암으만 맛즌들 썰어질 쭐 이실야. (二數大
葉) (海周 386)

漢高祖의 謀臣猛將 이졔와 議論ᄒ면 蕭何의 給饋餉不絶糧道와 張良
의 運籌帷幄과 韓信의 戰必勝攻必取는 三傑이라 홀연이와 陳平의 六
出奇計 안이런들 白登에 에운 城을 뉘라셔 풀어니며 項羽의 范亞父를
뉘라셔 離間ᄒ리
　암아도 金刀刱業之功은 四傑인가 ᄒ노라. (二數大葉)
　(海周 387)

大丈夫ㅣ 功成身退ᄒ야 林泉에 집을 짓고 萬卷書를 빠하두고
　죵ᄒ여 밧갈리며 보라매 질들이고 千金駿駒 알픽 믹고 金樽에 술을
두고 絶代佳人 겻틱 두고 碧梧桐 검은고에 南風詩 놀리하며 太平烟月
에 醉ᄒ여 누엇신이
　암아도 平生 하올 일이 잇분인가 ᄒ노라. (二數大葉)
　(海周 388)

三代後 漢唐宋에 忠臣義士 혀여보니
　夷齊의 孤竹淸風과 龍逢比干忠은 이르도 말련이와 魯連의 蹈海高風
과 朱雲의 折檻直氣와 晉處士의 柴桑日月에 不放飛花過石頭와 南霽雲
의 不爲不義屈과 岳武穆의 涅背精忠은 千秋竹帛上에 뉘 안이 景仰ᄒ
고
　아마도 我東三百年에 顯忠崇節ᄒ샤 堂堂ᄒ 三學士의 萬古大義 쏙
업쓴가 ᄒ노라. (二數大葉) (海周 389)

중놈이 졈은 사당년을 엇어 쇠父母의 孝道를 긔 무어슬 ᄒᆞ야 갈ᄭᅩ
松杞쩍 갈松편과 더덕片脯 芉椒佐飯 뫼흐로 다달아 쇠엄취라 삽주
고살이 글언 뫼남을과 들밧트로 날이달아 곰달릐라 물쑥 게유목 솟다
지라 씀박위 쟌다귀라 고돌색이 둘오 키야 바랑쑥게 너허가지
무어슬 투고 갈고 암쇼 등에 언치 노코 시슷갓 모시長衫 곳갈에 念
珠 밧쳐 어울 타고 가리라. (二數大葉) (海周 390)

人生天地 百年間에 富貴功名 總浮雲을
츌하리 다바리고 龍門에 壯遊ᄒᆞ야 齊州九點煙에 山河 元氣와 洞庭
湖雲夢澤을 胸襟에 삼킨 後에 落雁峰에 곳쳐 올라 謝朓의 驚人句를
靑天에 朗吟ᄒᆞ고 張騫의 八月槎를 銀河에 흘리노하 月宮에 올라가셔
玉妃를 만나보고 그제야 蓬萊山에 安期生 羨門子와 長年生世術을 슬
ᄏ장 議論하니
世上에 醉死夢生ᄒᆞ야 營營碌碌之輩야 닐러 무슴 홀이요. (二數大葉)
(海周 391)

生미갓튼 져 閣氏님 남의 肝腸 그만 끗소
돈을 줄야 銀을 줄야 大緞침아 鄕織唐衣 亢羅속쩟 白綾헐잇듸 구름
갓튼 北道따릐 玉빈혀 竹節빈혀 銀粧刀ㅣ라 金貝ᄌᆞ르 金粧刀ㅣ라 蜜
花ᄌᆞ르 江南서 나오신 珊瑚柯枝 자기 天桃靑鸞박은 純金갈악찌 石雄
黃眞珠당게 繡草鞋를 줄야
져 님아 一萬兩이 꿈잘리라 끗삿튼 寶죠기예 웃는 듯 씽긔는 듯 千
金 言約을 暫間 許諾 ᄒᆞ여라. (二數大葉) (海周 392)

물우횟 沙工 물알엣 沙工놈들이 三四月 田稅 大同실라 갈쎄 一千石
싯는 大重船을 작위 다혀 꿈여내야 三色 實果 머리 가즌 것 갓초아

필이 巫鼓를 둥둥 침여 五江城隍之神과 南海龍王之神께 손 곳초와 告
祀홀쎄 全羅道] 라 慶尙道] 라 蔚山바다 七山바다 휘도라 安興목이라
孫乭목 江華人목 감돌아들 쎄 平盤에 물담듯이 萬里滄波에 가는듯 돌
아오게 고스레고스레 事望일게 ᄒ오소셔
　어어라 이어라 저어어어라 비쓰여라 至菊蔥 南無阿彌陀佛. (二數大
葉) (海周 393)

　一身이 사쟈ᄒ이 물썻 계워 못 견딜쐬
　皮人겨 ᄀᆞ튼 갈앙니 볼리알 ᄀᆞ튼 슈통니 줄인 니 ᄀᆞᄭᅵᆫ 니 준별룩
굴근 별룩 강벼록 倭벼록 긔는 놈 쎅는 놈 琵琶ᄀᆞ튼 빈대샷기 使令ᄀᆞ
튼 등에아비 갈ᄯᅡ귀 샴의약이 셴박희 높은 박희 박음이 거저리 불이
쏘죽ᄒᆞᆫ 목의 달이 기다ᄒᆞᆫ 목의 야윈 목의 살진 목의 글임애 쏘록이
晝夜로 뷘 ᄶᅵ 업시 물건이 쏘건이 뜻거니 심ᄒᆞᆫ 唐빌리 예셔 얼여왜라
　그 中에 참아 못견딜손 五六月 伏더위에 쉬포린가 ᄒᆞ노라. (二數大
葉) (海周 394)

天君이 赫怒ᄒᆞ샤 愁城을 치오실시
　大元帥 歡伯將軍 佐幕은 靑州從事 阮步兵 前駈ᄒᆞ야 李謫仙 草檄ᄒᆞ
고 琉璃鍾 琥珀濃은 先鋒 掩襲ᄒᆞ고 舒州杓 力士鐺은 挾擊大破ᄒᆞ야 糟
邱臺에 올나 안자 伯倫으로 頌德ᄒᆞ고 越牒星馳ᄒᆞ야 告厥成功ᄒᆞ온 後
에
　그제야 耳熱蹈舞ᄒᆞ야 鼓角을 셧불며 霸業難 守成難 難又難 凱歌歸
를 ᄒᆞ더라. (樂學 872)

八萬大藏 부쳐님게 비ᄂᆞ이다 나와 님을 다시 나게 ᄒᆞ오소셔
　如來菩薩 地藏菩薩 文殊菩薩 普賢菩薩 十王菩薩 五百羅漢 八萬伽藍
三千揭諦 西方淨土 極樂世界 觀世音菩薩 南無阿彌陀佛

後生에 還道相逢ᄒᆞ여 芳緣을 잇게ᄒᆞ면 菩薩님 恩惠를 捨身報施 ᄒ
리이다. (樂學 962)

英祖(肅宗 20 1694～英祖 52 1776)

놉흘샤 昊天이며 둣터울샤 坤元이라
昊天과 坤元인들 慈恩에셔 더ᄒ시며 놉고 놉푼 華崇과 河海라 한들
慈恩과 갓탈손가
아홉다 우리 太母聖恩은 헤아리가 어려웨라. (蔓橫)
(源河 471)

康衢에 맑은 노러며 南薰殿 和ᄒᆞ 바룸 太平氣像을 알니로다
大堯의 克明ᄒ신 峻德과 帝舜의 賢德이 아니시면 뉘라셔 玉燭春臺
를 일우리요
어긔야 우리 大母聖德은 堯舜을 兼ᄒᆞ오시니 東方堯舜이신가 ᄒᆞ노
라. (界樂) (源河 711(54)

金兌錫

지 넘어 싀앗슬 두고 손쎽치며 애써 간이
말만ᄒᆞᆫ 삿갓집의 헌 덕셕 펼쳐덥고 년놈이 ᄒᆞᆫ듸 누어 얽지고 틀어
졋다 이졔는 얼이북이 叛奴軍이 들거곤아
두어라 모밀쩍에 두 杖鼓를 말려 무슴 ᄒᆞ리요. (靑謠 15)

金默壽

鐵驄馬 타고 보라미 밧고 白羽 長箭 千斤 角弓 허리에 츠고
山넘어 굴음 진아 쮕 山行ᄒᄂᆫ 져 閑暇ᄒᆫ 사름
우리도 聖恩을 갑파든 너를 좃차 놀니라.
(靑謠 52)

千古 離別 셜운 中에 누구누구 더 셜운고
　明皇의 楊貴妃와 項羽의 虞美人은 劍光에 눌아나고 漢公主 王昭君
은 胡地에 遠嫁ᄒᆞ야 琵琶絃 鴻鵠歌의 遺恨이 綿綿ᄒᆞ고 石崇의 金谷繁
華로도 綠珠를 못 잇엿시되
　우리는 連理枝 並蔕花를 님과 나와 것거 쥐고 元央枕 翡翠衾에 百
年同樂 ᄒᆞ리라. (靑謠 53)

님 글인 膏肓之疾을 무슨 藥으로 곳쳐 닐고
　太上老君의 草還丹과 西王母의 千年蟠桃 眞元子의 人蔘菓와 十洲三
山 不老草를 아모만 먹다 홀일쏜야
　암아도 님을 만나봄면 홀일 法이 잇는이. (靑謠 54)

朴文郁

窓밧ᄭᅴ 감아숫 막키라는 쟝ᄉ 離別 나는 굼멍도 막키옵는가
　그 궁기 本來 물이 흐르매 英雄 豪傑들도 知慧로 못 막앗쪼 허믈며
西 楚伯王의 힘으로 能히 못 막앗신이 하 우은 말 마오
　眞實로 쟝ᄉ의 말과 갓탈쩐대 長離別인가 ᄒᆞ노라.
　(靑謠 65)

君莫惜典衣沽酒ᄒ소 囊乾ᄒ면 我典衣로다
塵世難逢開口咲ㅣ니 知己를 相對盡情談ᄒ고 劉伶墳上에 酒不到ㅣ니
且樂生前一盃酒로다
人生이 草露 ᄀ튼이 醉코 놀려 ᄒ노라. (靑謠 66)

내게는 怨讐ㅣ가 업서 개와 닭이 怨讐로다
碧紗窓 깁픈 밤의 품에 들어 자는 임을 자른 목 느르혀 홰홰쳐 울
어 닐어 가게 ᄒ고 寂寞 重門에 왓는 님을 믈으락 나오락 캉캉 즈져
도로 가게 ᄒ니
암아도 六月 流頭 百種 前에 서러져 업씨 ᄒ리라.
(靑謠 67)

月一片 燈三更인제 나간 님을 헤야인니
靑樓酒肆에 새 님을 걸어 두고 不勝蕩情ᄒ야 花看陌上春將晚이오
走馬鬪鷄猶未還이라
三時出望 無消息ᄒ니 盡日欄頭에 空斷腸을 ᄒ소라.
(靑謠 68)

思郎 思郎 庫庫히 믹인 思郎 왼 바다흘 다 덥는 금을쳐로 믹즌 思
郎
往十里라 踏十里 춤윗 너출이 얽어지고 틀어져셔 골골이 둘우 뒤트
러진 思郎
암아도 이 님의 思郎은 ᄀ 업슨가 ᄒ노라.
(靑謠 69)

十面 埋伏 설이 치고 둘 붉은 밤의

起飮帳中 別虞姬하고 鐵鞭을 놉히 들고 喑啞叱咤혼이 烏騅馬 느는
곳에 漢兵이 草芥로다
  암아도 千不當 萬不當은 楚伯王이신가 호노라.
  (靑謠 70)

烏程酒 八珍味를 먹은들 술로 가랴
  玉漏 金屛 깁흔 밤의 元央枕 翡翠衾도 님 업쓰면 거즉 쩌시로다
  져 님아 헌덕썩 집벼개에 草食을 홀찌라도 離別곳 업씨면 긔 願인
가 호노라. (靑謠 71)

  눕이라 님을 안이 두랴 思郎도 밧첫노라
  梨花에 나간 님이 走馬 鬪鷄 노니다가 霽月光風 졈근 날에 黃菊丹
楓 다 盡토록 金鞍白馬 猶未還이라
  두어라 님이 비록 니젓시나 紗窓 긴긴 밤의 幸혀 올가 기다린다.
(靑謠 72)

  어우화 벗님네야 壽夭長短을 恨치 마소
  自古로 聖帝明皇과 賢人君子라도 天命을 바라거눌 우읍다 秦始皇은
採藥童女 못온 前에 沙丘에 魂이 되고 허물며 漢武帝는 神仙을 求하
다가 金丹에 病이 들어 漢南에 덥힌 威嚴이 武陵松柏 빗소리로다
  암아도 太平聖代에 無病無憂홀 쎄 醉코 놀짜 호노라.
  (靑謠 73)

  듕과 僧과 萬疊山中에 맛나 어드러로 가오 어드러로 오시는게
  山 쪽코 물 좃흔듸 갈씨를 부쳐보오 두 곳갈이 흔듸 다하 너픈너픈
호는 양은 白牧丹 두 퍼귀가 春風에 휘듯는 듯
  암아도 空山에 이 씰음은 즁과 僧과 둘 뿐이라.

(靑謠 74)

갈 제는 옴아투니 가고 아니 온오민라
十二欄干 바잔이며 님 계신듸 볼아보니 南天에 雁盡ㅎ고 西廂에 月
落토록 消息이 긋쳐졋다
이 뒤란 님이 오셔든 잡고 안자 새오리라.
(靑謠 75)

三月東風 好時節에 一僕三友 건을이고
六角 登臨ㅎ야 四宇를 돌아본이 天朗氣淸ㅎ고 惠風和暢ㅎ듸 花間蝶
舞는 弄春色이오 柳上鶯歌은 蕩人情이라 鶴徘徊於長松ㅎ고 老龍潛於
碧潭이라
암아도 暮年花似霧看中을 못내 슬ㅎ ㅎ노라.
(靑謠 76)

權德重

歷山에 밧 ㄱ르실시 百姓이 다 ㄱ을 辭讓ㅎ고
漁雷澤ㅎ실시 人皆讓居ㅎ고 陶河濱ㅎ실시 그릇시 기우트지 아녓ᄂ니
天下의 朝覲 訟獄 謳歌者의 브르는 聖德을 일노 좃ᄎ 알네라.
(樂學 866)

吳擎華

谷口哢 우는 소릐의 낫잠 끼여 니러보니

져근 아들 글 니루고 며느아기 뵈쯔눈듸 어린 孫子는 꽃노리혼다
뭇쵸아 지어미 술 거로며 맛 보라고 ᄒ더라. (弄歌)
(靑六 681)

무근 희 보너올 제 시름 함긔 餞送ᄒ쟈
흰권모 콩仁絕米 쟈치 술국 安酒에 氷燈에 불 발키고 精神치려 안
ᄌ시니
이윽고 四更 둙 자초 울고 ᄌ미衆 지나가니 시희 온가 ᄒ노라. (弄)
(靑六 707)

蔡濟(肅宗 41 1715～正祖 19 1795)

春困을 못이긔여 洗心臺 ᄎᄌ 가니
淡淡혼 물결이 ᄆ움 갓치 말가셔라
 혹 눌긔 타는 셩이 ᄌ연이 발가시니 ᄃ시 씨어 무슴 ᄒ리. (洗心臺
歌) (石門亭尋眞洞游錄 3)

梁周翊(景宗 2 1722～純祖 2 1802)

일이 ᄒ야도 聖恩이요 져리 ᄒ야도 聖恩이라
엇지ᄒ야 갑프녀뇨 與天地無窮혼 聖恩이라
두어라 世世生生ᄒ야 萬之一이나 갑파 볼가 ᄒ노라. (感聖恩歌5—1)
(無極集)

오날도 聖恩이요 너일도 聖恩이라

百年 三萬六千日이 날날마다 聖恩이라

아마도 向國 一片丹心은 흰 날이 天中에 돌련는가 ᄒ로라. (感聖恩
歌 5—2) (無極集)

蛟山도 聖恩이요 蓼水도 聖恩이라

山峨峨 水洋洋이 다 聖恩만 못ᄒ여라

南山의 날과 東海예 돌도 萬壽无疆을 비로니 우리님긔 (感聖恩歌
5—4) (無極集)

나아가도 聖恩이요 물너가도 聖恩이라

廊廟나 江湖나 간곳마다 聖恩이라

이몸이 一百番 듁어도 ᄆ음은 千千萬萬春인가 ᄒ로라. (感聖恩歌
5—5) (無極集)

天地도 좁고 좁고 河海라도 엿고 엿다

文武兼呻 六十字은 四百年來 처음이라

忠壯公 感泣ᄒ는 눈물이 九泉下의 ᄯ 흔슴이 솟는가 ᄒ노라. (又感
恩曲5—1) (無極集)

蛟龍山 上上峰에 깃드려 인는 져 白雲아

老臣의 不忍訣ᄒ는 눈믈을 비 삼아 ᄀ득 실어다가

洛陽宮闕 雲漢 볼 째예 沛然히 ᄂ려 들일가 ᄒ니(又感恩曲5—3)
(無極集)

太平十二策을 네 아니 드려는 우리 님끠

做時不如說時란 말은 朱夫子의 訓戒文이라

百里도 ᄯᄒ 小朝廷이니 簡易 蕩平이 入德門인가 ᄒ노라, (又感恩

曲5—4) (無極集)

魏伯珪(英祖 3 1727~正祖 23 1798)

면홰는 세 드래 네 드래요 일윈 벼는 퓌는 모가 곱는가
오뉴월이 언제 가고 칠월이 본이로다
아마도 하느님 너희 삼길제 날 위호야 삼기샷다.
(三足堂歌帖)

黃胤錫(英祖 5 1729~正祖 15 1791)

君臣은 大義 잇고 父子는 至親이라
長幼有序의 兄弟들고 朋友有信의 師生드네
아마도 夫婦一倫은 五倫之本이라 엇디 無別호올소냐.
(頤齋亂稿)

言語도 不可不愼 飮食도 不可不節
言語로 文字에 미뤄보고 飮食으로 財祿의 미뤄보라
녯 聖人 頤卦大象이니 우리 先訓 더옥 죠타. (木州雜歌28—16)
(頤齋亂稿)

靈明不測 이내 무음 出入無時 이내 무음
豪釐間 千里萬里오 須臾間 千古萬古ㅣ러라
아마도 輕輕히 照管호고 略略히 存在호여 敬字 닛지 마오려니. (頤
齋亂稿)

天地도 廣大호다 내 모음굿치 廣大
日月도 光明호다 내 모음굿치 光明
眞實노 내모음 天地日月 굿게호면 堯舜同歸 호오리라.
(頤齋亂稿)

七歲孫男을 祖母도 안을쏘냐 七歲 孫女를 祖父도 안을쏘냐
七歲男女 不同席은 兄弟姉妹에게도 닛지 말게
아모리 夫婦間 至親至密이나 爲先有別 호여셰라.
(頤齋亂稿)

南極曄(英祖 12 1736~純祖 4 1804)

취혼 줌 늦게 깃여 강교롤 보라보이
주옥이 펴인 안개 한식 비 개엿도다
아희야 술 부어라 전촌의 취혼 노래 절 일닌가 호노라. (愛景堂十
二月歌 右二月 江郊曉霧章) (愛景言行錄)

밧가러 밥얼 먹고 슴얼 물 마신이
강구연월 어니 쌘오 고잔들 놀래 솔리 알롬답다 저 농부야
태평곡 화답홀 제 내 근심 절로 업다. (愛景堂十二月歌 右五月 古
棧農家章) (愛景言行錄)

문 압퓌 가는 물이 대제로 흘러 든다
쌀가다 저 물ᄀ예 갓근 싯고 브라보이 가는 것도 저 물니오 잇는
것도 저 물이라

성닌의 일론 말슴 물보기도 술이 닛다 ᄒ신이라. (愛景堂十二月歌
右六月　大堤觀漲章) (愛景言行錄)

바람이 건듯 부이 서셕봉 몰근 긔운 우후경이 더욱 죳다
죽유를 반만 열여 죵일을 묵ᄃᆞᄒᆞ이
물외 양봉이 너 븐인가 ᄒ노라. (愛景堂十二月歌　右七月　瑞石靑嵐
章) (愛景言行錄)

씐남우 셜이 입피 금슈병풍 둘여 잇다
복악의 올나 서셔 남포을 보라본이
지스 비츄 워인 말고 만쳔 슉긔예 늑는 것이 더욱 셥다. (愛景堂十
二月歌　右九月　北嶽丹楓章) (愛景言行錄)

金履翼(英祖 19 1743~純祖 30 1830)

저 죠흔 큰 길 우히 가온대로 바로 가면
홀니 百里를 간들 것칠 것시 이실쏘냐
그려도 ᄒᆞᆫ 편으로 가는 이 하 만흐니 홀 일 업셔 ᄒ노라.
(金剛永言錄 7)

望美人兮　何在오　日渺渺兮　天一方을
夫何使我로　懷耿結兮　如醉如狂고
孤臣兮　作此歌兮　瞻月光ᄒᆞ야　願復見兮　吾王 ᄒ노이다.
(金剛永言錄 15)

새 즘싱 中 못된 거슨 두룸이 녜로고나

것 風神 虛소릭로 사룸을 얼위온다
아마도 主人를 爲ᄒ여 째째 우는 닭만 못혼가 ᄒ노라.
(金剛永言錄 27)

져 사룸 헛말 마소 어딕셔 만나 보신가
됴흔 飮食 마다ᄒ고 썰치고 가는 이룰
내 보니 酒肉을 貪ᄒ여 病드는 이 太半이나 ᄒ더고나.
(金剛永言錄 29)

노래로 두고 보면 世上 人心 거의 알다
휘모리 時調의는 조오던 이 눈을 쓰니
아서라 이 내 노래 찌야 안즌 사룸 잠들일가 ᄒ노라.
(金剛永言錄 40)

陶淵明 葛巾灑酒 屈三閭 菊花 씌여 노코
張翰의 江東 鱸魚 ᄀ놀게 繪쳐시니
이 쌔에 陸放翁 오돗던들 荊軻의게 祭 지내쟈 ᄒ리로다.
(金剛永言錄 43)

녯 사룸 ᄒ온 말의 술 못 먹는 君子 업고
글 못ᄒ는 小人 업다 ᄒ나 나는 글도 술도 다 못ᄒ니
두어라 非君子 非小人을 어딕 쁠이 今世上의.
(金剛永言錄 47)

申獻朝(英祖 28 1752~純祖 7 1807)

孔門弟子 七十人이 春風杏壇에 左右로 버러시니

三月 不違仁退而如愚는 顔淵의 어딜미오 吾道一以貫 忠恕而已는 曾參의 篤學이오 雍也는 可使南面이어 求也는 可使爲相이라 子路는 好勇호니 千乘의 治賦호고 子貢은 明敏호니 瑚璉의 그릇시오 舞雩에 ㅂ람호고 沂水에 沐浴호야 千仞絶壁에 鳳凰이 ᄂ라옴은 曾點의 氣象이라.

아마도 誨人不倦호고 作育英才호는 萬古之樂은 夫子ㅣ 신가 호노라.
(蓬萊樂府 10)

에굽고 속 헹덩그러 뷘 져 梧桐나모 바롬 밧고 서리 마자

멋 百年 늙것던디 오늘날 기다려서 톱다혀 버혀 내여 존자괴 세 대패로 ᄶ며 내여 줄 언즈니

손아래 둥덩둥당 딩당 소리예 興을 계워 호노라.
(蓬萊樂府 11)

靑龍旗 司命旗와 敎書節鉞 앏헤 셧다

淸道 호 雙 金鼓 호 雙 巡視令旗 버렷는디 偃月刀 서리ᄀᆺ고 吹打소리 雄壯호다

져러틋 威儀 盛호 곳에 重호 責望 어이리.
(蓬萊樂府 12)

天地 成冬호니 萬物이 閉藏이라

草木이 脫落호고 蜂蝶이 모르는디 엇디호 봄빗치 호가지 梅花ㅣ 런고

아마도 貞則復元호는 검은 造化를 져 꼿츠로 보리라.

(蓬萊樂府 17)

妾을 좃타ᄒ되 妾의 說弊 들어보소
눈에 본 죵 계집은 紀綱이 紊亂ᄒ고 노리개 女妓妾은 凡百이 如意
ᄒ되 中門안 外方官妓 긔 아니 어려우며 良家女卜妾ᄒ면 그 中이 낫
건마는 안마루 발막짝과 방안에 장옷귀가 士夫家 貌樣이 저절노 글너
가네
아무리 늙고 病드러도 規模 덕히기는 正室인가 ᄒ노라.
(蓬萊樂府 18)

하늘이 福을 가지고 갑슬 보고 주시ᄂ니
갑시 갑시 아니라 德닥기가 갑시오니 쟈근 德 큰 德의 德대로 福이
로세
자니들 福바드려드거든 德닥기를 힘쓰시소.
(蓬萊樂府 19)

閣氏네 더위들 사시오 일은 더위 느즌 더위 여러 ᄒ포 묵은 더위
五六月 伏더위에 情에 님 만나이셔 돌 볼근 平牀 우희 츤츤 감겨
누엇다가 무음 일 ᄒ엿던디 五臟이 煩熱ᄒ여 구슬쏨 흘리면셔 헐덕이
는 그 더위와 冬至돌 긴긴밤의 고온님 품에 들어 다스ᄒ 아룸목과 둑
거운 니불속에 두 몸이 ᄒ 몸되야 그리져리ᄒ니 手足이 답답ᄒ고 목
굼기 타올 젹의 웃목에 츤 슉늉을 벌덕벌덕 켜는 더위 閣氏네 사혀거
든 所見대로 사시옵소
쟝ᄉ야 네 더위 여럿 듕에 님 만난 두 더위는 뉘 아니 됴화ᄒ리 눕
의게 ᄑ디 말고 브듸 너게 ᄑ른시소.
(蓬萊樂府 20)

벌의줄 잡은 갓슬 쓰고 헌 옷 닙은 뎌 百姓이
  그 무슨 情原으로 두 손의 所志 쥐고 公事門 드리드라 안는고나 東
軒쓸의 쥐ㅾ튼 刑房놈과 범ㅾ튼 羅卒들이 알외여라 혼 소리예 魂飛魄
散ᄒ여 ᄒ올말 다 못ᄒ니 올흔 訟理 굽어디너
  아마도 平易近民ᄒ여야 道達民情 ᄒ리라.
  (蓬萊樂府 21)

아춤의 혼 일을 착히 ᄒ면 이 ᄆᆞ임이 흐믓ᄒ고
  져녁에 혼 일을 착히 ᄒ면 흐믓던 ᄆᆞ임이 즐거오니 일일이 착ᄒ고
ᄯᅩ 착ᄒ면 날마다 흐믓ᄒ고 ᄯᅩ흔 아니 즐거온가
  녜부터 東平王蒼의 말이 爲善이 最樂다 ᄒ니라,
  (蓬萊樂府 22)

大漢이 傾頹홀제 반가올손 劉皇叔이
  風雪을 무릅쓰고 草廬의 三顧ᄒ니 平生에 품은 經綸 혼 쎄가 밧브
거든
  엇디타 긴긴 봄날에 쎄 그른 좀만 자는고.
  (蓬萊樂府 23)

玉濬樓船下盆州ᄒ니 千古英雄 快豁事ㅣ라
  平吳할 큰 계교를 몃히를 經營ᄒ디 龍驤 萬斛을 오늘날 닐워 내여
錦帆을 놉히 돌고 長風의 흘리 노화 舵樓 놉흔 곳에 큰 칼 집고 안자
시니 혼 조각 石頭城을 頃刻間에 破ᄒ려든
  우읍다 三山老將은 비도로라 ᄒᄂ니.
  (蓬萊樂府 24)

  셋괏고 사오나온 저 軍牢의 쥬정보소 半龍丹 몸쑹이에 담벙거지 뒤

앗고셔 좁은 집 內近혼디 밤듕만 둘녀 들어 左右로 衝突ᄒ여 새도록
나드다가 제라도 氣盡턴디 먹은 濁酒 다 거이네
　아마도 酗酒를 잡으려면 져 놈부터 잡으리라.
　(蓬萊樂府 25)

　金祖淳(英祖 41 1765~純祖 31 1831)

梅之月은 寒而明ᄒ고 松之風은 署而淸이라
淸明在躬心和平ᄒ니 調絲韻桐寄閒情이로다
南郭隱几聞地籟ᄒ니 解取無聲勝有聲인가 ᄒ노라.(弄)
(靑六 699)

　申甲俊(英祖 47 1771~憲宗 11 1845)

古詩에 일ᄂ스대 安分身無辱이오 知機心自開이라 ᄒ니
이 한 글귀 萬世의 龜鑑이라
아무리 城市中 ᄉ롬닌들 이 일죳차 비호지 못 홀손가.
(城西幽稿)

놉흔들 길 업스며 깁푼들 빙 업단가
聖學도 이러ᄒ니 高遠타 自盡 말고
萬古 遺經 비호고 ᄯ또 비호소 이리고 못ᄒ 니는 自古及今 업ᄂ니라.
(城西幽稿 2)

衛武公 戒抑詩ᄂ 九十五歲 안이런가

孔夫子 이란 말슴 死而後已矣니라
　우리는 太倉의 稊米로셔 塵에 자든 잠을 이지야 쌔여쓴들 엇지할
고. (城西幽稿 3)

　數間 茅屋 그윽ᄒᆞᆫ디 滿案 詩書 活計로다
　籬下는 松菊이오 臺上은 梅竹이라
　春風의 花發ᄒᆞ고 秋夜의 月明커던 四時佳興을 되는대로 조차로오
리. (四時曲) (城西幽稿)

　泰山이 놉다 말고 오라기를 싱각ᄒᆞ소
　河海를 기다 말고 건너기를 싱각ᄒᆞ소
　놉흐나 깁푸나 오라고 건너기는 진실노 내 마음의 인는이라.
　(城西幽稿)

　金敏淳(英祖 52 1776~哲宗 10 1859)

　니 몸에 가진 病이 한 두 가지 아니로다
　보아도 못 보는 눈 드러도 못 듯는 귀 마타도 못 맛는 코 말못하는
입이로다
　잇다감 腰痛과 腹痛이며 眩氣 嘔痰 滯症은 別症인가 ᄒᆞ노라. (弄)
　(靑六 743)

　少年 十五二十時에 하던 일이 어제론 듯
　속곰질 쒸움질과 씨름 탁견 遊山ᄒᆞ기 小骨 쟝긔 投箋ᄒᆞ기 저기츠고
鳶날리기 酒肆靑樓 出入다가 스람치기 ᄒᆞ기로다
　萬一에 八字ㅣ가 죠하만졍 身數가 험ᄒᆞ던들 큰일 날 번 ᄒᆞ괘라.

(弄) (靑六 742)

李廷鎭

붉가 버슨 兒孩ㅣ들리 거뮈쥴 테를 들고 기川으로 往來ᄒ며
밝가숭아 붉가숭아 져리 가면 죽ᄂ니라 이리 오면 스ᄂ니라 부로나
니 붉가숭이로다
아마도 世上 일이 다 이러ᄒᆫ가 ᄒ노라. (弄)
(靑六 747)

金鏌

關雲長의 靑龍刀와 趙子龍의 날닌 鎗이
宇宙를 흔들면셔 四海의 橫行ᄒᆯ제 所向無敵이언만은 더러운 피를
무쳐시되 엇지 ᄒ 文士의 筆端이며 辯士의 舌端으란 刀鎗劍戟 이나
쓰고 피 업시 죽이오니
무섭고 무셔울슨 筆舌인가 ᄒ노라. (弄) (靑六 746)

翼宗(純祖 9 1809~純祖 30 1830)

和氣ᄂ 滿乾坤이요 文名은 極一代라
도모지 헤아리면 우리 聖主 敎化ㅣ로다
아마도 聖壽無彊 ᄒ오심이 我東方 福이신가 ᄒ노이다. (羽調二數大
葉) (靑六 28)

碧桃花를 손에 들고 白玉盞에 술을 부어
　우리 聖母ㄱ게 비는 말슴 뎌 碧桃와 갓트쇼셔 三千年에 곳이 퓌고
三千年에 열ㅁ 밋져 곳도 無盡 열ㅁ도 無盡 無盡 無盡藏 春色이라
　아마도 瑤池聖母 千千壽를 聖母ㄱ게 드리고져 ㅎ노라. (編數大葉)
　(源國 853(188))

金學淵

落花는 뜻이 이셔 流水를 짜루거늘
無情ㅎ 뎌 流水는 落花를 보니거다
落花야 니 언제 너 홀로 보니더냐 나도 함끠 흐르노라. (頭擧)
　(源河 428)

任義直

洛陽 三月時에 宮柳는 黃金枝로다
　春服이 旣成커늘 小車에 술을 싯고 桃李園 차쟈 드러 東風을 洒掃
ㅎ고 芳草로 자리 숨아 鸕鶿酌 鸚鵡盃로 一杯一杯 醉케먹고 吹笙鼓簧
ㅎ며 詠歌舞蹈헐제 日已西ㅎ고 月復東이로다
　兒嬉야 春風이 몃날이리 林間에 宿不歸를 ㅎ리라. (弄歌)
　(源國 504)

安玟英(純祖 16 1816~?)

龍樓에 祥雲이오 鳳閣에 瑞靄ㅣ로다
甘雨는 太液에 듯고 和風은 御柳에 둘린져
美哉라 祥雲瑞靄와 甘雨和風은 聖世子의 時節인져. (三數大葉)
(金玉 88)

六月 羊裘 저 漁翁아 낙근 고기 換酒ᄒ세
取適이오 非取魚ㅣ라 고든 낙시 드리우고
西山이 히 저물러지거든 碧江月을 싯고 놀녀 ᄒ노라. (三數大葉)
(金玉 94)

洛城 西北 三溪洞天에 水澄淸而山秀麗ᄒ듸
翼然有亭에 伊誰在矣오 國太公之 偃息이시리
비나니 南極老人 北斗星君으로 享壽萬年 ᄒ오소셔. (搔聳)
(金玉 96)

져 건너 羅浮山 눈속에 검어 웃쑥 울통불통 광디등걸아
네 무슴 힘으로 柯枝 돗쳐 곳조츠 저리 퓌엿는다
아모리 석은 비 半만 남아슬망졍 봄뜻즐 어이 ᄒ리오. (搔聳)
(金玉 97)

바룸은 안아 닥친드시 불고 구진 비는 담아 붓드시 오는 날 밤에
님 차져 나션 양을 우슬 이도 잇건이와
비바룸 안여 天地 飜覆ᄒ야든 이 길리야 아니 허고 엇지 하리오.
(搔聳) (金玉 98)

길럭이 풀풀 발셔 나라 가스러니 고기난 어이 니격지 아니 오노
山높고 물 기닷더니 아마 물이 山도곤 기러 못 오나보다
至今에 魚雁도 빠르지 못하니 그를 슬어 하노라. (三數大葉)
(金玉 141)

乾天宮 버들 빗츤 春三月에 고아거늘 景武臺 芳草岸은 夏四月에 풀
우엿다
香遠亭 萬朶芙蓉 秋七月 香氣여늘 碧花室 古查梅는 冬十月 雪裡春
光
아마도 四時節侯을 못늬 미더 ᄒ노라. (言弄)
(金玉 144)

智謀는 漢相 諸葛武侯요 膽略은 吳侯 孫伯符ㅣ라
舊邦 維新은 周文王之功業이요 斥邪 衛正은 孟夫子之聖學이로다
아마도 五百年 幹氣英傑은 國太公이신가 하노라. (弄)
(金玉 152)

寃鳥되야 帝宮의 나니 孤身隻影이 碧山中이라
暇眠夜夜 眠無暇요 窮恨年年 恨無窮을 聲斷曉岑殘月白이요 血淚春
谷落花紅이로다
至今에 天聾尙未聞哀訴ᄒ고 何乃愁人耳獨聽고 하노라. (界樂)
(金玉 153)

採於山하니 美可茹요 釣於水하니 鮮可食을
坐水邊林下하니 塵世可忘이요 步芳經閒程하니 情懷自逸이로다
아마도 悅心樂志는 나뿐인가 하노라. (羽樂)
(金玉 160)

仁王山下 弼雲臺는 雲崖先生 隱居地라

　先生이 豪放自逸하야 不拘小節하고 嗜酒善歌허니 酒量은 李白이요 歌聲은 龜年니라 風流才子와 冶遊士女들이 구름갓치 모여들어 날마다 風樂이요 째마다 노리로다 잇째에 太陽館 又石尙書ㅣ 歌音에 皎如허사 遺逸風騷人과 名姬賢伶들을 다모와 거나리고 즐기실졔 先生을 愛敬허사 못미츨 듯 하오시니

　아마도 聖代예 豪華樂事ㅣ 이밧게 쏘 어듸 잇스리. (編樂)

　(金玉 165)

비바람 눈셜이와 산짐싱 바다물결

　들더위 두메치위 다 가초 격거시며 빗난 의복 멋진 飮食 조흔 벗님 고은 식과 술 노리 거문고를 실토록 진닌 後에 이몸을 헤여ᄒ니 百番 불닌 쇠 아니면 萬番 시친 돌이로라

　至今에 니 나이 七十이라 平生을 默數ᄒ니 우습고 늣거워라 물에 셕긴 물 아니면 꿈속에 꿈이런가 ᄒ노라. (編樂)

　(金玉 166)

壯麗헐슨 東國 別宮 魯靈光 漢景福을

　應天上之三光허고 備人間之五福이라 美哉라 우리 世子ㅣ 이 집에 親迎허스 百輛于歸 허오실 졔 山河ㅣ 共揖허고 百靈이 仰德이라 太平으로 누리실 졔 聖子神孫이 繼繼承承허스 重熙累洽허스 式至萬年 허오실 졔

　우리도 百歲 老翁으로 無窮헌 즐거오믈 듯고 보랴 허노라. (編數大葉) (金玉 167)

大王大妃 殿下 聖壽 七旬 丁丑 十二月 初六日에

山河ㅣ 共揖헐제 萬祥이 咸集허고 臣民이 祝賀헐졔 百靈이 仰德이
라
聖德이 天門에 스못ㅊ스든 玉皇 香案前으로 後八八十을 나리시다.
(編數大葉) (金玉 169)

仁而壽 德而福을 그 丁寧 미들 거시
石坡大老 寬仁이며 府大夫人 洪福으로 子繼子 孫繼孫허니 子孫이
繼繼허고 壽添壽 福添福허니 壽福이 添添이로다
허물며 又石尙書 深仁厚德과 養志誠孝를 더욱 賀禮 허노라. (編數
大葉) (金玉 170)

戊寅 二月 初三日에 祥烟瑞靄 繞雲宮을
二老堂 놉흔 樓에 金屛繡筵으로 賀千秋를 허오실제
玉盤에 靈芝蟠桃는 又石公이 드리너라. (編數大葉)
(金玉 171)

不學이 無聞이면 正墻面而立이어니 聖學을 만이 비와 溫故知新 허
오리라
그러미 雲車를 머무르고 芳草岸에 긔여 올나 긴프롬 흔마디로 胸海
를 널닌 後에 다시금 淸流邊에 詩를 읇고 盞 날릴제 불근 쏫 푸른 닙
흔 山形을 그림허고 닷는 麋鹿 나는 시는 春興을 藉良헌다 嘹亮헌 가
는 노리 香風에 무더 가고 狼藉헌 風樂쇼리 行雲에 셕겨 난다
俄已오 石逕 隱隱 비긴 길노 緇衣白納이 次例로 느러오며 合掌拜禮
허더라. (編數大葉) (金玉 172)

甲戌 二月 初八日은 世子邸下 誕日이요
白龍 四月 初八日은 世子邸下 寶齡 八歲 三八이 相合하여 長安 二

十四橋月이 두려시 발갓는데 萬戶에 燈을 달고 億兆ㅣ攔衢하며 歌舞
行休허여 山呼萬歲 허올젹에 月明燈明 天地明이라
　　우리는 聖世 土岷인져 擊壤鼓腹허며 感激君恩 허노라. (言編)
　　(金玉 173)

國太公之 亘萬古英傑 이제 뵈와 議論컨더
　　精神은 秋水여늘 氣象은 山岳이라 萬機를 躬攝허니 四方에 風動이
라 禮樂法度와 衣冠文物이며 旌旄節旗와 劍戟刀鎗을 燦然更張 허시단
말가
　　그 밧긔 金石鼎彛와 書畵音律에란 엇지 그리 발근신고. (言編)
　　(金玉 174)

石坡大老 造化蘭과 秋史筆 紫霞詩는 詩書畵 三絶이요
蘇山竹 石蓮梅는 梅與竹 兩絶이라
其中에 本밧기 어려올슨 石坡蘭인가 허노라. (言編)
　　(金玉 175)

어리석다 安周翁이 엇지 그리 못 든고
　　功名에 미엇는가 富貴에 얼켜든가 功名은 本非願이요 富貴는 初不
親인데 무어세 걸잇겨 못가고셔 六十年 風塵속에 鬢髮만 희계한고 放
白鷗於天末이란 陶靖節의 歸去來요 秋風忽憶松江鱸는 張使君의 歸思
로다 오날이야 찌쳐스니 뭇지말고 가리로다 一葉扁舟 흘니져어 마음
더로 쩌갈 젹의 身兼妻子都三口요 鶴與琴書共一船을 風飄飄而吹衣하
고 舟搖搖而輕颺이라 빗머리에 빗긴 白鷗 가는 길을 引導하고 振扡
뒤에 부는 바람 돗츨 미러 빨니 갈제 浩浩蕩蕩하야 胸襟이 灑落하다
五湖예 范蠡舟ㄴ들 시원하기 이만하랴 살가치 닷는 비가 瞬息이 다
못ㅎ야 한 곳즐 다드르니 桃花園裏人家여늘 杏樹壇邊 漁夫ㅣ로다 비

여 니려 드러갈 졔 쩌 거의 夕陽이라 四面을 살펴보니 景槪도 奇異하
다 山不高而秀麗하고 水不深而澄淸이라 萬種桃樹 두른 곳에 三三五五
수문 집이 뒷수풀을 의지하야 젼역 煙氣 이르혀고 紅紅白白 빗난 곳
츤 느즌 안긔 무릅쓰고 고언 틔도 자랑한다 流水의 쩌난 桃花 그 물
밧게 나지 마라 紅塵의 무든 사람 武陵 알가 두리노라 시너을 因緣하
야 졈졈 깁히 드러갈 졔 한편을 발라보니 白雲이 어린 곳에 竹戶荊扉
두세집이 隱勤이 보이는디 門前五柳 드릐엿고 石上三芝 쎄어낫다 문
득 갓가이 다다라는 柴扉를 굿이 다다스니 門雖設而尙關이라 志趣도
깁푸시고 다만 보이고 들리는 바는 萬花深處松千尺이요 衆鳥啼時鶴一
聲이 半空에 嘹亮하니 이 果然 너 집이로다

　이졔야 離別 업슬 任과 함긔 남은 세上 몃몃 희를 근심 업시 즐기
다가 羽化登仙 하오리라, (言編) (金玉 176)

　紅塵을 이믜 下直ᄒ고 桃源을 차자 누엇스니 六十年 世外 風浪 쑴
이런 듯 可笑롭다

　이 몸이 閑暇하야 山水의 遨遊헐졔 一小舟의 不施篙艣ᄒ고 風帆浪
楫으로 任其所之하올 져긔 水涯에 視魚하며 沙際에 鷗盟ᄒ야 飛者 走
者와 浮者 躍者로 形容이 익어스니 疑懼ᄒ비 잇슬 것가 杏壇에 비를
미고 釣臺에 긔여올나 고든 낙시 듸리우고 石頭에 조으다가 漁夫의
낙근고기 柳枝에 꿰여들고 興치며 도라올졔 園翁 野叟와 樵童 牧豎를
溪邊의 邂逅ᄒ야 問桑麻說秔稻할졔 杏花村 바라보니 小橋邊 쓴 술집
의 靑帘酒 날니거늘 緩步로 드러가셔 꼿츠로 籌노으며 酩酊이 醉한
後의 東皐의 긔여 올나 슈파람 흔마디를 마음디로 길게 불고 다시금
뫼여 니려 臨淸流而賦詩ᄒ고 撫孤松而盤桓타가 黃精을 싸여 들고 집
으로 도라들 졔 芳逕의 나는 꼿츤 衣巾을 침노ᄒ고 碧樹의 우는 시는
流水聲을 和答ᄒ다 문압페 다다라는 막디를 의지ᄒ야 四面을 살펴보
니 夕陽은 在山ᄒ고 人影이 散亂이라 紫綠이 萬狀인데 變幻이 頃刻이

라 松影이 參差여늘 禽聲은 上下로다 山腰의 兩兩 笛聲 쇠등의 아희
로다 俄已오 日落西山ᄒ고 月印前溪ᄒ니 羅大經의 山中이며 王摩詰의
輞川인들 여긔와 지날 것가 뜰 가온디 드러셔니 셤똘 밋테 어린 蘭草
玉露의 눌녀 잇고 울가의 셩긘 곳츤 淸風의 나붓긴다 房안의 드러가
니 期約둔 月黃昏이 淸風과 함긔 와셔 불거니 비취거니 胸襟이 洒落
ᄒ다 瓦盆의 듯는 술을 匏樽으로 바다니야 任과 흡긔 마조 안져 드러
셔로 勸할 저게 黃精菜 鱸魚膾는 山水의 가츄미라 嗚嗚咽咽 洞簫聲을
니 能히 브르스니 淸風七月 赤壁勝遊ㅣ 여긔와 彷佛ᄒ다 거문고 잇그
러셔 膝上의 빗기 놋코 鳳凰曲 흔바탕을 任시켜 불니면서 興디로 집
허스니 司馬相 鳳求凰이 여긔와 밋츨것가 竹窓을 밀고 보니 달이 거
의 나지여늘 밤은 ᄒ마 五更이라 솔그림ᄌ 어린 곳의 鶴의 꿈이 깁허
거늘 디슈풀 우거진데 이슬바람 션을ᄒ다 玉手를 잇끌고서 枕上의 나
아가니 琴瑟友之 깁흔 情이 뫼갓고 물갓타야 連理에 翡翠여늘 綠水의
鴛鴦이라 巫山의 雲雨夢이 여긔와 엇덧턴고 뭇노라 벗님네야 安周翁
의 悅心樂志 이만ᄒ면 넉넉ᄒ야

이 後란 離別을 아조 離別하고 길이 숨어 任과 함긔 즐기다가 元命
이 다 ᄒ거든 同年同月同日同時에 白日昇天 ᄒ오리라. (言編)

(金玉 177)

八十一歲 雲崖先生 뉘라 늑다 일엇던고
童顔이 未改ᄒ고 白髮이 還黑이라 斗酒를 能飮ᄒ고 長歌를 雄唱ᄒ
니 神仙의 밧탕이요 豪傑의 氣像이라 斷崖의 셜인 닙흘 희마당 사랑
ᄒ야 長安名琹 名歌들과 名姬賢伶이며 遺逸風騷人을 다 모와 거나리
고 羽界面 흔밧탕을 엇겨러 불녀 닐제 歌聲은 嘹亮ᄒ야 들쏘 틔끌 날
녀 니고 琹韻은 冷冷ᄒ야 鶴의 춤을 일의현다 盡日을 迭宕하고 酩酊
이 醉흔 後의 蒼壁의 불근 입과 玉階의 누른 곳츨 다 각기 썼거들고
手舞足蹈ᄒ올 젹의 西陵의 히가 지고 東嶺의 달이 나니 蟋蟀은 在堂

ㅎ고 萬戶에 燈明이라 다시금 盞을 씻고 一盃一盃 ㅎ온 後의 션소리 第一名唱 나는 북 드러 노코 牟宋을 比樣ㅎ야 흔밧탕 赤壁歌을 멋지게 듯고 나니 三十三天 罷漏소리 시벽을 報ㅎ거늘 携衣相扶ㅎ고 다 各기 허여지니 聖代에 豪華樂事ㅣ이밧긔 쏘 잇는가

다만적 東天을 바라보아 〔 〕을 싱각ㅎ는 懷抱야 어늬 긔지 잇스리. (言編) (金玉 178)

오늘밤 風雨를 그 丁寧 아랏던덜 뒤사립짝을 곱거러 단단 미엿슬거슬

비바람의 불니여 왜각지걱하는 소리여 항연아 오는 양하야 窓밀고 나서보니

月沈沈 雨絲絲한데 風習習 人寂寂 하더라. (編時調)

(金玉 179)

이리 알쓰리 살쓰리 그리고 그려 병되다가

萬一에 어느 쩌가 되던지 만나 보면 ㄱ 엇더 할고 應當 이 두손길 뷔여 잡고 어안 벙벙 아모 말도 못하다가 두 눈예 물결이 어릐여 방울방울 쩌러져 아로롱지리라 이 옷 압자랄예 일것세 만낫다 하고

丁寧이 이럴 쥴 알냥이면 차라리 그려 病되는이만 못 하여라. (編時調) (金玉 180)

金允錫(?～高宗20 1883)

玉樓 紗窓 花柳中의 白馬金鞭 少年들아

긴노래 七絃琴과 笛 필이 長鼓 嵇琴 알고 져리 즑기나냐 모르고 즑기나냐 調音體法을 날다려 뭇게 되면 玄妙흔 문리를 낫낫치 니르리라

우리는 百年 三萬六千日의 이갓치 밤낫 즑기리라. (編數大葉)
(海樂 643)

典洞

屛風에 그린 瑤草 四時 四時長春이라
그 아릭 一雙彩鳳 丹山 秋月 어딕 두고 不飛不啄 됴으는고
아마도 飛必千仞ᄒ고 飢不啄粟은 너 뿐인가.
(源佛 630)

李世輔(純祖 32 1832〜高宗 32 1895)

뉘라셔 쑴에 님희 허시라 든고 졍 업쓰면 쑴에 뵈랴
샹ᄉ고 샹ᄉ고ᄒ니 샹ᄉ인 ᄉ샹ᄉ인을
언제나 그리든 임을 만나 몽즁ᄉ를.
(詩歌 28)

金庸潤

天地間 萬物之中 즁ᄒ시고 五倫이라
父母님도 重ᄒ시고 同生덜도 ᄉ랑ᄒ다
귀ᄒ고 重ᄒ 쥴을 알것마는 업셔 힝치 못ᄒ니 뉘 이 맘 이 쯧. (歌
曲 78)

林重桓

子龍아 말 흔부로 노코 槍 쓰지 마라
曹操의 十萬大兵이 물쓸텃 흔다 東將을 얼너 西將을 베이고 南將을
얼너 北將의 머리를 덩그러케 베히나니
아마도 三國 名將은 趙子龍인가.
(時調演義 66)

바람이 불냐는지 나무닙이 흐늘흐늘
비가 오랴난지 萬壽山에 구름 닌다
아히야 그물 것어 스려 담고 닷 감어 듯이어라 갈 길 밥버.
(時調演義 69)

바람아 네 불어젼들 마라 들니나니 흔슘 소리 쑨이로다
우리 님 가득히 석난 간장 니 아니본들 그 어이 모르리
至今에 泰山갓치 놉흔 恨과 滄海갓치 깁흔 스름 어니 날의.
(時調演義 72)

霜雪은 어이ㅎ야 炸木을 病 들이며
光陰은 무삼 일노 英雄을 늙히넌고
두어라 淸風을 모라다가 塵累를 쓸어 니니 一片 靈臺.
(時調演義 74)

天地를 創造ㅎ고 萬物을 化育ㅎ니 上帝의 勞働이오
倫理를 尊重히 ㅎ고 道德을 培養ㅎ니 聖人의 勞働이라
至今의 社會를 組織ㅎ고 國家를 治平홈은 우리의 勞働.

(時調演義 78)

輝煌月 夜三更의 輾展反側 꿈을 닐러 太古便의 오난 님 만나 積年
懷抱를 半이나 남어 니룰너니만은
枕頭의 저 蟋蟀 不勝仸呂之嘆ᄒ야 귀쏠 귀쏠 우는 소리 놀니 씨니
겻티 님 간 곳 업고 님 잡엇든 손이 귀쏠이만 쩌일닷이 쥐엿고나
야속타 져 귀쏠 너도 짝을 일고 울량이면 남의 冤痛흔 私情 이더지
모로너냐. (時調演義 81)

赤壁江上 數千隻 曹操 戰船 龐統의 連環計로 結船을 구지ᄒ야 陸地
갓치 調鍊할 제
謀士의 苟文若程昱이며 防船將于禁毛玠 猛將의 夏后橔許楮로다 旗
幟槍釰 日月을 戲弄코 擂鼓喊聲은 江山이 震動흔다
여바라 孟德아 네 그런들 南屛山 올나 七星壇 뭇고 三日 三夜 비른
바람 네 어이 防備ᄒ리. (時調演義 83)

山川은 險峻ᄒ고 樹木은 叢雜흔듸 萬壑의 눈 싸이고 千峰의 바람
칠 졔 식가 어이 울야마는
赤壁火戰의 죽은 軍士 冤魂이 恨鳥되야 曹操만 冤望ᄒ여 우니난듸
이게 모도 鬼聲이라 塗炭中 싸인 軍士 故鄕 離別이 몃히런고
空山落月 깁흔 밤 歸蜀道 不如歸의 우난 져 杜鵑 너 홀노 우지말고
날과 함긔. (時調演義 85)

痛乎라 劉皇叔 漢室之冑로 創業未半에 中途崩殂ᄒ시고 陳后로 隋煬
帝 窮奢極侈 어디두고 臺城樓 놉흔 집의 後庭花만 流轉ᄒ고 依舊烟濃
十里堤의 버들 입만 푸르럿다
可憐타 唐明皇은 解語花 楊貴妃로 行樂을 崇尙타 馬嵬驛의 落淚ᄒ

고 性急타 盖世氣 어디 두고 垓營 秋夜月의 虞美人 離別ᄒ고 陰陵 져
문 날의 問路田夫ᄒ단 말가
　그 남은 人生이야 貴人頭上 不曾饒를 낫낫치 헤아리면 아니 노든.
　(時調演義 142)

　首陽山下 어이 굽은 길노 중 셔넛 가난 중 그 중의 맛 말지중아 게
暫 셧거라 말 무러 보즈
　人間 離別 萬事中의 獨宿空房 만련ᄒ시던 부텨 님이 어니 절 어니
法堂 榻上 卓子 우의 坎中連 안진 貌樣 네 分明 보앗나냐
　져 상지중 對答ᄒ되 小僧도 手種 靑松이 今十圖로더 아모란줄. (時
調演義 90)

　明年 三月 오마드니 明年이 限이 업고 三月도 無窮ᄒ다 楊柳靑靑
楊柳黃은 靑黃變色이 몃 번이며 玉窓 櫻桃 불것스니 花開 花落 몃 번
인야
　邯鄲枕 비러다가 莊周胡蝶 ᄌ어니여 夢中相逢 ᄒ짓더니 冬至長夜
긴긴 밤의 輾轉反側 잠 못 일어 夢不醒이 몃 밤이고
　지금에 洞房의 蟋蟀聲과 靑天의 쓴 기러기 소리 이 내 愁懷.
　(時調演義 91)

　간밤의 불든 바람 金聲이 宛然하다
　孤枕單衾에 相思夢 훌처 띄여 竹窓을 半開하고 默然히 안자 보니
萬里 長空에 夏雲은 흐터지고 千仞 巖上에 찬 기운 어려 잇다 庭前에
蟋蟀聲은 離恨을 아뢰난 듯 秋菊에 맷치인 이슬 別淚를 먹음은 듯 殘
流 南橋에 春鶯은 已歸하고 素月 東嶺의 秋猿이 슬피 운다
　任 여휜 이 내 마음 이 밤 새우기 어려워라.
　(時調演義 92)

술 갓치 조흔 것을 뉘라 禁ᄒ야 니 안이 마시리

天下 名勝之地 金剛 洛陽 瀟湘江 洞庭湖며 岳陽樓 姑蘇臺라 練光亭 놉히 올나 붉은 달 고흔 쏫 아릿다온 美色덜과 조흔 벗 다리고 논일 적의 술아 네곳 안이면 니의 무삼 興이 잇스랴

지금에 不醉不醒ᄒ고 半醉半醒ᄒ야 半不醉 半不醒을 나 홀노 깃거.

(時調演義 93)

窓外三更 細雨時에 兩人 心事 집흔 情과 夜半無人 私語時에 百年同樂 굿든 言約 離別될 쥴 못낫더니

銅雀春風은 周郞의 微笑요 長信 秋月은 漢宮人의 懷抱로다 咫尺千里 銀河도 시이ᄒ고 魚雁도 頓絶커날 消息인들 뉘 젼ᄒ리 못 보아 病이 되고 못 니져 恨이로다

가득히 셕은 肝腸 요 밤 시우기 어려워라.

(時調演義 94)

盞의 가득 부은 술이 半은 기우러지고 半 盞이 되얏스니 嗜酒ᄒ난 우리 님 半을 마시엿나 半은 기우려지고 半 盞이 남엇고나

碧空의 걸인 달 두렷터니 半은 기우려지고 半달이 되얏스니 愛月ᄒ든 太白이 半을 부여 갓나 半은 기우러지고 半달만 남엇구나

두어라 餘月 餘酒로 翫月長醉. (時調演義 95)

東園에 花發ᄒ고 南陌게 艸綠ᄒ니 蜂蝶의 世界로다 一時 繁華난 너의가 먼저

江南에 雨歇ᄒ고 水北에 沙明ᄒ니 鷗鷺의 生涯로다 淸流沐浴은 우리와 갓이 風淸코 月明ᄒ디 鴻雁이 高飛하니 覇窓의 鄕思로다 長夜感懷는 古今이 一般

萬山에 雪白흔디 松栢이 獨靑ㅎ니 丈夫의 心事로다 千古 特節은 게 뉘가 第一인고. (時調演義 101)

泰山에 놉히 올나 中央을 굽어보니 崑崙山 第一峰은 山嶽之 祖宗이오 三枝로 흘러 天下 高低로다

洛陽은 勝地라 吳楚東南 秦始皇 萬里長城과 阿房宮 瀟湘江 洞庭湖며 岳陽樓 姑蘇臺 左右로 버렷는듸 衣冠文物은 萬萬歲之金湯이라

아마도 五代 文物 六朝 繁華는 이 쑨인가.

(時調演義 104)

無名氏 作品

가노라 가노라 님아 언양 단천에 풍월강산으로 가노라 님아
가다가 심양강에 피파셩를 어이ㅎ리
밤즁만 지국총 닷 감는 소리에 잠못 니러.
(南太 42)

フ른 지나 세지나 즁의 나 주근 後의 내 아더냐
나 주근 무덤 우희 논을 갈고 밧를 갈고 나 주근 後의 내 아더냐
아히야 잔 フ득 브어라 살아신 제 놀리라. (蔓橫淸)
(槿樂 377)

가마기가 가마기를 됴차 셕양사로에 나라든다 쩌든다 임의 집 홍졍 뒤로
오르면 골각 나리면 길곡갈곡 길곡 ㅎ는 즁에 어늬 가마기 슈가마

기냐
　그 중에 멈점 나라 안졋따가 야중 나라가는 그 가마기 긴가.
　(南太 198)

　가마귀 가마귀를 쏘라 들거고나 뒷 東山에
　늘어진 괴향남게 휘듯느니 가마귀로다
　잇틋날 뭇 가마귀 흔디 나려 뒤덤범 뒤덤범 두로 덥젹여 쓰오니 아
모 어지 그 가마귄 줄 몰니라. (蔓橫)
　(樂學 876)

　가마기를 뉘라 물드려 검다ᄒ며 빅노를 뉘라 마젼ᄒ야 희다드냐
　황시다리 뉘라 니워 기다 ᄒ며 오리다리를 뉘라 분질러 짤으다 ᄒ
랴
　아마도 검고 희고 길고 즈르고 흑빅장단이야 일너 무슴.
　(南太 192)

　가슴에 궁글 둥시러케 뚤고 왼숫기를 눈 길게 너슷너슷 쏘와
　그 궁게 그 숫 너코 두 놈이 두 긋 마조 자바 이리로 흘근 저리로
훌적 훌근훌적 훌져긔는 나남즉 눔대되 그는 아모吺로나 견듸려니와
　아마도 님 외오 살라면 그는 그리 못ᄒ리라. (蔓橫淸類)
　(珍靑 549)

　ᄀ을 다 거두어 드린 션 하라비 눈비 오다 내 골흘랴
　지는 닙 거두 쓰러 자는 구돌 덥게 찟고
　그 밧긔 녀남은 일이야 구훌 줄이 이시랴.
　(槿樂 164)

ᄀ을비 긔똥 언마 오리 雨裝直領 내지마라
十里ㅅ길 긔똥 언마 가리 등알코 비알코 다리 저는 나귀를 크나큰
唐채로 쾅쾅 처 다 모지마라
가다가 酒家에 들너든 쉬여 가려 ᄒ노라. (蔓橫淸類)
(珍靑 505)

가을 히 긔똥 몃츳 가리 나귀 등에 鞍裝 츠루지 마라
雲山은 거머 어득沈沈 石逕은 崎嶇潺潺ᄒ듸 져 뫼흘 너머 니 어이
가리
山堂에 갑업손 明月과 홈긔 놀고 가리라. (羽樂)
(靑六 798)

各道 各船이 다 올라올 제 商賈沙工이 다 올나 왓니
祖江 석골 幕娼드리 비마다 츠즐제 시니놈의 먼정이와 龍山 三浦
당도라며 平安道 獨大船에 康津 海南 竹船들과 靈山 三嘉ㅣ 地土船과
메욱 실은 濟州비와 소곰 실른 瓮津비드리 스르를 올나 갈제
어듸셔 各津 놈의 나로비야 쬐야나 볼 쥴 이스랴. (弄)
(靑六 727)

却說이라 玄德이 丹溪 건너 갈지 的盧馬야 날 살녀라
압희는 長江이오 뒤 따로느니 蔡冒ㅣ로다
어듸셔 常山 趙子龍은 날 못 츠즈 ᄒᄂ니. (蔓橫)
(樂學 853)

각설 현덕이 관공 장비 거느리시고
제갈양 보랴고 와룡강 거너 와룡산 너머 남양 짜를 다다라셔 시문
을 두다리이니 동지 느와 엿줍난 말이 션싱임이 뒤 쵸당의 즘드러 계

시요
　동즈야 네 선싱임 씨시거던 유관장 슘인이 왓쩌라고 엿쥬어라. (時調 62)

　각시니 내 妾이 되나 내 각시의 後ㅅ 난편이 되나
　곳 본 나뷔 물 본 기러기 줄에 조츤 거믜 고기 본 가마오지 가지에 졋이오 슈박에 족술이로다
　각시니 ㅎ나 水鐵匠의 뚤이오 나 ㅎ나 짐匠이로 숏지고 남은 쇠로 가마질가 ㅎ노라. (蔓橫淸類) (珍靑 533)

　각시니 玉ㄱ튼 가슴을 어이 구러 다혀볼고
　綿紬紫芝 쟉져구리 속에 깁젹삼 안셥히 되여 죤득죤득 대히고 지고
　잇다감 쑴나 붓닐 제 쩌힐 뉘를 모르리라. (蔓橫淸類)
　(珍靑 480)

　閣氏닉 玉貌花容 어슨 체 마쇼
　東園桃李 片時春이라도 秋風이 것듯 불면 霜落頭邊 恨奈何 쑨이로다
　아무리 모음이 驕昻ㅎ고 나히 어려신들 니르는 말을 아니 듯나니.
　(界樂) (靑六 773)

　閣氏네 외밤이 오려 논이 두던 놉고 물 만코 디지고 거지다 흔디
　竝作을 부디 쥬려 ㅎ거든 연장 됴흔 날이나 주소
　眞實노 날을 닉여 줄쟉시면 가릭 들고 씨지여 볼가 ㅎ노라. (樂戱調) (樂學 1058)

　각시님 물너 눕소 내품의 안기리 이 아히놈 괘심ㅎ니

네 날을 안을소냐 각시님 그 말 마소 됴고만 닷져고리 크나큰 고양
감긔 쎙쎙 도라가며 제 혼자 안거든 네 자너 못 안을가 이 아히놈 괘
심ᄒ니 네 나를 휘울소냐 각시님 그 말마소 됴고만 도사공이 크나큰
대듕션을 제 혼자 다 휘우거든 내 자니 못 휘울가 이 아히놈 괘심ᄒ
니 네 나를 붓흘소냐 각시님 그말 마소 됴고만 벼룩 불이 니러곳 나
게 되면 청계라 관악산을 제 혼자 다 붓거든 내 자니 못 붓흘가 이
아히놈 괘심ᄒ니 네 날을 그늘을소냐 각시님 그말 마소 됴고만 빅지
댱이 관동 팔면을 제 혼자 다 그늘오거든 내 자니 못 그늘을가
　진실노 네말 ᄀ틀지면 빅년 동쥬 하리라. (蔓橫淸類)
　(古今 391)

각시님 엣쓔든 얼골 져 건너 니짜에 홀노 웃뚝 션는 수양버드나무
고목 다 되야 셕어 스러진 광디둥거리 되단말가
　졀머쏘자 졀머쏘자 셰다섯만 졀멋고쟈
　열ᄒ고 다섯만 졀무량이면 니 원디로 .
　(南太 69)

閣氏님 장기 훈 板 두세 板을 펴쇼
手를 보새 자니 像 보아ᄒ니 面象이 더옥 됴희
車치고 面象 쳐 헷치고 고든 卒 지로면 궁게 여허 질을지라.
(詩歌 618)

간밤에 쑴 됴트니 임의게서 편지 왓네
그 편지 바다 빅 번이나 보고 가슴 우희 언쏘 좀를 드니
구티야 무겁지 아니 ᄒ도 가슴 답답.
(南太 64)

간밤의 大醉ㅎ고 醉한 줌에 꿈을 쑤니
七尺劒 千里馬로 遼海롤 느라 건너 天驕를 降服밧고 北闕에 도라와
告闕成功 ㅎ여뵈니
男兒의 慷慨흔 ᄆ음이 胸中에 鬱鬱ㅎ여 쑴에 試驗 ㅎ노매. (蔓橫淸
類) (珍靑 522)

간밤의 자고간 퓡초 언의 고개 넘어 어드믜나 머므는고
主人님 暫間 더새와지 粮食 몰콩 내옵새 동회 銅爐口 되박 斫刀를
내옵소 ㅎ고 넞짓 나근에 되엿는고
情이야 무엇시 重ㅎ리만은 내 못니져 ㅎ노라. (樂時調)
(海一 550)

간밤의 직에 벼든 ᄇ람 술쓸이도 날을 속여고나
風紙ㅅ 소리예 님이신가 반기온 나도 誤ㅣ건이와
幸혀나 들라곳 ㅎ듬연 慙愧慙天 홀랏다. (樂時調)
(海一 564)

간의 단여 왓소 당상의 鶴髮兩親 긔톄후일향만강 하옵시며 규중에
절문 처자며 어린 동생들과 가네 제절이 무량트냐
무량키는 무량터라마는 먼 먼 곳에
그대를 작별한 후 글노하야 병이 되니 수이수이 환고향 허소.
(雜誌 154)

갈가보다 말가보다 님을 짜라서 안이 갈 수 업네
오날 가고 릭일 가고 모레 가고 글피 가고 하루 잇흘 스흘 나흘 곱
잡아 여들에 八十里를 다 못갈지라도 님을 짜라서 안이 갈 수 업네
쳔창만검지中에 부월이 당젼할지라도 님을 짜라서 안이 갈 수 업네

남기라도 향ᄌ목은 음양을 分하야 마주ᄂ 섯고 돌이라도 망두석은 자
웅을 짜라서 마주ᄂ 섯는데
　요 니 팔ᄌ는 웨 그리 망골이 되야 간 곳마다 잇슬 님 업서셔 나
못살겟네. (樂高 916)

　갓스믈 선머슴 젹의 ᄒ던 일이 우웁고야
　大牧官 女妓 小牧官 酒湯이 開城府 桶直이 노니는 갓나희 덩더러쿵
계대년들이 날 몰래 ᄒ리 뉘 이시리
　그러나 少年行樂은 減ᄒ 일이 업세라. (蔓大葉 樂戲幷抄)
　(靑가 572)

　江山 無限景을 風月로 求景할 제
　洞庭湖 七百里 어제밤 船遊하고 巫山十二峰 이제와 登眺로다 牧丹
峰 노던 風流 綾羅島 後聯하고 新興에 취한 술로 岳陽樓 선듯 올나
赤壁秋月 玩賞하고 姑蘇臺 가는 길에 洛陽城 도라드니
　아마도 梧桐樹月 楊柳狂風은 내 벗인가.
　(雜誌 425)

　江原道 開骨山 감도라 드러 鍮店절 뒤헤 우둑 션 전나모 긋헤
　숭구루혀 안즌 白松骨이도 아므려나 자바 질드려 꿩山行 보내는듸
　우리는 새님 거러두고 질 못드려 ᄒ노라. (蔓橫淸類)
　(珍靑 485)

　江原道 雪花紙롤 제 長廣에 鳶을 지어
　大絲白絲黃絲 줄을 通어레에 술이 업시 바름이 ᄒ창인제 三間 토김
四間 근두 半空에 소ᄉ 올나 구름에 걸쳐시니 風力도 잇거니와 줄 脈
이 업시 그러ᄒ랴

먼듸님 줄 脈을 길게 디혀 낙고아 올가 ᄒ노라. (弄)
(靑六 634)

江湖에 도라 오는 기러기야 江南 景槪를 어듸어듸 구경하얏나냐
  巫山 十二峰과 洞庭 七百里도 구경하고 瀟湘 黃陵廟와 金陵 鳳凰臺
를 낫낫치 閱覽해것마는
  그 중에 晴川歷歷漢陽樹와 芳草萋萋鸚鵡洲는 黃鶴樓가 第一인가.
(樂高 967)

개를 여라믄이나 기르되 요 개ᄀ치 얄믜오랴
  뮈온 님 오며는 쏘리를 홰홰치며 쒸락 ᄂ리쒸락 반겨서 내듯고 고
온 님 오며는 뒷발을 버동버동 므르락 나으락 캉캉 즈져셔 도라 가게
ᄒ다
  쉰밥이 그릇그릇 난들 너 머길 줄이 이시랴. (蔓橫淸類)
(珍靑 587)

  開城府 쟝ᄉ 北京 갈쎄 걸고 간 銅爐口 짜리 올 쎄 본이 盟誓 痛憤
이도 반가왜라
  졋 銅爐口 짜리 결이 반갑꺼든 돌쇠 어미 말이야 닐러 무슴홀이
  들어가 돌쇠 엄이 보옵꺼든 銅爐口 쌀이 보고 반기온 말씀 ᄒ리라.
(樂時調) (海一 540)

  개야미 불개야미 존등 부러진 불개야미
  압발에 疔腫 나고 뒷발에 죵귀 난 불개야미 廣陵 심재 너머드러 가
람의 허리를 ᄀ르 므러 추혀 들고 北海를 건너닷 말이 이셔이다
  님아 님아 온 놈이 온 말을 ᄒ여도 님이 짐쟉 ᄒ쇼셔. (蔓橫淸類)
(珍靑 551)

게야미 져 게야미 죠그마한 불게야미
압 드리 疗瘅 썻 드리 죵긔 등에 등창 밋 굼게 痔疾 ㅂ롬증 濕병 가
즌 불게야미 廣陵 경릉 쇼ᄉ 고게 밋틔 큰 실범의 허리를 흠벅 무러 취
들고 北海를 건너 쒸단 말이 잇셔이다
님아님아 열 놈이 빅말을 홀떠라도 님이 짐작 ᄒ시쇼.
(歌譜 233)

거먹 암소 우는 소리 낮잠자다 놀라깨니
며나리는 베을 짜고 두째 아들 글을 읽고 어린 손자 꽃노리할 제
마누라는 술을 걸너 휘휘 지면서 맛보라고 눈짓을 한다
아마도 農家之樂은 이 뿐인가 (寫本)

건곤이 유의ᄒ여 남ᄌ를 내이시고 세월이 무정ᄒ여 장부 간쟝 다
녹인다
우리도 미리 피셔ᄒ여 어듸로 가ᄌ더냐 듁쟝을 집고 망혜를 신어
천리강산 드러가니 폭포도 장이 조타마는 려산이 여긔로다 비류직하
삼천척은 옛말로 드럿더니 의시은하락구쳔은 듯든 말보다 숭ᄒ 비라
그 골이 깁고 메는 놉하 별유건곤이요 인간은 아니로다 긔암긔석이
절승ᄒ듸 쳐다 보니 만학이요 구버보니 빅ᄉ디라 허리 굽은 늘근 장
송 광풍을 못이긔어 우즐우즐 밤춤만 춘다 가다오다 오다가다 일간쵸
옥 얌전한 곳에 안량ᄒ 부인이 침ᄌ를 ᄒ누나 슈견안이 화견접이오
견슈홍안 이제 죽엇구나 물 본 기력기 산 넘어 가며 곳 본 나뷔가 담
넘어 갈가 님 본 쟝부난 쏙 죽어구나 쟝부의 심ᄉ가 별우러워 와락
달녀드러 셤셤옥수를 뷔여잡고 ᄒ는 말이 여보 마루리 이내 말숨 드
러보소 녯날로 인ᄒ는 말숨이 사롬의 싱ᄉ지권이 열시왕님 명부던 좌
하에 쏙 미왓다더니 금시로 당ᄒ여 마루리님 좌하에 쏙 미왓구나
ᄎ마 진정 네 화용 ㄷ절ᄒ여 못살갓구나. (樂高 900)

건곤이 유의ㅎ여 남즈를 내이시고 셰월이 장추 여류하여 우리 장부
를 늙케나 낸다

넷날노 말홀지경이면 두목지 소동파 리티빅 강태공 동방삭 ズ흔 량
반은 ㅅ휴 유젹이 지금ㄴ지라도 잇것만은 우리 쵸로ズ흔 인싱이야 흔
번 가면 만수천산에 분운뿐이로구나

청춘지년을 허송치 말고 ᄆᆞᆷ디로 노즈.

(樂高 900)

褰衣更上 最高樓ㅎ니 遠近平沙에 暮靄收ㅣ라

數點眠鳥 紅蓼岸이요 一竿漁夫 碧波歌ㅣ라 烟橫大野 雲橫嶺이요 風
滿長江에 月滿舟ㅣ로다

回首落霞 孤鶩外에 片帆往來 白蘋洲를 ㅎ드라.

(永類 327)

擊汰梨湖 山四低ㅎ듸 黃驪遠勢 草萋萋ㅣ로다

婆娑城影은 靑樓北이요 神勒鐘聲은 白塔西ㅣ라 赤鳥에 波浸龍馬跡
이요 二陵에 春入子規啼로다

翠翁牧老空文藻ㅣ로다 如此風光에 不共携ㅎ니 글을 슬ㅎ ㅎ노라.

(蔓數大葉) (海一 632)

見月色 看花色이 色色이 雖好나 不如一家 和顔色이요

彈琴聲 落棋聲이 聲聲이 雖好나 不如子孫 讀書聲이라

家傳에 忠孝道德이요 園中에 松竹梅菊이러러라.

(時調 75)

高臺廣室 나는 마다 錦衣玉食 더옥 마다

銀金寶貨 奴婢田宅 緋緞 치마 大緞 쟝옷 蜜羅珠 겻칼 紫芝鄕職 져고리 쓴머리 石雄黃으로 다 꿈자리 又고
　眞實로 나의 平生 願ㅎ기는 말 잘ㅎ고 글 잘ㅎ고 얼골 기자ㅎ고 품자리 잘ㅎ는 져믄 書房 이로다. (蔓橫淸類)
　(珍靑 559)

고래 물혀 채민 바다 宋太祖 | 金陵 치다라 도라들제
　曺彬의 드는 칼로 무지게 휘온드시 에후루혀 드리 노코
　그 건너 님이 왓다ㅎ면 상금상금 건너리라. (蔓橫淸類)
　(珍靑 499)

고사리 혼 단 쐬쟝 직어 먹고 물도 업는 東山에 올나
　아모리 목말네라 목말네라 혼들 어늬 환양의 쏠년이 날 물 써다 쥬리
　밤中만 閣氏네 품에 드니 冷水景이 업셰라.
　(靑六 769)

谷口哮 谷口哮ㅎ니 有鳥衣黃 谷口哮이라
　性愛谷口 綠陰繁ㅎ여 每歲春晩 谷口哮을 朝朝谷口 暮谷口에 一哮二哮 哮復哮이라
　世人이 謂爾谷口哩ㅎ니 謂爾長在 谷口哮이나 靜看谷口 遷喬木ㅎ니 未必長在 谷口哮을. (弄) (靑六 627)

공도라는 白髮이요 못 면할 손 죽엄이라
　천황 지황 인황 후의 복회 신농 헌원씨며 요순 우탕 문무 주공 승덕 읍서 붕하셧나 어리석다 진시황은 만리장성 구지 쌋코 장수불사 하랴다가 여산의 고혼되고 구선허든 한무제도 승노반이 허사되여 육

십사의 붕하엿스니 수요장단이 재천이라

　그러헌 도덕 영웅들은 유적이나 잇거니와 우리 갓은 초로인생 공수래 공수거라 아니 놀고 무엇 하리.

　(雜誌 151)

　공도라니 빅발이오 못 면홀 손 죽엄이라

　천황 디황 인황 후에 요슌 우탕 문무 쥬공 셩덕 업서 붕흐시며 어디도다 진시황은 만리쟝성 굿이 쌋고 아방궁 놉히 누어씰 제 이목지소호흐고 궁심지지소락흐여 쟝성불스 흐짓더니 려산에 고혼 되고 독힝천리 관공님도 녀몽간계 즈스흐고 화타 편작이 약명 몰나 죽어스며 왕개 석숭 이돈이가 지산 업셔 죽엇갓네

　흐물며 쵸로인싱이야 말 다흐여 무엇흐랴.

　(樂高 904)

功名과 富貴과란 世上 스롬 다 맛기고

　가다가 아모데나 依山帶海處의 明堂을 갈의서 五間八作으로 黃鶴樓마치 집을 짓고 벗님닉 다리고 晝夜로 노니다가 압내에 물 지거던 白酒黃鷄로 닉노리 가 잇다가

　닉 나희 八十이 넘거드란 乘彼白雲흐고 흐늘에 올라가셔 帝旁投壺多玉女를 닉 홈즈 님즈되여 늙을 뉘를 모로리라. (編數大葉)

　(樂學 1100)

功名을 헤아리니 榮辱이 半이로다

　東門에 掛冠흐고 田盧의 도라와셔 聖經賢傳 헷쳐노코 읽기를 罷흔 後에 압닉에 술진 고기도 낙고 뒷뫼에 엄긴 藥도 킥다가 臨高遠望흐야 任意 逍遙흐니 淸風이 時至흐고 明月이 自來흐니 아지 못게라 天壤之間에 이곳치 즐거옴을 무어스로 代홀소니

平生의 이리저리 즐기다가 老死太平ᄒ야 乘化歸盡ᄒ면 긔 됴흔가
ᄒ노라. (蔓橫) (樂學 909)

孔明이 葛巾野服으로 南屛山 上上峰에 올나
七星壇 무고 東南風 빈 년후에 壇下로 니려가니
海中에 一葉小船 타고 안져 기다리ᄂ 壯士은 趙子龍인가.
(詩餘 58)

공명이 갈건야복으로 남병산 상상봉에 올라
  칠셩단 도두 뭇고 하ᄂ님 젼의 비ᄂ이다 동남풍 빌어낸지 삼일만에
쳥긔황긔ᄂ 서북으로 펄펄 날아서 셔셩 뎡봉의 니마 눈썹을 근질너
내니 뎡봉이 필마단긔로 남병산 샹샹봉에 올나셰셔 보니 다만 잇ᄂ
거슨 동ᄌ뿐이라 야야 동ᄌ야 너희 선싱이 계신가 보아라 그 동ᄌ 디
답ᄒ되 우리 션싱님은 앗가 단하로 니려 갓ᄉ오니 쇼동은 아지 못ᄒ
ᄂ이다 뎡봉이 분긔를 참지 못ᄒ여 필마 단창으로 남병산 니려 강변
을 당도ᄒ니 다만 잇ᄂ 군ᄉᄂ 슈군 장졸 뿐이로다 이야 슈군 장졸아
이지 공명이 일노 니려 왓스니 네가 간 곳을 ᄌ세히 티지 아니ᄒ면
내 ᄒ 창에 잔명을 보젼치 못홀 터이니 네 빨리 디여라 그 군ᄉ ᄒᄂ
말이 이지 공명 션싱이 발 싯고 산발ᄒ여 일엽 쇼션 타고 강샹으로
둥둥 쩌나 갓ᄂ이다 셔셩은 륙디로 ᄯ르며 뎡봉은 비를 타고 ᄯ를 ᄌ
음에 압헤 가ᄂ 져긔 져 비야 그 비에 공명이 톳거든 거긔 잠간 닷
노와라 ᄌ룡이 내다보니 좃ᄎ오ᄂ 쟝슈ᄂ 뎡봉이라 ᄌ룡이 텰궁에 왜
젼을 먹여 좌궁을 쏘ᄌᄒ니 우궁으로 졋고 우궁을 쏘ᄌᄒ니 좌궁으로
져즐가 쥼 압흘 놀가 쥼 뒤를 놀가 망셜이다가 싹지손을 진듯 발마
노으니 비거공즁에 번긔ᄀᆺ치 그ᄂ 살이 뎡봉탄 비 돗디 즁동을 와ᄌ
직근 맛쳐 부러치니
  빗머리 빙빙돌아 갈 졔 비ᄂ이다 비ᄂ이다 공명과 ᄌ룡은 텬위 탄

쟝슈요 셔셩과 뎡봉은 다만 제 분긔 뿐이로다
(樂高 890)

九九八十 一光老는 呂東濱을 차저 가고
八九七十 二君不事 濟王 蜀의 忠節이요 七九六十 三老董公 漢太祖
를 遮說한다 六九五十 四皓先生 商山의 바돌 두고 五九四十 五子胥는
東門의 눈을 걸고 四九三十 六秀夫는 輔國忠誠이 지극하다
三九二十 七六國은 戰國이 되고 二九十 八陣圖는 諸葛亮의 兵法이
요 九宮數 河圖洛書가 이 아닌가. (時調集 133)

君不見 黃河之水ㅣ 天上來흔다 奔流到海不復回라
又不見 高堂明鏡悲白髮흔다 朝如靑絲暮成雪이라
人生이 得意須盡歡이니 莫使金樽으로 空對月을 흐여라. (樂戲調)
(樂學 1031)

君自故鄕來하니 알리로다 고향사를
오든 날 綺窓 前에 한매화가 피엿드냐 안 피엿드나
南枝發 北枝未며 北枝發 南枝未와 南枝 北枝 發未發은 去年 今日
일반인데 그대 아니와 글로 근심.
(時調 75)

귓도리 져 귓도리 에엿부다 져 귓도리
어인 귓도리 지는 둘 새는 밤의 긴 소릐 쟈른 소릐 節節이 슬픈 소
릐 제 혼자 우러네여 紗窓 여원 줌을 슬드리도 끼오는고야
두어라 제 비록 微物이나 無人洞房에 내 뜻 알리는 저뿐인가 흐노
라. (蔓橫淸類) (珍靑 548)

極目天涯ᄒ니 恨孤雁之失侶ᅵ오 回眸樑上에 羨雙燕之同巢ᅵ로다
遠山은 無情ᄒ야 能遮千里之望眼이오 明月은 有意ᄒ야 相照兩鄕之
思心이로다
花不待二三之月 蕊發於衾中ᄒ고 月不當三五之夜ᄒ야 圓明於枕上ᄒ
니 님 비온 듯 ᄒ여라. (蔓橫) (樂學 861)

今生 百年 다 놀고셔 來生 百年 다시 노세
桑田碧海 다 되도록 世世生生 이어 노세
아모리 天荒코 地老ᄒᄂᆞᆯ 니 情죠ᄎ 쓷흘 줄이 잇스랴. (界樂)
(大東 281)

금셰샹에 못ᄒᆞᆯ 거슨 눔의 집 님끠다 졍드려 놋코 말 못ᄒ니 이연ᄒ
고 ᄉ졍치 못ᄒ니 나 죽갓고나
곳이라고 쯧어내며 닙히라고 훌터내며 가지라고 휘여너며 히동쳥
보라미라고 제 밥을 가지고 구게닐가 눈만 썸벅 고기만 짠듯 츄파 여
러 번에 님 후려내어 안닌 반듕에 딤신에 간발ᄒ고 월장 도쥬로 담
넘어가니 싀아비 귀먹장 화닝 잡년석은 눔의 속닉ᄂᆞᆫ 아지도 못ᄒ고
아닌 밤듕에 밤사름 왓다고 휘날릴 젹에 이내 삼촌 간쟝이 츈셜이로
구나
춤아 진졍 가산뎡쥬 가로 막혀서 나 못살갓네.
(樂高 887)

金化ᅵ 金城 슈슛대 半 단만 어더 죠고만 말마치 움을 뭇고
죠쥭 니쥭 白楊箸로 지거 자내 자소 나는 매 서로 勸ᄒᆞᆯ만졍
一生에 離別 뉘를 모로미 그 願인가 ᄒ노라. (蔓橫淸類)
(珍靑 466)

기러기쎄 쎄 만니 안진 곳에 포슈야 총를 함부로 노치마라
시북 강남 오구 가는 길에 임의 소식를 뉘 젼ᄒ리
우리도 그런줄 알기로 아니 노쏨네.
(南太 27)

기러기 외 기러기 너 가는 길히로다
漢陽城臺에 가셔 져근덧 머므러 웨웨쳐 불러 부듸 혼말만 傳ᄒ야
주렴
우리도 밧비 가는 길히니 傳홀동 말동 ᄒ여라. (蔓橫淸類)
(珍靑 496)

기럭기 져 기럭기 너 가는 길이로다
님 계신듸 잠간 들너 웨웨쳐 불너 일으기를 無月黃昏에 슬쓰리 그
려 못술네라 하고 부듸 혼말만 傳ᄒ고 가렴
眞實로 傳킈곳 傳ᄒ면 님도 반겨 ᄒ리라. (蔓大葉樂戲幷艸)
(靑가 588)

기럭기 훨훨 다 나라 가고 임의 소식 뉘 전하리
수심은 첩첩한듸 잠이 와야 꿈을 꾸지
우리도 만리 장공의 쑤렷시 쩟는 저 달이나 되엿스면 임의 겻헤 빗
쳐나 볼 걸. (雜誌 157)

기름의 지진 쑬약과도 아니 먹는 날을
넝수의 살문 돌만두를 먹으라 지근 絶代佳人도 아니 허는 날을 閣
氏님이 허라고 지근지근
아모리 지근지근혼들 품어 잘 줄 이스랴. (樂戲調)
(樂學 996)

記前朝舊事ᄒ이 曾此地에 會神仙이라

向月池雲階ᄒ야 重携翠袖ᄒ고 來拾花鈿이라 繁華는 摠隨流水ᄒ이 歎一場春夢杏難圓이라 廢港芙蕖는 滴露ᄒ고 斷堤楊柳에 遶烟이로다 兩峯南北이 只依然ᄒ되 輦路에 草芊芊 恨別館離宮에 烟消鳳盖오 波沒龍舡이라

平生銀屏 金屋에 對紊燈無焰夜如年이라 落日牛羊은 隴上이오 西風燕雀 林邊이로다. (樂時調) (海一 561)

吉州 明川 가는 배 쟝ᄉ야 닭운다고 길 가지 마라

그 달기 정달기 아니요 孟嘗君의 人달기지

우리도 그런줄 알기로 식거든 가ᄌ우.

(時調 歌詞 22)

꿈은 故鄕 가건마는 나는 어이 못 가는고

꿈아 너는 어느 싀이 故鄕 갓다 왓누 堂上鶴髮雙親一向萬康 ᄒ옵시며 閨裡에 紅顔妻子와 어린 同生과 各宅諸節리 다 泰平턴야

泰平키는 泰平터라만 너 아니 온다고 愁心일네.

(源一 735)

나는 님 넉이기를 無虎洞裏에 狸作虎만 넉이는듸

님은 날 혜기를 님 업쓴 갈강 가싀 덤불 아래 알 둔 새만 넉인다.

「終章 缺」(海一 387)

나ᄂ 님 혜기를 嚴冬雪寒에 孟嘗君의 狐白裘 ズ고

님은 날 너기기를 三角山 中興寺에 이 싸진 늘근 즁놈에 살셩권 어리이시로다

딱스랑의 즐김ᄒᆞ는 뜻을 하눌이 아르셔 돌려 ᄒᆞ게 ᄒᆞ쇼셔. (蔓橫淸類) (珍靑 540)

나는 마다 나는 마다 高臺廣室 나는 마다

奴婢田宅 大緞長옷 緋緞치마 紫芝香織 져고리 蜜花珠 겻칼 쏜머리 石雄黃 올오다 쓰러 꿈자리로다

나의 願ᄒᆞ는 바는 키 크고 얼골 곱고 글 잘ᄒᆞ고 말 잘하고 노래 용코 춤 잘추고 활 잘쏘고 바돌 두고 품자리 더옥 알드리 잘ᄒᆞᄂᆞᆫ 白馬 金鞭의 風流郎이가 하노라. (蔓橫淸) (槿樂 357)

나난 마다 나는 마다 錦衣玉食 나는 마다

죽어 棺에 들 지 錦衣를 입으련이 子孫의 祭바들 지 玉食을 먹으려니 죽은 後 못ᄒᆞᆯ 일은 粉壁紗窓 月三更의 고은 님 ᄃᆞ리고 晝夜同寢 ᄒᆞ기로다

죽은 後 못ᄒᆞᆯ 일이니 사라 아니ᄒᆞ고 뉘웃츨가 ᄒᆞ노라.

(樂學 1034)

나는 진정 말이지 슴각산 거ᄒᆞ든 범나븨로 장안 만호를 나려다 보니

오식이 영롱키로 화긔 당절인가 츈흥을 못익여 나려를 왓다가 돌아가든 회로에 이 몸이 앗츳 실수되야 인왕산 蝶絲에 나 걸녓고나

엘라 노와라 못 놋켓구나 열 발가락이 쎄여서도 나 못놋카구.

(樂高 912)

나모도 바히 돌도 업슨 뫼헤 매게 또친 가토릐 안과

大川 바다 한가온대 一千石 시른 비에 노도 일코 닷도 일코 농총도 근코 돗대도 것고 치도 ᄲᅡ지고 ᄇᆞ람 부러 물결치고 안개 뒤섯게 ᄌᆞ자

진 날에 갈길은 千里萬里 나믄듸 四面이 거머어득 져믓 天地寂寞 가
치노을 썻눈듸 水賊 만난 都沙工의 안과
　엇그제 님 여흰 내 안히야 엇다가 ᄀ을 ᄒ리오. (蔓橫淸類)
　(珍靑 572)

나 탄 말은 청총마요 임 탄 말은 오츄마라
너 압희 쳥삽쏘리 임의 팔의 보라미라
져 긔야 공산의 깁히 든 쎵을 ᄌ로 뒤져 투겨라 미 쒸여 보계.
(時調 20)

洛城이 一別四千里로다 胡騎長馳 五六年을
草木은 變衰行劍外로다 兵戈는 阻絶老江邊이라 思家步月淸宵立ᄒ야
憶弟看雲 白日眠이라
　聞道河陽이 近乘勝ᄒ이 司徒ㅣ 急爲破幽燕을 ᄒ소라. (蔓數大葉)
　(海一 618)

洛陽 東村 梨花亭에 麻姑仙女 집의 술 닉단 말 반겨 듯고
靑驢에 鞍裝지어 金돈 싯고 드러가 가셔
　兒孩也 淑娘子 계신야 門밧긔 李郞 왓다 살와라. (界樂)
　(靑六 783)

洛陽三月 淸明節에 滿城花柳 一時新이라
芒鞋黎杖으로 弼雲臺 올나가니 千甍甲第ᄂ 九衢에 照耀ᄒ고 萬重紅
綠은 繡幕에 어릐엿다 公子王孫들이 翠盖朱輪으로 芳樹下에 흘너들고
冶郞遊客들은 白馬金鞍으로 落花前 모다ᄂ듸 百隊靑娥들은 綠陰에 셧
돌며셔 淸歌妙舞로 春興을 비야닐지 騷人墨客들이 接䍦를 倒着ᄒ고
醉後狂唱이 오로다 다 豪氣로다

夕陽의 簫鼓喧天ᄒ고 禁街로 나려오며 太平烟月에 歌誦ᄒ고 노더
라. (編數大葉) (樂學 1097)

洛陽城裏 方春和時에 草木群生이 皆樂이라
　冠者五六人과 童子六七 거ᄂ리고 文殊中興으로 白雲峰登臨ᄒ니 天
文이 咫尺이라 拱北三角은 鎭國無疆이오 丈夫의 胸襟에 雲夢을 숨겻
ᄂ듯 九天銀瀑에 塵纓을 씨슨 後에 踏歌行休ᄒ여 太學으로 도라오니
　曾點의 詠歸高風 밋쳐 본 듯 ᄒ여라. (蔓橫淸類)
　(珍靑 570)

洛陽城裏 芳春和時에 草木群生이 皆自樂이라
　冠童을 期會ᄒ여 蕩春臺 花煎ᄒ고 文殊菴中興寺에 軟泡盃酒ᄒ고 晴
日에 登臨 白雲ᄒ니 咫尺 天門을 手可摩라 萬里江山 遠近風景이 眼界
에 森羅ᄒ여 丈夫의 胸襟이 雲夢을 숨켓ᄂ 듯 飛虹橋 樂展閣과 九天
銀瀑과 靜菴齋室 霽月光風 望月光風 望月 回龍에 問眞探勝ᄒ여 水落
山寺 玉流天에 塵纓을 씨슨 後에 天莊 安岩으로 杏花芳草 夕陽路에
踏歌行休ᄒ야 太學으로 도라드니
　曾點의 詠歸古風을 니어보려 ᄒ노라. (蔓橫樂時調編數葉弄歌)
　(靑詠 584)

날 더려 가게 날 더려 ᄀ게 쌍교 평교ᄌ 람요도 나는 실타
　비룡ᄀᆺ치 가ᄂ 말ᄭ다 원앙을 달아도 반만침 달고 방울을 달아도
졸방울 달고 부담을 지여도 반부담 짓고 부담 우에다 최계틀 놋코 최
계틀 우에다 호랑담요를 활신 편 후에다 수심가 명창 도령님 싯고 강
를 경포더로 둘마지 갓고나
　춤아루 진정 님의 화용 그리워 못살갓네.
　(樂高 899)

南宮에 술을 두고 三傑을 의논ᄒ니

運籌帷幄之中ᄒ여 決勝千里之外와 鎭國家撫百姓ᄒ여 給饋餉不絕糧
道와 連百萬之衆ᄒ여 戰必勝功必取ᄂᆞᆫ 三傑이라 니를연이와

아마도 陳孺子의 六出奇計를 혜면 나ᄂᆞᆫ 반드시 ᄀ론 四傑이라 ᄒ노
라. (靑淵 241)

남기라도 고목이 되면 오든 사이 아니 오고

곳이라도 십일홍 되면 오든 봉뎝도 아니 오고 깁든 물이라도 엿터
지면 오든 고기도 아니 오고 우리 인싱이라도 늙어지면 오시든 정판
도 에도라 가는구나

춤아 가지로 긔가 만히 막혀서 나 못살갓네.
(樂高 892)

남북간 륙십 리에 어이 그리 못 본단 말가

츈수ᄂᆞᆫ 만ᄉ틱ᄒ니 물이 만아 못 온단 말가 하운은 다긔봉에 봉이
놉하 못 오신든고 물이 깁흐면 비를 트고 봉이 놉흐면 쉬여를 넘으럼
우나

듀소로 오미불망에 나 엇지 살고. (樂高 884)

南山佳氣 鬱鬱葱葱 漢江流水 浩浩洋洋

主上 殿下ᄂᆞᆫ 이 山水ᄀᆞ치 山崩水渴토록 聖壽ㅣ 無彊ᄒ샤 千千萬萬
歲를 太平을 누리셔든

우리ᄂᆞᆫ 逸民이 되이야 康衢烟月에 擊壤歌를 ᄒ으리. (蔓橫淸類)
(珍靑 529)

南山에 봄춘자 드니 가지가지 곳화짜라

일호酒 가질지허니 세니 가에 안질좌짜
坐中이 조을 호 질길 낙 풍년 풍 저물 모허니 도라갈 귀짜.
(調詞 36)

男兒 少年 行樂 헐 일이 허다ᄒ다
臨泉 草堂上에 萬卷詩書 싸아 두고 絶代佳人 엽헤 두고 쥴업는 거
믄고 언져 놋코 보라믹 길들여 두고 臨水登山허여 창스기 말타가 싱
각ᄒ고 밧을 갈어 對月看花ᄒ니 술먹기 벗스국기와 水邊에 고기 낙기
아마도 樂ᄒ여 四時春에 節가는 쥴를.
(時調 歌詞　83)

男兒의 少年行樂 희올 일이 ᄒ고하다
글닑기 칼쓰기 활쏘기 물둘리기 벼슬ᄒ기 벗사괴기 술먹기 妾ᄒ기
花朝月夕 노리ᄒ기 오로다 豪氣로다
늙게야 江山에 믈려와서 밧갈기 논믹기 고기낙기 나모뷔기 거믄고
틋기 바독두기 仁山智水遨遊ᄒ기 百年安樂ᄒ여 四時風景이 어니 그지
이시리. (蔓橫淸類) (珍靑 566)

南陽에 누운 龍이 運籌도 그지 업다
博望에 燒屯ᄒ고 赤壁에 行ᄒ 謀略 對敵ᄒ리 뉘 이시리
至今에 五丈原 忠魂을 못닉 슬허 ᄒ노라. (二數大葉)
(樂學 760)

남이라 님을 아니두랴 豪蕩도 그지업다
霽月光風 저문날에 牧丹黃菊이 다 盡토록 우리의 고은 님은 白馬金
鞍으로 어듸롤 단이다가 뉘 손에 즙히여 笑入胡姬酒肆中인고
아희야 秋風落葉掩重門에 기다린들 무엇ᄒ리. (弄)

(靑六 653)

南薰殿 달 발근 밤에 五絃琴 쯘어지고
洛浦로 가는 배는 쪼각 달 無光 속에 초회왕의 원혼이라 雲間에 나
는 새는 西王母의 片紙 물고 요지로 돌아 들 제 강안의 귤농하니 黃
金이 千片이요 노화의 風起하니 白雪이 萬點이라
아마도 此江山 第一景이 이 아닌가.
(雜誌 29)

南薰殿 舜帝琴을 夏殷周에 傳ᄒ오셔
晋漢唐 雜覇干戈와 宋齊梁 風雨乾坤에 王風이 委地ᄒ여 正聲이 긋
첫더니
東方에 聖賢이 나 계시니 彈五絃 歌南風을 니여볼가 ᄒ노라. (蔓橫
淸類) (珍靑 510)

니가 죽이 이져야 오르냐 네가 사라 평싱에 그리워야 올타 ᄒ랴
죽어 잇기도 어렵쩌니와 사라 싱니별 더옥 셜쩌
차라로 니 먼뎌 죽어 도라 갈쎼 네 날 긔리워라.
(南太 112)

니 本是 上界人으로 黃庭經 一字 誤讀ᄒ고
塵寰에 謫下ᄒ여 五福을 누리다가 乘彼白雲ᄒ고 帝鄕에 올라가셔
네 노던 群仙을 다시 만나
八極에 周遊ᄒ여 長生不死 ᄒ리라. (弄)
(靑六 688)

내 쇼실랑 일허 불연지가 오늘날조차 츤 三年이오런이

輾轉틔틔 聞傳호이 閣氏네 房구석의 셔 잇드라 ㅎ데
柯枝란 다 찟쳐 쓸쩔아도 즈르 드릴 굼엉이나 보애게. (樂時調)
(海一 561)

내 얼굴 검고 얽씨 본시 안이 검고 얽에
江南國 大宛國으로 열두 바다 것너 오신 쟉은 손님 큰 손님에 쓸이
紅疫 쪼약이 後덧침에 自然이 검고 얽에
글언아 閣氏네 房구석의 怪石 삼아 두고 보옵쏘. (編樂時調)
(海一 570)

내 집을 찻지라면 아니 뭇고 잘 찻자니
村名은 李花村이요 堂號는 梅月堂이라 右便은 松亭이요 左便은 竹
林이라 柴門에 靑삽사리 珠簾單場 안에 鸚鵡 孔雀이 깃드려 잇다
그 곳에 靑鶴白鶴 넘노는 곳이 내 집일세.
(時調集 124)

내 집이 器具 업써 벗이 온들 므엇스로 待接홀이
압 내히 후린 곡이를 키야 온 삽쥬에 솟쏘와 녹코
엇쓰제 쥐비즌 술 닉엇씨리라 걸게 걸러 내여라.(蔓數大葉)
(海一 584)

네 날 보고 방싯 웃는 이 속도 곱고 미워라고 홀기죽죽 홀기는 눈
찌도 곱다
창가 묘무는 반점 단순 화만발이요 탄금 수성은 일쌍 옥수 접쌍무
라
두어라 가금 절식을 남 줄소냐. (詩謠 129)

노새노새 매양 쟝식 노새 낫도 놀고 밤도 노새
　壁上에 그린 黃鷄수닭이 뒤ᄂ래 탁탁 치며 긴목을 느리워셔 홰홰쳐
우도록 노새그려
　人生이 아츰이슬이라 아니 놀고 어이리. (蔓橫淸類)
　(珍靑 516)

綠楊芳草岸에 쇼머기는 아희들아
　압냇 고기와 뒷냇 고기를 다 몰쇽 자바 내 다치에 너허 주어든 네
쇠궁치에 언저다가 주렴은
　우리도 밧비 가는 길히니 못 가져갈가 ᄒ노라. (蔓橫淸類)
　(珍靑 530)

綠陰芳草 욱어진 골에 꾓꼴리롱 우는 져 꾓꼴이 새야
　네 소리 에엿쏫다 맛치 님의 소릐도 ᄀᆺ틀씨고
　眞實노 너 잇고 님 이심면 비겨나 볼까 ᄒ노라.
　(海一 591)

논밧가라 기음 미고 뵈잠방이 다임 쳐 신들메고
　낫가라 허리에 츠고 도끠 벼려 두러메고 茂林山中 드러 가셔 삭짜
리 마른 셥흘 뷔거니 버히거니 지게에 질머 집팡이 벗쳐 노코 시옴을
츠ᄌ가셔 點心도슭 부시이고 곰방더롤 톡톡 쩌러 닙담비 퓌여 물고
코노리 조오다가
　夕陽이 지너머 갈 졔 엇끠를 추이즈며 긴 소릐 져른 소릐 ᄒ며 어
이 갈고 ᄒ더라. (弄) (靑六 728)

놉흘ᄉ 泰山이며 깁흘ᄉ 滄海로다 泰山과 滄海라 ᄒᆫ들 聖德과 比할
손가

발고 발근 日月이요 어질고 어진 雨露로다 日月과 雨露라 흔들 聖
德과 갓흘 손가
　어긔야 우리 聖母 聖德이야 形容키 어려왜라. 〔(泰山曲) 金大妃前
醉宴歌〕 (三竹異本 90)

누고셔 大醉흔 後ㅣ면 온갓 시름 다 닛눈다 턴고
望美人於天一方홀 제면 百 盞 머거도 寸功이 전혀 업닉
흐믈며 白髮倚門望을 더옥 슬허 흐노라. (蔓橫淸類)
(珍靑 489)

누리쇼셔 누리쇼셔 萬千歲를 누리쇼셔
무쇠 기동에 곳 퓌여 열음 열어 싼 드리도록 누리쇼셔
그 남아 億萬歲 밧게 쏘 萬歲를 누리쇼셔.
(女唱歌謠錄 65)

눈섭은 수나비 안즌 듯 닛바대는 박시 씬 셰온 듯
날 보고 당싯 웃는 양은 三色桃花 未開峰이 흐룻밤 빗 氣運에 半만
절로 퓐 形狀이로다
네 父母 너 삼겨 낼 적의 날만 괴라 삼기도다. (蔓橫淸類)
(珍靑 518)

눈아 눈아 머르칠 눈아 두 손 장가락으로 꼭질너 머르칠 눈아
남의 님 볼지라도 본동만동 흐라 흐고 너 언제부터 정 다 슬나더니
아마도 이 눈의 지휘에 말 만흘가 흐노라. (樂戲調)
(樂學 1047)

뉘라셔 祥麟과 瑞鳳을 귀타 흐던고

賢良輔弼이 더 貴하고 景星慶雲이 됴타ᄒᆞ되 時和歲豊이 더 조홰라
  朝廷이 淸明ᄒᆞ고 人民이 安樂ᄒᆞ니 獜鳳星雲은 아니라도 聖母님 德
이신가 ᄒᆞ노라. (獜鳳曲) (三竹異本 91)

  니르랴 보쟈 니르랴 보쟈 내 아니 니르랴 네 남진ᄃᆞ려
  거즛 거스로 물깃ᄂᆞᆫ 체 ᄒᆞ고 통으란 ᄂᆞ리와 우물젼에 노코 쏘아리
버서 통조지에 걸고 건넌집 쟈근 金書房을 눈기야 불러내여 두 손목
마조 덤셕 쥐고 슈근슈근 말 ᄒᆞ다가 삼밧트로 드러 가셔 므스 일 ᄒᆞ
던지 존삼은 쁘러지고 굴근 삼대 밋만 나마 우즑우즑 ᄒᆞ더라 ᄒᆞ고 내
아니 니르랴 네 남진 ᄃᆞ려
  져 아희 입이 보도라와 거즛말 마라스라 우리는 마을 지서미라 실
삼 죠곰 키더니라. (蔓橫淸類) (珍靑 576)

  님과 나와 브듸 둘이 離別 업씨 사쟈 ᄒᆞ엿던이
  平生 離別 險因緣이 잇셔 離別로 구틔여 여희연제고
  明天이 에엿비 너이셔 離別 업쎄 ᄒᆞ소셔. (樂時調)
  (海一 516)

  님그려 기피 든 病을 어이ᄒᆞ여 곤쳐 낼고
  醫員 請ᄒᆞ여 命藥ᄒᆞ며 쇼경의게 푸닥거리ᄒᆞ고 무당 불러 당즑글기
ᄒᆞᆫ들 이 모진 病이 ᄒᆞ릴소냐
  眞實로 님 ᄒᆞᆫ듸 이시면 곳에 죠흘가 ᄒᆞ노라. (蔓橫淸類)
  (珍靑 515)

  님 다리고 山에도 못살 거시 蜀魄聲에 익긋는 듯
  물가의도 못술 거시 물 우희 沙工 물 아리 沙工놈들이 밤中만 비
쩌날 지 至菊悤其於耶伊於 닷 치는 소리에 흔숨 짓고 도라눕닌

이 後란 山도 물도 말고 들에 가셔 술니라 (蔓橫)
(樂學 875)

님이 가오실 졔 노고 네을 두고 가니
오노고 가노고 보니노고 그리노고
그 中에 가노고 보니노고 그리노고란 다 몰속 찌쳐 바리고 오노고
만 두리라. (羽樂時調)
(靑六 978)

님이 오마 ㅎ거늘 저녁밥을 일지어 먹고
中門 나서 大門 나가 地方 우희 치ᄃ라 안자 以手로 加額ㅎ고 오는
가 가는가 건넌 산 ᄇ라보니 거머횟들 셔 잇거늘 져야 님이로다 보션
버셔 품에 품고 신 버서 손에 쥐고 곰븨님븨 님븨곰븨 쳔방지방 지방
쳔방 즌 듸 ᄆ른 듸 굴희지 말고 워렁충창 건너가서 情엣 말 ㅎ려ㅎ
고 겻눈을 흘긧보니 上年 七月 사흔날 굴가벅긴 주추리삼대 술드리도
날 소겨다
모쳐라 밤일싀만졍 힝혀 낫이런들 눔 우일번 ㅎ괘라. (蔓橫淸類)(珍
靑 580)

다려 가거라 쓸어 가거라 나를 두고선 못 가느니라 女必은 從夫릿
스니 거저 두고는 못 가느니라
나를 버리고 가랴 ㅎ거든 靑龍刀 잘 드는 칼노 요춤이라도 ㅎ고서
아릐 토막이라도 가져 가소 못 가느니라 못 가느니라 나를 바리고 못
가는니라 나를 바리고 가랴 ㅎ거든 紅爐火 모진 불에 살울 터이면 살
우고 가소 못 가느니라 못 가느니라 그저 두고는 못 가느니라 그저
두고서 가랴 ㅎ거는 廬山瀑布 흘으는 물에 풍덩 더지기라도 ㅎ고서
가소 나를 바리고 가는 님은 五里를 못 가서 발病이 나고 十里를 못

가서 안즌방이 되리라
　춤으로 任 싱각 그리워서 나 못 살겟네.
　(樂高 920)

　달바즈난 씽씽 울고 잔디잔듸 속닙난다
　三年 묵은 말가족은 오용지용 우짓는듸 老處女의 擧動보쇼 함박쪽
박 드더지며 역정너여 ᄒᆞ는 말이 바다의도 셤이 잇고 콩팟혜도 눈이
잇지 봄꿈즈리 스오나와 同牢宴을 보기를 밤마다 ᄒᆞ여 뵈니
　두어라 月老繩 因緣인지 일락비락 ᄒᆞ여라.
　(詩歌 704)

　달 밝고 쩌 죠흔 밤에 南大川 너른 쓸에
　닙 업손 보류슈 남게 안져 雪梨花ㅣ야 우는 져 김수리시야
　아무리 雪梨花ㅣ야 운들 닌들 어이 하리오. (弄)
　(靑六 640)

　달 발고 셔리친 밤의 울고 가는 기러기야
　소상 동졍 어듸두고 여관 혼등의 잠든 나를 찌우는야
　밤즁만 네 우룸쇼리 좀 못 이러.
　(時調 11)

　달은 쩌 梧桐에 거러 잇고 銀河는 西으로 기우럿다
　空庭 徘徊는 懷抱의 잇글녁고 殘燈不滅은 生覺에 계윗셰라
　俄而오 喔喔 鷄聲이 애 끈넌 덧. (時調集 42)

　둣는 몰도 誤往ᄒᆞ면 셔고 셧는 쇼도 타 ᄒᆞ면 가늬
　深意山 모진 범도 경셰ᄒᆞ면 도셔느니

각시니 엇더니완듸 경세를 不聽ᄒᄂ니. (蔓橫淸類)
(珍靑 454)

돗줄을 길기길기 드려 스리고 뒤스리 담아
萬頃 滄波之中에 풍덩 드리치면 알연이와 물 깁피를
아마도 깁고 깁푼순 님이신가 ᄒ노라.
(歌譜 318)

大雪이 滿山ᄒ 뒤 黑貂裘를 썰쳐 닙쏘
白羽長箭 허리예 씌고 千斤角弓 풀에 걸고 鐵驄馬를 빗기 노하 澗
壑으러 들어 간이 큰아큰 돗기 내닷거늘 輒拔矢引滿射殪ᄒ야 칼을 쌔
혀 다혀 너코 長곳에 뭬여 구어낸이 膏血이 點滴쩌늘 踞胡床而啖之ᄒ
고 大銀椀에 紫霞酒를 醉토록 먹을이라
암아도 壯快豪遊는 잇쑨인가 ᄒ노라. (樂時調)
(海一 560)

디슌 증ᄌ 츌천지효와 용방 비간 진명지츙을
천고 용진ᄒ련마는 천ᄒ지ᄉ 장ᄌ방과 전무후무 제갈무후
아마도 츙위겸전키는 한슈정후신가.
(시철가 95)

待人難 待人難ᄒ니 鷄三呼ᄒ고 夜五更이라
出門望 出門望ᄒ니 靑山은 萬重이오 綠水ᄂ 千回로다
이윽고 犬吠ㅅ소릐예 白馬遊冶郎이 넌즈시 도라드니 반가온 ᄆ음이
無窮 탐탐하여 오늘밤 서로 즐거오미야 어늬 그지 이시리. (蔓橫淸類)
(珍靑 543)

待人難 엇더턴고 蜀道之難이 不難코 待人難이로다
出門重重하니 月掛山頭에 杜鵑啼羅하고 夜五更이라
아마도 百難之中에 待人難인가.
(筆寫本)

대장부 공성신퇴후의 임천의 쵸당 짓고 만권 셔칙 엽페 쌋코
천금준마 솔질하야 보라미 길드려 두고 노복ᄒ야 밧 갈니고 졀터가
인 엽페 두고 금준의 술을 부어 벽오동 거문고 시줄 언져 물읍페 언
고 남풍시 화답ᄒ야 강구연월의 누엇스니
이목지 소호와 심지지소락은 이 뿐인가. (편)
(詩歌謠曲 127)

大丈夫 되어 나셔 孔孟 顔曾 못ᄒ 양이면
출하리 다 썰치고 太公 兵法 외외니야 말만흔 大將印을 허리 아러
빗기 츠고 金壇에 놉히 안즈 萬馬千兵을 指揮間에 너허 두고 坐作 進
退홈이 그 아니 쾌홀쏘냐
아마도 尋章摘句ᄒ는 석은 선비는 나는 아니 불우리라. (蔓橫)
(樂學 940)

大丈夫 되야 무슴 일 經綸ᄒ리
天下之憂樂을 00커든 自己 0害를 貪치 말며 百世之公議를 누리거든
一時 毀譽를 도라보지 마라
우리는 江山을 집을 숨고 風月에 누어시니 두려올 이 업셔라.
(時調譜 330)

대장부 삼십전에 부귀 공명 못할진대
차라리 다 버리고 명산 대천의 무림수죽 골나 초당 삼간 정쇄히 짓

고 성상의 자고동 삼척의 잘너 오현금 줄을 언저 절대가인 겻혜 두고
금준의 술을 부어 취토록 마신 후에 남풍시 화답하며 강구연월 누엇
스니
　그 뉘가 일으기를 자포자긔라 하야 시비는 잇스려니와 인간고락 의
논컨대 사무한신은 이 뿐인가.
　(時調集 176)

　大丈夫ㅣ 天地間에 히올이 바히 업다
　글을 ᄒ쟈 ᄒ니 人生識字ㅣ 憂患始오 칼 쓰쟈 ᄒ니 乃知兵者ㅣ 是兇
器로다
　츨하리 靑樓酒肆로 오락가락 ᄒ리라. (蔓橫淸類)
　(珍靑 473)

　大川 바다 한 가온대 中針細針 싸지거다
　열나믄 沙工놈이 긋므된 사엇대를 긋긋치 두러메여 一時에 소릐치
고 귀쪄여 내닷 말이 이셔이다
　님아님아 온 놈이 온 말을 ᄒ여도 님이 짐작 ᄒ쇼셔. (蔓橫淸類)
　(珍靑 501)

　大旱 七年인졔 湯人君이 犧牲이 되어
　剪爪斷髮ᄒ고 桑林野에 비르시니
　湯君이 聖德이 格天ᄒᄉ 大雨ㅣ 方數千里롤 ᄒ니라.
　(靑六 943)

　딕들에 나모들 사오 져 쟝스야 네 나모 갑시 언매 웨논다 사쟈
　뿌리남게는 ᄒ 말 치고 검부남게는 닷 되를 쳐셔 슴ᄒ야 혜면 마닷
되 밧습니 삿 대혀 보으소 잘 붓슴ᄂ니

흔적곳 사 짜혀보며는 미양 사 짜히쟈 흐리라. (蔓橫淸類)
(珍靑 535)

딕들에 丹著 丹슐 스오 져 쟝스야 네 황호 몃가지나 웨는이 사쟈
　알에 燈礬 웃 燈礬 걸 燈礬 즈을이 수著국이 동희 銅爐口가 옵네
大牧官 女妓 小各官 酒湯이 本是 뚤어져 물 조르르 흘으는 구머 막키
여
　쟝스야 막킴은 막혀도 後ㅅ말 업씨 막혀라. (編數大葉)
(海一 585)

딕들에 동난지이 사오 져 쟝스야 네 황후 긔 무서시라 웨논다 사쟈
　外骨內肉 兩目이 上天 前行後行 小아리 八足 大아리 二足 靑醬 ᄋ
스슥 흐눈 동난지이 사오
　쟝스야 하 거북이 웨지 말고 게젓이라 흐렴은. (蔓橫淸類)
(珍靑 532)

딕들에 臙脂라 粉들 사오 져 쟝스야 네 臙脂粉 곱거든 사쟈
　곱든 비록 안이되 불음연 네 업든 嬌態 절노 나는 臙脂粉이외
　眞實로 글어 흐량이면 헌 속쩌슬 풀만졍 대엿 말이나 사리라.
(海一 545)

宅들에 즈릿 등미 사소 저 장스야
　네 등미 됴흔냐 스자 흔 匹 쏜 등미에 半匹 바드라논가 파네 니좃
자소 아니 파니
　眞實노 그러흐여 풀거시면 첫말에 아니 폴라시랴.
(樂學 1045)

딕들에 잘잇 등믜 사오 져 쟝스야 네 등믜 갑 엇뫼나 사 짜라보쟈
　두 疋 쓴 등믜 흔 疋 밧습네 흔 疋이 못쓴이 半疋 밧소 半疋 안이
밧씀네 하 우은 말 마소
　흔 적곳 짜라 보심연 每樣 삿 끄쟈 하오리.
　(海一 549)

都련任 날 보려 홀제 百番 남아 달니기를
　高臺廣室 奴婢田畓 世間汁物을 쥬마 판쳐 盟誓ㅣ흐며 大丈夫ㅣ 혈
마 헷말흐랴 이리져리 조춧쩌니 지금에 三年이 다 盡토록 百無一實흐
고 밤마다 불너 니여 단잠만 끼이오니
　自今爲始흐야 가기난커니와 눈거러 달희고 닙을 빗죽 흐리라. (言
樂) (靑六 846)

도련님 날 보시홀제 피나모 굽격지에 잣징 박아 주마터니
　도련님 날 보신 後는 굽격지는 크니와 헌신짝 하나도 나 몰너라
　이 후란 도련님 날보고 눈금격홀제 나는 입을 빗죽하리라.
　(樂高 627)

독수공방이 심난흐기로 님을 짜라셔 갈가 보고나
　오날 가고 내일 가고 모레 가며 나흘 곱집어 여들에 팔십리 석둘열
흘에 단 천 리 가고 불어진 다리를 쫠으르 끌면서 쳔창만검지즁에 부
월이 당젼홀지라도 님을 짜라셔 아니 갈 수 업네 히 가고 둘 가고 날
가고 시 가고 님끄지 망죵 가면 요 셰샹 빅년을 뉠 밋고 사노 셕신이
라 돌에다 졉을 흐며 목신이라 고목에다 졉을 흐며 어영도 갈메기라
고 창파에다 지졉을 홀가
　졉홀 곳 업고 속너 맞는 친고 업셔 나 못살갓네.
　(樂高 908)

동강 칠리탄에 둥둥 써 잇는 져긔 져 비는 엄자릉의 낙시빌시가 분
명ᄒ고나
그 비 우에다 녯날 녯적 소동파 리젹션 두목지 쟝건 녀동빈 제갈량
다 모화 싯고
그 비 졈졈 흘니 져허 오류촌 중에 진쳐스 도연명 차자셔 비노리
가잣구나. (樂高 894)

동방에 별이 낫짜 ᄒ니 삼쳑동쟈야 네나 가 보아라
삼티뉵셩에 북두칠셩 됴무상이도 이이요 임의게셔 긔별이 왓ᄂ보다
진실노 임의게셔 긔별이 왓쓰면 네 나가 보들 말고 늬 나가 보마.
(南太 155)

洞房花燭 三更인지 窈窕傾城 玉人을 맛니
이리보고 져리보고 다시 보고 고쳐 보니 時年은 二八이오 顔色은
桃花ㅣ로다 黃金釵 白苧衫의 明眸를 흘이쓰고 半開笑 ᄒ는 양이 오로
다 니 思郎이로다
그밧긔 吟咏歌聲과 衾裡巧態야 일너 무슴 ᄒ리. (蔓橫)
(樂學 869)

東山 昨日雨에 老謝와 바독 두고
草堂 今夜月에 謫仙을 만나 酒一斗 詩百篇이로다
來日은 陌上靑樓에 杜陵豪 邯鄲娼과 큰 못ᄀ지 ᄒ리라. (蔓橫淸類)
(珍靑 469)

동정에 걸닌 달도 금음이면 무광이오 무릉도화도 모츈 만나면 쓸
곳이 업네

주네갓튼 월태화용도 늙어지면은 허스로구나
청츈홍안을 이연타 말고셔 마음디로만 놀셰.
(樂高 906)

두터비 프리를 물고 두험 우희 치드라 안자
  것넌山 브라보니 白松骨이 쩌잇거놀 가슴이 금즉ᄒ여 풀덕 쒸여 내
둣다가 두험 아래 쟛바지거고
  모쳐라 놀낸 낼싁만졍 에헐질 번 ᄒ괘라. (蔓橫淸類)
(珍靑 520)

둑거비 뎌 둑거비 혼 눈 멀고 다리 져는 저 둑거비
  혼 나리 업슨 파리를 물고 날닌쳬 ᄒ야 두험 쏜흔 우흘 속쏘다가
발짝 나뒤쳐 지거고나
  모쳐로 몸이 날닐세만졍 衆人僉視에 남 우릴 번 ᄒ거다. (弄)
(靑六 741)

뒤뫼희 고사리 뜻고 압닉에 고기 낙가
  率諸子抱弱孫ᄒ고 一甘旨味를 ᄒ듸 안자 논화 먹고 談笑自若ᄒ야
滿室歡喜ᄒ고 憂樂업시 늙엇시니
  아므도 宦海榮辱은 나는 아니 求ᄒ노라. (蔓橫)
(靑六 598)

드립더 브득 안으니 셰허리지 ᄌ늑ᄌ늑
  紅裳을 거두치니 雪膚之豊肥ᄒ고 擧脚蹲坐ᄒ니 半開한 紅牧丹이 發
郁於春風이로다
  進進코 又 退退ᄒ니 茂林山中에 水舂聲인가 ᄒ노라. (蔓橫淸類)(珍
靑 519)

滕王高閣臨江渚ㅎ니 佩玉鳴鑾罷歌舞ㅣ라
畫棟朝飛南浦雲이오　珠簾暮捲西山雨ㅣ라　閑雲淡影日悠悠ㅎ니　物換
星移度幾秋ㅣ오
閣中帝子今安在ㄴ고　檻外長江이 空自流ㅣ런가 ㅎ여라. (弄)
(靑六 732)

째는 마참 三月이라 불근 곳 푸른 입과 나는 나비 우는 새는 춘흥
을 자랑노라
봉내산 조흔 경치 지쳑의다 더저 두고 못 본지 몃해런고 이제 와
다시 보니 옛 흥취 새로워라 西山의 지는 해는 양류사로 잡어 매고
동영의 걸인 달은 게수의 머믈러라 한 읍시 노다 가세
어와 벗님네들 상전 벽해 웃지 마소 엽진화락 뉘 모르리 홍취 잇게
노라 보세. (雜誌 427)

쩟쩟 常 평훌 平 통흘 通 보뷔 寶字
구멍은 네모지고 四面이 둥그러셔 썩더글 구으러 간 곳마듸 반기는
고나
엇더타 죠고만 金죠각을 두챵이 닷토거니 나는 아니 죠홰라.
(靑六 862)

씌오리라 씌오리라 셰벽스 뉴모 얼레 당스슬 감아 씌오리라
반공 운무즁의 씨엿고나 구머리 쟝군의 홍능화 긴 코
그즁에 짓거리 잇고 말 잘 듯고 토김 톡 줄 밧는 년은 니 년인가
(時調 28)

리별이로다 리별이로다 죽어 영리별은 문압마다 ㅎ것만은 살아 싱

리별은 촘아 진정 못 ᄒᆞ갓구나

녀필은 죵부리스니 거져 두구는 못가리라 쳥룡도 드는 칼노 요참이라도 ᄒᆞ고 가고 홍노화 모진 불에 살을 쳐이면 살오고 가고 려산폭포 짓는 물에 더질터이면 더디고 가고 텰궁에 왜전 먹어 쏘실쳐이면 쏘시고 가오 날을 ᄇᆞ리고 가는 님은 오리를 못가셔 발병이 나고 십리를 못가셔 ᄂᆡ 싱각ᄒᆞ고 다시 드러울 듯

촘아 진정 리별이 설거셔 나 못살갓네.

(樂高 889)

마루 너머 시아슬 두고 숀폑을 쳑쳑 치울고 직너머 가니

고ᄃᆡ광실 놉흔 집의 화문등미 보요 쌀고 시앗넌니 마죠 안져 셤셤 옥슈로 에후러쳐 안고 얼그러지고 뒤크러졋다

두어라 팔간 용ᄃᆡ장에 젼오젼빅 노듯ᄒᆞ니 나는 이 밤싀 오기 어려외라. (시쳘가 68)

마루 너머 직너머 가니 님에 집 초당 압페 난만화초가 휘넘느러졋네

청학 빅학은 펄펄 날아 ᄆᆡ화 가지에도 안ᄭᅩ 님은 나 안져 학에경 본다

져 님은 나 안져 학에경 보는 뜻은 날보려고.

(歌鑑 234)

萬頃滄波之水에 둥둥 ᄯᅥᆺ는 부략금이 게오리 들아 비슬 금셩 증경이 동당 강셩 너시 두루미 들아

너 ᄯᅥᆺ는 물 기픠를 알고 둥 ᄯᅥᆺ는 모로고 둥 ᄯᅥᆺ느는

우리도 남의 님 거러두고 기픠를 몰라 ᄒᆞ노라. (蔓橫淸類)

(珍靑 537)

만경창파지수에 일엽선 타고 가는 져 어부야
게 잠간 머물너라 말 무러보자 티빅 강남의 풍월 실너 가넌냐
어부 둑핍을 두루치며 힝하는 곳은 동정호를.
(歌鑑 140)

萬古 歷代 蕭蕭훈 즁에 明哲保身 누고누고
范蠡의 五湖舟와 張良의 謝病辟穀 疏廣의 散千金과 季膺의 秋風江
東 陶處士의 歸去來辭ㅣ라
이밧긔 碌碌훈 貪官汚吏之輩를 혜여 무슴 흐리오. (蔓橫淸類)
(珍靑 523)

萬古 歷代 人臣之中에 明哲保身 누구누구
張良은 附謝病辟穀ᄒᆞ야 赤松子를 좃차 놀고 范蠡는 五湖烟月에 吳
王의 正周愁를 扁舟에 싯고 간이
아마도 無後淸名은 쏘 업쓴가 ᄒᆞ노라. (蔓數大葉)
(海一 315)

萬里長城 엔담 안에 阿房宮을 놉히 짓고
沃野千里 고리논에 數千宮女 압희 두고 玉璽를 드더지며 金鼓를 울
닐 적의 劉亭長 項都督 層이야 우러러 보아시랴
아마도 耳目之所好와 心志之所樂은 이뿐인가 ᄒᆞ노라.
(樂學 906)

萬里長城 役事時에 金도 나고 銀도 나는 花樹盆이 보배런가
照東前後 十二乘ᄒᆞ든 夜光珠가 보배런가 辟塞玉 辟塵犀 和氏璧 大
者 六七尺 珊瑚樹가 보배런가 木難 火齋 瑪瑙 ,琥珀 寶石 金光石이

보매런가

　아마도 世上天下 萬古 千古今에 盜賊도 못가져가는 無價寶는 文章
인가. (樂高 968)

　萬事를 다 덜치고 山林으로 도라와셔 니 손죠 호뮈 드러 荒田을 起
畊ᄒ니
　百穀이 萬種이라 濁醪은 盈樽ᄒ고 黃鷄는 滿庭이라 柴扉을 구지 닷
고 淨室에 누어시니 淸風은 徐來ᄒ고 明月 自照로다 功名도 좃커니와
이 아니 죠흘손야
　아마도 堯世舜民은 니 혼잔가 ᄒ노라.
　(樂高 18)

　萬疊 山中에 閑暇ᄒ 저 隱士는 가는비 무릅쓰고 꼿모종 닐삼는다
　富貴 牧丹 風流郞 三色桃 月四季 丁香 豆蔲 凌霄 合歡 다 아니 시
무고 杜鵑 躑躅 西甘 映山紅 西府 海棠 天盆 葵花 鳳仙花 鬪鷄花 朝
顔 雁來紅 모다 그만 두고
　陶淵明 조아 하야 九月九日 東籬下에 캐고 캐야 忘憂物에 둥둥 씌
는 菊花만 모종. (樂高 977)

　민화 사랑타가 난양으로 내려가니
　무명초 부평초와 푸엿쏘나 담도화라
　식장아 연연 잉잉 츄월이 월즁미 화션이 불너라 완월장취.
　(南太 123)

　孟浩然이 타던 전나귀 등에 李太白에 먹던 千日酒 싯고
　陶淵明 츠즈려고 五柳村 도라드니
　葛巾에 술 듯는 소리는 細雨聲인가 ᄒ노라. (界面 二數大葉)

(靑六 552)

먹 長衫 眞紅 袈裟 메고 百八 念珠 목에 걸고 六環錫杖 걸터 집고
高峰絶頂 白雲間으로 나는 듯시 나려 오는 저 和尙 게 잠간 섯소
　金剛山 萬二千峰이 어듸어듸 景 조흔고 말 잠싼 무러 보새 萬瀑洞
眞珠潭 業鏡臺 摩阿衍 妙吉祥 普德窟은 엇더하며 新萬物肖 舊萬物肖
九龍淵 十二瀑 우무즈진 느릅나무 위에 안지신 五十三佛 계신 楡岾寺
는 엇쩌한고
　和尙 손드러 가르치되 百聞이 不如一見이니 저긔 가 구경하면 자연
아시리. (樂高 971)

모시를 이리져리 삼아 두로 삼아 감삼다가
　가다가 한가온대 쏙 근처지거늘 皓齒丹脣으로 홈쌜며 감쌜며 纖纖
玉手로 두 긋 마조 자바 뱌븨여 니으리라 저 모시를
　엇더타 이 人生 긋처갈제 져 모시쳐로 니으리라. (蔓橫淸類)
(珍靑 538)

暮春 三月 節 조흔 제 春眠 初成 쌔 맛거늘
　冠童 六七노 惠好相携ᄒ야 浴沂水 風舞雩에 査滓를 다 썰치고 至興
을 자아내야 萬物을 靜觀ᄒ려 月窟을 더위잡아 天齊를 遍踏ᄒ고 怡愉
同樂ᄒ야 長子歌 少子和ᄒ며 朗吟으로 도라오니
　丈夫의 狂簡ᄒ 志趣와 遠大한 氣像이 熙皡 同春ᄒ야 點也와 一般이
라 瀟落ᄒ 胸中에 霽月光風과 無限淸味를 못내 계워 ᄒ노라. (靑가
640)

無情허고 野宿헌 님아 哀魂 離別 後에 消息이 어이 頓絶허냐
　夜月空山 杜鵑之聲과 春風桃李 胡蝶之夢에 다만 생각는니 娘子로다

梧桐에 걸닌 달 두렷헌 네 얼골 宛然이 겻헤와 숫치는 듯 이슬에 져
즌 꼿 姸姸헌 너의 틔도 눈압헤 버럿는 듯 碧紗窓前 시벽 비에 沐浴
허고 안젼는 제비 네 말소리 곱다마는 닉 귀에 하숩는 듯
　밤中만 靑天에 울고 가는 기러기 소리에 줌든 나를 찌우는냐.
　(樂高 914)

　文讀 春秋左氏傳이오 武使 靑龍 偃月刀ㅣ라
　獨行千里홀 제 明燭達朝하고 義釋 曹操ᄒ며 威鎭華夏ᄒ니 古今에
쫙이 업도다
　千古에 凜凜한 大丈夫는 漢壽亭侯ㄴ가 ᄒ노라. (弄歌)
　(樂서 494)

　文讀 春秋左氏傳ᄒ고 武使 靑龍偃月刀ㅣ라
　獨行千里ᄒ여 五關을 지나갈제 쏘로는 져 將帥ㅣ야 固城 북소릭롤
드러는냐 못 드러는냐
　千古에 關公을 未信者는 翼德인가 ᄒ노라. (編數大葉)
　(靑六 997)

　물네는 줄노 돌고 수리는 박회로 돈다
　山陳이 水陳이 海東蒼 보라미 두 죽지 넙희 찌고 太白山 허리를 안
고 도는고나
　우리도 그리던 任 만나 돌까 하노라. (弄)
　(六靑 736)

　물 알의 그리마 지니 둘의 우의 중놈 셋 가는 즁의 민 마재 즁아
게 잇거라 말 물어보쟈
　人間離別 萬事中에 獨宿空房 삼겨 주시던 부쳐 어늬 졀 어늬 法堂

卓子 우희 坎中連ᄒ고 두 눈이 감ᄒ게 안자쓰냐 닐러라 보쟈
　그 즁이 막대를 놉피 드러 白雲을 ᄀ른치며 닐러 쇽졀업다 ᄒ더라.
(蔓橫淸) (槿樂 346)

　물 업슨 강산 올ᄂ 나무도 쩟쩌 다리도 노코 돌두 발노 툭츠 데글
데글 궁글여라
　슈렁도 메이고 만쳡쳥산 너리고 너린 물껼 휘여 즈바 타고 어르렁
쫠쫠 더지둥 덩실 임 츠즈가니
　셕양에 물츤 져비ᄂ 오락가락. (時調 44)

　뮈온 님 촉직어 물리치는 갈골아 쟝쟐아 고온 님 촉직어 나웃친은
갈골아 쟝쟐이
　큰 갈골아 쟝쟐이 쟉은 갈골아 쟝쟐이 흔되 들어 넘는이 어늬 갈골
이 쟝쟐이 갑 만흐며 ᄯ또 언의 갈골아 쟝쟐이 갑 젹은 줄 알리
　아마도 고온님 촉직어 나오치는 갈고라 쟝쟐이는 금 못칠가 ᄒ노
라. (樂時調) (海一 557)

　밋난편 廣州ㅣ 싼리뷔 쟝ᄉ 쇼대난편 朔寧 닛뷔 쟝ᄉ
　눈경에 거론 님은 ᄯ싹ᄯ싹 두드려 방망치 쟝ᄉ 돌호로 가마 홍도
쌔 쟝ᄉ 빙빙도라 물레 쟝ᄉ 우물젼에 치다라 근댕근댕ᄒ다가 워렁충
창 쌔져 물 둠복 쩌내ᄂ 드레곡지 쟝ᄉ
　어듸가 이 얼골 가지고 죠릐쟝ᄉ를 못 어드리. (蔓橫淸類)
　(珍靑 565)

　밋남진 그놈 紫驄 벙거지 쁜놈 소딕 書房 그놈은 삿벙거지 쁜놈 그
놈
　밋남진 그놈 紫驄 벙거지 쁜놈은 다 뷘 논에 졍어이로되

밤中만 삿벙거지 쓴 놈 보면 실별 본 듯 ᄒ여라. (言樂)
(靑六 830)

바둑바둑 뒤얼거진 놈아 제발 비자 네게 니가의란 서지 마라
눈 큰 쥰치 허리 긴 갈치 두루쳐 메오기 츤츤 가물치 부리 긴 공치
넙젹ᄒ 가잠이 등 곱은 시오 결네 만ᄒ 곤쟝이 그믈만 너겨 풀풀 쒸
여 다 다라나는듸 열 업시 삼긴 오증어 둥긔는고나
眞實노 너곳 와셔 시량이면 고기 못 잡아 大事ㅣ러라. (樂戲調)
(樂學 1008)

바독이 검동이 靑揷沙里中에 조 노랑 암캐 ᄀᆺ치 얄믭고 잣믜오랴
믜온 任 오게되면 ᄭᅩ리를 회회 치며 반겨 니닷고 고온 任 오게되면
두 발을 벗쯰듸고 코쑬을 쎙그리며 무르락 나오락 캉캉 즛는 요 노랑
암캐
잇튿날 門밧긔 기 스옵시 웨는 匠事 가거드란 찬찬 동혀 니야 쥬리
라.(弄) (靑六 740)

바람 광풍아 부지 말라 숑풍락엽이 다 쩌러진다
명ᄉ십리 ᄒᆡ당화야 닙히 진다 셜어 말며 꼿이 진다 셜어 말라 동삼
셕 달을 꼭 죽엇다가 명년 삼월 다시 오면 뎐각에 싱미닝ᄒ고 춘풍이
ᄌᆞ남니ᄒᆞᆯ졔 류상앵비는 편편금이요 화간뎝무는 분분셜ᄒᆞᆯ졔 온갓 화초
라 ᄒᆞ는 물건은 버들 밧테도 밈이 도는듸 인싱 ᄒᆞᆫ번 죽어지면 다시
올 길 만무로구나 황쳔이라 ᄒᆞ는 곳은 사롬 스는 인품범졀이 졍 죠흔
가 보더라 긔공 불너서 노리도 식히며 미동 다려 다리도 치며 미식
불너 술 부어 먹으며 로류장화가 막 만흔 곳인지 ᄒᆞᆫ 번 가면 영졀 무
소식이로구나
쳥츈지년을 허송히 말고 ᄆᆞ음ᄃᆞ로만 놉셰다.

(樂高 911)

ㅂ롬도 쉬여 넘눈 고기 구름이라도 쉬여 넘눈 고기

山진이 水진이 海東靑 보라미 쉬여 넘눈 高峰 長城嶺 고기

그너머 님이 왓다ᄒ면 나눈 아니 ᄒ번도 쉬여 넘어 가리라. (樂戲
調) (樂學 993)

바람아 광풍아 부지 말아 숑풍낙엽이 다 쩌러진다

명ᄉ십리 희당화야 쏫시 진다고 섫어 말고 닙락엽 진다고 네 우지
말아 동 삼석 둘을 쏙 죽엇다가 명년 양츈이 다시 도라오면 너는 다
시 깅싱ᄒ여 쏫치 피여 만발ᄒ고 님은 퓌여 왕셩ᄒ올 제 우리 인싱이라
ᄒ눈 거슨 풀 쏫헤 이슬이오 단불애 나뷔로구나 금됴일셕이라도 앗츠
실슈 되여 북망산쳔에 도라를 가면 턴디로 집을 삼고 두견으로 벗을
숨아 산쳔쵸목으로 울파쥬 삼고 쩜되닙으로 니불을 덥고 쳥토 황토로
포단을 숨아 셕침을 도두 베고 잠든 드시 누어스니 살은 썩어 물이
되고 쎄는 썩어 황토가 되고 삼혼칠빅이 홋허질 제 어니 다졍ᄒ 친고
가 셩분 젼에 차자와셔 졔뎐을 버려 놋코 호텬망극에 익곡을 ᄒ들 우
눈이 우눈 줄 알며 와스니 왓눈 줄 알가 ᄉ후대락이라도 다 쓸 듸 업
고 불여싱젼일비쥬로구나

춤아 진졍 가지록 섫어 나 엇지 살고.

(樂高 912)

바람 부러 竹葉이 거문고 되고 달 밝어 萬樹靑山에 白雪이 적녕 되
엿구나

人寂寂 夜深헌듸 杜鵑이 슬니 우러 歸蜀道 不如歸라

何事로 千里 遠客이 잠 못 일워.

(時調集 122)

바람아 부지을 마라 휘여진 졍조나무 입히 다 쩌러진다
셰월아 가지마라 장안 호걸리 다 늙는다
빅발이 네 짐작하여 더듸 늙게 하여라.
(樂서 500)

ㅂ람은 地動치 듯 불고 구즌 비는 담아 붓 듯 온다
눈경에 걸온 님이 오늘밤 서로 맛나쟈 ㅎ고 板툭쳐 盟誓 밧앗던이
일어ㅎ 風雨에 제 어이 오리
眞實노 오기곳 오량이면 緣分인가 ㅎ리라. (樂時調)
(海一 529)

ㅂ른갑이라 ㅎ눌로 눌며 두더쥐라 짜흐로 들랴
금죵달이 鐵網에 걸려 플덕플덕 프드덕이니 눌다 길다 네 어드러로
갈다
우리도 새 님 거러두고 플더겨 볼가 ㅎ노라. (蔓橫淸類)
(珍靑 479)

博浪沙中 쓰고 남은 鐵椎를 엇고
江東子弟 八千人과 曹操의 十萬大兵으로 當年에 閻羅國을 破ㅎ던들
丈夫의 屬節 업슨 길흘 아니 行홀 꺼슬
오날에 날 좃추 가자ㅎ니 그을 슬허 ㅎ노라. (弄)
(靑六 721)

薄薄酒도 勝茶湯이오 麤麤布도 勝無裳이라
醜妻惡妾 勝空房이오 五更待漏靴滿霜이 不如三伏日高睡足北窓凉이
오 珠襦玉匣 萬人弔送歸北邙이 不如懸鶉百結獨坐負朝陽이로다

生前富貴와 死後文章이 百年瞬息萬世忙이 夷齊盜跖其亡羊ᄒ니 不如
生前一醉코 是非憂樂을 都兩忘인가 ᄒ노라.
(詩歌 705)

半여든에 첫 계집을 ᄒ니 어렷두렷 우벅주벅
주글번 살번 ᄒ다가 와당탕 드리ᄃ라 이리져리 ᄒ니 老都슈의 ᄆ음
홍글항글
眞實로 이 滋味 아돗던들 길젹보터 흘랏다. (蔓橫淸類)
(珍靑 508)

밤은 깁은 三更인데 구즌 비 오동입 두석어 칠제 이리 궁글 저리
궁글 생각다 못하여서 잠이 잠깐 드러든이
東方의 실솔성과 靑天에 울고 가는 외기럭이야 겨우 든 잠 깨우느
냐
기럭아 짝 일코 기롭기는 네나 내나 일반이라 사람의 간장을 다 녹
인다. (雜誌 435)

밤은 깁허 三更에 니르럿고 구진 비ᄂ 梧桐에 훗날닐졔 니리 궁굴
저리 궁굴 두로 싱각다가 잠 못 니루웨라
洞房에 蟋蟀聲과 靑天에 뜬 기러기 소릐 ᄉ롬의 무궁ᄒ 심회를 짝
지여 울고 가는 저 기럭아
갓득에 다 셕어 스러진 구뷔 간장이 이 밤 시우기 어려워라. (樂時
調) (詩歌 601)

白鷗ᄂ 片片大同江上飛오 長松은 落落淸流壁上翠라
大野東頭點點山에 夕陽은 빗견ᄂ듸 長城北面溶溶水에 一葉漁艇 흘
리저어

大醉코 載妓隨波ᄒ여 錦繡綾羅로 任去來를 ᄒ리라. (蔓横清類)
(珍青 527)

빅구야 무단이 펄펄 날지 말아
달도 희고 모러도 희고 너도 희고 시비흑빅을 너 몰ᄂ라
우리ᄂ 평싱에 죵젹을 못 감초아 너를 붙여 ᄒ노라.
(古今歌雜編 16)

白鷗야 풀풀 나지 마라 나ᄂ 아니 줍우리라
聖上이 ᄇ리시니 갈듸 업셔 예 왓노라 名區勝地를 어듸어듸 보앗ᄂ
냐
날ᄃ려 仔細히 닐러든 너와 함긔 놀니라.
(花源 576)

百代 英雄 豪傑들아 楚漢 勝負 들어 보소
力拔山도 쓸데 업고 順人心이 웃듬이라 漢沛公의 百萬大兵 九星山
의 埋伏하고 天下 兵馬 都元帥는 乞食漂母 韓信이라 大將壇의 놉히
안저 天下諸侯를 號令할 제 彭城道 五百里에 거리거리 伏兵이라
謀計 만헌 李佐居는 項王을 諭人하고 算잘 놋는 張子方은 鶏鳴山
秋夜月에 玉洞簫만 슬니 분다.
(時調集 163)

白頭山石은 刀磨盡이오 豆滿江水난 馬飮無라
男兒二十 未平國인디 後世誰稱大丈夫라
아희야 馬槪의 馬 ᄂ여 셰우고 甲冑 槍劒 ᄂ여 노와 天與授時가 分
明코나. (時調 122)

白馬는 欲去長嘶ᄒ고 靑娥는 惜別牽衣ㅣ로다
夕陽은 已傾西嶺이오 去路는 長程短程이로다
아마도 이 님의 離別은 百年 三萬 六千日에 오늘뿐인가 ᄒ노라.
(三數大葉) (樂學 826)

白髮漁樵 江渚上에 慣看秋月 春風이로다
一壺濁酒로 喜相逢하야 古今多小事 都付笑談中이로다 山空 夜靜ᄒ
듸
잇다감 蜀魄이 울제면 不勝慷慨 ᄒ여라. (笁樂)
(源國 597)

白髮에 환양 노는 년이 져믄 書房 ᄒ랴 ᄒ고
센 머리에 墨漆ᄒ고 泰山峻嶺으로 허위허위 너머가다가 과그른 쇠
나기에 흰 동정 거머지고 검던 머리 다 희거다
그르사 늘근의 所望이라 일락배락 ᄒ노매. (蔓橫淸類)
(珍靑 507)

百獸를 다 기르는 중에 닭은 아니 기를 거시니
鴛鴦枕 翡翠衾에 그리던 님을 만나 정에 말 다 몯ᄒ여 曉月紗窓에
이내 離別을 지촉ᄒ니
伊後야 판척쳐 盟誓ᄒ지 닭은 아니 기로리라.
(歌譜 227)

白雲은 千里 萬里 明月은 前溪 後溪
罷釣歸來홀제 낫근 고기 꿰여 들고 斷橋로 건너 杏花 ᄇ라보며 酒
家로 도라드는 져 늘그니
眞實로 네 興味 언매오 갑 못칠가 ᄒ노라. (蔓橫淸類)

(珍靑 483)

白華山 上上頭에 落落長松 휘여진 柯枝 우희
부헝 放氣 쮠 殊常훈 옹도라지 길쥭넙쥭 어틀머틀 믜뭉슈로 ㅎ거라
말고 님의 연장이 그러코라쟈
眞實로 그러곳 홀쟉시면 벗고 굴문진들 셩이 므슴 가싀리. (蔓橫淸
類) (珍靑 545)

碧紗窓이 어른어른커놀 님만 너겨 나가 보니
님은 아니 오고 明月이 滿庭훈듸 碧梧桐 져즌 닙헤 鳳凰이 ㄴ려와
짓 다듬는 그림재로다
모쳐라 밤일싀만졍 늠 우일 번 ㅎ괘라. (蔓橫淸類)
(珍靑 502)

別院에 春深ㅎ니 幽懷를 둘듸 업셔
臨風怊悵ㅎ여 四面을 둘너보니 百花爛漫훈듸 柳上 黃鶯은 雙雙이
빗기 나라 下上其音홀지 엇지훈 니 귀여는 有情ㅎ여 들이는고
엇지타 最貴훈 사름들은 져 싀만도 못ㅎ니. (蔓橫)
(樂學 865)

볏흔 불 갓치 쬐고 쌈은 비오듯 훈다
山田水田 다 말으고 五穀百穀 싹이 탄다
비나니 上天은 數千里에 大雨를 쥬사 萬民 蘇生.
(源가 439(124))

屛風에 압니 줏씃동 불어진 괴 글이고 그 괴 알픠 죠고만 麝香쥐를
그렷씬이

이고 죠 괴 삿쌜은 양ㅎ야 글임에 쥐를 잡으려 쫏니는고여

울이도 새 님 걸어두고 좃니러 볼까 ㅎ노라.

(海一 538)

鳳凰臺上에 鳳凰有ㅣ런이 鳳去臺空江自流ㅣ라

吳宮花草 埋幽逕이요 晋代衣冠 成古丘ㅣ라 三山은 半落靑天外여늘 二水는 中分白鷺洲ㅣ로다

摠爲浮雲이 能蔽日인이 長安을 不見홈에 使人愁를 ㅎ소라. (樂時調)

(海一 615)

부러진 활 것거진 통 쌘 銅爐口 메고 怨ㅎᄂ니 皇帝 軒轅氏를

相奪與 아닌 前에 人心이 淳厚ㅎ고 天下 太平ㅎ여 一萬八千歲 사랏거든

엇덧타 習用干戈ㅎ여 後生 閑케 ㅎ연고. (蔓橫淸類)

(珍靑 504)

扶蘇山 점은 비는 荒城이 寂寞하다

落花巖 잠든 杜鵑 宮娥冤魂 싹을 지여 前朝事를 꿈꾸더냐 白馬江 잠긴 달 몃 번이나 盈虛하며 皐蘭寺 曉鐘소래 法界가 淸靜하다 水北亭 靑山嵐下에 돗대 치는 저 漁父야 窺巖津 歸帆이 이 안니냐

雲宵의 나는 기러기 九龍浦로 쪄러지고 夕照에 빗긴 塔은 半空의 소삿스니 扶餘八景이 宛然하다.

(時調集 156)

北斗七星 ㅎ나 둘 셋 넷 다숫 여숫 일곱 분게 민망ㅎ온 白活所志 혼 丈 알외나니다

그리던 님을 맛나 情에 말 치 못하여 날 쉬 시니 글노 민망

밤중만 三台星 差使 노하 싯별 업게 ᄒ소셔. (蔓横)
(樂學 960)

北邙山川이 긔 엇더ᄒ여 古今 사롬 다 가는고
秦始皇 漢武帝도 採藥求仙ᄒ야 부듸 아니 가랴 ᄒ엿더니
엇덧타 驪山風雨와 武陵松栢을 못내 슬허 ᄒ노라. (蔓横淸類)
(珍靑 488)

북소릐 둥둥 나는 졀이 머다하면 얼마나 되리
楚山秦山은 白雲之榻이요 一國에 第一名山이요 諸佛大刹이라
遠近에 聞鐘聲허니 다 완는가.
(樂高 5)

쑨꼿을 썩어 멀니의 꼿고 山의 올너 들 귀경ᄒ니
올오시난 閑良임ᄂ ᄂ리시는 선븨임ᄂ 날 보날아고 길 못가니
아마도 이 山즁 귀物은 나 쑨
(靈山歌 34)

粉壁紗窓 月三更에 傾國色에 佳人을 만나
翡翠衾 나소 굿고 琥珀枕 마조 볘고 잇ㄱ지 서로 즐기는 양 一雙鴛
鴦之遊 綠水之波瀾이로다
楚襄王의 巫山仙女會를 부를 줄이 이시랴. (蔓横淸類)
(珍靑 492)

紛紛大雪 滿山野커늘 黑貂裘를 썰쳐 입고 白羽長箭 허리에 츠고 全
筋角弓 팔에 걸고 靑驄馬 빗기 타고 보리믜 밧치 이고 靑澗으로 山行
갈제

큰 돗치 니닷거늘 捷技矢射中ᄒ여 칼쎄야 베혀니여 洪爐에 炎어니
이 膏血이 點滴이로다 軒然이 踞胡床啖之ᄒ며 銀碗에 슐을 부어 飮之
爽快로다 썽몰고 미노을지 醉顔이 漂泊ᄒ니 조흔 맛 졔 뉘 알니
　아마도 一豪事는 이쑨인가 ᄒ노라. (各調音)
　(興比 410)

불 아니 쎄일지라도 절노 익는 솟과
　녀무쥭 아니 먹어도 크고 슐져 흔것는 몰과 질슘ᄒ는 女妓妾과 슐
싀는 酒煎子와 朧보로 낫는 감은 암쇼 두고
　平生의 이 다슷 가져시면 부를 거시 이시랴. (蔓橫)
　(樂學 961)

붓체 몃 가지니 尾扇 扇子 두 가지라
扇子는 君子袖中 凹節이요 尾扇은 兒女子之 夏三朔이라
閣氏님 尾扇 부대 바리고 扇子 대쇼.
　(樂府 591)

飛禽走獸 삼긴 後에 닭과 기는 찌두드려 업시홀 즘싱
　碧紗窓 깁흔 밤에 품에 드러 즈는 임을 져른 목 늘희여 홰홰쳐 우
러 니러나게 ᄒ고 寂寂重門 왓는 님을 무르락 나오락 쌍쌍 지져 도로
가게 ᄒ니
　門前에 닭기장ᄉ 외짓거든 츈츈 동혀 쥬리라.
　(詩歌 708)

琵琶야 너는 어이 간듸 넨듸 앙쥬아리는
　힝금흔 목을 에후로혀 안고 엄파 ᄀᆺ튼 손으로 비를 쟈바 뜻거든 아
니 앙쥬아리랴

아마도 大珠小珠 落玉盤ᄒ기ᄂ 너쑨인가 ᄒ노라. (蔓横淸類)
(珍靑 536)

스람마다 못할 것은 남의 님 씌다 情 드려 놋코 말 못ᄒ니 이연ᄒ
고 통ᄉ정 못ᄒ니 나 죽깃구나
ᄭᆺ이라고 ᄯ어를 내며 닙히라고 홀터를 니며 가지라고 ᄭᅥ거를 니며
히동쳥 보라미라고 제밥을 가지고 굿여를 낼가 다만 秋波 여러 번에
남의 님을 후려를 내여 집신 간발ᄒ고 안인 밤즁에 월장도쥬ᄒ야 담
넘어갈 졔 싀이비 귀먹쟁이 잡녀석은 남의 속ᄂᆞ는 조금도 모로고 안
인 밤즁에 밤ᄉ람 왓다고 소릭를 칠 제 요 닉 간장이 다 녹는구나
춤으로 네 모양 그리워셔 나 못살겟네.
(樂高 918)

思郞을 ᄉ자ᄒ니 思郞 풀니 뉘 이시며
離別을 ᄑᄌᄒ니 離別 ᄉ리 전혀 업다
思郞 離別을 풀고 ᄉ리 업ᄉ니 長思郞 長離別인가 ᄒ노라. (樂戲調)
(樂學 998)

思郞을 츤츤 얽동혀 뒤설머지고
泰山峻嶺을 허위허위 올라 간이 그 모를 벗님네는 그만ᄒ야 볼이고
갈아 ᄒ것만은
가다가 쟈즐려 죽을만졍 나는 아니 볼이고 갈까 ᄒ노라. (樂時調)
(海一 520)

司馬遷의 鳴萬古 文章 王逸少의 掃千人 筆法
劉伶의 嗜酒와 杜牧之 好色은 百年從事ᄒ면 一身兼備ᄒ려니와
아마도 雙全키 어려울슨 大舜曾參孝와 龍逢比干忠이로다. (蔓横淸

類) (珍青 500)

사마천 이태백 도잠이는 시부 중의 문장이요
월서시 우미인과 왕소군 양귀비는 만고 절색 일넛건만 황양고총 되
야 잇고 팔백 장수 팽조수와 삼천갑자 동방삭은 차일시 피일시라 안
기생 적송자도 동해상의 신선이라 일럿스되 말만 드럿지 못 보왓네
우리는 風魄의 붓칠 人生이라 안니 노든.
(時調集 166)

사벽달 서리치고 지시는 밤에 짝을 닐코 울고 가는 기러기야
너 가는 길에 졍든 임 니별ᄒ고 참아 그리워 못살네라고 젼ᄒ야 쥬
렴
써 단니다가 마흠 나는 디로 젼ᄒ야 줍세.
(南太 39)

紗窓이 얼은얼은커늘 님이신가 반겨 플쩍 쒸여 쑥 나션이
우슐음 둘빗체 녈 구름이 날을 속에
幸혀나 들라 ᄒ듬연 憨鬼憨天 홀랏다. (三數大葉)
(海一 505)

삭갓 씨고 도롱이 입고 곰방터 물고 잠빙이 입고 허미 츠고 낫가라
쏭무늬의 츠고 독기 가라 두러미고 큰 가리 믜고 죵가러 들고 수슈닙
잘나 질자비 동이고 치직 들고 주머니 쌈지 졋드려 차고 왼 쌸 쑈부
라진 거문 얼넉 암쑈 고삐 쯧쑥 치쳐 어듸야 탕탕 씰씰 소 몰고 가넌
죠 다방머리 아희놈아 거기 잠 섯거라 말부침허자
저 근너 저 집 디장마의 움덩이 지고 슈풀이 저서 고기 슈북 마니
들엇다기로 네 쇼 궁덩이의 달닌 죠리 죵다락희 쑥 씌여 그 속의 자

나 굴구나 굴구나 자나 피리미 불거지 등믈 마니 다마 집흘 걱구로 잡고 츄려 마기를 지르고 양섯 동여 네 쇠 궁덩이의 글쳐 죽게 우리 님 집 지난 역노의 아침 쩌를 맛참 잇지 말고 苦草漿의 靑파 마니 늣코 가진 냥념ᄒ여 과이 싱겁지도 안케 지져 달나고 전허여 쥬렴

거 아희놈 디답허난 말이 우리도 사쥬팔자 기박ᄒ여 남의 집 뭡사리 허난고로 한달허고 설흔날의 원음식 여순 그릇 설 언저 노코 나지면 낭글허고 저역이면 쓸 참의 논밧 갈고 슐 담비 젓드려 일년 열두 달의 數百餘本 먹은 후의 희다 져 저문날의 兩親父母 奉氣 奉養ᄒ고 곡홀불 압헤 안저 스투룬 諺文짜나 쓰더 보난고로 傳헐지 말지.

(調詞 63)

削髮爲僧 앗가온 閣氏 니의 말 드러보쇼

어득훈 佛堂안에 念佛만 외오다가 네 人生 죽어지면 우는 귓것 네 아니 되랴

다시금 네 마음 도로혀면 粉壁紗窓 月三更에 고은 님 품에 들어 鴛鴦枕 돌베고 翡翠衿 나슈 덥고 晝夜동품ᄒ니 子孫이 滿堂ᄒ고 富貴를 누리면서 百年偕老 ᄒ리라.

(詩歌 693)

山밋티 집을 지어 드고 녤 것 업셔 草시로 녜어시니

밤中만 ᄒ야셔 비 오눈 쇼리는 우루룩쥬루국 몸에 옷시 업셔 草衣를 입어시니 술이 다 드러나셔 울긋불긋 블긋을긋

다만지 칩든 아니ᄒ되 任이 볼가 ᄒ노라. (弄)

(靑六 719)

山不在高 ㅣ 나 有仙則名ᄒ고 水不在深이나 在龍則靈ᄒᄂ니 斯是陋室에 惟吾德馨이라

苔痕은 上階綠이요 草色은 入簾靑이라 談笑有鴻儒ㅣ오 往來無白丁이라 可以調素琴閱金經ㅎ니 無絲竹之亂耳ㅎ고 無案牘之勞形이로다
南陽諸葛廬와 西蜀子雲亭을 孔子云何陋之有 ㅎ시니라. (蔓橫)
(樂學 868)

산은 젹젹 월황혼에 두견 울어도 님 싱각이오 밤은 침침 월스시(夜三更)에 졉동이 울어도 님 싱각이라
침상편시춘몽즁ㅎ여 벼기 우희 빌은 줌을 계명 축시에 놀라 끼니 님의 혼젹은 간 곳 업고 다만 등불만이로다 그러미로 식불감미ㅎ여 밥 못 먹고 침불안셕ㅎ여 줌 못즈며 쟝쟝지야를 허송이 보니며 독디 등쵹으로 버슬 숨으니 뉘 타슬 숨으랴 셜분을 ㅎ잔 말가
듀야쟝쳔에 밋을 곳 업셔셔 못살가고나. (춤으로 님 싱각 그리워 나 못살겟네) (樂高 907)

山靜ㅎ니 似太古요 日長ㅎ니 如少年이라
蒼鮮映階ㅎ고 落花ㅣ滿庭ㅎ되 午睡初足기놀 讀周易國風左氏傳離騷太史公書陶杜詩와 韓蘇文 數篇하고 興到則出步溪邊ㅎ야 邂逅園翁溪友ㅎ야 問桑麻說秔稻에 相與劇談半餉하다가 歸而倚杖柴門하ㅎ니
이윽고 夕陽이 在山ㅎ고 紫綠萬狀이라 變幻頃刻ㅎ야 悅可人目이라 牛背笛聲이 兩兩歸來홀지 月印前溪 ㅎ얏더라. (蔓橫)
(樂學 950)

산중에 무녁일ㅎ야 졀 가는 줄 모르더니
곳 픠면 춘졀이요 입 퓌면 하졀이요 단풍 들면 츄졀이라
지금에 쳥송녹쥭이 빅셜의 져져쓰니 동졀인가.
(時調 58)

살구꽃 봉실봉실 핀 밧머리에 이라이라 하는 저 農夫야

그 무신 곡실을 시무랴고 봄 밧츨 가오 예주리 천자강이 홀아비콩 눈씀적이 팟 녹두 기장 청경초조 새코찌르기 참깨 들깨 동부 쥐눈이 콩 찰수수를 갈랴 함나 그 무어슬 스무랴 하노

그것도 저것도 다 아니오 구곡장진 신곡미등할 째에 제일 농량에 긴한 봄보리 가오. (耕春麥) (樂高 970)

삼강오륜으로 비를 무어라 렬녀 효즈 츙신으로 돗을 달며 문무쥬공으로 도스공 삼아 요슌우탕을 가득이 시러스니 제 아모리 졸지(결쥬) 풍파 나는 바람일지라도 그 비 파션ㅎ기는 만무로다

룡천검 아무리 잘 드는 비슈칼일지라도 우리 량인의 삼스만 갈으즈르기는 (졍의를 버기는) 만무로구나

춤아 진졍 긔가 산이가 막혀 나 못살갓네.

(樂高 891)

三更에 술을 취고 五更樓에 올나 보니

鷰鳥白鷗는 或窺魚 或眠啼허고 碧天秋月은 半入山 半開天을

저 근너 一葉船 魚夫야 瀟湘八景이 조타더니 이에서 더 헐소야.

(調詞 35)

三公不換 此江山은 어이 니른 말이런고

나는 말업시 슈이도 밧고안쟈 恒産도 보쟈ㅎ니 희욤업시 이노매라

어즐어온 鷗鷺와 麋鹿을 내 혼자 거늘여 六畜을 삼아는디 갑업슨 淸風明月른 節노 己物이 되어시니 남과 다른 富貴는 이 혼몸에 가잣세라

엇덧타 이 富貴 가지고 져 富貴를 불을손냐. (編樂幷抄)

(靑가 632)

三國의 노든 名士 時運이 不齊턴가

連環計 드린 後에 英主를 계오 맛나 功業을 未建ᄒ여 落鳳坡를 맛나시니

平生에 未講運籌를 못니 슬허 ᄒ노라. (二數大葉)

(樂學 757)

삼국젹 와룡선싱이 도라가면 스류거 백우션 남양 초당을 뉘를 밋기며

한슈뎡후 관공님이 도라가시면 젹토마 쳥룡도 뉘를 밋기며 우람ᄒ신 쟝쟝군이 도라가시면 댱팔사모란 창 뉘를 밋기며 진시황뎨 도라가시면 만리쟝셩 아방궁을 뉘게 젼ᄒ며 리빅이 긔경비샹텬후에 강남풍월을 뉘를 밋기며 쟝ᄌ방이가 도라가시면 계명산 옥퉁소 뉘를 밋기며 도연밍이 도라가시면 오류촌을 누를 밋기며 백이숙졔 도라가신 후 슈양산을 뉘를 밋기며 소ᄌ쳠이가 도라가시면 젹벽강슈를 뉘를 밋기며 태공선싱이 도라가신 후 위수변 됴터를 뉘를 밋기갓네

우리 인싱이 이런 모양으로 놀다가 북망산 가게 되면 알들흔 졍판을 뉘게다 밋기잔 말가 젼흘 곳 업고 밋길 곳 업서 나 엇지 하리.

(樂高 886)

三國風塵 搖亂時의 漢宗室 劉皇叔니

臥龍先生 뵈오려고 赤盧馬 치을 젹어 南陽隆中 風雪中에 至誠으로 나아가니

그곳에 大夢을 誰先覺고 平生을 我自知라 ᄒ엿더라.

(詩調 102)

三山半落靑天外요 二水中分白鷺洲라 浩浩兮 滄浪歌로 돗대치는 저

사공아 遠浦歸帆이 그 아니냐
　秋上江 배를 타고 강동으로 가는 이는 張翰先生 이 아니며 檻外長
江空自流는 藤王閣 序文이요 王勃의 萬古詩與樂이라 落霞는 與孤鶩齊
飛하고 秋水는 共長天一色이라
　天外 巫山十二峰은 구름 속에 소사 잇다.
　(時調集 150)

　三春色 즈랑마소 花殘 後ㅣ면 蝶不來ㅣ라
　王昭 玉貌 胡城土ㅣ오 貴妃 花容 馬嵬塵이라 蒼松綠竹은 千古節 碧
桃紅杏은 一年春이로다
　져 님아 光陰은 本是 無用之物이니 앗겨 무슴 흐리오. (蔓橫)
　(樂學 860)

　常山 짜 趙子龍을 일직이 알엇더냐 發無不中 활 재조 너을 應當 쏠
터이나 죽이든 안이하고 手端이니 뵈이리라
　莫莫强弓 鐵箭 멕여 非丁非八胸虛腹實 줌통이 터지게 깍지손 뚝 쩨
이면 번개갓치 닷는 살이 푸루루 근너 가서 徐成 탄 배 돗대 마저 와
자지근 부러지니
　徐成 鄭鳳 넉을 일코 배머리에 빙벵 물결쳐 와랑출렁 方向 업시 쩌
나가니 제 어이 짜를소냐. (時調集 149)

　시달은 뒷 東山 말네 덩지둥지 둥그러이 도다 쓰고
　잘 시는 니만신 수풀에 풀덕풀덕 나라들 제 외나무다리에 혼즈 가
는 둥아
　네 져리 얼미나 멀건데 暮鐘聲니 들니는다.
　(孫氏隨見錄 31)

시벽달 서리치고 지시는 밤에 짝을 닐코 울고 가는 기러기야

너 가는 길에 정든 임 니별ᄒ고 참아 그리워 못 살네라고 젼ᄒ야 쥬렴

쩌 단니다 마흠 니는 디로 젼ᄒ야 쥼셰.

(南太 39)

새악시 書房 못마자 애쓰다가 주근 靈魂 건삼밧 쑥삼되야

龍門山 皆骨寺에 니쌔진 늘근 즁놈 들뵈나 되얏다가

잇다감 씀나 ᄀ려온 제 슬쩌겨 볼가 ᄒ노라. (蔓橫淸類)

(珍靑 494)

새약氏 싀집간 날 밤의 질방글이 대여섯슬 쏠여 볼이온이 시어마님이 물라 돌라 ᄒ는고야

며늘이 對答ᄒ되 싀엄의 아들놈이 울이 짓 全羅道 慶尙道로셔 會寧 鍾城 다희를 못쓰게 뚤어 긔틋 쳣신이

글로 빅여 보와도 兩違將홀까 ᄒ노라. (樂時調)

(海一 553)

色ᄀ치 됴흔 거슬 긔 뉘라셔 말리는고

穆王은 天子ㅣ로되 瑤池에 宴樂ᄒ고 項羽는 天下壯士ㅣ로되 滿營秋月에 悲歌慷慨ᄒ고 明皇은 英主ㅣ로되 解語花 離別에 馬嵬驛에 우럿ᄂ니

ᄒ믈며 날ᄀ튼 小丈夫로 몃 百年 살리라 희올 일 아니ᄒ고 속졀 업시 늘그랴. (蔓橫淸類) (珍靑 557)

生미 잡아 깃드려 둠에 쒱山行 보니고

白馬 씻겨 바 느려 뒤 東山 松枝에 미고 손죠 고기 낙가 버들움에

쎄여 돌 지질너 츠여두고
　아희야 날 볼 손 오셔든 긴 여흘노 슐와라. (蔓橫)
　(樂學 955)

　싱마 잡아 길 잘 드려 두메로 쎵산양 보닉고
　셧말 구불굽통 슐질 쇨쇨ㅎ야 뒤송졍 잔디 잔디 금잔듸 난데 말뚝
쎵쌍 박아 바늘여 믹고 암닉 여흘 고기 뒷닉 여흘 고기 자나 굴그나
굴그나 자나 쥬어쥬셤 낙과 닉야 움버들 가지 쥬루룩 훌터 아감지 쒜
여 시닉 잔잔 흘으는 물에 쳥석바 바둑돌을 얼는 넝큼 슈슈히 집어
자장단 마츄아 지질너 노코
　동자야 이 뒤에 윗뿔 가진 쳥소 타고 그 소가 우의가 부푸러 치질
이 셩혓가 ㅎ야 남의 소를 웃어 타고 급히 나려와 뭇거들낭 너도 됴
금도 지쳬말고 뒤 녀흘노.
　(南太 196)

　셔셩(西城)에 달 빗치엇다 단장두(短墻頭)에 화용(花容)이라
　엇그제 가는 님(任)이 오날밤 오마기는 월상시(月上時)로 오마드니
금노(金爐)에 향진(香盡)허고 오경종(五更鍾)이 거의로되 삼오야(三五
夜) 지시도록 독의난간(獨倚欄干)허여 임(任)보랴 엿히 안져쓰라구 젼
(傳)허여 쥬렴
　아마도 유신(有信)허기는 명월(明月)인가.
　(樂高 21)

　石崇의 累鉅萬財와 杜牧之의 橘滿車風采라도
　밤일을 훌저긔 제 연장 零星ㅎ면 꿈자리만 자리라 긔 무서시 貴훌
쏘냐
　貧寒코 風度ㅣ 埋沒훌지라도 제 거시 무즑ㅎ여 내 것과 如合符節곳

ㅎ면 긔 내 님인가 ㅎ노라. (蔓橫淸類) (珍靑 546)

昔人이 已乘黃鶴去ㅎ이 此地에 空餘黃鶴樓ㅣ로다
黃鶴이 一去不復返ㅎ이 白雲千載에 空悠悠ㅣ라 晴天에 歷歷漢陽樹
요 芳草는 萋萋鸚鵡洲ㅣ로다
日暮鄕關이 何處是오 烟波江上에 使人愁를 ㅎ소라. (蔓數大葉)
(海一 616)

昔子之去에 氣桓桓ᄐ니 今子之來에 身踽踽ㅣ라
名騅幸姬은 去何處오 捲甲殘兵이 不成伍ㅣ로다
君不見 文王百里能御宇ㅎ다 不渡烏江을 못닉 슬허 ㅎ노라. (蔓橫)
(樂學 862)

세거에 인두빅이오 츄닉에 목엽황이라 쟝츠 가을이 오면 나뭇닙헤
단풍 들고 희가 가면 사람의 머리에 빅발이 되누나
쳥츈이 부지닉ㅎ며 빅일을 막히도ㅎ라 이달을손 쳥츈이 가신 줄을
알드면은 쳥ᄉ 홍ᄉ로 결박을 ㅎ고 원슈 빅발이 오실 쥴을 알드면은
만리쟝셩으로나 갈우 막을 썰
이달은 쳥츈이 가고 오고 ㅎ더니만 원슈 빅발이 와서 날 침노ㅎ노
나라. (樂高 902)

世上 富貴人들아 貧寒士를 웃지마라
石富萬財로 匹夫에 긋치고 顔貧一瓢로도 聖賢에 니르시니
내 몸이 貧寒ㅎ야마는 내 길을 닥그면 늠의 富貴 부르랴. (蔓橫淸
類) (珍靑 474)

世上 사람들이 人生를 둘만 너거 두고 ᄯ 두고 먹고 놀 줄 모로던

고

　먹고 놀 줄 모로거던 죽은 줄 알야마는 石崇이 죽어갈지 累鉅萬財
가져 가며 劉伶의 무덤 우희 어니 술이 이르러쩌니

　허물며 靑春 一場夢에 百花爛熳ᄒ니 이 ᄀ치 됴흔 쩨에 아니 놀고
어이리. (蔓橫) (樂學 871)

　世上事 浮雲이라 江湖의 漁夫 될지어다

　小艇의 그물 실코 順流로 나려가니 淸風은 徐來하고 水波는 不興이
라 銀鱗玉尺 펄펄 쀠고 白鷗 片片 나려든다 隔岸 前村 兩三家 저녁
烟氣 이러나고 半照入江 半石壁의 새 거울 거러논 듯 滄浪歌 반겨 듯
고 七里灘 나려 가서 고기 주고 술을 사서 醉토록 마신 후에

　欸乃曲 불느면서 달을 쪠우고 도라오니 世上 알가 念慮로다.
(時調集 165)

　世上 衣服 手品 制度 針線 高下 허도ᄒ다

　양纓緋 두올쓰기 샹침ᄒ기 쌈금질과 시발스침 감침질에 반당침 더
올쓰기 긔 다 됴타 ᄒ려니와

　우리의 고온 님 一等 才質 삿쓰고 박금질이 第一인가 ᄒ노라. (編
數大葉) (靑六 861)

　歲月아 네월아 가지를 마라 靑春紅顔이 다 늙는구나

　人生一世 生覺곳 하니 잠든 날 病든 날 다 除ᄒ 노면 다만 단 四十
못사는 人生 안이 놀고서 무엇을 하리

　오늘도 날이오 니日도 날이라 오날도 놀고 니日도 놀고 놀고놀고
놀아를 보세. (樂高 905)

　세월은 수이 잘도 간다 영천수 흐르는 듯 술넝술넝 人生 百年 얼마

든고 덧 없이 오는 白髮 뉘라서 금하야 막을손야
　富貴功名 조타 해도 狂風에 片雲이라 時乎時乎 不再來라 좋은 시절 어려우니 이러한 絶代佳人 저러한 風流才子 이렁저렁 노라 보세
　아서라 此生百年 積善功德 많이 하야 後生千年 玉京 天堂 極樂世界 만히 만히 노라 보세. (時調 100)

　소경이 맹관이를 두루쳐 메고 굽 쪄런진 평격지 민발의 신고
　외나무 셕은 다리로 莫大ㅣ 업시 장금장금 건너가니
　길 아릐 돌부쳐 셔서 仰天大笑 ᄒ더라. (界樂時調)
　(靑六 772)

　瀟湘江 그럭이 落木寒天 울고 간다 獨守空房하는 사람 郎君前 消息 傳次 急登樓 바리 보니
　蘇中郎은 男子라 그 편지는 전희 주고 야속타 저 女子는 도라 아니 보고 훨훨 나라 南天으로 울고 간다 錦字을 그저 쥐고 悵然히 落淚ᄒ니 男女 區別이 무삼 일고
　至今에 鴻門關 그럭이 쏘든 項壯士 잇게 되면 활 다려 쏘고지거.
(時調 18)

　瀟湘江 달 발근듸 울고 가난 져 기럭아
　相思로 병이 되야 참아 스러 못 살네라고 전ᄒ여 다고
　기럭이 디답ᄒ되 쪽일코 쪽차자려 가넌 길이라 전할지 말지.
　(時調 96)

　소상팔경 구경차로 황하수의 목욕하고 동정호로 나려 가니 제장제 졸 모은 곳에 풍류 소래 질탕하다
　목자진녈 저 번쾌는 치주체견 장헐시고 오강의 우는 말은 항우 타

든 오추마요 기산에 섯는 소는 소부의 소 분명하다 추월망야 우넌 달
근 맹상군의 달기로다 이화정 짓는 개는 마귀할미 삽살개요 오류촌
당도하니 도연명의 정자로다
　　江山 구경을 허자면 몃 날이 될 줄 모르리라.
　　(時調集 175)

　　簫聲咽 秦娥夢斷秦樓月 秦樓月 年年柳色 霸陵傷別
　　樂遊原上 淸秋節이오 咸陽古道 音塵絶이라
　　音塵絶 西風殘照 漢家陵闕이로다. (三數大葉)
　　(樂學 802)

　　昭烈之大度 喜怒를 不形於色과 諸葛亮之王佐大才
　　三代上 人物 五虎大將들의 雄豪之勇力으로 攻城略地ᄒ야 忘身之高
節과 愛君之忠義 古今에 ᄶᅡᆨ 업스되
　　蒼天이 不助順ᄒ샤 中恢를 못 이르고 英雄의 恨을 기쳐 曠百代之尙
感이라. (蔓橫淸類) (珍靑 556)

　　소우 강변의 쑤벅쑤벅 굽이넌 저 빅구야
　　터럭 흰 제 몃몃 히야 나 너 티허로 위실ᄒ고 명월노 위축ᄒ고 츈
ᄒ츄동 사시절의 청풍명월 벗슬 삼어 무쥬강호 비를 타고 조종상탕
반묘향노즁슉 자고극금 몃몃 히야
　　너와 ᄂᆞ와 벗슬 숨어 만셰동낙.
　　(時調集(羅孫文庫本) 15)

　　孫約正은 點心 츨히고 李風憲은 酒肴를 쟝만ᄒ소
　　거믄고 伽倻ㅅ고 奚琴 琵琶 觱篥 杖鼓 舞工人으란 禹堂掌이 ᄃᆞ려오
시

글짓고 노래부르기와 女妓 女花看으란 내 다 擔當 ᄒ리라. (蔓橫淸
類) (珍靑 525)

솔아리 구분 길노 靑노싀 타고 가는 아해야 말무러 보자
瑤池宴 說宴時 淑娘子를 틔우라 가는야
그 아희 天台山 梨花亭 바라보고 듯고 잠잠.
(樂高 4)

솔아레 에구븐 길로 셋 가는듸 말잿 즁아
人間離別 獨守孤房 삼긴 부쳐 어니 졀에 안졋드니 문노라 말잿 즁
아
小僧은 아옵지 못ᄒ오니 샹좌 누의 아ᄂ이다. (蔓橫淸類)
(珍靑 481)

솔 아레 童子더러 무르니 니르기를 先生이 藥을 키라 갓너이다
다만 此山中에 잇건마ᄂ 구름이 깁퍼 곳을 아지 못게라
아희야 네 先生 오셔드란 날 왓다 살와라. (界樂時調)
(靑六755)

송낙 쓰고 장삼 입고 바랑 지고 목탁 들고 소승은 문안이요 또드락
목탁치며 일심으로 증영발원이요
이 댁 기지를 둘러보니 무학의 수업이요 도선의 비결이라 용세도
조커니와 풍경이 긔이하다 태극조판 하온 후에 천고지후 되엇으니 억
만년지무궁이라
업는 애기 생남 발원 잇는 애기 수명 장수 부귀다남 발원이요 또드
락 딱 남무관세음보살. (時調 95)

松下에 問童子하니 스승이 영주 방장 봉래 三神山으로 採藥하러 가
선나이다
지在此山中이나 雲深하여 不知處라
童子야 스승이 오시거든 나 왓드라고.
(雜誌 397)

쇼샹강으로 비 타고 져 불고 가는 져 두 동ᄌ야 말 무러 보ᄌ 너희
션싱은 뉘시라 ᄒ며 너희 향ᄒ는 곳은 어디메뇨
두 동ᄌ 디답ᄒ되 저희 선싱은 남희 룡왕 하에 적송자라 ᄒ옵시며
우리 가는 길은 영쥬 봉늬 방장 숨신산으로 ᄎ약ᄒ려 가ᄂ이다
쳥샹에 지샹선이 못낫더니 너희 두 동ᄌ 뿐이로다.
(樂高 875)

쇼년힝락이 다 진커놀 와유강산 ᄒ오리라
인ᄒ샹이 ᄌ작으로 명뎡케 취ᄒ 후에 한단침 도도 베고 쟝쥬호뎝이
잠간 되여 방츈화류 ᄎ즈가니 리화도화 영산홍 좌산홍 왜철죽 진달화
가온디 풍류랑이 되어 춤추며 노니다가 세류영 넘어가니 황됴편편 환
우셩이라 도시힝락이 인싱귀불귀 아닐진딘
꿈인지 샹신지 몰나 다시 깅소년 ᄒ오리라.
(樂高 876)

술먹고 빗득 뷔쳑 뷔거러 가며 먹지마자 크게 盟誓ㅣ ᄒ엿더니
春夏秋冬 好時節의 南隣北村 다 請ᄒ여 熙皥同樂 ᄒ올머데 어허 盟
誓ㅣ 가笑ㅣ로다
人生이 一場春夢인니 먹고 놀여 ᄒ노라. (言樂)
(靑六 835)

술먹기 비록 죠흘지라도 한두 盞박긔 더 먹지 말며
色ㅎ기 조흘지라도 敗亡에란 말을지니
平生에 이 두일 삼가ㅎ면 百年千金軀를 病드로미 이시랴. (蔓橫)
(詩歌 608)

술먹어 病업는 藥과 色ㅎ여 長生홀 藥을
갑주고 살쟉이면 盟誓ㅣ개지 아모만들 관계ㅎ랴
갑주고 못살 藥이니 뉜츅 아라가며 소로소로ㅎ여 百年ᄭ지 ㅎ리
라.(蔓橫淸類) (珍靑 491)

술 붓다가 잔 골케 붓는 妾과 色혼다고 ㅎ고 시움 甚히 ㅎ는 안히
헌 비에 모도 시러다가 씌우리라 혼 바다희
狂風에 놀나 찌닷거든 卽時 다려 오리라. (言樂)
(靑六 807)

술을 大醉키 먹고 北平樓 올나 大夢을 ᄭ우니
長劍을 쎅여 들고 靑驄馬 빗겨 타고 遼海를 건너 쮜여 天朝를 降伏
밧고 北闕노 도라와서 告闕成功ㅎ여 뵌다
平生에 丈夫의 마음이 鬱鬱ㅎ여 ᄭ움에 施驗ㅎ여라. (編弄)
(歌譜 207)

술이라 ㅎ는 거시 어니 삼긴 거시완더
一杯一杯復一杯ㅎ면 恨者泄 憂者樂에 扼腕者 蹈舞ㅎ고 呻吟者 謳歌
ㅎ며 伯倫은 頌德ㅎ고 嗣宗은 澆胸ㅎ고 淵明은 葛巾素琴으로 眄庭柯
而怡顔하고 太白은 接䍦錦袍로 飛羽觴而醉月하니
아마도 시름 풀기는 술만혼 거시 업세라. (蔓橫)
(樂學 908)

술이라 ㅎ면 몰 물 혀 듯ㅎ고 飮食이라 ㅎ면 헌 몰등에 셔리 황다
앗 듯
兩 水腫다리 잡조지 팔에 함기눈 안풋 쏩장이 고쟈 남진을 만셕둥
이라 안쳐 두고 보랴
窓밧긔 통메장ㅅ 네나 즈고 니거라. (樂戲調)
(樂學 1062)

슐 혼 쟌 가득 부어 倭盤에 밧쳐 면포젼 보에 밧쳐 초당 문갑 우희
언졋더니 어늬 겨을에 의젹이 알고 반이나 남즈시 짜루워 먹어쑤나
져긔 져 碧空에 걸엿는 둘은 왼달이 두렷ㅎ던 달일너니 어늬 겸을
에 이태백이가 집펏던 쥬령 막디로 쌍쌍 두드려 반이나 남즈시 야즐
어졋다
童子야 인제는 할 일 업다 늠은 슐 남은 달 건져 들어라 玩月長醉
ㅎ즈. (慶大 時調集 58)

丞相祠堂을 何處尋이랴 錦館城外에 栢森森이라
暎階碧草는 自春色이오 隔葉黃鸝는 空好音이라 三顧에 頻繁天下計
로다 兩朝開濟老臣心이라
出師에 未捷身先死ㅎ이 長使英雄으로 淚滿襟을 ㅎ노라. (蔓數大葉)
(海一 620)

싀어마님 며느라기 낫바 벽바흘 구루지 마오
빗에 바든 며느린가 갑세 쳐온 며느린가 밤나모 셔근 들걸에 휘초
리나 굿치 알살픠신 싀아바님 볏뵌 쇠똥 굿치 되죵고신 싀어마님 三
年 겨른 망태에 새송곳부리 굿치 쏘족ㅎ신 싀누으님 당피 가론 밧틔
돌피 나니 굿치 노란 욋곳 굿튼 피똥누는 아돌 ㅎ나 두고

건 밧틔 멋곳 굿튼 며ᄂ리를 어듸를 낫바 ᄒ시ᄂ고. (蔓橫淸類)
(珍靑 573)

柴扉에 개 즛거늘 님만 너겨 나가 보니
님은 아니 오고 明月이 滿庭ᄒ듸 一陣狂風에 닙지ᄂ 소릐로다
져 개야 秋風落葉을 헛도이 즈져셔 날 소길 줄 엇졔오. (蔓橫淸類)
(珍靑 493)

柴扉에 개 즛거늘 님이신가 반기녁여
倒着衣裳ᄒ고 傾側望見ᄒ니 狂風이 陣陣ᄒ야 捲簾ᄒ는 소릐로다
含笑코 出門看ᄒ니 懟鬼懟天 ᄒ여라. (蔓數大葉)
(海一 605)

時呼時呼 不再來로다 三十은 靑春 四十은 이울 노 五十은 半白 六
十은 還甲人生 七十은 古來稀로다
　人生 百年을 다 산다 할지라도 잠든 날 病든 날 근심 걱정과 모든
괴롬을 다 除희 노면 다만 단 四十 못ᄉ는 인싱야 제 것 두고도 못
먹고 못 쓰는 자는 王將軍의 庫子되고 제 것 별노 업서도 잘 먹고 잘
쓰고 날마다 名妓 名唱을 다 모라 다리고 長春館 明月館 惠泉館으로
단이며 잘 노는 즈는 英雄中에도 楚覇王이라 우리 人生이 요령ᄒ다가
ᄒ번 주거져서 北邙山川을 돌아를 갈 제 엇던 마누라가 날 불상타 ᄒ
리요
　춤 진정 가지로 셜어셔 나 못살겟네.
　(樂高 917)

식불감미ᄒ고 침불안셕ᄒ니 뎐뎐불미ᄒ고 경경반측ᄒ야 누어ᄉ들
님이 오고 안즈ᄉ들 님이 올가

독슈공방 홀노 누워스니 더ᄒᆞᆫ느니 눈물이오 지ᄂᆞ니 한숨이라 님이
아모리 무정ᄒᆞᆯ지라도 셔스왕복이라도 이슬거시지 어히 그리 니졋든가
텬하영웅 진시황이 만권시셔를 불 살을 젹에 리별에 몟ᄌᆞ를 왜 내여
두엇는가 리라는 리ᄌᆞᄂᆞᆫ 리별 리ᄌᆞ오 ᄉᆞ라ᄂᆞᆫ ᄉᆞᄌᆞᄂᆞᆫ 싱각 ᄉᆞᄌᆞ요 수
라ᄂᆞᆫ 수ᄌᆞᄂᆞᆫ 수심 수ᄌᆞ로구나
박랑ᄉᆞ중 쓰고 남은 텰퇴 텬하 쟝ᄉᆞ 항우를 맛겨 졔 힘ᄭᅥ지 들너
메고 리별에 몟 ᄌᆞ를 ᄭᅵ쳐스면 리별 업시 다 상봉ᄒᆞ갓구나.
(樂高 897)

신홍ᄉᆞ 즁놈이 안감골 승년에 머리치 줘고
안감골 승년니 신홍사 즁놈에 상투를 잡고 하나님 젼에 등장갈제
죠막숀이 육갑 ᄶᅵᆸ고 ᄶᅵᆸ장이는 쟝쵸 맛고 안짐방니 탁견ᄒᆞ고 장안판슈
좀상니 세고 벙어리는 판결ᄉᆞ헌다
길아리 목 업는 돌부쳐는 앙천더쇼.
(시쳘가 74)

十年은 글을 일고 쏘 十年은 칼을 배워
二十年이 將盡토록 글과 칼이 虛事로다
두어라 書劍을 다 버리고 江湖에 漁夫되여 萬事無心 一釣竿으로 斜
風細雨 不須歸를. (時調集 127)

十載를 經營屋數椽ᄒᆞᆫ이 錦江之上이요 月峰前이라
桃花ㅣ 泡露紅浮水요 柳絮飄風白滿舡이라 石逕歸僧은 山形外요 烟
沙眠鷺는 雨聲邊이로다
若令廐詰로 遊於此ㄴ댄 不必當年에 畵網川을 홀이라. (蔓數大葉)(海
一 622)

아마도 太平홀슨 우리 君親 이 時節이야
聖主ㅣ 有德ㅎ샤 國有風雲慶이오 雙親이 有福ㅎ니 家無桂玉愁ㅣ로
다
億兆蒼生이 年豊을 興계워 白酒黃鷄로 喜互同樂 ㅎ놋다. (蔓橫淸類)
(珍靑 513)

아마도 豪放홀슨 靑蓮居士 李謫仙이라
玉皇香案前에 黃庭經 一字 誤讀혼 罪로 謫下 人間ㅎ야 藏名酒肆ㅎ
고 弄月采石ㅎ다가 긴고리타고 飛上天ㅎ니
이졔는 江南風月 閑多年인가 ㅎ노라. (蔓橫)
(樂學 852)

ㅇ자 나 쓰던 되 黃毛筆을 首陽 梅月을 흠벅 지거 窓前에 언졋더니
댁디글 구우러 쏙나려 지거고 이제 도라가면 어들 법 잇건마는
아모나 어더 가져셔 그려보면 알리라. (蔓橫淸類)
(珍靑 476)

ㅇ흠 긔 뉘오신고 것넌 佛堂에 동녕僧 이오런이
홀居師 홀로 자옵는 房에 무슴 것 홀아 와 겨오신고
홀居師 님의 노감탁이 버서 건은 말겻틔 내 곡갈 버서 걸라 왓슴
니. (海一 573)

兒孩놈 ㅎ야 나귀 경마 들이고 五柳村으로 벗 차즈가니
月色은 滿庭혼디 들니나니 笛소리라
童子야 나귀를 툭툭 쳐 슬슬 모라라 玉笛쇼리 나는 디로.
(精歌 368)

아흔 아홉 곱 머근 老丈 濁酒 걸러 醉케 먹고
납죡 도라혼 길로 이리로 빗독 져리로 빗쳣 뷕독뷔쳑 뷔거를 적의
웃지마라 저 靑春少年 아히놈들아
우리도 少年적 무음이 어제론 듯 ᄒ여라. (蔓橫淸類)
(珍靑 534)

아희들아 나무 가즈 뵈좀방이 ᄃ님 쳐 신들메고
낫 가라 허리에 츠고 독긔 버려 드러메고 茂林山中 드러가서 마른
섭 삭다리를 뵈거니 버히거니 지계에 질머 노코 시음을 츠즈 點心 도
슬 부쉬 오오고 곰방디 쪄러 입담비 푸여 물고 노릐 부르며 잠을 드
니
이윽고 夕陽이 지 넘거늘 엇찌를 츄유즈며 이아 동무야 어이 갈고
ᄒ노라. (詩歌 709)

아희야 몰 鞍裝ᄒ여라 타고 川獵을 가자
술병 걸제 힝혀 盞 이즐세라 白鬚를 훗날니며 여흘여흘 건너 가니
내 뒤혜 쁜 쇼 탄 벗님늬는 홈끠 가자 ᄒ더라. (樂戲調)
(樂學 971)

岳陽樓에 올라안자 洞庭湖 七百里를 눈알에 굽어본이
落霞는 與孤鶩齊飛오 秋水는 共長天一色이로다
허물며 滿江秋興이 數聲漁笛 뿐이로다. (蔓數大葉)
(海一 595)

압논에 올여 뷔여 百花酒를 비져 두고
뒷 東山 松亭에 箭筒 우희 활 지어 걸고 손조 구굴못이 낙가 움버
들에 꿰여 물에 치와두고

아희야 날 볼 손님 오셔든 뒤 여흘노 술와라. (蔓數大葉)
(海一 603)

압논에 오례 븨여 百花酒를 비져 두고
뒷東山 松亭에 箭筒 우희 활지어 걸고 종ㅎ야 밧갈니고 보라미 길
드리고 千金駿馬 압픠 미고 釣臺에 고기 낙고 絶代佳人 안즈난듸 五
絃琴 빗쎄 안고 白雪一曲을 風月노 석거노니
아마도 悉耳目之所好와 窮心之所樂은 이뿐인가 ㅎ노라. (界面調)
(東國 349)

압 못세 든 고기들아 네와 든다 뉘 너를 몰아다가 엿커를 잡히여든
다
北海淸소 어듸두고 이 못시 와 든다
들고도 못나는 情이야 네오 니오 다르랴. (初數大葉)
(樂學 30)

藥山 東垳 여즈러진 바회 우희 倭躑躅 ᄀ튼 져 내님이
내 눈에 덜 뮙거든 남의 눈에 지나 보랴
시 만코 쥐 쯴 東山에 오조 ᄀ듯 ㅎ여라. (三數大葉)
(樂學 805)

藥山 東臺 여지러진 바위 꼿슬 쩍어 籌를 노며 無盡無盡 먹스이다
人生 한번 도라가면 다시 오기 어려워라 勸호젹에 잡으시요 百年假
使人人壽라도 憂樂을 中分未百年을 勸홀 머듸 잡우시요 豞曰壯士 鴻
門樊噲 斗巵酒를 能飮하되 이 슐 혼잔 못먹엇네
勸홀젹에 잡으시요 勸君更進一杯酒ㅎ니 西出陽關無故人을 勸홀머듸
잡으시오. (勸酒歌) (大東 313)

弱水 三千里 江上의 닫 들고 돗 달고 킈 나려 노코 淳風 만나 急히
가는 비야게 暫 섯거라 말무러보자
　그 비 船人 對答ᄒ되 우리 船人은 奉命으로 西天 炒州로 戰船大同
실너 가는 비오
　眞實노 그럴진디는 빨리 行船ᄒ여라.
　(調詞 66)

弱水 三千里 거긔둥 쩌 가는 비야 게 좀 셕거라 말 무러보쟈
　童男童女 五百人으로 瀛州 三神山의 不死藥 키라 가는 徐市 等의
비을 보왓는냐
　우리도 沙九平臺 爲尊키로 徐市를 苦待.
　(樂高 579)

陽德 孟山 鐵山 嘉山 나린 물이 浮碧樓로 감도라 들고
　마흐라기 공이소 斗尾 月溪 나린 물은 濟川亭으로 도라든다
　님그려 우는 눈물은 벼갯모ᄒ로 도라든다. (蔓橫淸類)
　(珍靑 498)

揚淸歌 發皓齒ᄒ니 北方佳人 東隣子로다
　且吟白苧停綠水요 長袖拂面爲君起라 寒雲은 夜捲霜海空이요 胡風吹
天飄寒鴻이로다
　玉顔滿堂 樂未終ᄒ니 館娃日落ᄒ고 歌吹濛을 ᄒ노라. (蔓數大葉)
　(海一 614)

어듸야 씰씰 소 모라 가는 노랑 듸궁이 더벙머리 아희놈아 게 좀
셕거라 말 물러보쟈

져긔 져 건너 웅덩이 속의 지지닌 밤 장마의 고기가 슉굴 만니 모
얏기로 죠리 죵다락기에 가득이 담아 집흘 만이 츄려 먹에를 질너 네
쇠 궁둥이에 언져 죽게 지니는 연노(歷路)에 任의 집 전하여 쥬렴
  우리도 사쥬팔즈(四柱八字) 긔박(奇薄)ᄒ여 나무집 무엄 사는 그로
식젼(食前)이면 쇠물를 허고 나지면 농스(農事)를 짓고 밤이면 식기를
쏘고 졍(正) 밤즁(中)이면 언문즈(諺文字)나 쓰더 보고 한달레 슐 담
베 겻들려 슈빅(數百) 번(番) 먹는 몸이기로 젼(傳)헐둥말둥.
  (樂高 774)

어와 게 누읍신고 거넌 佛堂 동녕僧이 내올너니
홀 居士 혼즈 가시는 방 말독 겻희 내 숑낙 걸나 와습더니
오냐야 걸기는 거러라 커니와는 훗말 업시 ᄒ여라.
(靑淵 229)

어우와 벗님늬야 南蠻을 치러가시
  前營將 左營將에 右營將 後營將이 츠례로 버렷는듸 中軍은 在中ᄒ
고 千把摠 哨官 旗隊摠은 挨次 隨行ᄒ고 掌一號ᄒ고 鳴金邊이어든 旗
幟分立 三行ᄒ고 掌二號ᄒ고 主將이 上馬어든 金은 울이고 朱囉 喇叭
太平簫 鉦 鼓 실일이 투둥퉁 괭괭 치며 님 겨신 듸 勝戰ᄒ고 가시
  그 곳디 초패왕 이셔도 更無 굼젹 ᄒ리라. (蔓橫)
  (樂學 892)

어우하 楚覇王이야 애둛고도 애들애라
  力拔山 氣盖世로 仁義를 行ᄒ여 義帝를 아니 주기던들
  天下에 沛公이 열 이셔도 束手無策 홀랏다. (蔓橫淸類)
  (珍靑 487)

어우화 벗님네야 錦衣玉食 求치 마오

죽어 棺에 들제 錦衣를 입으련이 子孫에 祭 바들제 玉食을 먹으련이 죽은 後 못 홀 일은 粉壁紗窓 月三更에 元央枕 翡翠衾에 고은 님 다리고 晝夜 同處 흐리로다

죽어가 못 홀 일을 뉘쳐 무슴 흐리오.

(詩歌 641)

어우화 벗님네야 님의 집에 勝戰흐랴 가시

前營將 後營將 千把總 省官 旗隊摠에 萬馬千兵 거느리고 虎豹 犀象 압세우고 朱鑼 喇叭 大平嘯 鉦 북을 투둥투둥 쾅쾅흐며 님의 집에 勝戰흐랴 가시

그 곳에 열 覇王이 이셔도 更無 꼼젹 흐리라. (弄歌)

(樂서 476)

어이려뇨 어이려뇨 싀어마님아 어이려뇨

쇼대 남진의 밥을 담다가 놋쥬걱 잘를 부르쳐시니 이를 어이흐료 싀어마님아

져 아기 하 걱정 마스라 우리도 져머신제 만히 것거 보왓노라. (蔓橫淸類) (珍靑 478)

어이 못 오던다 므스 일로 못 오던다

너 오눈 길 우희 무쇠로 城을 ᄡᅡ고 城 안에 담 ᄡᅡ고 담 안헤란 집을 짓고 집 안헤란 두지 노코 두지 안헤 櫃를 노코 櫃 안헤 너를 結縛흐여 노코 雙비목 외걸새에 龍거북 ᄌᆞ믈쇠로 수기수기 줌갓더냐 네 어이 그리 아니 오던다

흔 달이 셜흔 날이여니 날을 보라 올 훌리 업스랴. (蔓橫淸類)

(珍靑 568)

어이ᄒ야 못오던야 무슴 일노 못오던요
줌총 급어부의 촉도지난이 가리웟더냐 무슴 일노 못오던야
아마도 빅ᄂ지즁의 대인ᄂ이 어려웨라.
(時調 67)

어제ᄂ 못 보게도 ᄒ여 못 볼시 的實도 ᄒ다
　萬里 가ᄂ 길의 海枯絶息하고 銀河江 건너 北海水 가로지고 風土ㅣ
切甚ᄒ티 摩尼山 갈가마괴 太白山 기슭으로 골각골각 우닐면서 츠돌
도 바히 못 어더 먹고 굴머 죽은 싸히 내 어듸 가셔 님 ᄎᆞ 보리 아
희야 님이 오셔들란 즐여 죽단 말 生心도 말고 쏠쏠이 그리다가 骨슈
의 병이 들어 갓과 뼈만 걸려 앗장밧삭 건이다가 즈근 쇼마 보신 후
에 氣韻이 澌盡ᄒ야 임아 우희 손을 언고 ᄒ 다리 취여 들고 되애 掩
버서 노운 ᄃ시 벌쩍 나뒷쳐젓다가 長嘆一聲에 奄然 命盡홀 제 죽어
奸魂 的乎ㅣ 되야 님의 몸의 츤츤 감겨 슬드리 알히다가
　나죵의 부듸 자바 가렷노라 ᄒ드라 ᄒ고 술와라.
(詩歌 675)

　어제밤 부든 바람 金聲이 腕然하다 孤枕單衾으로 相思夢 훌쳐 깨여
竹窓을 半開하고 막막히 바라보니
　萬里 長空에 夏雲은 홋더지고 千年 江山에 찬 기운 어련ᄂ대 庭樹
에 부든 바람 離恨을 아리ᄂ 듯 秋菊에 매친 이슬 別淚를 먹음은 듯
　殘柳 南橋에 春鶯은 已歸하고 素月東嶺에 秋猿이 슬피 우니 임 여
이고 썩은 간장 하마터면 끈치리라.
(時調 98)

어젯밤도 한자 곱송글여 새오줌 자고 진안 밤도 혼자 곱쏭글여 새

오즘 자니

어인 놈의 八字 ㅣ가 晝夜長常에 곱쏭글여 새오줌만 잔다

오늘은 글이든 님 왓신이 발을 펴 볼이고 싀훤히 잘까 ㅎ노라. (騷聳) (海一 574)

漁村에 落照ㅎ고 江天이 一色인제

小艇에 그믈 싯고 十里沙汀 ᄂ려가니 滿江蘆荻에 鷺鷥은 섯거 놀고 桃花流水에 鱖魚는 술졋ᄂ듸 柳橋邊애 비를 미고 고기 주고 술을 바다 酩酊케 醉ᄒ 後에 欸乃聲 부르면서 둘을 씌고 도라오니

아마도 江湖至樂은 이 쑨인가 ㅎ노라. (蔓橫)

(樂學 911)

어허 절무신네 늘근이 보고 웃덜 마소

어제 청춘 오날 백발 그 아니 잠간이랴 못 먹을 건 나이로다 堯舜 禹湯 文武 周公 孔孟 顔曾 程朱子는 道德 업서 붕하시며 秦始皇 漢武帝는 威嚴 업서 고혼되며 화태와 편작이는 醫藥 몰라 죽엇스며 말 잘하는 소진 장의 六國 帝王은 달냇것만 閻羅王은 못 달내고

春風 細雨 杜鵑聲에 일부 靑塚 뿐이로다.

(時調 92)

어화 니 스랑이야 너를 두고 어이 가리

春風은 건 듯 부러 百花를 훗날리고 秋月은 皎皎ㅎ여 窓前에 影지오고 기러기 渡江聲에 춤아 그려 어이 살리

아마도 飛則同飛ㅎ고 止則爲雙ㅎ야 百年同樂 ㅎ오리라.

(詩歌 718)

어화 世上 벗任네야 富貴 功名 恨을 마소 富貴도 浮雲이요 功名은

風塵이라

非百世 人生으로 求藥하던 秦始皇도 礪山에 一杯 青塚 되어 잇고 求仙하던 漢武帝도 汾水秋風 悔心萌의 白髮만 휘날녓다 公道라니 白髮이요 못 免할 손 그 길이라

우리 갓흔 草露人生 아니 놀고 무엇 하리. (時調集 148)

언덕 문희여 좁은 길 메오거라 말고 두던이나 문희여 너른 구멍 조피되야

水口門 내드라 豆毛浦 漢江 露梁 銅雀이 龍山 三浦 여흘목으로 든니며 나리 두져먹고 치 두져먹는 되강오리 목이 힝금커라 말고 大牧官 女妓 小各官 쥬탕이 와당탕 내드라 두손으로 붓잡고 부드드 쪄는 이 내 무스 거시나 힝금코라쟈

眞實로 거로곳 홀쟉시면 愛夫ㅣ 될가 ᄒ노라. (蔓橫淸類)

(珍靑 574)

얼골 조코 뜻 다라운 년아 밋졍죠츠 不貞흔 년아

엇더흔 어린 놈을 黃昏에 期約ᄒ고 거즛 믹바다 자고 가란 말이 입으로 추마 도와 나는

두어라 娼條冶葉이 本無定主ᄒ고 蕩子之 探春好花情이 彼我의 一般이라 허믈홀 줄 이시랴. (蔓橫淸類) (珍靑 550)

얼구 금구 금구 얼구 쥴육 준오 사오짝 것구 졍이 밋살 것구 우박 마진 지더미 것구 석쇠 망틱 버레 머근 삼닙 것구 연竹즌 자板 것구 下米즌 멍석 것구

大邱監營 진상 오는 쑬병 것치 얼구 勤政殿 鐵網 것치 얼근 즁놈아 세니로 나리자 마라 공지 낙지 낙지 공지 두루쳐 먹이 친친 가물치 살진 뒈미 허리 긴 갈치 눈 큰 쥰치 킈 큰 장딕 쩌마는 송사리 슈마

는 곤징이 항자기 등고분 시우 열 읍신 오징어 너를 보구 나를 보구 그물 베리만 여겨 혈혈 뒤여 너머 가는구나

우리도 山中의 잇는 고로 세니를 좃차.

(調詞 61)

얽고 검고 킈 큰 구레나룻 그것조차 길고 넙다

쟘지 아닌 놈 밤마다 비에 올라 죠고만 구멍에 큰 연장 너허두고 흘근 할젹홀 제는 愛情은 크니와 泰山이 덥누로는 듯 즌 放氣 소릐에 졋먹던 힘이 다 쁘이노믜라

아므나 이 놈을 다려다가 百年同住ㅎ고 永永 아니온들 어늬 개쏼년이 싀앗 시옴 ㅎ리오.(蔓橫淸類) (珍靑 569)

엇썬 남근 八字 有福ㅎ야 大明殿 大들杖 되고

쏘 엇던 남근 八字 사오나와 난番 宵鏡 다섯 든番 宵鏡 다섯 掌務 公事員 合ㅎ야 열두 宵鏡의 都막대 되고

출ㅎ로 검은고 술쩨되야 閣氏네 손에 쥐물려나 볼까 ㅎ노라. (樂時調) (海一 544)

엇지ㅎ야 못 오드니 무음 일노 아니 오든이

너 온는 길에 弱水 三千里와 萬里長城 둘너는딕 蠶叢及魚鳧에 蜀道之難이 가리엇드냐 네 어이 아니 오드니

長相思 淚如雨터니 오날이야 만나괘라.

(詩歌 696)

旅食京華恨未伸에 碧山殘月照幽人이라

昭君玉骨胡成土요 貴妃花容驛路塵이라 綠竹蒼松은 千古節이나 碧桃紅杏一年春이라

光陰이 自是無情物이라 莫惜空閨의 花容頻卑을 ᄒ여. (蔓橫)
(靑詠 582)

옛부터 이르기를 天地之間 萬物之中에 唯人이 最貴라 하엿스니 멀
로 하여 最貴인고 三綱五倫을 알음이라
  父爲子綱 君爲臣綱 夫爲婦綱이 三綱이요 父子有親 君臣有義 夫婦有
別 長幼有序 朋友有信이 五倫이라
  人性은 天性之品이요 仁義禮智는 人性之綱이니 五常之道 모를진대
有毛之獸를 면할손가. (雜誌 424)

  오늘놀도 하 심심키로 죽창 열짜리고 遠近山川을 바라를 보니 봄
드럿고나 (봄 드럿고나) 저 남산에 봄이 드럿구나
  누른 것은 꾀꼴이요 푸른 것은 버들이라 黃金갓흔 꾀꼴시는 황금갑
옷을 쩌덜쳐 입고 楊柳間으로 往來를 ᄒ고 白雪갓흔 흰 나븨는 素服
단장을 쩌덜쳐 입고 꼿을 보구서 반긔는데 靑天白日에 뜬 기럭기은
소상강수로 날아를 드는데
  우리 연연ᄒ고 틀틀흔 친구는 어느 방촌으로 돌아를 가시고 요늬
일신 어루만져 줄 줄을 모른단 말이가.
  (樂高 910)

오늘도 져무러지게 져믈면은 새리로다
  새면 이 님 가리로다 가면 못 보려니 못 보면 그리려니 그리면 病
들려니 病곳 들면 못 살리로다.
  病드러 못 살줄 알면 자고 간들 엇더리. (蔓橫淸類)
  (珍靑 506)

오다가나 오동나무요 십리 절반에 오리목나무

님의 손목은 쥐염나무 하늘 중쳔에 구름나무 열아홉에 스무나무 서른 아홉에 스셰나무 아흔 아홉에 빅자나무 물에 둥둥 쑥나무 월츌 동쳔에 찔찡나무 둘 가온더 계슈나무 옥독긔로 찍어내여 금독긔로 겻다 듬어 삼각산 데일봉에 수간 초옥을 지어 놋코 혼간에는 금녀 두고 혼간에는 션녀 두고 쏘 혼간에는 옥녀 두고 션녀 옥녀를 잠드리고 금녀 방에를 드러가니 쟝긔판 바둑판 쌍륙판 다 노엿고나 쌍륙 바둑은 져례호고 쟝긔 혼 체 버릴젹에 한나라 한주로 한뢰공 삼고 촛나라 쵸주로 초퓌왕 삼고 수레나 차주로 관운쟝 삼고 콧기리 샹주로 주룡 삼고 말마주로 마툐을 삼고 선빗스주로 모스들 숨고 쑤리 포주로 녀포를 숨고 좌우병졸노 다리 놋코
이 포 져 포가 넘나들 적에   십만대병이 츈셜이로고나.
(樂高 896)

오려 논에 물 시러 노코 姑蘇臺에 올나 보니
나 심은 오됴 밧혜 시 안져스니 아희야 네 말녀 주렴
아모리 우여라 날녀도 감도라 듬네.
(南太 41)

오리나무란 거슨 십리 밧게 세셔도 오리나무요 고향목이라 ᄒ는 거슨 타관에 세셔도 고향나무요
숫셤이라 ᄒ는 거슨 져무니(도록) 잇다가도 숫셤이로고나 북이라 ᄒ는 거슨 동서스방에 걸녀서도 북이오 새쟝고라 ᄒ는 거슨 억만년 묵어서도 새쟝고로고나 산진인가 슈진인가 희동쳥 별보라미가 노각단 쟝에 짓샹모 달고 흑운 심쳔에 놉히 쩌 돌적에 엇던 남녀친구가 솔갱이로 본단말가
싱각ᄒ면은 몸쌍이 삼으라 와서 못살갓네.
(樂高 909)

五十載 님의 恩澤 骨髓에 삼웃첫네

赤子갓치 保育ㅎ신 山海聖德을 萬分之一이나 갑고쟈 아니ㅎ랴만은 이몸이 微賤ㅎ여 獻芹之誠도 말믜암을 곳이 업셔 華封人祝聖辭만 晝夜에 외로울 쑨이로다

蒼天이 이 뜻을 아르셔 우리 머리털을 寸寸이 니어 니여 繫柳光陰 ㅎ오쇼셔.(界面調) (東國 360)

오호로 도라드니 범녀는 간 곳 업고

빅빈쥬 갈메기는 홍뇨로 나라들 지 삼상의 기력기 혼 수 나려 심양강 당도ㅎ니 빅락쳔 일거 후에 피파셩도 믄허졋다 젹벽강 도라드니 소동파 노든 풍월 의구ㅎ예 잇다마는 죠밍덕 일셰지후의 이금이 안지 즈야 월낙오데 깁흔 밤의 고소셩예 비를 미니 혼산ᄉ 쇠북소리 긱션의 둥둥 드리왓다

진회를 도라보니 연롱한슈 월용ᄉ의 야박진회근쥬가라 상녀는 부지 망국한ㅎ고 격깅유창 후졍화라. (詩謠 108)

玉刀彩 돌刀彩 니 무듸던가 月中桂樹ㅣ ᄂ남긴이 시위도다

廣寒殿 뒷 뫼히 존소 셜이여든 안이 어득 沈沈홀야

져 둘에 김의곳 업쩐들 내 님될까. (蔓數大葉)

(海一 582)

玉독긔 들게 가라 月中 桂樹 버여 내야

山之南 水之北에 草堂 三間 지어너니 혼 間은 淸風이오 쏘 혼 間은 明月이라

아마도 淸風明月之主는 나 쑨인가.

(慶大時調集 36)

玉露凋傷楓樹林이요 巫山巫峽이 氣蕭森일이
江間 波浪은 兼天湧이요 塞上 風雲은 接地陰이라 叢菊은 兩開他日
淚ㅣ로다 孤舟를 一繫故園心이라
寒衣處處에 催刀尺이요 白帝城高ᄒ고 急暮砧을 듯괘라. (蔓數大葉)
(海一 619)

玉의는 틔나 잇니 말곳ᄒ면 다 님이신가
니 안 뒤혀 남 못뵈고 天地間의 이런 답답홈이 또 잇는가
왼 놈이 왼 말을 ᄒ여도 님이 斟酌 ᄒ시소. (樂時調)
(樂學 1029)

完山裏 도라드러 萬頃臺에 올라 보니
三韓 古都에 一春光景이라 錦袍羅裙과 酒肴 爛漫ᄒ듸 白雪歌 ᄒ 曲
調를 管絃에 섯거 내니
丈夫의 逆旅豪遊 名區壯觀이 오늘인가 ᄒ노라. (蔓橫淸類)
(珍靑 529)

浣花流水 水西頭ᄒ듸 主人이 爲卜林堂幽ㅣ로다
已知出郭少塵事요 更有澄江消客愁ㅣ로다 無數蜻蜓은 齊上下요 一雙
鸂鶒은 對沈浮라
東行萬里에 堪乘興ᄒ야 須向山陰ᄒ여 上小舟 ᄒ리라. (蔓數大葉)
(海一 621)

王검의 덕검의들아 징지 東山 징검의 낙검의 드라
줄을 늘우는이 摩天嶺 摩雲嶺 孔德山 놀인 뫼로 멍德 海龍山 鎭川
고개 넘어 들어 三水ㅣ라 甲山 草溪 東山을오 내내 긴 줄 늘워 줄염

前前에 글이든 님의 消息을 네 줄로 連信홀이라. (蔓數大葉)
(海一 633)

왕발의 등왕각셔 천ᄒ 명죽이라 허건마는
숩쳑미명 네 글ᄌ가 쳐량홀손 단명귀라 일일슈경턴 니젹션도 치셕
강의 완월ᄒ고 두목지ᄂ 취과양규귤만거라
아마도 글잘ᄒ고 호화키ᄂ 니두 문쟝.
(時調 50)

외오셔 그리ᄂ 님을 꿈의나 보려ᄒ고
鴛鴦枕 지혀 누어 슈후줌 겨오들 제 蟋蟀은 슬피 우러 愁心 바아ᄂ
디 秋風落葉 너ᄂ 어니 기를 마ᄌ 즈치ᄂ니
아마도 이 님의 相思로 一寸肝腸이 다 셕을가 ᄒ노라.
(慶大時調集 197)

瑤池宴 求景次로 白玉樓上 올라보니 仙官 仙女 모였는데 神仙 風流
조흘시고 層層樓上 올라보니 月宮姮娥 半笑로다
滿盤 珍羞 벌렸는데 象牙箸로 맛을 보니 不老草로 菜蔬하고 龍頭山
적 鳳味湯과 甘紅露 千日酒며 不死藥이 安酒로다
牽牛織女 차자가니 河東 河西 나누어서 七月七夕夜에 烏鵲으로 다
리 녹코 서로 만나 질기더라. (時調 103)

용갓치 셜셜 기ᄂ 말끠 반부담ᄒ야 니 ᄉ랑 틔우고
손 너머 구름 밧끠 쒱ᄉ냥 허라 갈제 치치며 들쳐 보니 쎄구름 속
의 반달이로고나
언제나 져 구름 다 보니고 왼달 볼가. (時調 32)

右謹陳所志矣段은 上帝處分 ᄒᆞ오쇼셔
酒泉이 無主ᄒᆞ여 久遠陳荒爲有去乎 鑑當情由敎是後에 矣身處許給事를
立旨成爲白只 爲上帝題辭入內에 所訴知悉爲有在果 劉伶李白段置折授不得爲有去等 況彌天下公物이라 擅恣安徐向事. (蔓橫淸類)
(珍靑 558)

우슬부슬 雨滿空이오 울긋불긋 楓葉紅이로다
드리 거든 簑笠翁이 긴 호뮈 두러메고 紅蓼岸白蘋洲渚에 與白鷗로 구벅구벅
夕陽中 騎牛笛童이 頌農功을 ᄒᆞ더라. (羽樂時調)
(六靑 796)

우어라 닛ㅂ듸를 보즈 쯩기어라 눈씨를 보즈
안거라 보즈 서거라 보즈 百萬嬌態를 다 ᄒᆞ여라 보즈 날 괴얌즉 ᄒᆞᆫ가 보즈
네 부모 너 삼겨 너올 제 날만 괴라 삼기도다.
(時調譜 273)

偶然이 蠶頭에 올나 漢陽 城內를 구버보니
인왕 삼각은 虎踞龍蟠勢로 北極을 괴야 잇고 漢江 終南은 與天地無窮이라
지금의 우리도 聖君 만나 安過 泰平. (調詞 45)

偶然이 興을 계워 시닉로 나려 가니
水流上魚躍도 됴커니와 層巖絶壁에 長松이 더옥 됴타
그 곳에 반기리 업시니 다만 杜鵑花ㄴ가 ᄒᆞ노라. (二數大葉)

(青六 489)

우염은 혼상 제갈량이요 담냑은 오후 손백부라
규방유신은 주문왕지 성덕이요 쳑서위정 공밍지 교훈이라
아마도 간긔 영웅은 국퇴공이신가. (詩謠 122)

雲車를 머무르고 芳草岸에 긔여 올나 긴 프롬 혼마디로 胸海롤 넓
인 後의
　다시금 淸流邊의 詩롤 읊고 盞 날닐제 불근 곳 푸른 닙흔 山形을
그림호고 우눈 시 닷눈 麋鹿 春興을 자랑혼다 嘹喨혼 가눈 소리 香風
에 무더 날고 狼藉혼 風樂소리 行雲에 섯겨 간다
　俄已오 石逕隱隱 죠븐 길노 緇衣白秋들의 츠레로 늘어 오며 合掌拜
禮 호더라. (編數大葉) (海樂 639)

웃는 樣은 닛밧애도 쭉코 홀긔눈 樣은 눈찌도 더욱 곱다
안기라 서시라 짓거라 둣거라 온갓 嬌態를 다 희여라 허허허 내 思
郞 되리로다
네 父母 너 상겨 내올 제 날만 괴게 호드라. (樂時調)
(海一 527)

轅門에 月黑호니 愁雲이 寂寞호다 可憐호다 楚覇王이 天下를 일탄
말가 力拔山도 씰듸 업고 氣蓋世도 할 일 업다 칼을 집고 일어나니
四面이 楚歌로다
　虞兮虞兮 奈若何오 三步에 躊躇호고 五步에 落淚호니 三軍이 훗터
지고 늬 마암도 散亂호다 天下에 願호기을 金鼓을 울니면서 江東을
가자더니
　不意에 敗亡호고 무신 面目으로 父母를 뵈오며 江東 父老을 어이할

가. (時調集 143)

　　遠別離 古有皇英二女ㅎ니 乃在洞庭之南 瀟湘之浦ㅣ로다
　　海水ㅣ直下萬里深ㅎ니 誰人이 不怨此離苦오
　　日慘慘兮여 雲冥冥ㅎ니 猩猩啼烟兮여 鬼嘯雨를 ㅎ더라. (界面樂時
調) (靑六 764)

　　月宮에 노던 姮娥 廣漢殿을 離別ㅎ고 人間에 適降ㅎ니 하올 일이
전혀 업다

　　玉欄干에 베틀 노코 轅山을 쑤며시니 가로세 질은 양은 黃龍이 赴
走훈 듯 안질찌 도도 노코 그 우희 안즌 냥은 漢太祖 高黃帝가 南宮
에 坐椅한 듯 말코를 다아지며 허리부테 두른 양은 軒轅氏 비로실 제
北斗七星 에두른 듯 듀듀리 셧는 잉아 묵특에 十萬精兵 白登七日 에
위는 듯 丁丁훈 바듸집은 벽역을 울여세라 가는 바듸살은 슈만은 베
오리을 세세히 가렷넌 양 楚伯王이 長劍 집고 轅門이 나갈 격에 萬軍
이 허닷는 듯 纖纖玉手로 黃金북을 左右로 쏨이넌 냥은 三四月 垂楊
裡에 黃鳥에 往來로다 에굽은 쵀활은 南海水 무지기가 北海의 스무친
듯 左右의 저질기는 白鶴이 넘노는 듯 외로운 눌임디는 姜太公에 낙
시디가 渭水에 드리온 듯 우격비격 龍頭머리 새벽달 찬바람의 외기러
기 소리로다 도토마리 뒤치넌 양은 雙龍이 뒤눕는 듯 쎄양디 던넌 양
은 楚漢이 相戰時에 矢石이 허든는 듯 휘츄리 쯘을 매야 썰신을 매단
양은 秦王 子嬰 목을 매야 軹道에 꿀엿난 듯 ㅎ로밤에 다 쓰니니 一
百 五十一尺이라 八尺劍으로 쯔너 니야 일邊으로 슈를 노니 銀河水
물결 속의 瑤池燕 그려 너니 前生 일이 歷歷ㅎ다 蟠桃 ㅎ나 盜賊ㅎ야
누긔를 듀엇던고

　　이 닌 신세 그려 내야 玉皇게 밧쳐시면 이 구양를 풀일가 ㅎ노라.
　　(慶大本時調集 337)

월무쪽이 보천리요 풍무슈이 요슈로다

동정의 걸닌 돌은 동졍을 응호여 월락함디호여 셔산에 지고 손 업슨 모진 광풍은 만슈장림을 뒤흐드는 디 우리 연연호고 살틀호고 야속호 님은 셰류굿치 가은 셤셤옥슈가 잇것만은 듀소로 이 (요)내 편(일)신 어러(루)질쥴 모로노(만저 줄을 웨 모른단 말인가)

님으로 호여 지난 눈물이 대동강 웃턱에 빅은탄이 되리로다

(樂高 903)

月態花容 고흔 티도 七寶 단장 아미를 나즉하고 玉빈紅顔 양귀 밋테 구실 갓탄 눈물리 綠衣紅裳 다 젹시며 체읍 良久에 하년 마리

신쳡이 陛下를 모시고 장의 同行호와 平生을 依托호고 厚恩을 입어 天下大(平)을 바라옵더니 國運이 不幸호여 千里戰場 흠흔 곳의 無情히 바일진디

靑春 少妾 요요단신이 뉘를 위호여 保全할가.

(時調 104)

月下에 任 生覺호되 任의 소식 바히 업니

四更 닭 우름 울고 瀟湘洞庭 외기러기는 돌을 보고 흔 번 길게 우난고나

언졔나 그리던 任만나 왼밤 잘고 호노라. (言樂) (靑六 840)

月黃昏 계여 간 날에 定處 업시 나간 님이

白馬金鞭으로 어듸가 됴니다가 酒色에 줌기여 도라올 줄 니졋난고

獨守孤房호여 長相思淚如雨에 輾轉不寐 호노라. (蔓橫淸類)

(珍靑 475)

웨 와쓰나 웨 와쓰나 나 홀노 즈는 방에 웨 아쓰느
오기는 와써니와 즈최 업시 잘 단여 가오
갓득이 말 만코 탈마는 집안의 모더기넝날짜. (時調 94)

위터 밍공이 다섯 아레터 밍공이 다섯 景慕宮 압 연못세 잇는 밍공
이 하나 뚝 짜 물 쩌 두루쳐 이구 수은 장수 허는 밍공이 다섯 三淸
洞 밍공이 六月 소낙이의 쥭은 어린이 나막신쟉 하나 으더 타고 가진
풍유하고 서뉴하논 밍공이 다섯 四五二十 시무 밍공이 慕華館 盤松里
李周明네 집 마당가의 포김포김 모이더니 밋테 밍공이 아구 무겁다
밍공 허니 윗 밍공이는 뭣시 무거유냐 장간 차마라 쟉갑시럽다 군말
된다 허구 밍공 그중에 어느 놈이 상시럽구 밍난시러운 수밍공이냐
　綠水靑山 깁흔 물의 白首風塵 훗날리구 孫子 밍공이 무릅헤 안치구
저리 가거라 뒤터를 보자 이리 오느라 압터를 보자 쌱쌱궁 도리도리
질나리비 휠휠 지롱부리는 밍공이 슈밍공루 이러더니
　崇禮門 박 썩 니다러 七퓌 八퓌 靑퓌 비다리 쪽제굴 네거리 里門洞
띠거리 七퓌 비다리 첫 둘 셋 넷 다섯 여섯 일굽 여덜 아홉 녈지 미
나리 논의 방구 통 쉬구 눈물 쐬죄죄 흘니구 오좀 질금 싸구 노랑 머
리 복쥐여 틋구 엄지 장가락의 된 가리침 비터 들구 두 다리 쏘고 겁
흑헌 방축 밋테 남 알가 용 올리는 밍공이 슈밍공이인가.
　(調詞 62)

위염은 상셜 갓고 졀기는 여산이라
가줌도 가기 슬코 아니 가기 어려외라
추라리 회슈 락동강 취벽흔디 이몸이 죽어져 몸이나 편케.
(樂高 82)

琉璃鍾 琥珀濃에 小槽酒滴 眞珠紅이라

烹龍炮鳳 玉指泣이오 羅幃繡幕 圍香風을 吹龍笛 擊鼉鼓에 晧齒歌細
腰舞ㅣ라 況是靑春 日將暮ᄒ니 桃花ㅣ亂落 如紅雨ㅣ로다
　五花馬 千金裘로 呼兒將出 煥美酒룰 ᄒ여라 (羽樂時調)
　(靑六 803)

有馬有金 兼有酒홀지 素非親戚 强爲親이러니
一朝에 馬死黃金盡ᄒ니 親戚이 還爲路上人이로다
엇더타 世上 人事ᄂ 나눌 달라 가ᄂ니. (蔓橫)
　(樂學 905)

　六洲五洋에 探險隊가 아즉도 發見 못한 武陵桃源 朱陳村이 世上天
下에 어듸메뇨
　三千年 開花 三千年 結實하는 崑崙山 瑤池 蟠桃園인가 金鷄啼罷日
輪紅하는 都桃樹下인가 거긔도 아니오 劉關張 三人이 烏牛白馬로 祭
天結義하시든 桃園이 그곳인가 玉洞桃花 萬樹春이 거긔인가 前度劉郎
今又來한 玄都觀이 거긔린가
　至今에 春水方生하고 片片紅桃 둥둥 쩌 흘너 오는 紫霞洞天에 가
무러 보소. (樂高 972)

　의쥬에 통군졍 붓는 불은 압록강이 시지로구나
　셩쳔에 강션루 붓는 불은 비류강슈가 겻히로나 삼등에 황학루 붓는
불은 잉무쥬강이 시지로구나 황쥬 월파루 붓는 불은 젹벽강(쳥쳔강)
슈로 달혀 쓰려니와 평양에 부벽루 련광뎡 붓는 불은 대동강슈로 쓰
려니와 이내 가슴에 시시쩌쩌로(연긔도 업시 뭉긔뭉긔) 붓는 불은 어
내 졍판이 다 쩌주리란 말가
　춤으로 밋을 님 업서셔 나 못 살것네. (답답한 ᄆᆞᆷ 둘 디 업서 나
엇지 사노) (樂高 885)

이년아 말 듯거라 굽고 나마 자질 년아

쳐옴에 날을 볼 지 百年을 사쟈키에 네 말을 곳지 듯고 집 풀고 텃 밧 풀고 동솟 풀고 紫的馬 쩐밤이에 먹기쇼를 마즈 파라 너를 아니 주엇더냐 무스 일 뉘 낫바셔 노더를 노랏는다

져님아 날드려 그렁마오 닉일을 〔   〕 가랴. (編數大葉)

(樂學 1104)

이 몸이 싀여져셔 江界 甲山 졉이 되야

님 자는 窓밧 츈혀 싯마다 죵죵 즈로 집을 지여 두고

그 집의 든은 체 호고 님의 房에 들리라. (樂時調)

(海一 521)

입아 助虀 메육들아 발헌 듬북이 가거늘 본다

듬복이 셩늬야 甘苔신 삼아 신고 퓌리옷 썰쳐 닙고 土蓮눈 부룻 쓰고 씨佐飯 髮鬐 거스리고 松茸밧 감도라 다스마 긴긴 길로 標若山 ㅂ라보며 버섯고개 가더고나

가기는 가더라만는 군포 얼골이 셩이 업시 가더라. (蔓橫 樂時調 編數葉 弄歌) (靑詠 593)

이바 편메곡들아 듬보기 가거늘 본다

듬보기 셩내여 土卵 눈 부릅드고 쌔자반 나롯 거스리고 甘苔신 사마신고 다스마 긴거리로 가거늘 보고 오롸

가기는 가더라마는 薰古훈 얼굴에 셩이 업시 가드라. (蔓橫淸類)(珍靑 531)

이션이 반호야 졔 집을 반호고 나귀 등에 슌금안장을 지여 금젼을

걸고

천태산 층암절벽 방울시 삭기 친 곳에 잉무공작 넘나는데 초부를
불너 문는 말이 쳔퇴산 마고선녀 슈영짤 숙향의 집이 게 어듸메뇨
져 건너 듸사립 안에 쳥삼살이가 누웃스니 게줄 아러뭅소.
(南太 194)

二十四橋 둘 볼근 적의 佳節은 月正上元이라
億兆는 攔街歡動ᄒ고 貴遊도 携笻步蹀이로다
四時에 觀燈賞花 歲時伏臘 도틀어 萬姓同樂홈이 오늘인가 ᄒ노라.
(蔓數大葉) (海一 602)

이제는 못보게 ᄒ애 못볼시는 的實커다
萬里 가는 길헤 海口絕息ᄒ고 銀河水 건너 쒸여 北海 ᄀ리지고 風
土ㅣ 切甚ᄒ듸 深意山 굴가마귀 太白山 기슭으로 골각골각 우닐며 츳
돌도 바히 못 어더 먹고 굶어 죽는 짜희 내 어듸가서 님츳자 보리
아희야 님이 오셔든 수려죽단 말 싱심도 말고 빨빨이 그리다 어즐
病 어더서 갓고 뼈만 나마 달바조 밋트로 아장 밧삭 건니다가 쟈근
쇼마 보신 後에 니마 우희 손을 언꼬 ᄒ 가레 추혀들고 쟛바져 죽다
ᄒ여라. (蔓橫淸類) (珍靑 579)

李座首는 암쇼를 틱고 金約正은 질쟝군 메고
南勸農 趙堂掌은 취ᄒ여 뷔거르며 杖鼓舞鼓에 둥더럭궁 춤추는괴야
峽裏에 愚氓의 質朴天眞과 太古淳風을 다시 본 듯 ᄒ여라. (蔓橫淸
類) (珍靑 524)

李太白의 酒量은 긔 엇더ᄒ여 一日須傾三百杯ᄒ며
杜牧之의 風度는 긔 엇더ᄒ여 醉過楊州ㅣ橘滿車ㅣ런고

아마도 이 둘의 風采는 못내 부러 ᄒ노라. (蔓橫淸類)
(珍靑 470)

李太白 ᄌ니랑 呼兒將出 換美酒ᄒ고
姜太公 ᄌ니랑은 銀鱗玉尺 낙과 니여 安酒 담당ᄒ고 陶淵明 ᄌ니랑
五絃琴 더라징둥덩지 타고
張子房 ᄌ니랑 鷄鳴山 秋夜月에 玉洞簫 슬피 부소.
(時調歌詞 17)

梨花에 露濕도록 뉘게 잡혀 못오든고
오쟈락 뷔혀 잡고 가지마소 ᄒ난듸 無端히 썰치고 오쟈홈도 어렵더
라
져 님아 네 안흘 져버 보스라 네오 긔오 다르랴. (蔓橫淸類)
(珍靑 477)

人生 百年 얼마넌가 北望山이 저기로다
黃泉이 므다더니 門박기 여라고나 死後 滿盤珍羞 不如生前 一杯酒
라
아희야 술 부어라 취코 놀게. (時調 41)

人生 百年이 如走馬로다 안이ᄂ 놀지는 못 ᄒ리라
남기라도 고목이 되면 오든 시도 안이 오고 꼿이라도 십일홍되면
오든 나븨도 안이 오고 물이라도 乾水되면 오든 鴻雁도 안이 오고 任
이라도 늙어지면 오든 정판도 안이ᄂ 오누자
靑春之年을 이연타 말고서 마음디로 놀셰.
(樂高 919)

人生 시른 수레 가거늘 보고 온다

七十 고개 너머 八十 드르흐로 진동한동 건너 가거늘 보고 왓노라

다

가기는 가드라마는 少年行樂을 못내 닐러 ᄒ더라. (珍青 467)

人生을 헤알이니 榮辱이 半이로다 東門에 掛冠ᄒ고 田里로 도라와

셔

聖經賢傳 열쳐노코 니러기를 다한 後에 압ᄂᆡ예 살진 고기도 낙고

뒴 뫼에 움진 藥도 키다가 登高望遠ᄒ며 任意逍遙할지 淸風은 徐來ᄒ

고 明月이 時至로다

이 즁에 슐 손조 부어 먹고 琴歌自適ᄒ니 이갓치 安逸한 조흔 마시

世上에 ᄯᅩ 이셔 비겨보랴 이리 노니다가 昇化歸雲ᄒ여 帝鄉에 올나가

면 餘恨이 업슬노다. (各調音) (興比 411)

一刻이 如三秋러니 一日이면 몃 三秋런고

니 마암 길거우면 남의 설럼 이이 알니 얼미 아닌 남은 간장 春雪

갓치 다 녹는다 恨숨은 바람이 되고 눈물은 비가 되야 任 자신 紗窓

밧게 불면서 ᄲᅤ여 보면 날 잇고 집히 든 잠 놀너 ᄭᅵ우려마는

아서라 남의 사람 싱각ᄒᄂᆞᆫ 니가 글타 탕척ᄒ고 도라 누니 니 마암

이 잠시로다. (時調 16)

一年 三百六十日은 春夏秋冬 四時節이라

꼿피고 버들 입 피면 花朝月夕 春節이요 四月東風 大麥黃은 綠陰芳

草 夏節이라 秋風은 소슬한데 洞方의 버러지 우고 黃菊丹楓 秋節이요

白雪이 粉粉ᄒ여 千山에 鳥飛絶하고 萬蹊에 人蹤滅하니 蒼松綠竹 冬

節이라

人間七十 古來稀라 四時佳景과 無情歲月이 덧 업어 가니 글을 슬

어. (雜誌 433)

　일년이 열 두달 일년인대 윤달이 들면 열 석달 일년이요
　한 달이 삼십일 한 달인대 그 달이 곳 적으면 스무 아흐래 그믐도
한 달이라
　하루면 열 두시 하루인대 임 볼 시는 몃 실는고.
(時調 73)

　一年이 열 두달인듸 閏朔들면 열 슥달이 一年이요
　한 달이 설흔 날이나 그달이 작으면 심우 아흐래가 한달이라
　두어라 해 가고 달가고 날가고 任가고 봄 가는듸 玉窓 櫻桃 다 붉
엇스니 怨征夫之歌 이 아니냐. (時調集 128)

　一葉小船 달을 실코 十里 淸江 흘이 저어
　취성동 차자 가니 자개봉이 여기로다 월왕대 넙흔 곳에 사슴이 노
단 말가
　금강수 되단 말가 신선이 나렷세라.
(雜誌 386)

　日月星辰도 天皇氏ㅅ적 日月星辰 山河土地도 地皇氏ㅅ적 山河土地
　日月星辰 山河土地 다 天皇氏 地皇氏적과 혼가지로되
　사름은 므슴 緣故로 人皇氏적 사름이 업는고. (蔓橫淸類)
(珍靑 485)

　一定 百年 다 못산들 色 아니코 어이하리
　穆王도 天子ㅣ로디 瑤池에 宴樂ㅎ고 項羽는 天下 壯士엿마는 虞美

人 離別에 우러쩌든
  흐믈며 碌碌흔 少丈夫ㅣ야 몃 百年을 살이라고 힉음 일 아니흐고
쇽절 업시 늘글야

  一定 百年 살쥴 알면 酒色 춤다 관계흐랴
  힝혀 춤은 後에 百年을 못살면 긔 아니 애도론가
  人命이 在于天定이라 酒色을 춤은들 百年 살기 쉬우랴. (蔓橫淸類)
  (珍靑 486)

  임은 가고 봄은 오니 芳春花柳 繁華時라
  꼿피여도 임의 생각 春節가고 夏節오니 江岸日日 喚愁生한데 풀만
푸르러도 임의 생각 夏節가고 秋節오니 秋雨梧桐落葉時라 입만 저도
임의 생각 秋節가고 冬節오니 白雪江山 銀世界에 눈만 날여도 임의
생각
  임이라 무어신지 자나 깨나 깨나 자나 욕망난망이요 불사이자사로
다. (雜誌 429)

  任이 가실 적에는 速히 단여 오시마고 흐드니 가고 흔 번도 無消息
이라
  무슴 弱水가 막혓관디 소식좃차 頓絶이로구나 春水滿四澤흐니 물이
만하서 못오시든가 夏雲多奇峰흐니 봉이 놉하서 못오시는가 봉이 놉
하서 못오시거든 쉬여서 넘어를 오고 물이 깁허서 못오시거든 쏭션
타고서 네 오렴은아
  춤으로 네 모양 간절하야 나 못살겟네. (樂高 921)

  林川의 草堂 짓고 만卷 書冊 싸아 놋코
  烏驪馬 살지게 메게 흐르는 물가의 굽씩겨 세고 보리미 길드리며

절디佳人 겻혜 두고 碧梧 거문고 시줄 언저 세워 두고 生簧 洋琴 海琴 저 피리 一等美色 前後唱夫 左右로 언저 엇쪼로 弄樂헐제
아마도 耳目之所好와 無窮之至所樂은 나쑨이가.
(調詞 70)

立馬沙頭別意遲홀제 生憎楊柳最長枝를
佳人緣薄含新態오 蕩子情多問後期라 桃李落落寒食節이오 鷓鴣논 飛去夕陽風이라
江南에 草綠春波潤ᄒ니 欲採蘋花로 有所思로다. (蔓橫樂時調編數大葉弄歌) (靑詠 561)

自古 男兒의 豪心樂事를 歷歷히 혜여보니
漢代金張 甲第車馬와 晉室王謝 風流文物 白香山 八節吟咏 郭汾陽花園行樂은 다 됴타 이르려니와
아마도 春風十二街에 小車를 잇글고 太華客 五六口에 격양歌를 부르면서 任意 去來ᄒ여 老死 太平은 類ㅣ 업슨가 ᄒ노라. (蔓橫)
(樂學 910)

ᄌ규성단 월ᄉ시에 두견이 우러도 임 싱각 월명하락 우황혼에 돌이 붉아도 임 싱각이오
슴쳑동ᄌ야 동방을 내다 보와라 새벽돌은 우렷이 기우러논디 임은 어듸가 아니 보인다 말가 임으로 연ᄒ여 여광여취 되는 마음 잠시라도 닛지 못ᄒ여 임을 ᄯ라 갈가부다 오날 가고 리일 가고 모레 가고 글피 간다 나흘 곱집어 여들레 팔십리 가는 인싱이 셕돌 열을에 단 쳔 리 갈지라도 임을 ᄯ라라서 아니 갈 수 업네 힉가 가고 돌이 가고 날가고 시가고 임ᄭ지 망죵가면 요 세상 빅년을 뉘를 밋고 사나 셕신이라도 돌에다 졉을 ᄒ며 목신이라고 로송에다 졉을 ᄒ며 어영 갈메

기라고 창파에다 지졉 ㅎ갓나
　접홀 곳 업고 속니 맛는 친고 업서셔 나 엇지 살고.
　(樂高 915)

　자네가 슐을 잘 먹는다 ㅎ니 슈슈 쇠쥬 세 디와 쇠셔 셰 접시를 먹
을까 본가
　슈슈 쇠쥬 세 디와 쇠셔 셰 접시를 먹으량이면 니 물니라 갑슬랑은
　옛날에 니퇴빅도 일일수경삼빅비라 희도 이 슐 혼잔 못다 먹엇씀
네. (南太 181)

　자네 집의 됴흔 슐 닛다 ㅎ니 날 혼 번 請ㅎ여 슐 맛 뵈쇼
　나도 니 집 草堂 압헤 香긔로운 꼿 퓌거든 혼 번 請ㅎ여 花柳 구경
시켜 줌세
　술 닉즈 꼿 퓌즈 임 오즈 달도다 오니 玩月長醉.
　(無名時調集가本 77)

　ㅈ룡아 말 노코 칼 쓰지 마라
　죠됴의 십만 디병이 술넝술넝 물끌텃혼다
　장창은 어디 두고 두루나니 룡광검만 후쥬 품 속의 드러 줌씰 줄
몰ㄴ. (時調 118)

　존의 가득한 수리 반 존이 너머 반 존 되어스니 劉伶이 嗜酒터니
半은 따라 간가 半 盞이로구나
　碧空의 두렷흔 다리 半이 남아 半만 여즈려스니 太白이 愛月터니
半은 부러 간가 반다리로구나
　우리도 飮酒 翫月ㅎ며 古人 것치. (樂府 332)

잘새는 풀풀 挹淸樓로 희도라 들고
새둘 은 漸漸 新雪樓로 불가 올 제 외나무 드리에 홀노 가는 중아
중아
네 절이 언마나 ᄒ관디 遠鐘聲만 들니느니. (槿樂 329)

잡으시오 잡으시오 이 술 한 잔을 잡우시오
이 술 한 잔 잡우시면 천만년니아 스오리라 이 술이 술이 아니하
한무졔 승노반에 이슬 밧은 것이오니
쓰나다나 잡으시요 권헐 제 잡우시오. (源가 447(132))

張良의 洞簫 소리 月下에 슬피 부니 帳中에 줌든 伯王 魂魄이 놀나
거다
謀計 마는 李座基는 楚伯王을 인도ᄒ고 算 잘 두는 張子房은 鷄鳴
山 秋夜月에 玉洞簫를 和答ᄒ니 그 曲調에 ᄒ여시되 邊方 客地 死地
中에 슈자리 사는 져 軍士야 너의 伯王 困窮ᄒ야 戰場에서 죽을 씨라
千金 갓튼 重ᄒ 목슘 戰場 客死ᄒ단 말가 너의 妻子 싱각ᄒ면 離別ᄒ
고 쩌놀 젹에 눈물 짓고 긔約ᄒ 말 明年春에 도라옴시 그 사니가 八
年이라 어린 子息 아비 불너 어미 肝腸 다 썩인다 安南山 사리찬 밧
어늬 丈夫 가라 쥬며 澤浩亭 비즌 술을 어늬 丈夫ㅣ 마셔 보며 高堂
에 白髮 父母 어늬 子息 奉養ᄒ리 하늘 놉고 찬바람에 새 옷 지어 너
허 두고 오늘이나 몸이 오며 니일이나 寄別 올가 머리 우희 손을 언
고 出門望 出門望ᄒ니 望夫山이 되돈 말가
碧空에 月明ᄒ고 淸江에 水碧ᄒ대 妻子 싱각 웨 모로나.
(慶大時調集 338)

長衫 쓰더 즁의 젹슘 짓고 念珠 쓰더 당나귀 밀밀치ᄒ고
釋王世界 極樂世界 觀世音菩薩 南無阿彌陀佛 十年 工夫도 너 갈듸

로 니거니

　밤중만 암 居士 품에 드니 念佛경이 업셰라. (蔓橫淸類) (珍靑 514)

　長安大道 三月春風 九陌樓臺 雜花芳草

　酒伴詩豪 五陵遊俠 桃李蹊 綺羅裙을 다 모하 거나려 細樂을 前導ᄒ
고 歌舞行休ᄒ여 大東乾坤 風月江山 沙門法界 幽僻雲林을 遍踏ᄒ여
도라보니

　聖代에 朝野ㅣ同樂ᄒ여 太平和色이 依依然 三五王風인가 ᄒ노라.

　(蔓橫淸類) (珍靑 560)

　장판교상의 고리눈 부릅쓰고 장팔사모 창 들너 메고 웃둑 섯는 저
장사야 네 성명이 무엇이냐

　그 장사 대답허되 나의 성명은 한종실 유황숙의 셋재 아오 거긔장
군 연인 장익덕을 네 아느냐 모르느냐

　아마도 한국 명장은 장익덕인가. (時調集 170)

　재너머 莫德의 어마 네 莫德이 쟈랑마라

　내 품에 드러서 돌겟줌 자다가 니 굴고 코 고오고 오좀 스고 放氣
쒸니 盟誓개지 모진 내 맛기 하 즈즐ᄒ다 어셔 ᄃ려 니거라 莫德의
어마

　莫德의 어미년 내ᄃ라 發明ᄒ야 니르되 우리의 아기똘이 고림症 비
아리와 잇다감 제症 밧긔 녀남은 雜病은 어려셔브터 업ᄂᆞ니. (蔓橫淸
類) (珍靑 567)

　재 우희 웃둑 션 소나모 바람 불적마다 흔덕흔덕

　개올에 셧는 버들 므스 일 조차셔 흔들흔들

　님그려 우는 눈물은 커니와 입ᄒ고 코는 어이 므스 일 조차셔 후루

룩 비쥭 ᄒᆞᆫ니. (蔓橫淸類) (珍靑 511)

赤壁水下 死地를 僅免ᄒᆞᆫ 曹孟德이

華容道에 다다라 壽亭侯를 만나 鳳目 龍劍으로 秋霜ᄀᆞᆺ튼 號令에 草露 奸雄이 어이 臥席終身을 바라리오 마ᄂᆞᆫ

千古에 關公은 義將이라 네 義를 生覺ᄒᆞ샤 義釋曹操 ᄒᆞ시다. (言弄)
(靑六 620)

赤壁에 敗한 曹操 華容道 드러 갈 제

千峰에 바람치고 萬壑에 눈 싸인듸 새인들 어이 울냐마ᄂᆞᆫ 火戰에 죽은 將卒 怨魂이 恨鳥되야 曹操를 원망하는 소래 그게 모다 鬼聲이라 塗炭에 싸인 將卒 故國離別이 몃해든고

歸蜀道 不如歸라 너 혼자 울지 말고 空山 深夜月에 날과 함끠 단이다가 還歸故國하여 보세. (時調集 164)

赤壁에 敗한 孟德 나문 將卒 거나리고 華容路道 드러가니 山川은 險峻ᄒᆞ고 樹木이 총잡하여

白雲이 霏霏한데 千樹 萬樹 梨花가 자져ᄂᆞᆫ 듸 시들 어이 울야마ᄂᆞᆫ 가지마다 우는 소러 이게 모도 다 鬼聲이라

山학이 잠명하고 木石도 舍淚커든 ᄉᆞ롬이야 일너 무엇.
(時調集 145)

鈿 업쓴 錚盤에 물무든 笋을 ᄀᆞ득이 담아 니고 黃鶴樓 姑蘇臺와 岳陽樓 藤王閣으로 상금 오르기ᄂᆞᆫ 나남즉 남더도 그ᄂᆞᆫ 아못죠로나 하려니와

할나나 님 외오 슬나ᄒᆞ면 그ᄂᆞᆫ 그리 못 ᄒᆞ리라. (蔓數大葉)
(海一 636)

諸葛亮은 七縱七擒ㅎ고 張翼德은 義釋嚴顔 ㅎ단말가
섭겁다 華容道 조븐 길에 曹孟德이가 사라가단말가
千古에 凜凜흔 大丈夫는 漢壽亭侯ㄴ가 ㅎ노라. (樂戲調)
(樂學 1035)

져 거너 푸른 산 아리 두룸다리 쓰고 져 총디 두러메고 살랑살랑
나려오는 져 포수야
너 져 총씨로 놀버러지 긜짐싱 긜버러지 눌짐싱 황시 촉시 두루미
너시기 진경이 범 스심 노로 톡기를 져 총디 노아 잡을지라도 시벽달
서리치고 지시는 밤의 동녘 동디로 쪽을 일코 홀노 어이울 어이울 우
는 기러긜능 노치마라
우리도 그런 줄 알기로 아니 놋씀네. (時調 100)

져 건너 검어뭇틀음흔 바희 釘 다히고 씨 두들여 내야
털 돗치고 뿔을 박아 밍글아 둘이라 감은 암쇼를
울이 님 날 離別ㅎ고 오실쩨 것구로 태와 보내리라.
(海一 576)

져 건너 槐陰彩閣中에 繡놋는 져 處女야
뉘라서 너를 弄ㅎ여 넘노는지 細眉玉頰에 雲鬢은 아조 허트러져 鳳
簪조츠 기우러져느냐
丈夫의 探花之情을 任不禁이니 一時花容을 앗겨 무슴 ㅎ리요.
(言弄) (靑六 805)

져 건너 놉고 나즌 져 산 밋헤 영웅호걸이며 청츈홍안들이 다 뭇쳐
구나

루루즁통 북망산을 뉘 힘으로 쏩아내며 흘너가는 장류슈를 뉘 지조로 막아내며 (심어)시너방쳔이면 슈용이궤라 녯날 녯젹 진시황은 만리쟝셩 둘너 놋코 아방궁을 놉히 지여 장싱불스 흐려흐고 불스약을 구흐려다가 그도 쏘흔 못되여서 려산황릉 깁흔 곳에 쇽졀 업시 누어 잇고 텬하장스 쵸픠왕도 오강에서 즈문흐고 뉴국 지상 소진이도 말이 모잘나 죽어스며 텬하졀식 구련이는 졀기 업서 죽어갓네 먹나슈 깁흔 물에 굴삼녀라도 장어가 되고 시즁텬자 리태빅은 치셕 월하 달 붉은 디 국화쥬 취케 먹고 둘을 스랑흐다가 긔경비상쳔흐여 잇고 진쳐스 도연명은 츄강상 비를 무어 망월시에 흘니 져어 오류촌 도라가셔 장취불셩 흐엿건만 우리 ᄀᆞ흔 인싱들은 감아니 곰곰 싱각흐니 플긋헤 이슬이오 단불에 나뷔로다

금됴 일셕이라도 실슈되여 북망산쳔 도라가면 살은 썩어 물이 되고 쎠는 썩어 진토되고 삼혼칠빅이 훗터질 격에 어니 귀쳔타인이 날 불상타 흐갓소. (樂高 895)

져 건너 明堂을 어더 明堂 안희 집을 짓고

밧 골고 논 골고 五穀을 ᄀᆞ초 시믄 後에 臺 우희 벌통 노코 집 우희 박 올니고 울 밋터 우물 파고 九月秋收흐여 南隣北村 다 請흐야 喜娛同樂 흐고지고

每日의 이렁셩 노니다가 늙은 뉘를 모로리라. (編數大葉)

(樂學 1099)

져 건너 신진사 집 시렁 우희 언진 거시 쌀은 쳥쳥둥 쳥졍미 쳥차조쌀이 아니 쌀은 쳥쳐둥 쳥졍미 쳥차조쌀이냐

우디 밍꽁이 다셧 아레디 밍꽁이 다셧 문안 밍꽁이 다셧 문밧 밍꽁이 다셧 사오이십 스무 밍꽁이 모화관 숩버들 궁게셔 밋헤 밍꽁이는 눈 무겁다고 밍꽁 웃밍꽁이는 무에 무구우냐 잣쌉스럽다고 밍꽁 어늬

밍꽁이 슈밍꽁이냐

　아마도 슉녜문 밧 썩 니다라 쳥푀 팔푀 칠푀 비다리 이문동 도져골
쪽다리 것너 쳣지 둘지 셋지 녯지 다섯 여섯 일곱 여들 아홉 열지 미
나리 논에셔 코를 줄줄 흘니고 머리 푸러 산발ᄒ고 눈을 희번득이며
다리 꼬아 니밀면셔 용 올리는 밍꽁이가 슈밍꽁이냐. (南太 197)

　져 건너 月仰 바희 우희 밤즁마치 부엉이 울면
　녯 사롬 니론 말이 놈의 싀앗 되야 좃띱고 양믜와 百般巧邪하는 져
믄 妾년이 急殺마자 죽는다 ᄒ데
　妾이 對答하되 안해님 겨오셔 망녕된 말 마오 나는 듯ᄌ오니 家翁
을 薄待ᄒ고 妾새옴 甚히 ᄒ시는 늘근 안희님이 몬져 죽는다데.
　(蔓橫淸類) (珍靑 564)

　져것너 泰白山 밋틔 네 못보든 菜麻田이 죠흘씨고
　일엉졀엉 넛츌에 둥싱둥실 水朴에 얽어지고 틀어졋는 듸 쓸곳튼 참
외 조롱조롱 열어셰라
　두엇다가 다 닉어 지거든 우리 님의게 들이려 ᄒ노라. (樂時調)
　(海一 542)

　져 건너 흰옷 닙은 사롬 존띱고도 양믜왜라
　쟈근 돌ᄃ리 건너 큰 돌ᄃ리 너머 밥쒸여 간다 ᄀᄅ 쒸여 가는고
애고애고 내 書房 삼고라쟈
　眞實로 내 書房 못될진대 벗의 님이나 되고라쟈. (蔓橫淸類)
　(珍靑 517)

　져멋고쟈 져멋고쟈 열다섯만 져멋고쟈
　에엿분 얼골이 냇ᄀ에 셧는 垂楊버드나모 광대등걸이 되연제고

우리도 少年行樂이 어제론 듯 ᄒ여라. (蔓橫淸類) (珍靑 490)

제 것 두고 못 먹으면 王將軍의 庫子오니

銀盞 놋盞 다 더지고 砂器盞에 잡으시오 첫지 盞은 長壽酒오 둘지
盞은 富貴酒오 셋지 盞은 生男酒니 잡고 연희 잡으시오 古來賢人이
皆寂寞ᄒ되 惟有飮者ㅣ留其名ᄒ니 잡고 잡고 잡으시오 莫惜床頭沽酒
錢ᄒ라 千金散盡還不來니

내 잡아 권훈 잔을 辭讓말고 잡으시오. (勸酒歌) (大東 314)

제 얼굴 제 보아도 더럽고도 슬뮈웨라

검버섯 구름씬 듯 코츕은 쟝마진 듯 以前에 업든 쎠시 바회 엉덩이
에 울근불근

우리도 少年行樂이 어제런 듯 ᄒ여라. (編數大葉) (靑六 884)

조오다가 낙시디를 일코 츕츄다가 되롱의를 일허고나

늘그니 妄伶으란 웃지마라 저 白鷗드라

十里에 桃花發하니 春興을 계워 ᄒ노라.(樂戲調) (樂學 966)

終南山 누에머리 굿헤 밤中마치 凶히 우는 부헝아

長安 百萬家에 뉘 집을 向ᄒ여 부헝 부헝 우노

平生에 얄밉고 쟐뮈운 님을 다 잡아 가려 ᄒ노라. (弄)

(靑六 698)

座定後 初面이오 번 찌 업시 平安하오

져 분은 뉘라시며 이 분은 뉘라 하오 男兒 何處 不相逢이니 다시
보면 舊面이오

童子야 거믄고 징 우려라 놀고나 가즈. (慶大時調集 335)

酒力醒 茶煙歇ㅎ고 送夕陽 迎素月홀지

鶴氅衣 님의 츠고 華陽巾 젓계 쓰고 手持周易一卷하고 焚香默坐ㅎ야 消遣世慮홀지 江山之外에 風帆沙鳥와 煙雲竹樹ㅣ 一望의 다 드노미라

잇다감 셔나믄 벗님니와 圍碁投壺ㅎ고 鼓琴咏詩ㅎ야 送餘年을 ㅎ리라. (蔓橫) (樂學 863)

珠簾에 달 비취엿다 멀니셔 난다 옥져 쇼리 들이는고나

벗님네 오자 히금 져 피리 싱황 양금 죽장고 거문고 가지고 달 쓰거든 오마터니

童子야 달 빗만 살피어라 ㅎ마 올 쎠. (時調 97)

珠簾에 달 빗취였다 萬里山河 玉笛쇼리 드리난구나

  〔中章 缺〕

아희야 나귀 칫쥭 툭툭 모라라 玉笛쇼리 나난 디로. (사설지름)
(精歌 38)

酒色을 마자 하고 山水間의 집을 짓고 구름 속의 밧 갈기와 달 아레 고기 낙기 以終餘年 하잿드니

靑天有月 未幾時에 金樽美酒 겻테 두고 아니 취키 어려우며 旅館寒灯 獨不眠에 絶代佳人 겻헤 두고 아니 犯키 어려워라

아마도 술 두고 안니 醉코 色 두고 안니 犯키 사람마다 兩難이라. (時調集 144)

酒色을 삼가란 말이 녯 사롬의 警誡로되

踏靑登高節에 벗님니 드리고 詩句를 을플 제 滿樽香醪를 아니 醉키

어러오며

　旅館에 寒燈을 對ᄒ여 獨不眠ᄒᆯ 제 玉人을 만나셔 아니 자고 어이
리. (蔓橫淸類) (珍靑 509)

　朱脣動 素腔擧ᄒ이 洛陽少年과 邯鄲女ㅣ로다

　古稱綠水今白苧요 催絃急管爲君舞ㅣ라 窮秋九月에 荷葉黃이요 北風
이 驅雁天雨霜이로다

　夜長코 酒亦多ᄒ이 樂未央을 ᄒ올여. (蔓數大葉) (海一 624)

　酒債ᄂ 尋常行處有ᄒ니 人生七十古來稀라

　春花柳 夏淸風과 秋明月 冬雪景에 南隣北村 다 請ᄒ야 無盡無盡 노
시그려

　人生이 아츰 이슬이라 아니 놀고 어이ᄒ리. (三數大葉)

　(靑詠 435)

　竹杖芒鞋 단표자로 千里江山 드러가니 山은 ᄒ여 구름 갓고 구름도
ᄒ여 山 ᄀᆺ으며 雲山은 千變이라

　金芙蓉 싹어낸 OO 銀폭포 급한 물의 九天의 쩌러지고 울울창창 松
林中에 百獸 千禽 석어 울어 OO을 조롱한다

　雲梯를 발고 절정에 올나 三界를 바라보니 玉京이 지척이요 紅塵이
부도로라 하마 고이 仙景인 듯. (雜誌 432)

　죽장망혜 단표ᄌ로 철이 강산 드러가니

　그 곳디 골이 깁퍼 두견 졉동이 ᄂ계 운다 구름은 뭉게뭉게 뛰여
낙낙쟝숑의 어르려 잇고 바람은 솰솰 부려 시니 암상 꼿가지만 썰썰
이는고ᄂ

　그 곳지 별유천지 별건곤이니 놀고 갈가. (時調 113)

죽장 집고 망혜 신꼬 만복사를 드러가니

여러 중이 모와 안저 춘양 정곡 애석히 역여 지성으로 축원헐 제
엇던 중은 광쇠 들고 엇던 중은 죽비들고 엇던 중은 모시 장삼에 실
씌를 씌고 엇던 중은 목탁을 들고 쏘 엇던 중은 가사 책보 젓처 메고
구불구불 염불을 할 제

광쇠은 쾅쾅하고 죽비는 철철 조고마헌 상좌중놈 북채을 갈너 쥐고
두리 둥둥 법고만 친다. (時調集 173)

중놈도 사롬 이냥ᄒ여 자고 가니 그립듯고

중의 숑낙 나 베읍고 내 족도리 중놈 베고 중의 長衫 내 덥습고 내
치마란 중놈 덥고 자다가 ᄭᅵ듯르니 둘희 스랑이 숑낙으로 ᄒ나 족도
리로 ᄒ나

이튼날 하던 일 싱각ᄒ니 홍글항글 하여라. (蔓橫淸類)
(珍靑 552)

중놈은 승년의 머리털 잡고 승년은 중놈의 샹토 쥐고

두 ᄭᅳ니 맛믾고 이 윈고 져 윈고 쟉쟈공이 쳔눈듸 믓쇼경이 구슬
보니

어듸셔 귀먹은 벙어리는 외다 올타 ᄒᄂ니. (蔓橫淸類)
(珍靑 512)

중놈은 고즈 불을 쥐고 고즈는 줄에 상토 잡아 작작궁 쓰오난듸

말니나니 안즘방이 굿보느니 쇼경이라

어듸셔 귀막아 못 듯는 놈 말 못ᄒ는 벙어리는 외다 올타즈 하드
라. (界編) (興比 193)

즌국 적 시절인지 풍진도 요란하고 살기도 무궁허다

범징의 씨친 옥두 백설이 되앗스니 항장의 날낸 칼이 쓸 곳이 전혀 업다 장양의 퉁소 소래 월하에 슬피나니 장중의 잠 든 패왕 혼백이 비월허다 음능 저믄 날에 월색도 희미하고 오강수 널분 물의 수운이 적막하다 역발산 긔개세도 강동을 못 가거든 필부 형경이 역수를 건 늘소냐

가련타 저 장사야 슨도를 일치 말고 조심하야 단여 오라.

(時調集 171)

즘싱 삼긴 後에 범쳐로 무셔오랴

山林之君이오 百獸之長이로되 여위게는 속도더라

아마도 人間에 무서올손 九尾狐ㄴ가 ㅎ노라.

(樂高 604)

증경이 雙雙 綠潭中이오 皓月은 團團 暎窓欄이라

凄凉혼 羅帷 안헤 蟠蟀은 슬피 울고 人寂夜深ㅎ듸 玉漏潺潺 金爐에 香盡 參橫月落토록 有美故人 뉘게 자펴 못오는고

님이야 날 싱각ㅎ랴마는 나는 님뿐이매 九回肝腸을 寸寸이 스로다 가 스라져 주글만졍 나는 닛지 못ㅎ얘. (蔓橫淸類) (珍靑 563)

鎭國名山 萬丈峰이 靑天削出金芙蓉이라

巨壁은 屹立ㅎ여 北祖三角이오 奇巖은 斗起ㅎ여 南案蠶頭ㅣ로다 左 龍은 駱山 右虎 仁王 瑞色은 盤空ㅎ여 象闕에 어리엿고 淑氣는 鍾英 ㅎ여 人傑을 비저내니 美哉라 我東山河之固여 聖代衣冠 太平文物이 萬萬歲之金湯이로다

年豊코 國泰民安ㅎ듸 九秋楓菊에 麟遊를 보려ㅎ고 面岳登臨ㅎ여 醉 飽盤桓ㅎ오며셔 感激君恩 ㅎ여이다. (蔓橫淸類) (珍靑 578)

秦始皇 漢武帝룰 뉘라셔 壯타던고

童男童女 함긔 싯고 萬頃滄波에 비룰 쯰여 採藥求仙ᄒ고 栢梁臺 놉
흔 집에 承露盤에 이슬 바다 萬千歲 살냐터니 오로다 虛事ㅣ로다

우리ᄂᆞᆫ 酒色을 삼가ᄒ고 節食服藥ᄒ여 百年가지 ᄒ리라. (弄)

(靑六 696)

此生 怨讐 이 離別 두 字 어이ᄒ야 永永 아조 업시 ᄒ고

가슴에 뫼인 불 이러날 양이면 어디 동여 녀혀 스룸죽도 하고 눈으
로 소슨 물 바다이 되면 풍덩 드르쳐 쯰오련마ᄂᆞᆫ

아모리 쯰오고 살은들 한슘이야 어이리. (樂戱調) (樂學 1010)

窓내고쟈 窓을 내고쟈 이 내 가슴에 窓을 내고쟈

고모장지 세살장지 들장지 열장지 암돌져귀 수돌져귀 비목걸새 크
나큰 쟝도리로 쏭닥 바가 이 내 가슴에 窓 내고쟈

잇다감 하 답답ᄒᆯ제면 여다져 볼가 ᄒ노라. (蔓橫淸類)

(珍靑 541)

창 밧게 가마솟 막이 장사야 니별 나는 궁도 네 잘 막일소냐

그 장싀 디답허되 쵸한쪅 항우라도 녁발산ᄒ고 긔긔세로되 심으로
능이 못 막엿고 삼국쪅 제갈냥도 상통천문에 하달지리로되 지쥬로 능
이 못 막여쩌든

허물며 날거튼 소장부야 일너 무슴 (南太 84)

窓 밧기 어른어른 ᄒᄂᆞ니 小僧이 올시다

어제 저녁의 動鈴하러 왓든 즁이 올ᄂᆞ니 閣氏님 ᄌᆞᄂᆞᆫ 房 독도리 거
ᄂᆞᆫ 말그티 이 너 쇼리 숑낙을 걸고 가쟈 왓소

져 듕아 걸기눈 걸고 갈지라도 後ㅅ말이나 업게 ᄒ여라. (蔓橫)
(樂學 937)

窓 밧긔 草綠色 風磬 걸고 風磬 아리 孔雀尾 발을 다니
바람 불젹마다 흔날녀셔 니이는 소리도 죠커니와
밤중만 잠결에 들어보니 遠鐘聲인 듯 ᄒ여라. (言樂)
(靑六 844)

窓 밧기 엇득 엇득커눌 님만 너겨 나가 보니
님은 아니오고 우스름 달빗체 열 구름이 날 속겨다
뭇쵸아 밤일셰만졍 힝혀 낫지런들 남 우일 번 ᄒ여라.
(六靑 652)

窓外 三更 細雨時에 夜半 孤燈 잠인들 이를넌가
　靑燈을 도도 켠 후 綠衣琴 겻희 안고 相思曲 한 曲調를 한숨 셕거
타노라니 任의 生覺 더욱 간절하야 任 가신 곳 바라보니 蒼天의 織女
星은 눈물을 먹음은 듯 耿耿이 잇서도 一年 一度면 만날 날이 잇것마
는 나는 어이 못 가는고
　無情하고 야속한 任이여 그대 생각 허노라고 이 내 귀비肝腸 셕으
나 셕은 눈물 끈칠 날이 전혀 업다. (時調集 159)

　千古 義皇天과 一寸 無懷地에 名區 勝地를 글릭곡 글희여
　數間茅屋 지어내니 雲山烟水 松風蘿月 野獸山禽이 절로 己物 되어
괴야
　아희야 山翁의 이 富貴를 눔드려 힝혀 홀셰라. (蔓橫淸類)
(珍靑 521)

千古 義皇之天과 一寸 無懷之地에 第一 江山이 님자 업시 바렷거늘
援居援處ㅎ여 採於山 釣於水에 紫芝는 盈筐ㅎ고 銀鱗을 貫柳ㅎ니
水陸品도 가잣는듸 그밧긔 松風蘿月이며 野獸山禽이 다 너 己物이 되
여괴야
아마도 山村經濟는 이 조흔가 ㅎ노라. (各調音) (東國 361)

千古義皇天과 一寸無懷地에 第一名區 勝界 가릐 가릐며
靑山臨流ㅎ여 草屋 지여니니 松風蘿月과 野獸山核이 다 나의 己物
이라
兒孩야 雲散烟消後에 山翁의 이 富貴를 桃花流水며 香達聞之로 뉘
알가 두려노라. (界面調) (興比 413)

天君 衙門에 仰呈 所志 爲白去乎 依所訴題給 ㅎ오쇼셔
人間 白髮이 平生에 게엄으로 츠마 못볼 老人 광대 靑春少年들을
미러가며 다 띄오되 그 中에 英雄豪傑으란 부듸 몬져 늙게ㅎ니 右良
辭緣을 細細參商ㅎ야 白髮禁止 爲白只爲
天君이 題辭를 ㅎ오샤디 世間 公道를 白髮로 맛져이셔 貴人頭上段
置 撓改치 못ㅎ거든 너ᄯ려 分揀不得이라 相考施行向事. (蔓橫淸類)
(珍靑 575)

天宮衙門에 仰呈所志 알외나니 參商敎是後에 依所願題給 ㅎ乎소셔
西施之玉貌와 玉眞之花容과 貴妃之月態를 竝以矣身處에 許給事乙
立旨成給爲白只爲 天宮題辭內 汝矣所欲之女는 皆以淫物이라
女中君子 珮眞淑眞으로 如是許給ㅎ니 左右妻妾ㅎ야 壽富貴多男子ㅎ
고 百年偕老가 宜當向事. (靑六 733)

千萬 私설 다 바리고 우리 두리 함께 죽어 鬼門國 三千里와 염나국

슈萬里 咫尺 갓치 쉬이 가셔
　第十二 졀윤大王 上王前의 낫낫치 신원ᄒ여 임되고 나 임되여 나
일싱 길워 스러홈을 임 나 되어 지러 보면 임인덜 안이 짐작하리
　진실노 이리 될 쥴 아러시면 당쵸의 몰너. (時調 106)

千歲를 누리소셔 萬歲를 누리소셔
무쇠 기동에 꼿픠여 여름이 여러 짜드리도록 누리소셔
그지야 億萬歲 밧긔 쏘 萬歲를 누리소셔. (二數大葉) (樂學 669)

天地間 萬物之衆에 긔 무어시 무서온고
白額虎 豺狼이며 大蟒 毒蛇 蜈蚣 蜘蛛 夜叉ㅣ 두억神과 魑魅魍魎
妖怪 邪氣며 狐精靈 蒙達鬼 閻羅使者와 十王差使를 다 몰속 겻겨 보
와시나
아마도 任을 못보면 肝腸에 불이 나셔 살져 죽게 되고 볼지라도 놀
납고 꿈즉ᄒ야 四肢가 덜로 녹아 어린 듯 醉ᄒ드시 말도 아니 나기는
任이신가 ᄒ노라. (弄) (靑六 722)

天地 交泰하고 和氣 氤氳한 제
新條는 弄香하고 OO O芳홈은 草木의 슮기이오 遲日이 載陽한디 鳴
聲 OO홈은 禽鳥의 슮기이오 夕陽 苔路의 携壺 踏靑홈은 O人의 슮기이
오 仰觀 宇宙하며 俯察 品彙하고 或 倚樹高吟하며 惑 自酌之醉함은
이 나의 슮기이로다
아마도 與滿人 同樂하미 긔 죠한가 하노라. (海朴 431)

千秋前 尊貴키야 孟嘗君만 홀가마는 千秋後 冤痛홈이 孟嘗君이 더
옥 셮다
食客이 격돗든가 名聲이 괴요튼가 개 盜賊 닭의 우름 人力으로 사

라 나셔 말이야 주거지여 무덤우희 가싀나니 樵童牧豎들이 그 우흐로
것니며셔 흔 曲調를 부르리라 헤여실가 雍門調 一曲琴에 孟嘗君의 한
숨이 오로는 듯 ㄴ리는 듯
　아희야 거문고 쳥쳐라 사라신제 놀리라. (孟嘗君歌) (珍靑 464)

　天下 名山 五嶽之中에 衡山이 가장 됴턴지
　六觀디ㅅ의 셜법 졔즁홀 제 상좌즁 능통자로 용궁이 츌입다가 셕교
상 팔션네 만나 희롱흔 죄로 뎍하 인간ㅎ야 용문의 놉히 올나 츌쟝
입상타가 티사당 도라들졔 뇨됴 졀터드리 좌우의 버려스니 난양공쥬
정경픠며 가춘운 진치봉과 계셤월 뎍경홍 심효연 백능파로 슬커쟝 노
니다가 산동일셩의 ㅈ던 꿈을 씨오거다
　셰상의 부귀공명과 시비우락이 다 이러흔가 ㅎ노라. (編數大葉)
(詩歌 669)

　天寒코 雪深흔 날에 님 츠즈라 天上으로 갈제
　신 버셔 손에 쥐고 보션 버셔 품에 품고 곰븨님븨 님븨곰븨 쳔방지
방 지방쳔방 흔 번도 쉬지 말고 허위히위 올라가니
　보션 버슨 발은 아니 스리되 념의온 가슴이 산득산득 하여라. (蔓
橫淸類) (珍靑 542)

　淸江一曲이 抱村流ㅎ듸 長夏江村에 事事幽ㅣ로다
　自去自來堂上鷰이요 相親相近水中鷗ㅣ라 老妻는 劃紙爲碁局이요 稚
子는 敲針作釣鉤ㅣ로다
　多病所須ㅣ 惟藥物이라 微軀ㅣ 此外에 更何求를 ㅎ리오. (弄)
(海一 617)

　靑개고리 腹疾ㅎ여 주근날 밤의 金두텁 花郎이 즌호고 새남갈싀

靑뭽독 겨대는 杖鼓 던더러쿵 흐난듸 黑뭽독 典樂이 져 힐니리 흐
다
어듸셔 돌진 가재는 舞鼓를 둥둥 치느니. (蔓橫淸類)
(珍靑 472)

靑藜杖 집고 斷髮嶺 너머 가니 長安寺 內外峽 즌나무 數千株 十里
程의 어려 잇고 虹門안 南川橋 건너 湘水門 바라보니 梵鐘閣 朱層閣
은 陳如門 다어 잇다
大雄殿 二層 집은 半空에 소삿는대 三世如來 六觀菩薩 靈山殿 冥府
殿과 沙聖殿 毘盧殿을 차례로 구경할 제 空山淸風 磬쇠 소래 引導聲
이 귀슬푸다
千峰 山水間 드러가니 淸川 碧溪 潺潺하고 松栢 雜木 鬱鬱한듸 春
山鳥 不如歸며 杜鵑花도 난만하다. (時調集 140)

靑山에 봄春 들入字 흐니 叢叢 쏫花字ㅣ로다
一壺酒 흔 瓶 가질持字흐고 시내溪字 又邊字 안즐坐字 노닐遊字 흐
고지고
水上에 麥秀ㅣ 漸漸 桃花紅흐니 武陵인가 흐노라. (解我愁 167)

청올치 신날 신 얼거지고 팔대 장삼 썰드리고 石上의 枯木되여 慇
懃이 섯는 鐵竹 뿌리채 덤썩 캐여 탈탈 터러 걱구르 집고
夕陽 山路 빗긴 길로 눈을 흘깃흘깃 살펴보며 나려올 제 보신가 못
보신가 예 우리 任이 登 山寺 하엿건만 남들은 다 중이라 하리
百八念珠 목에 걸고 短珠는 팔에 걸고 袈裟 長衫 썰드리고 목탁 치
며 念佛打令 아무리 보아도 豪傑僧인 듯. (時調集 160)

淸川江上 百祥樓에 萬景이 森羅不易收ㅣ로다

草原長堤에 靑一面이요 天低列峀碧千頭ㅣ라 錦屛影裡飛孤鶩이요 玉
鏡光中에 點小舟ㅣ라
　未信人間 仙景在ㅣ러니 密城今日에 見瀛洲를 ᄒ괘라.
　(永類 326)

靑天 구름 밧긔 노피 쩟는 白松骨이
　四方千里를 咫尺만 너기는듸
　엇더타 싀궁칙 뒤져 엇먹는 올희는 제 집 門地方 넘나들기를 百千
里만 너기더라. (蔓橫淸類)(珍靑 495)

靑天에 쩌셔 울고 가는 외기력이 나지 말고 너 말 드러
　漢陽城內에 暫口間 들너 부듸 닉말 닛지 말고 웨웨텨 불너 니르기
를 月黃昏 계워 갈 제 寂寞空閨에 더진 듯 홀로 안져 님 글여 참아
못 슬네라 ᄒ고 부듸 한 말을 傳ᄒ여 쥬렴
　우리도 님 보라 밧비 가옵는 길이오믹 傳ᄒᆯ쏭 말쏭 ᄒ여라.
　(花樂 489)

靑天에 떳는 기러기 혼 雙 漢陽城臺에 잠간 들러 쉬여 갈다
　이리로셔 져리로 갈 제 내 消息 들어다가 님의게 傳ᄒ고져 져리로
셔 이리로 올 제 님의 消息 드러 내손듸 브듸 傳ᄒ여 주렴
　우리도 님 보라 밧비 가난 길히니 傳ᄒᆯ동 말동 ᄒ여라. (蔓橫淸類)
　(珍靑 555)

淸風明月 智水仁山 鶴髮烏巾 大賢君子
　莘野叟 琅琊翁이 大東에 다시나 松桂幽栖에 紫芝를 노래ᄒ여 逸趣
ㅣ도 노프실샤
　비느니 經綸大志로 聖主를 도와 治國安民 ᄒ쇼셔. (蔓橫淸類)

(珍靑 482)

청울치 뉵눌 메토리 신고 휘대 長衫 두루혀 메고

瀟湘斑竹 열두무듸를 불휫재 쎼쳐 집고 모르너머 재너머 들건너 벌건너 靑山 石逕으로 횟근누운 누운횟근 횟근동 너머 가읍거늘 보은가 못보은가 긔 우리 남편 禪師즁이

눔이셔 즁이라 ᄒ여도 밤즁만 ᄒ여셔 玉人 ᄀᆺ튼 가슴 우희 슈박ᄀᆺ튼 머리를 둥굴썰썰 썰썰둥굴 둥궁둥실 둥굴러 긔여올라 올져긔는 내사 죠해 즁 書房이. (蔓橫淸類) (珍靑 577)

청쥬로다 청쥬로다 청쥬강에다 막걸네로 비 무어 씌우고 탁빅이 돗을 활신 달고

그 비 우헤다 녯젹 소동파 리뎍션 두목지 장건 녀동빈 제갈량 삼쳔갑ᄌᆞ 동방삭이며 요슌 우탕 문무 쥬공 렬녀 효ᄌᆞ 츙신 다 모화 싯고 소쥬바람이 슬슬 부는듸 안쥬나 셩즁으로 비노리 가즛고나

춤아로 가산 뎡쥬가 가로 막혀 나 못살갓네. (樂高 901)

草堂 뒤에 와 안자 우는 솟젹다시야 암 솟젹다신다 슈 솟젹다신다

空山이 어듸 업셔 客窓에 와 안져 우는다 속젹다시야

空山이 허고 만흐되 울듸 달나 예 와 우노라. (蔓橫) (樂學 956)

草堂의 오신 손님 긔 무어스로 對接할고

올엽쌀 흰 졈심의 미ᄂᆞ리긴강의 還燒酒 ᄭᅮᆯ 타고 울산 전복의 나낙근 고기 솟고쳐라

아희야 잔 씨져 오너라 벗님 디졉 ᄒ리라. (海朴 513)

楚山에 나무 뷔는 아희ᄃᆞ라 나무 뷜 제 휭혀 대 뷜셰라

그 디 자라거든 뷔여 휘우리라 낙시대를
우리도 그런 줄 아오믹 나무만 뷔느이다. (蔓橫) (樂學 857)

蜀道之難이 難於上靑天이로디 집고 기면 넘으려니와
어렵고 어려울손 이 님의 離別이 어려웨라
아마도 이 님의 離別은 難於蜀道難인가 ㅎ노라. (樂戲調)
(樂學 1014)

  쵸당에 춘슈족ㅎ니 쵸당 압헤다 국화를 심으고 국화 속에다 술비져
넛코 기다린다 기다린다 그 술이 닉기를 기다린다
  술이 닉즉 둘이 쓰고 둘이 쓰즉 님이 온다 목이 길다고 황시병이며
목이 쌀라 즈라병이며 쳥유리병에다 황소쥬 넛고 황유리병에다 쳥소
쥬 넛코 홍유리병에다 듁엽쥬 넛코 빅유리병에다 감홍노 넛코 풋고츄
저리김치 문어 젼복 겻딜너라 쐬쐬우는 찜게탕이며 쎄쎄우는 싱치찜
이며 포두둑 나는 뫼츄리찜을 이리져리 버려 놋코 노즈작 잉무비에
쏠우루 흔잔 술을 가득 부어 시호시호 부지릭는 잡슙다 졍 실커든 이
내게로 돌니시오 비행도군이 막뎡슈라 일빅일빅 부일비홀 젹에 셰상
만스가 다 파데로다
  둘 쓰즉 오신 님이 둘이 지니 형용이 간곳 업구나 춤말 가지로 셜
어셔 못 살갓네. (樂高 898)

  秋月은 滿庭하야 산호 주렴 비치일 제
  청천의 기러기 높이 떠 울고 가니 심황후 반겨 듯고 기럭아 니 왓
느냐 소중낭 북해상에 편지 젼튼 기럭이냐 도화동 가거들랑 불상한
우리 부친전에 편지 한 장 전해다고
  문을 열고 내다보니 기럭이 간 곳 업고 창낭한 우름 박게 별과 달
만 밝것으니 내의 심사 둘 곳 없다. (時調 93)

春眠을 느즛 째여 竹窓을 열고 보니

庭花는 작작하야 가는 나븨 머무르고 岸柳는 依依하야 성긴 내를 쩌읫세라 호탕한 밋친 홍을 부지럽시 자어 내어 白馬金鞭으로 야유원 차자가니 花香은 襲衣하고 月色은 滿庭한듸 醉客인 듯 狂客인 듯 徘徊顧倪하야 홍이 겨워 머무는 듯 有情히 섯노라니 翠瓦朱欄 놉푼 집의 綠衣紅裳 一美人이 紗窓을 반만 열고 옥안을 잠간 들고 輝煌月 夜 三更의 輾轉反側 잠 못 일워 太古風便 오는 任 만나 積年 기루던 회포 반이나머 이룰너니 枕頭에 저 실솔이 不勝失呂之嘆하야 귀쏠귀쏠 우는 소래 놀나 쌔우니 겻혜 任은 간 곳 읍고 任 잡엇든 손으로 귀쏠이만 째릴 뜻이 쥐여 잇다

야속타 저 귀쏠이 너도 싹을 일코 울 냥이면 네나 혼자 울 닐이지 남의 단잠을 쌔우느냐. (雜誌 115)

春山에 봄春字 든이 퍼귀마다 곳花字ㅣ로다

一壺酒 혼 병 가질持ᄒ고 내川邊 ᄀ의 안즐坐ᄒ세

아희야 검은고 씌렝 淸 툭쳐라 죠흘好ㅅ字ㄴ가 ᄒ노라. (海一 535)

春三月 百花節에 香氣 찻는 저 나븨야

곳이 아무리 흔타헌들 여긔 져긔 안지 마라

人旺山 거뮈 줄 느리고 八門蛇陣 치고 東西風 불기만 기다린다. (雜誌 8)

春意는 透酥胸이요 春色은 橫眉黛라

賤却那人間玉帛이라 杏臉桃腮乘月色ᄒ니 嬌滴滴越顯紅白이로다 下 香階步蒼苔ᄒ니 非關宮鞋鳳頭窄이라

鰍生不才로 多嬌錯愛를 感歎이로다. (弄歌) (源國 542)

春草은 年年綠ᄒ되 王孫은 歸不歸라
玉顔童子야 任계신듸 길 가르쳐
달 삭여 歌扇 삼고 구름 말어 舞衣 지어 碧海靑天에 그리든 任.
(樂高 692)

春風杖策上蠶頭ᄒ여 漢陽城址를 歷歷히 둘러보니
　仁王三角은 虎踞龍盤으로 北極을 괴얏고 終南漢水는 金帶相連ᄒ여
久遠喜 氣象이 萬千歲之 無疆이로다
　君修德 臣修政ᄒ니 禮儀東方이 堯之日月이오 舜之乾坤 이로다. (蔓
橫淸類) (珍靑 544)

忠臣은 滿朝廷이요 孝子 烈女 家家在라
　경전이식하고 착성이음하니 堯之日月 舜之乾坤 太平聖代 이 아니야
仁義禮智 배을 모와 五倫으로 돗을 달고 三綱으로 키을 언고 道德으
로 닷을 달어 言忠信行篤 禮義廉恥 노을 ᄌ어 만년강어 씌여 노코
　敎化 바람 불거들랑 선남선녀 만이 실코 강구연월 노라 보세.
（雜誌 431）

醉時歌此曲을 無人聞 我不要醉花月이요
我不要樹功勳 樹功勳도 也是浮雲 醉花月도 也是浮雲이로다
醉時歌無人知我心ᄒ니 只願長劍奉明君ᄒ노라. (樂高 691)

치어다 보면 플은 하날이요 나려다 보면 白沙地 짱이로다
　게 누을 바라고 살나 ᄒ오 무정ᄒ다 漢陽 郞君이 無情ᄒ다 이 죤약
ᄒ 인싱을 바리고 어듸를 가오 新情도 보ᄒ시런이와 舊情인들 이질손
가 嚴冬雪寒에 궤발 물어 던진드시 獨守空房 ᄒ리로다

존약호 몸이 스러질가 호노라. (海一 478)

　칠월이라 쵸칠일은(날에) 견우 직녀가 그리워 살다가 오작교로 월
강호여 일년에 일츳를 상봉이 되고
　흑히 바다 밀물이라도 호루 두 쎄를 됴수로구나 남기라도 상즈목은
음양을 좃츠서 졔 마조 섯고 돌이라도 망두셕은 자웅을 분호여 마조
를 섯는데 우리 연연호고 틀틀호 님은 일셩즁에 궃치 이셔 어히 그리
못보단 말가 쳔리 약슈에 만리쟝셩이 두룬 바가 아니오 삼쳔 구버봉
(잠총급어부)에 촉도지난이 가리윗드냐
　일쌍 쳥됴 쯔지라도 막리젼이로구나. (樂高 888)

　칠팔월 쳥명일에 얽고 검고 쎙기기는
　바둑판 곤우판 갓고 멍셕 덕셕 방셕 갓고 철등(鐵燈) 고셕미 쎄암
장이 발쏭 갓고 우박마진 지덤이 쇠쏭 갓고 즁화젼 텰망 갓고 진스젼
사기동 신젼마루 연죽젼 좌판 갓고 한량에 포더관역 남게 안진뱅이
잔등이 갓고 상하미젼 멍셕 호망 쥰오관이쫙 갓고 던보 던간 던긔등
불죵갓고 경상도 문경 시지로 너머 오는 진상 꿀항아리 쵸병 갓치 아
쥬 무쳑 얼고 검고 풀은 즁놈아 네 무슴 얼골이 어엿부고 쏙쏙호고
밉즈호고 얌젼호 얼골이라고 시너가로 너리지 마라 뛴다 뛴다 고기가
너를 그믈 볘리만 너겨 슈만은 곤징이 쎼만은 숑사리 눈큰 쥰치 키큰
장더 머리 큰 도미 살찐 방어 누룬 죠긔 넙젹 병어 등곱은 시오 그믈
버리만 여겨 아됴 펄펄 쮜여 넘쳐 다라나는고나
　그즁 음웅호고 슝믈호고 슝칙시러운 농어는 가라 안즈셔 슐슐.
(樂高 674)

　콩밧틔 드러 콩닙 쯔더 먹는 감은 암쇼 아므리 이라타 쏘츤들 제
어듸로 가며

니불 아레 든 님을 발로 툭 박츠 미젹미젹ㅎ며셔 어셔 가라 흔들 날 브리고 제 어드러로 가리
　아마도 싸호고 못 마를 슨 님이신가 ㅎ노라. (蔓橫淸類)
　(珍靑 503)

타향에 임을 두고 주야로 그리면서
　간장 셕은 물은 눈으로 소사 나고 첩첩헌 슈심은 여름 구름 되어셰라
　지금에 니 마음 졀반을 임계 보니여 셔로 그려 볼가 허노라.
　(詩謠 112)

太極이 肇判ㅎ야 萬物이 始分인졔 人物之生이 林林總總ㅎ더니
　聖人 首出ㅎ샤 伏羲 神農과 黃帝 堯舜이 繼天立極ㅎ야 人事에 가즘이 大綱에 발가더니 그 後에 禹湯文武와 周公과 召公과 孔子ㅣ 이어나샤 典章法度와 禮樂文物이 郁郁彬彬ㅎ미 이만 젹이 업쏘쩌라
　이몸이 일즉 못난줄을 못니 스러 ㅎ노라. (弄) (靑六 731)

太白山 굽은 길노 중 서너이 나려오는 그 중 末쩨 중아 게 좀 셧거라 말 무러 보자
　人間 離別 萬事中에 獨宿空房 마련하든 붓처임이 어늬 절 法堂안의 坎中蓮허고 안진 모양 너는 分明 보앗느냐
　그 중이 對答하되 小僧도 千種 蒼松이 于今十圍로되 아무런 줄.
(時調集 161)

태백이 술 실러 가더니 달이 떠도 아니 오네
　강상에 뜬 배 그 밴줄 아렷더니 고기 잡는 어선이라
　동자야 월하를 살피어라 하마 올 듯. (時調 47)

티빅이 주녈낭은 호아장출 환미주ᄒ고
엄주릉 주닐낭은 동강칠이탄의 은린옥쳑 낙거 안쥬 담당ᄒ쇼 도연
명 주네는 무현금을 둥지덜아 둥실타고 장주방 주니는 계명숀 츄야월
의 옥퉁쇼만 슬피 부쇼
그 눔아 글 짓고 춤 추고 노리 부르길낭 니 담당. (時調 99)

泰山이 不讓土壤 故로 大ᄒ고 河海 不擇細流 故로 深ᄒᄂ니
萬古天下 英雄俊傑 建安八字 竹林七賢 李謫仙 蘇東坡 ᄀ튼 詩酒風
流와 絶代豪士를 어듸가 어더니로 다 사괴리
鷰雀도 鴻鵠의 무리라 旅遊狂客이 洛陽才子 모드신 곳에 末地에 參
與ᄒ여 놀고 간들 엇더리. (蔓橫淸類) (珍靑 561)

텬쟝욕우에 디션습ᄒ니 하ᄂ님끠셔 비를 주실나는지 짜흐로부터 누
긔만 돌고
나갓든 님이 오실나는지 잠주든 거시기 거시기 싱야단 ᄒ누나
춤아루 님의 화용이 간절ᄒ여 나 못 살갓네. (樂高 893)

平生詩思掛竿頭하니 世事商諒不知秋를
秋江이 寂寞魚龍冷ᄒ니 人在西風仲宣樓라
아마도 人生斯世 老少豪傑之樂은 座中이신가. (調詞 48)

平生애 景慕홈은 白香山에 四美風流 駿馬佳人은 丈夫의 壯年豪氣로
다
老境生計 移伴홀 제 身兼妻子都三口ㅣ오 鶴與琴書로 共一般이니 긔
더욱 節价廉退
唐詩에 三大作 文章이 李杜와 並駕ᄒ여 百代芳名이 서글 줄이 이시

랴. (蔓橫淸類) (珍靑 554)

平生에 願호기을 任은 蒼松니 되고 이 닉 몸은 綠竹니 되어
落木寒天 飄風雪에 우리 둘으 플으어셔
그나마 落葉 진 草木들을 우리을 부러. (詩調 104)

平壤 女妓년들의 多紅大緞 치마 義州ㅅ 女妓의 月花紗紬 치마에
藍端 寧海 盈德 쥬탕각시 싱띄명 감찰 즁즁즁에 힝즈치마 멜씬도
제 色이로다
우리도 이러셩 구우다가 혼 빗 될가 호노라. (蔓橫淸類)
(珍靑 526)

푸른 山中 白髮翁이 고요 獨坐 向南峰이라
물암 분이 松生琴이요 안개 낀이 壑成虹이라 죽억 啼禽은 千古恨이
오 격다 鼎鳥는 一年豊이로다
언의 뉘셔 山寂寞꼬 나는 호올로 樂未央인가 호노라. (樂時調)
(海一 558)

푸른 山中에 조총딕 두러미고 솔낭솔낭 나려 오는 져 포슈야
네 죠총딕로 길겸싱 날버러지 날겸싱 길버러지 너시 징경이 두름이
황시 촉시 징긔 까투리 노루 사심 토끽 이리 싱냥이 뷤 네 조총딕로
함부루 탕탕 다 놔 자불지라도 식벽달 서리찬제 시는 날밤에 東녁 東
단下로쩨 울구 울구 가는 져 외긔러긔 힝여나 놋소
우리도 無知호여 山냥 포술망정 아니 놋소. (調詞 31)

푸른 풀 長堤上에 소 압 세고 장기 지고 슬렁슬렁 가는 져 農夫야
개고리 解産호고 밧비둘기 오락가락 쓥북새는 논뮈마다 쓥북쓥북

검은 구름 덥힌 들에 비 쳥ᄒᄂ 져 一雙白鷺 기룩기룩 울고 가는구나
　두어라 世間榮辱 夢外事요 桑柘村 無限景은 져뿐인가.
　(源歌 444(129))

푹苦草 져리김치 文魚 全鰒 겻드리고 黃燒酒 쓸을 타 香丹이 들녀
압 셰우고 淳昌 潭陽 셰대삿갓 눈섭 놀녀 숙여 쓰고 五里亭 나갈젹에
　玉佩은 錚錚 雲鞋는 자각자각 五里亭 當到ᄒ야 溪邊巖上에 酒案 노
코 憂然歎息 울음 울 졔 머리도 아드득 쓰더 싹싹비며 늬 던지고 잔
담이도 부드덕 쓰더 뷔여 더지고 버들도 조로록 홀터 淸溪水에 듸틔
리고 無情歲月若流波를 날노 두고 ᄒ 말인가
　二八靑春 이늬 몸이 오날도 離別ᄒ고 獨宿空房 웃지 살가.
　(樂高 673)

풋고츄 졀의김치 문어 젼복 겻드려 황쇼쥬 쓸타 향다니 드려 오류
졍으로 나간다 오류졍으로 나간다
　어늬 연 어늬 쩌 어늬 시졀에 다시 만나 그리든 ᄉ랑을 품에다 품
고 ᄉ랑ᄉ랑 늬 ᄉ랑아 에화둥게 늬가 가마 이졔가면 언졔나 오료 오
만 한을 일너듀오 명년 츈식 도라올으면 꼿피거든 만나볼가 놀고 가
셰 놀고 가셰 너구 나구 나구 너구 놀고 가셰 곤이 든 잠을 힝혀나
끼올셰라 등도 되고 비도 되고 쩔네쩔네 흔들면서 이러나오 이러나오
계오 든 잠을 끼워 늬여 눈 쩌 보니 늬 낭군일세
　그리든 님을 만나 만단졍회 치 못ᄒ여 날니 즁촛 발가 오니 글노
민망 ᄒ노믜라 놀고 가셰 놀고 가셰 너구 나구 나. (시쳘가 97)

풍동 죽엽은 십만장부지휜화요 우쇄 연환는 삼천궁녀지목욕이라
　오경누ᄒ의 셕양홍이요 구월손즁의 츈쵸록이라
　암아도 이글 지은 자는 양국지사. (時調 111)

皮租쏠 못 먹인 히예 물이쑬이도 하도 하다
陽德 孟山 酒湯이와 永柔 肅川 換陽이넌들 져 다 타먹은 還上를 이
늘은 내게 다 물립쏜야
邊利란 네 다 물찌라도 밋츨란 내 다 擔當허오리. (蔓數大葉)
(海一 629)

하로밤 가을 서리예 滿山 紅綠이 꼿인지 입인지 알 수가 업네다
東園에 솟는 달은 一年中 第一이요 碧波에 피인 구름 비단의 紋彩
인지 고기 비눌인지 알 수가 업네
童子야 菊花酒 만이 걸너라 六角亭 오신 친구 차례로 모시여라 長
醉不醒. (雜誌 412)

학다고 져 불이고 호로병 츠고 불노쵸 메고
쌍상토 쓰고 싀등거리 입고 가넌 아희 게 좀 섯거라 네 어듸로 가
넌야 발무러 보즈 요지연 선관더리 누구누구 모아 계시던야
그 곳의 이젹션 소동파 두목지 장건이 다 모아 계시더이다.
(時調 26)

흔 눈 멀고 흔 다리 저는 두터비 셔리 마즌 전푸리 물고 두엄 우희
치다라 안자
건넌 山 브라보니 白松骨이 쩌 잇거눌 가슴이 굼죽ᄒ여 플쩍 쮜여
내닷다가 그 아릭 도로 잣바지거고나
모쳐라 놀낸 낼싀만정 힝혀 鈍者런들 瘀血질 번 ᄒ괘라. (蔓橫)
(樂學 964)

흔 눈 멀고 흔 다리 절고 痔疾 三年 腸疾 三年 邊頭痛 內丹毒 다

알는 죠고만 삿기 개고리
　一百 쉰대자 쟝남게게 올을 제 쉬이 너겨 수로록 소로소 소로로 수
로록 허위허위 소솝 쮜여 올라 안자 느리실제란 어이실고 나 몰래라
져 개고리
　우리도 새님 거러 두고 나죵 몰라 ᄒ노라. (蔓橫淸類) (珍靑 562)

　漢武帝의 北斥 西擊 諸葛亮의 七縱七擒
　晋나라 謝都督의 八公山 威嚴으로 四夷戎狄을 다 뜰어 ᄇ린 後에
　漠南에 王庭을 업시ᄒ고 凱歌歸來ᄒ여 告厥成功 ᄒ리라. (蔓橫淸類)
(珍靑 497)

　閑碧堂 죠흔 景을 비갠 後에 올라 보니
　百尺 元龍과 一川 花月이라 佳人은 滿座ᄒ고 象樂이 喧空ᄒ듸 浩蕩
ᄒ 風煙이오 狼薄ᄒ 杯盤이로다
　아희야 盞 가득 부어라 遠客愁懷를 시서 볼가 ᄒ노라. (蔓橫淸類)
(珍靑 528)

　寒松亭 자 긴솔 버혀 죠고만 비 무어 트고
　술이라 안쥬 거믄고 伽倻ㅅ고 奚琴 琵琶 笛 觱篥 杖鼓 舞鼓 工人과
安岩山 츳돌 一番 부쇠 나젼대 귀지삼이 江陵 女妓 三陟 쥬탕년 다
몰속 싯고 둘불근 밤의 鏡浦臺에 가셔
　大醉코 扣枻乘流ᄒ여 叢石亭 金蘭窟과 永郞湖 仙遊潭에 任去來를
ᄒ리라. (蔓橫淸類) (珍靑 571)

　한슴이 셰한슴아 네 어늬 틈으로 들어온다
　고모쟝ᄌ 셰살쟝ᄌ 가로다지 여다지에 암돌져귀 수돌져귀 비목걸새
뚝닥 박고 龍거북 ᄌ물쇠로 수기수기 츠엿ᄂᆞ듸 屛風이라 덜걱 져븐

簇子ㅣ라 티티글 몯다 네 어내 틈으로 들어 온다
　어인지 너 온날 밤이면 줌 못드려 ᄒ노라. (蔓橫淸類) (珍靑 552)

　한존 부어라 가둑이 부어라
　포전 왜반에 뉴리존의 가득이 부어 아모도 몰니 뒤 쵸당 문갑 우희
언졋더니 어느결의 유령이 니려와 반이ᄂ 다 ᄯ라 먹고 간ᄂ보다 반
존이로고ᄂ 벽공에 둥두렷ᄒ 달이 반이ᄂ 여즈로지고 반이 ᄂ마더니
티빅이 깅싱ᄒ야 나려와셔 딥헛던 쥬령막티로 에화즉ᄭᆫ 두다려셔 반
이ᄂ 여즈여지고 반이 ᄂ마ᄂ보다 반달이로고ᄂ
　인졔ᄂ 허릴 업고 허릴 업스니 ᄂ문달 ᄂ문슐 가지고 졍든 임 더리
고 부지근 쏙다다 ᄶᅡ 바리고 완월장취. (時調 77)

　한종실 유황숙이 관공 장비 거나리고
　와룡선생 뵈이랴고 천리 청녀마로 기축기축 와룡깅 넘이 시문에 당
도허니 동자 나와 공손이 엿자오대 선생이 후원 초당의 학실침 도도
비고 취침하여 기시나이다
　동자야 선생이 긔침커시든 유관장 삼인이 박긔 왓다 엿주어라. (時
調集 169)

　한종실 뉴황슉이 죠밍덕 잡으려고 한중에 진을 치되
　좌쳥룡 관셩데군 우빅호 장익덕과 남쥬작 됴즈룡이며 북현무 마밍
기라 그 가온디 황한승이 황금갑옷 봉투구 쓰고 팔쳑 장검 눈 우에
번뜻 드러 긔치창검은 일광을 희룡ᄒ고 금고함셩은 쳔지에 진동홀 졔
됴됴의 빅만디병 졔 어히 살아 가리
　아마도 숨분쳔하 분분ᄒ 중에 신긔ᄒ 모스는 와룡션싱. (樂高000)

　ᄒ 즁은 가스 책복ᄒ고 ᄯᅩ ᄒ즁은 百八念珠 목의 걸고

쪼 흔 중은 바라 광증 치고 大師 중은 木鐸 치면 禮佛흔다
　그 아리 焚香 四拜ㅎ고 發願ㅎ온 임 보려고. (樂府 321)

흔 힝도 열두 돌이요 閏朔들면 열석 쭐이라
흔 돌도 셜흔 날이요 그 돌 작으면 스므아흐리 금음이로다
　밤 다섯 날 닐곱 째에 날 볼 홀리 업쓸야. (樂時調) (海一 532)

項羽ㅣ ᄌ킨 天下 壯士ㅣ랴마는 虞美人 離別 泣數行下ㅎ고
唐明皇이 ᄌ킨 濟世英主ㅣ랴마는 楊貴妃 離別에 우럿나니
　ᄒ믈며 녀나믄 丈夫ㅣ야 닐러 무슴 하리오. (蔓横淸類) (珍靑 471)

힝 다 져 황혼시의 中門을 나서 大門을 나니 건넌 산 바라보니 횟
득 검억 서엿구나
　올타 저게 임이로다 갓 버서 등에 지고 망건 버서 쏭자 츠고 신버
서 손의 들고 노논틀 바밧틀 업드러지며 곡구러지며 수수이 밧비 근
너가서 겻눈으로 관손이 허니 임은 정녕 아니로다 그 上年 秋七月 갈
가 벅권 세신 삼터가 제 정년이 날 소겻구나
　만일의 밤일세망정 낫 일느면 남 우세헐 번. (調詞 57)

行宮 見月 傷心色에 달 발가도 任의 生覺 夜雨聞鈴 斷腸聲의 빗소
리 드러도 任의 生覺
　元央瓦冷 霜華重에 翡翠衾寒 誰與共고 耿耿星火 欲曙天에 孤燈을
挑盡허고 未成眠이로구나
　아마도 天長地久有時盡허되 此恨은 綿綿不絶期런가. (樂高 881)

허허 소년들아 백발 보고 웃들 마소
公公한 一天下에 넌들 일생 청춘이랴

나도야 黃昏 佳約 紅顏 美人 다리고 밤들도록 노든 제가 어제인
듯. (時調 78)

허허 세상 사람더라 周德頌 劉伶이도 사라실디 醉興이오 謫仙 李青
蓮도 죽은 뒤에 孤魂이오 石崇 갓튼 富貴로도 하눌 밧게 浮雲이라
　倚頓의 黃金도 路上의 塵埃로다 安期生 赤松子을 어디가 물어보며
어디가 아라 보리 牛山에 지는 희는 齊景公의 눈물이라 玉門琴 한 曲
調의 孟嘗君이 울어 잇다
　萬古 英雄 秦始皇 漢武帝도 죽엄을 못 면ᄒ고 礪山과 武陵에 皇帝
陵墓 되서시니 아니 노든 못ᄒ리라. (時調 15)

화살 갓치 ᄲᆞᆯ은 세월 무근 해을 전송하고
　新年을 마지하니 天曾歲月人曾壽요 春滿乾坤福滿家라 後園草屋 花
階上에 왜철죽 牧丹花 만발한데 庭前에 무근 梧桐 新葉이 更生하니
和氣自生 君子宅이요 春光先到吉人家라
　月態花容 美人들아 너의 몸도 곱다마는 새 봄마는 못하리라 잔 들
고 술 부어라 놀고 갈가. (雜誌 423)

火食을 못홀 지는 木實을 먹쏘던가
　千百 ᄀᆞ지 나모 열민 性味가 다 다르니 天皇氏 地皇氏 萬八千歲 술
지 이 實果를 먹쏘던가
　아마도 瑤池蟠桃와 萬壽山 五莊觀에 人蔘果를 먹엇쏘다. (蔓橫)
(樂學 877)

華燭 東方 紗窓 밧게 梧桐나무 성긘 비소리 잠 놀나 ᄭᆡ다ᄅᆞ니
　萬籟俱寂ᄒ듸 四壁蟲聲 喞喞ᄒ고 도든 달이 지실 젹에 關山淸秋스
러ᄒ야 두 나리 雙雙 치며 슬피 울고 가는 저 외기러가

밤 中만 네 소리 드를졔면 不覺墮淚 ᄒ노라. (言樂)
(六靑 841)

華燭 東方 紗窓 박게 碧梧桐 성긴 비쇼리 잠 놀니 ᄭ니
萬籟는 俱寂헌데 蟋蟀聲은 喧喧ᄒ고 關山 蜀鳥난 스로라 슬피 울고
시벽달 게싁는 밤의 두 나리 치며 울고 가난 외 기력아 나도 너와 갓
치 相思로 든 病이 누어 이지 못헌다고 傳허여 쥬렴
우리도 碧天 하날 夜의 牒書를 발의 미고 밧쎄 가난 길인고로 傳헐
지 말지. (調詞 64)

還上에 볼기 설흔 맛고 掌利 갑셰 외 숫 ᄒ나 쩌여간다
ᄉ랑 둔 女妓妾을 원의 差使 등 미러 닌다
아희야 粥湯罐에 개 보아라 豪氣를 겨워 ᄒ노라. (樂時調)
(詩歌 598)

淮水出桐栢山ᄒ니 東馳遙遙ᄒ야 千里不能休어늘
淝水出其側ᄒ야 百里入淮流ㅣ라 壽州屬縣에 有安豊ᄒ니 唐貞元年이
라 縣人 董生邵南이 隱居行義於其中이로다 刺史不能薦ᄒ야 天子ㅣ不
聞名聲이오
爵祿不及門을 門外唯有吏日來 徵租更索錢 ᄒ더라. (蔓橫)
(樂學 873)

作品索引

【ㄱ】

長時調 研究

인쇄일 초판 1쇄   2000년 06월 09일
        2쇄   2015년 06월 01일
발행일 초판 1쇄   2000년 11월 20일
        2쇄   2015년 06월 03일

지은이 황 충 기
발행인 정 찬 용
발행처 국학자료원
등록일 2006.113.02 제2007-12호
서울시 강동구 성내동 447-11 현영빌딩 2층
Tel : 442-4623~4 Fax : 442-4625
www. kookhak.co.kr
E- mail : kookhak2001@hanmail.net

ISBN 978-89-8206-509-5 *93810
가격 18,000원

•저자와의 협의 하에 인지는 생략합니다.
•잘못된 책은 구입하신 곳에서 교환하여 드립니다.